国家出版基金项目
NATIONAL PUBLICATION FOUNDATION

"十二五"国家重点图书
出版规划项目

《东南亚研究》第二辑

缅甸文学史

MIANDIAN WENXUE SHI

姚秉彦 李谋 杨国影 著

U0836917

中国出版集团
世界图书出版公司

图书在版编目（CIP）数据

缅甸文学史 / 姚秉彦，李谋，杨国影著．—广州：世界图书出版广东有限公司，2014.11

ISBN 978-7-5100-8755-4

Ⅰ.①缅… Ⅱ.①姚… ②李… ③杨… Ⅲ.①文学史—缅甸—高等学校—教材 Ⅳ.①I337.09

中国版本图书馆CIP数据核字（2014）第249531号

书　　名　缅甸文学史
MIANDIAN WENXUESHI
著　　者　姚秉彦　李　谋　杨国影
项目策划　陈　岩
项目负责　卢家彬　刘正武
责任编辑　程　静　李嘉荟
装帧设计　书窗设计
责任技编　刘上锦
出版发行　世界图书出版有限公司　世界图书出版广东有限公司
地　　址　广州市新港西路大江冲25号
邮　　编　510300
电　　话　020-84459579　8445362
网　　址　http://www.gdst.com.cn
邮　　箱　wpc_gdst@163.com
经　　销　新华书店
印　　刷　广东虎彩云印刷有限公司
开　　本　787mm × 1092mm　1/16
印　　张　22.75
字　　数　280千字
版　　次　2014年12月第1版　2022年8月第4次印刷
国际书号　ISBN 978-7-5100-8755-4 / I·0330
定　　价　68.00元

版权所有　翻印必究
（如有印装错误，请与出版社联系）

《东南亚研究》第二辑

《东南亚语言文化研究》丛书编辑委员会

主　任：钟智翔

编　委：（以汉语拼音为序）

范宏贵　李　谋　梁立基　林明华　刘志强
祁广谋　谭志词　谢群芳　杨国影　姚秉彦
余富兆　于在照

总　序

东南亚是指亚洲的东南部地区。根据地理特征，东南亚可以分为中南半岛和马来群岛两部分，包括位于中南半岛的越南、老挝、柬埔寨、泰国、缅甸和位于马来群岛的菲律宾、马来西亚、文莱、新加坡、印度尼西亚、东帝汶共11个国家。东南亚大部分地区位于北回归线以南，跨越赤道最南抵达南纬11度。该地区北接东亚大陆，南邻澳大利亚，东濒太平洋，西接印度洋，是沟通亚洲、非洲、欧洲以及大洋洲的交通枢纽，也是中国从海上通向世界的重要通道。

由于地理上的邻近、民族关系的密切和文化上的相通，早在两千多年前东南亚各国就与中国建立了较为密切的政治、经济和文化联系。新中国成立后奉行睦邻外交政策，我国与东南亚各国的友好关系有了新的发展。进入21世纪后，中国政府明确提出了“与邻为善，以邻为伴”的思想，制定了“大国是关键、周边是首要、发展中国家是基础、多边是重要舞台”的外交方针，进一步强调“积极开展区域合作、共同营造和平稳定、平等互信、合作共赢的地区环境”。

本着这一精神，中国与东南亚国家展开了各种双边与多边合作，形成了多方位、多层次的合作框架，增进了彼此间的信任。随着2011年11月中国—东盟中心的正式成立，中国和东南亚国家间的务实合作关系得到了进一步提升，呈现出强劲的发展势头。世界上，像中国和东南亚这样，在两千多年时间里绵延不断地保持友好关系、进行友好交往的实属罕见。这种源远流长的友谊，成为双方加强合作的基础。

作为多样性突出地区，东南亚各国在民族、语言、历史、宗教和文化等方面五彩缤纷，各具特色。加强东南亚国别与地区研究，特别是加强东南亚语言文化的研究与交流，可以更好地帮助国人加深对东南亚的了解。为此，解放军外国语学院亚非语系集东南亚语种群自1959年办学以来之经验，在完成2012年度国家出版基金项目《东南亚研究》第一辑的基础上，与世界图书出版广东有限公司一道，再次成功组织并申报了2014年度国家出版基金项目《东南亚研究》第二辑，本丛书便是该项目的最终成果。

参加本丛书编写的同志主要为解放军外国语学院东南亚语种群的专家学者，北京大学、广东外语外贸大学、广西民族大学外国语学院的部分专家(学者)也应邀参加了本丛书的编写。丛书参编人员精通英语和东南亚语言，有赴东南亚留学和工作的经历，熟悉东南亚语言文化，在编写过程中多采用第一手资料，为高质量地完成丛书奠定了基础。我们希望这套丛书的编辑出版有助于读者加深对东南亚国家国情文化的认识，有助于促进中国与东南亚国家间的文化交流，共同营造和平稳定、合作共赢的地区环境。

由于丛书涉及面广，囿于资料收集和学术水平诸多因素的限制，书中的描述与分析难免存在疏漏与不足，恳请同行专家和广大读者不吝批评指正。

《东南亚语言文化研究》丛书编辑委员会

2014年10月 于洛阳

前　言

缅甸是我国的近邻，是东南亚地区历史悠久、资源丰富的一个重要国家。两千多年前，从锡兰（今斯里兰卡）传播到缅甸的佛教，不仅成为今天绝大多数缅甸人崇信的宗教，而且深深地影响着缅甸文学、戏曲、音乐、舞蹈、建筑艺术、绘画艺术乃至伦理道德等等方面。此外，据历史学家的考证、研究证实，史前在现今缅甸境内就已有原始人群繁衍生息。后来又有更多的居民是从我国西北地区迁徙而来的人群，并逐渐成为缅甸的主体民族。所以从一个层面考虑，可以认为：位于中国和印度两国之间的缅甸，其文化、文学，早期便受到中国、印度两大文化圈的影响。这在研读缅甸文学作品时，的确令人有着极其深刻的印象。

1993 年我们编著的《缅甸文学史》由北京大学出版社出版了。但当时仅印了 600 册，发行不久便销售一空。其实当时中缅关系正处于空前发展阶段。全国多地高校纷纷增设缅甸语专业或缅语教学班，学习缅语盛况前所未有。而学术界受到当时由东方学家季羡林先生领衔的北京大学东方学系的影响，一场研究东方学的学术研究热潮正稳健持久地进行着。因而过了不久，很多业内人士就建议我们重版《缅甸文学史》。由于当时教学科研任务繁重，我们没能及时果断地修订重编《缅甸文学史》。

斗转星移，时光就这样在不经意间过去了二十年。我国进入了全面深化改革，实现伟大复兴中国梦的年代。此时，缅甸也迈入民主改革的快车道。我国为了面对和平、发展、合作、共赢的时代大潮，推进亲、诚、惠、容理念的周边外交，了解周边国家的方方面面就成了当务之急。这次在世界图书出版广东有限公司刘正武编辑的建议敦促下，我们倍感责无旁贷，决定着手对《缅甸文学史》的原稿逐章逐节进一步修订整理，尽可能增添一些介绍缅甸原著的具体内容，并注意分析其内涵和引用介绍近年来学者们研究的新成果。

在这次修订补充的过程中，我们还特邀杨国影副教授参与我们的工作。以便使我们的《缅甸文学史》更加接地气，增添新鲜感。总之，我们诚望重编的《缅甸文学史》能尽量释放出我国目前研究缅甸文学的正能量，以帮助读者更好地了解缅甸文学发展概貌，这也正是我们的初衷。

著　者

2014 年8月31 日

目　录

绪　论

东南亚介于太平洋与印度洋、亚洲大陆和大洋洲之间，自成一个相对独立的地理单元。它地域广阔，横跨赤道两侧，南北约跨39个纬度，长约4500公里，东西约跨49个经度，宽达5600公里，海域面积750万平方公里，陆地面积约450万平方公里，总面积共约1200万平方公里。今日东南亚包括了越南、老挝、柬埔寨、缅甸、泰国、马来西亚、新加坡、印度尼西亚、菲律宾、文莱、东帝汶等11个国家，据2008年的统计，东南亚总人口约为2.3亿。在古代这一地域内曾建立过许多民族的早期国家和若干个多民族的集权王国，它深受东方三大传统文化，即印度文化、中国文化和中东伊斯兰文化的影响，是东方文化表现最集中、最典型的一个地区。16世纪初叶后进入近现代以来，它又受到西方文化的影响，成为典型的世界上几种主要文化汇流、融合、共生的地区。这一地区在世界上占有重要的战略地位，它的文化与文学也应得到相应的重视。

缅甸是东南亚地区一个较为重要的国家。它位于东南亚西部，在中南半岛之上，与孟加拉、印度、中国、老挝和泰国为邻，西南濒印度洋。三面环山，一面临海，形状像一颗拖着长尾巴的菱形宝石。面积为67万余平方公里。人口为6038万[①]。

根据民族学家、考古学家的分析，5000年前伊洛瓦底江流域就有了旧石器时代的居民。英国考古学家莫里斯认为，1930年在缅甸马圭出土的石器与中国周口店出土的石器类似；在瑞波出土的环石也和中国的仰韶文化相近。

当今居住在缅甸境内的民族，是从中国大陆分几批迁徙而来的蒙古人种，多属汉藏语系。有些古老民族（如骠、德、干延等）已消亡，或为其他民族所融合，与此同时有些民族又陆续迁来定居。今日据缅甸习惯说法全国民族共计135种，主要民族有：缅、孟、掸、钦、克钦、克伦、克耶、若开等民族。有的古老民族，如骠族早已创造过古老灿烂的文化，据考证公元之初已在缅甸境内定居。缅甸历

---

① 李晨阳主编：《缅甸国情报告（2011—2012）》，北京：社会科学文献出版社，2013年版，第1页。关于缅甸人口统计数字多种多样，其说不一，有的说已达6200万。

史上著名的竺多般王于公元前443年在缅甸中部建立的室利差呾罗王朝就是早期骠族王朝，至公元95年解体。近世考古发掘到的汉林基①、毗湿奴等城遗址曾是骠族集居地。"蒲甘"究其本意，即从"骠人之村"演变而来，按缅甸传统说法，107年萨牟陀梨建立了蒲甘王朝，但到167年骠绍梯即位才计为蒲甘王朝之始。骠绍梯之名即"骠王"之意。据我国《旧唐书》载，唐贞元十七年（802年），骠王之子舒难陀奉父命随南诏使团来长安，"献其国乐十二曲与乐工三十五人"。当时诗人白居易曾赋《骠国乐》诗一首记之："玉螺一吹椎髻耸，铜鼓一击文身踊；珠缨炫转星宿摇，花鬘斗薮龙蛇动。"这一生动的描述至今仍经常为各国学者在阐明缅甸古老文化时所引用。众所周知，音乐、舞蹈与诗歌往往是联系在一起的。从中国古籍查到的当时演奏的曲名等亦可推断当时骠族文学已经得到相当发展。但可惜保存至今成段的骠文记载数量甚微，已无法窥其文学原貌。有的民族历史悠久，文化亦古老。如学者们公认孟族是目前缅甸境内各族中发展最早者，比缅族至少早1000年。佛教传入缅甸首先进入孟族地区，巴利文三藏经早有孟文译本；孟文著述的药典、占卜、诗歌、文集等也不少，但可惜至今仍多为贝叶文本保存，印刷成册者极少。其他考古发掘到的还有碑文、钟文、壁画文等等，如6至10世纪堕罗钵底国时期的碑文。蒲甘王朝时孟族高僧阿罗汉长老到达蒲甘后，才使上座部佛教成为缅甸国教而得以广泛的传播。缅甸文字与早期文学都因此受到孟文的直接影响。即使在缅族为统治者的蒲甘王朝时期，阿奴律陀、苏卢、江喜陀等王在位期间都刻了不少孟文碑铭。由吴奥达玛仰巴大法师用孟文写的《修行》、《罗摩》长诗是孟族文学中遐迩闻名之作。孟文十二季节诗也很有特色，写花卉、写耕作场面、写节日气氛都很成功。孟族著名史书《亚扎底律征战史》，描写孟王朝亚扎底律王（1385—1423在位）与阿瓦王朝明基苏瓦绍盖王（1368—1401在位）长年征战的史实。它为研究缅甸历史提供了宝贵的资料。后被一位孟族学者彬尼亚达拉大臣（1518？—1582）译成缅文，一直被人们所推崇。若开族的历史传说更长，传说其王朝自公元前3325年已开始，一直为独立王朝，至1784年才并入缅甸贡榜王朝的版图之内。在定尼亚瓦底古城遗址出土过公元前的梵文、巴利文书写的佛像砖、石刻片等。保存至今的若开雅都、比釉、埃钦等四言诗都有不少佳作，比如第一部埃钦诗就是若开诗人阿都敏纽所作的《若开公主》埃钦。缅甸境内的掸族与泰国的泰族、老挝的老族、中国的傣族等皆属同族，早在1世纪东南亚地区各国

① 汉林基（Hanlingyi）据缅甸历史学家廷昂博士考证，即中国史书中所述之"林阳"国。

与中国交界一带就有他们的行踪，中国汉朝时就称缅北一带为掸国[①]，可见其历史之久远。它们的传统文学中叙事长诗相当发达。缅族的蒲甘王朝败落后，掸族三兄弟先后称王，开始了缅甸的战国时期。所以不能不说阿瓦王朝时期缅甸文学的大发展，也有着掸族的辛劳与功绩。

由于历史发展的种种原因，缅族逐步成为缅甸境内第一大族，占全国总人口70%以上。限于我们所能得到的资料，本书虽名为《缅甸文学史》，但尚不能全面地描述缅甸境内各个民族的文学全貌，只能以缅族文学的发展脉络为主进行描绘，在个别地方略微涉及其他主要民族文学的一些情况。

缅甸处于中国、印度两大文明古国之间，大陆毗连，山河相通。公元前3世纪印度人学会制造船舶，航海业随之发展，他们开始沿海岸而行，首先来到缅甸，而后延伸至其他国家。公元前2世纪，缅甸已成为中国通往印度、西亚乃至欧洲的商道必由之路。缅甸是中国与印度航海的中间站。这样的地理环境使得古代缅甸受到中国、印度两大文化很深的影响。因为印度离它更近，交通更方便，加之后来佛教成为缅甸国教，所以印度文化对古代缅甸的影响尤为明显。

公元前1300—公元前1000年编写的印度古代经典《梨俱吠陀》中多次提到众神之首因陀罗与恶龙勿哩特罗在天上恶战的情景。据说勿哩特罗的一把大斧掉到了中国南部与印度之间的土地上，但人们没有看到那把斧子，只看到一个金色的国家——苏伐那蒲迷[②]。这就是一直沿用到19世纪的印度对缅甸的称呼。缅甸人也曾用这个名字称呼下缅甸，其首府就是直通（也有一说认为这个名字是指整个中印半岛，因为整个半岛的轮廓正像一把大斧）。

举世闻名的仰光大金塔（音译为瑞达光塔），据传是在佛陀成佛后不久缅甸两位商人兄弟去朝拜时，释迦牟尼赐给他们八根佛发，他们回到缅甸后为珍藏佛发才建成此塔的。

据斯里兰卡《大史》、《岛史》等记载，公元前3世纪在印度摩揭陀国孔雀王朝阿育王支持下举行了第三次佛经结集，结集后曾派须那迦和郁多罗两位长老至苏伐那蒲迷、摩诃勒弃多长老至臾那世界[③]弘法，这就是佛教正式传入缅甸的开始。

按缅甸人传统的说法，公元前850年阿毕罗阇王率领他的释迦族人从印度迁往缅甸北部建立了太公城，这就是缅甸第一个王朝——太公王朝。又如在缅甸直通、

① 现在有些学者认为汉代所谓“掸国”系指当今之叙利亚，尚待进一步考证确认。

② 苏伐那蒲迷（Suvarnabhumi）意为“金地”国。孟王朝所在地，首府为直通。泰国学者则认为是泰国佛统。

③ 臾那世界指今日缅甸掸邦一带。

勃生一带出土的5世纪陶片上就有罗摩故事中哈奴曼神猴（即大颔神猴）与十首魔王鏖战的图形，可见印度史诗当时已传入缅甸。1972年、1980年先后在敏巫、密沙出土的6世纪骠国金手镯，工艺水平相当高超精湛，上面铸有那牙神兽像①和咖咙神鸟像②。这些都是印度神话中的怪兽。据此也可证明印度神话早已传入缅甸。印度的神兽和传说故事有不少还可以在缅甸神话故事中找到。蒲甘王朝从骠绍梯王代代相传至1044年阿奴律陀王进一步统一全缅，蒲甘王朝③名声大振。1057年上座部佛教确立为缅甸的国教。佛教就一直影响着缅甸文学的发展。从缅甸书写文学的开端——蒲甘碑铭时期，佛教的传说、哲理以及有关的活动就是其书写的主要内容。从题材来说，有的是直接记录佛事活动的，有的是颂扬佛法宣讲教义的，有的是借佛教传说警喻世事的，有的是按佛教哲理解释社会的等等。从体裁和写作手法来看，不论是诗歌，或是早期散文作品也都受到佛经的一定影响。可以说目前所发现的19世纪末叶以前的书面文学材料几乎全都是这样。到了20世纪初期，西方文化对缅甸的影响有所加强后，情况才略有不同。但直至现在，佛教思想仍占据着缅甸社会的主导地位。这一点在研究缅甸文学时必须予以足够的重视。

由于缅甸与中国民族同源，所以在早期神话与民间故事中可以发现不少类似或互相影响的例子。一些考古学者认为缅甸出土的铜器、青铜器主要受中国影响，铜器的制造技术来自中国。西汉司马迁的《史记》中，就有关于处于当今缅甸境内古国的记载。《后汉书》已明确记有当时掸国的掸王曾三次派使节与中国通好，公元120年还派来了杂技团。唐代时骠国与我国的关系更加密切。甚至后来有学者推断：宋代鉴于缅甸在中国西南方，山水阻隔路途遥远，遂以“缅甸”命名④。总之，中国很多史籍都记有当今缅甸一带的某些情况或与中国交往的史实，尤其在明代以后，这种涉及缅甸的史籍专著为数更多，明代约有40部史书札记，清代约有70部典籍文册均记有有关缅甸的内容。仅举上述几例已足以见得中缅两国关系之悠久，相互影响源远流长。尽管在那漫长的岁月里，两国之间关系密切，来往频繁，但反映到文学上中国文化对其影响并不如印度文化影响深远，只发现有某些友好

① “Naya”一种头似麒麟身像蛟龙的独角怪兽。

② “Galon”又译作妙翅鸟，类似于我国传说的鲲鹏。

③ 以前有的缅甸学者又将阿奴律陀王之前的蒲甘王朝称之为第一蒲甘；阿奴律陀王即位后称为第二蒲甘。而各国学者则习惯说1044年阿奴律陀统一全缅后建立了蒲甘王朝。但这两种说法都不确切。近年来缅甸学者提出了新见解认为公元849年彬比亚王建蒲甘城才是蒲甘王朝之始，而彬比亚王之前的蒲甘只是骠人的一个城邦而已。请参见梁志明、李谋、杨保筠主编：《东南亚古代史》，北京大学出版社，2013年3月版，第374-375页。

④ 按近年来学者们的考证，大多已将此说摒弃，缅甸早期碑铭上的“mirmar”（靡莫）才是今日“缅”族名称的来源，而缅文中的“tain”（意为国家）。

关系与交往的记录。缅甸国家图书馆保存的贝叶册中有一部《华人莅缅各地记》(按所述内容估计成书于17世纪末)，1955年左右经著名诗人德钦哥都迈校订由缅中友协刊印成书。虽然篇幅不长，但这可以说是迄今发现的缅文的最早一部缅中关系史。该文从上古神话讲起，说缅王朝创始人骠绍梯与中国王后乃同胞兄妹，都是从天帝释与龙公主所生龙蛋中孵化成人的。讲历代往来一直讲到公元1661年间缅东吁王朝卑明(旧译莽白)王即位，应清廷之求将明永历帝送回为止。缅甸沦为殖民地以后，随着英文在缅甸的流行，缅甸知识界开始通过英译本对中国文学有所了解。甚至有人还把中国通俗小说译成英文在缅甸发行。如1894年J. A. 貌基与华侨粟敦宏(译音)，把《包公案》、《聊斋志异》的部分故事译成英文，取名《天朝之镜》出版。随着民族独立运动的发展，在民族和爱国情感的驱使下，缅甸读者对与自己国家有着相同遭遇的中国感到亲切，并且希望从中得到启迪或借鉴。我国的五四新文学运动影响到缅甸，鲁迅、郭沫若等人都成了缅甸文学界所熟悉的人物。20世纪20年代末期至30年代缅甸的实验文学运动就直接受到了五四运动的某些影响。到第二次世界大战后，这种影响更加扩大，尤其是50至60年代期间，毛泽东的文艺思想被缅甸一些进步作家所接受，不少中国现代小说被译成缅文介绍给缅甸读者。在题材的选择、描写手法的运用方面都可以找到借鉴与影响的痕迹。70至80年代初期中国的通俗武侠小说被大量译成缅文出版，在缅甸出版界掀起了一个小小波澜，不少缅甸读者对奇妙的武术发生兴趣。“功夫”一词成了好多人的口头禅。80年代末中国古典名著《红楼梦》被译成缅文出版，译者、名作家妙丹丁也因此获缅甸国家文学奖。这也是第一部被全文译成缅文的中国古典名著。

缅甸处于英国殖民统治时期，只见有对个别文学著作研究的论述，而对缅甸文学的整体研究起步较晚，20世纪20年代著名学者吴佩貌丁回国担任仰光大学缅文系系主任，他可谓是缅甸文学研究的第一人。40年代末期他撰写的第一部《缅甸文学史》(从蒲甘碑铭时期至贡榜王朝末期)问世。此后至今，缅甸国内仅出版过四本《缅甸文学史》，60年代末期眉谬莫基著《新缅甸文学史》出版(该书序言中写明分成上下两册，上册从蒲甘到阿瓦王朝，下册从东吁王朝到近代，但后来一直没见下册出版，原因不详)。70年代初吴貌貌伦著《缅甸文学史》(概要地介绍了从蒲甘至贡榜王朝一些作家作品)出版。80年代后期缅甸政府教育部教科书编写委员会编写的《缅甸文学史》(简要描述从蒲甘至殖民统治时期缅甸文学的发展)出版。此外，吴奈温领导的军政府执政时期，政府曾主持召开过各种文体发展问题的专题研讨会，写出过一批对某一文体发展综述的论文，实际也是对缅甸文学史的一些补充。21世纪初直柳漂貌钦敏著《殖民主义时期缅甸文学史》(讲述1826年至1948年间缅甸各种体裁文学的发展)先在《格莉亚》杂志上连载，后又结集出版。

概言之，缅甸文学史的分期问题至今尚无非常统一的说法。缅甸的学者们大多采取按王朝的分期法，即蒲甘时期、彬牙时期、阿瓦时期、东吁时期、良渊时期、贡榜时期(有的将贡榜王朝还分为贡榜前期和贡榜后期)、殖民统治时期和独立时期。20世纪80年代中国兴起了一股研究东方文学的热潮，中国的缅甸文学研究也卷入这一热潮中，曾参照马克思的阶级社会五段论把缅甸文学分为：封建社会以前、封建社会前期、封建社会后期、殖民统治时期和独立前夕与独立后五段。但仔细分析似仍不贴切，因为缅甸所经历的王朝时期若以“封建社会”一词恐难概括。只有待今后相关学者们研讨再定了。

为了叙述的方便，本书暂且分为：早期缅甸文学(缅甸文学的肇始期)、彬牙—阿瓦时期文学(缅甸文学的成熟期)、东吁—良渊时期文学(冲破了宫廷与宗教两道藩篱，融入了民间成分，缅甸文学的丰满期)、贡榜时期文学(缅甸文学的极盛期)、反殖民族独立运动时期文学(抵制西方文化的侵扰，吸纳西方文化中的先进理念和有益因素，缅甸文学的重振期)和战后及独立以来文学(缅甸文学的发展期)六章来叙述。

缅甸早期文学是缅甸文学的肇始，包括两部分。一部分是神话故事与口头文学，指1044年以前缅甸书写文学尚未形成的阶段。所有国家或民族的书面文学都不是无源之水，无本之木。缅甸的神话故事、民间传说都很丰富，故事中又分动物、公案、谚语、神怪等多种。而且缅甸境内各个民族都有不少精彩的故事。可惜的是直至目前这方面还没有引起缅甸更多学者的重视，发掘整理得不够。至今只有廷昂博士在20世纪30年代经过调查搜集和整理，用英文写过一本《缅甸民间故事》[①]，较系统地提供了一些有益的线索。此外曼德勒的名作家吴拉在20世纪60年代曾先后搜集出版了几十册缅甸各个民族的民间故事集。其他大多散见于缅甸古籍或其他作品之中。这些都能为我们了解缅甸早期口头文学提供某些参考材料。此外，还有流传在民间的不少民歌、民谣。这些口头文学作品都应该在文学史上占有其应有的地位。通过对缅甸神话与民间故事的研究，可以更好地了解缅甸文学发展脉络和缅甸文学与其他国家文学的关系。另一部分是1044年至1287年期间的蒲甘碑铭文学。蒲甘时期虽名为王朝，但一些记载和历史资料证实，当时生产关系正在变化之中，君主将“王权”与“神权”集于一身，“奴仆”、“奴隶”尚普遍存在。所以这一时期与

① 该书已有中文译本，即[缅]貌阵昂:《缅甸民间故事》，施咸荣译，北京：作家出版社，1957年版，按：貌阵昂即廷昂博士。

其后一些王朝从社会性质上来看有着根本的不同。再有，虽然这一时期文学记载现在发掘的尚不很多，内容也不甚丰富，大多是佛事功德的记录，少数是历史文献，体裁也较单调，多叙述体。但缅甸人常说："缅甸文学始自碑铭。"此说虽然不尽精确，但碑铭确是缅甸书面文学的基石。这一时期文体主要是散文，但从后世流传的少数几首诗歌来看，也可以清楚地知道当时四言诗已有相当高的水平。只因直至目前仅发现了几首短诗，尚无法估计当时诗歌发展的全貌。总之这一时期应当单列，并给予重视。它是缅甸书面文学的奠基时期。

彬牙—阿瓦时期（1287—1531）实际上是个动乱的年代，缅甸境内多民族、多个小王朝争霸，战乱不断。但人们思想非常活跃。王室官宦、僧侣两大集团人士都创作出不少上乘之作，使文学本身得到充分发展，佛教文学、宫廷文学日臻成熟。

东吁—良渊时朝（1531—1752）虽然缅族以武力统一了缅甸全境，并大力对外扩张，但是局势并不十分稳定，纷争战乱不断。佛教文学与宫廷文学垄断文坛的情况有所松动，被排斥在文坛之外的"不登大雅之堂"的民间文学，反映普通人民生活的作品开始涌现，并在文坛占据了一席之地，使缅甸文学进一步丰富。

贡榜王朝时期（1752—1885）主要特点是集权王朝由鼎盛到衰落。殖民主义者涉足缅甸，促使缅甸社会内部出现变化。统治者注意对外关系，与国外联系增多，文坛活跃，缅甸文学进入鼎盛期。回眸整个缅甸王朝时期的文学，诗歌占主要地位，大多是四言诗。后来诗歌有了进一步发展，在四言诗更加成熟的基础上，其他各类诗歌有了长足的进步，尤其是混合体诗，不少是在吸收外国文学营养后改造而成的，能吟唱的词曲类作品、戏剧文学在这一时期有了较大发展，散文小说也从单纯描写佛经故事的"事论"，进一步发展到描写宫中生活的，或抒发畅想的宫廷小说、神奇小说的阶段。宫廷文学部分值得一提的是不少宫廷女诗人崭露头角，她们的闺情宫怨诗暴露了宫廷生活骄奢淫逸的一面，有一定现实意义。其他如写劳动人民生活的，抒发个人情感的，揭露社会黑暗面的，以至反对殖民主义者的侵略，激励爱国主义精神的作品也有出现。

反殖民族独立运动时期（1885—1945）是殖民主义统治缅甸的时期。在这一时期的前20至30年，人们称之为缅甸文学的黑暗时期。20世纪初叶文坛上仍然很寂静，只有爱国诗人瑞当塞耶龙（后更名为德钦哥都迈）活跃在文坛上。正如作家敏杜温在后来发表的一篇评论所说："缅甸王朝覆灭以后，那种以上层人士的口吻，为了消闲解闷，借用别人的思绪，挪用旁人的笔法来写常见爱情苦恼的诗歌仍孤独地存在过，好像是第一次与第二次世界大战之间年代里出现的朦胧的雾霭。在这雾霭之中瑞当塞耶龙却甘心情愿用密斯脱貌迈这样一个古怪的名字对他所看不下去的恶劣时代进攻了。他划破了雾霭，迎来了黎明的曙光。”继德钦哥都迈之后，缅甸文坛在1930年前后出现了颇有影响的“实验文学运动”。一些青年不满文坛的现状，开始探索适合于向大众宣传民主、自由思想的文体与风格。红龙书社的成立标志着上述思想的进一步发展。实验文学运动的影响深远，直至今日。从文体上看，这一时期最大收获就是现代小说形式的兴起。不论是短篇或长篇都已成熟。诗歌方面代之而来的是新体诗，格律不再像以前那样严格。剧作方面出现了话剧、歌剧或说唱剧。总之这一时期是缅甸文坛思想上发生重大变革的年代。

战后及独立以来时期（1945年以后）指独立前夕和独立以后这段时间。爱国、民主、独立的思想已经形成势不可挡的潮流。即使是那些一贯以爱情为主题进行创作的作家们，也或多或少地受到影响，可以说绝大多数作家都被卷入这一潮流中，这种思想在他们的作品中都有所表现。从文体上来讲仍然以现代小说为主，散文有了很大发展，其他文体如剧作、诗歌等的创作仍不景气。缅甸独立前夕文坛上最突出的人物要数貌廷，他描写抗战时农民生活的小说《鄂巴》是当时的代表作。独立后20世纪40年代末期至50年代上半叶缅甸文坛上出现了所谓实验文学运动的再实验即“新文学运动”。独立后历届政府由国家宣传部下属机构“缅甸文学宫”牵头，组织了历年国家文学奖的评奖和多次专题文学讨论会等，都对缅甸文学的发展起到了促进作用。独立后各种各样的文学都有所发展。譬如：除了通俗文学（其中包括纯情小说、推理小说、科幻小说、武侠小说等）大量存在外，还有暴露文学，以敏新等人的作品为代表；叙史文学，以吴登佩敏等人的作品为代表；寻根文学，以宣扬本民族文化为主要内容的文化小说等，代表人物是加尼觉玛玛礼；改革文学，宣传理想化模式社会的作品，如敏昂、那加山貌基辛等人的小说；铁窗文学，以八莫丁昂、吴拉为代表；军旅文学，以铁拉西都为代表，都有一些佳作问世。这一时期缅甸的翻译文学也有很大发展，其中这方面最有成就的作家就是妙丹丁，他译了不少世界名著，因此曾多次获得国家的翻译文学奖。20世纪80年代以后最受读者欢迎的崭露头角的作家有摩摩茵雅、珠等人。但由于缅甸独立以来国内政局一直不稳，经济状况不佳，出版事业不够景气，也在一方面影响了当代缅甸文学事业的繁荣。进入21世纪以后，缅甸国内的政治局势开始有些变化，尤其是2011年3月新一届民选政府上台执政，采取了一些新举措。人们企盼随着政治方面的“松绑”，缅甸文化包括现当代的缅甸文学也能迎来一个新的春天，得到更好的发展。

第一章　早期缅甸文学(？—1287)

第一节　缅甸文学的起源与口头文学

劳动创造了人类，创造了历史，也创造了文学艺术。早在人们记载的手段——文字没有出现以前，世界各族民众就已创造出不同的口头文学，其中包括人们在长期劳动中创造的很多神话。这些神话不仅反映了人们对自然界的认识，也反映了人们跟自然界的斗争，以及要求征服自然的理想和愿望。直到文字出现后才有了书面文学。此后，一些作家把以前出现的一些口头文学作品整理、记载下来成了文字作品。而口头文学仍继续发生发展着。口头文学中这些古老的早期作品，最为珍贵。因为它是一个民族、一个国家文学的滥觞。研究这些作品很有意义。

缅甸也不例外，它的口头文学也是比较丰富的。口头文学分为两大类：一类是民间故事，另一类是民歌民谣。而民间故事又大致可分为神话故事、传说故事、动物故事、浪漫故事、谚语故事、幽默故事等。口头文学经过口耳相传迅速地传播开来，而且跨越时空连绵不断。当然在传播的过程中，经过多位接受或传播者的添加、删减或改编，一些甚至完全变了样，变成若干个相似的或不同的故事、民谣。有的还可以从中分析出它们出现的年代，推断它们是否是书面文学出现前的原始的口头文学作品。

在缅甸，尽管人们在接受佛教信仰的同时，接受了佛教和半佛教的神话，冲淡了原有神话的民族色彩，但我们还是可以从今日走了样的神话故事中，在一定程度上领略到原有的风貌。

《月蚀》故事①讲的是一个善良忠厚的小伙子赤贫如洗，只有死去的祖母给他留下的一根捣辣椒面的杵。小伙子无意中知道了这根杵具有使人长生不老、起死回生的魔力。后来小伙子就用这根魔杵四处行医，救助人们于死难之中，还救活了一只即将腐烂的死狗“鄂勃欧”，又用魔杵救活了奄奄一息的公主，遂被皇帝招为驸马。月亮女神非常妒忌他，伺机偷走了魔杵。驸马喂养的狗“鄂勃欧”发现后，

① 载[缅]貌阵昂:《缅甸民间故事》，施咸荣译，北京：作家出版社，1957年版。

为了夺回魔杵，紧追不舍。狗因常嗅到魔杵的气味，变得长生不老了。有时候狗捉住了月亮，想把它吞下去，但喉咙太小，吞不下，又不得不把月亮吐出来，重新追赶。这就形成了缅甸人讲月蚀现象的一句俗语："鄂勃欧吃月亮啦！"

而《月中老人》[①]说的是，很久很久以前有个孤苦伶仃的老人，只有一只老兔子跟他作伴，靠给人家舂米过活。月亮女神很可怜他，每天都变作一个老太婆来和他作伴，直到晚上才离去。后来女神索性把老人和兔子都带到月亮上去。所以至今每逢月圆的时候，人们还能看到月亮里有位老人在舂米，兔子在旁边吃老人扔掉的米糠。显然，这些神话都是人们对自然现象的解释，充满着绚丽多彩的幻想。

非常有趣的是，上述缅甸关于月亮的两则神话与我国关于月亮的神话故事有很多相似之处。[②]似乎正好说明中缅两国山水相连，大多数民族同宗同源的密切关系。

《姆指哥儿》[③]的故事说：一个小孩，因为母亲在生他之前曾辱骂过太阳，遂遭受太阳的诅咒，出生时只有大姆指那样大，直到成人时还不见长大。姆指哥儿成年了，决心去找太阳算账。一路上他结识了船、苔藓、竹刺和臭鸡蛋四个朋友。他们也都恨太阳，答应帮助姆指哥儿去报仇。最后他在四个朋友和雨的帮助下，终于战胜了太阳。回到家乡受到人们热烈的欢迎。这个故事反映了缅甸地处热带地区的自然环境，每当暑季到来，赤日炎炎、大地龟裂、树木枯萎、溪流干涸、田地荒芜，动物也深受其苦。只有到雨季时，到处才变得郁郁葱葱，生机盎然。所以人们对烈日并无好感，而把雨水视作自己的忠实盟友。这显然和寒带地区国家的神话传说截然不同。而且我们可以发现这则故事中尚无万物有灵自然崇拜的印记，人与太阳、雨等都是平等的，表现了人们与自然作斗争的宏伟气魄和必胜的信念。可见这个故事是个相当古老的故事。

缅甸《姆指哥儿》的故事还有一个完全不同的版本。[④]故事说：一个小孩，因为母亲在生他之前曾辱骂过雨神，遂遭受雨神的诅咒，出生时只有大姆指那样大，直到成人时还不见长大。他受到种种磨难，父亲被树压死，自己沦落到了小偷家；掉到牛食槽，跑进牛肚子，被牛排出体外，浑身沾满牛粪；又走进老鼠洞。最后，拜见了一位和尚。才遵照法师所言，与母亲一起去拜雨神请求宽恕。第二天，拇指哥儿才变得与常人一样健壮了。在这则故事里，已经完全没有了与自然抗争的

① 载[缅]貌阵昂：《缅甸民间故事》，施咸荣译。

② 缅甸《月蚀》、《月中老人》故事与中国的《天狗食月》、《嫦娥奔月》、《吴刚伐桂》、《玉兔捣药》等故事有不少相似之处。《天狗食月》等故事可参见袁珂编著《中国神话传说词典》，上海辞书出版社，1985年版。

③ 载[缅]貌阵昂：《缅甸民间故事》，施咸荣译。

④ 参见姜永仁主编：《缅甸民间故事》，辽宁少年儿童出版社，2001年版，第13-15页。

勇气，而是善恶有报的佛教哲理了。可见这则故事产生的年代是在佛教传入缅甸之后了。

有的神话故事是解释民族起源的。《三个龙蛋》故事便属于这一类。

据说当时住在地下一由旬[1]处守护四尊佛祖所用金杯的伽拉之龙有一女。该龙女米松蒂来到南岛玩耍，遇天帝释之孙、太阳神之子，因前世姻缘，结为伉俪。怀胎足月，生下三只蛋来。一只蛋在众神护送下到达妙香国[2]生出一女，成为皇后。一只蛋在出生之处破碎，成了红宝石。一只蛋顺伊洛瓦底江漂走。顺流而下的一只龙蛋到达了杜云岱农村一带，……不久果然从蛋中生出一子（即后登基为王的骠绍梯）。[3]

另一版本的《三个龙蛋》故事如下：

伽拉那伽龙王的孙女、花龙之女赞底来到人间持斋守戒，住在马垒山，与太阳神王子发生关系，有了身孕。太阳神王子又离她而去。赞底龙公主临产前派白鸦去找太阳神王子。王子包了一粒红宝石让白鸦带回交给龙公主。白鸦在归途中看见一伙商人在野餐。本性难改的白鸦打算拣拾商人们吃剩的食物，便将宝石包放在树杈上。商人和船主们发现白鸦放在树杈上的宝石包，将其取出，换上一块干粪放回原处。白鸦吃完忙取了包回去送给龙公主。龙公主见到干粪，非常伤心，便将龙蛋生在山边，然后返回龙国。此时，天神指引一位猎人来到龙公主产蛋的地方。猎人发现龙蛋十分高兴，便将龙蛋捡起。时大雨滂沱，溪流四溢。当猎人过溪时，手中龙蛋掉入水中，一枚金蛋在摩古贯宾一带裂开，变成红宝石宝藏。一枚青蛋漂到顶兑国生出一位公主，公主长大后，被顶兑国王立为王后。另有史籍记载，青蛋漂到妙香国，有的则说漂到太公国。众说纷纭，很不一致。还有一枚白蛋沿着伊洛瓦底江漂到良吴，被每开敦村一对骠族老夫妇在河边发现捞走，……生出一位神通广大、才智过人、相貌不凡的男孩（他就是后来的骠绍梯王）。[4]

① 古印度一长度单位。相当于20482.56米或12.72英里。
② 泛指中国或指唐宋年间南诏大理国一带。
③ 引自［缅］佚名著、德钦哥都迈校订、李谋译：《华人莅缅各地记》（缅甸国家图书馆藏写于17世纪末的贝叶册，1955年缅中友协印制成书），载《南洋资料译丛》2008年，第3期，第67页。
④ 引自李谋等译注：［缅］《琉璃宫史》上卷，北京：商务印书馆，2007年版，第160-161页。

现今这个优美的神话故事已成为中缅两国民族渊源相通，友谊源远流长的证言。

另有一些神话传说则纯系古代原始人们的遐想。缅甸传说中有五种神兽，即：独角怪兽都那牙（有人也称之为那牙），据传它身上还长着长长的像羊毛似的柔软细毛，两只眼睛却像红宝石那样明亮。还有会飞的那牙，叫那牙弁；水象，长相与象同，但它只有老鼠般大小，它的本领却很大，就是普通的大象见到它也要畏惧三分，因为它专吃大象的脑子；鸟身人面的紧那罗，与其说它有些像欧洲神话里的鸟身女妖——哈皮，还不如说它更像善良的天鹅姑娘，这种神兽漂亮而且和蔼可亲，常常是成对成双地出现，有时和王子相恋成为王子的配偶；凶悍的巨鸟咖咙，据说它是龙的死敌，两者常常争斗不休，缅甸神话传说中有个这样的故事，龙斗不过咖咙，几次变幻形体躲避咖咙的追捕，但每次都被发现，最后只得逃回大海，咖咙不识水性只好变作制盐人终日在海边守候，从此就形成了“咖咙制盐”这样一个成语，意即黔驴技穷；龙，一种巨蟒似的形象，缅甸龙的形态与中国传说的龙不尽相同。五种神兽中的后三种常在缅甸文学作品中出现，尤其是在戏剧中。

缅甸的传说故事也非常丰富，此类故事大致可分为两类。一类是关于人物的传说，一类是关于地方的传说。众所周知，11世纪初缅甸才有了缅文的文字记载，所以在这以前的缅甸历史是传奇性的，是建立在一些传说故事上的。例如属于民间故事中“金公鸡”类型的《鄂达巴王》故事：

国中有一人，将其幼子送到和尚处当了小沙弥。师父对他颇为疼爱并教他学习三藏经书与吠陀。沙弥对师父十分敬重，殷勤侍候左右。一回，师父养的一只公鸡每日啼叫道：“食吾头者必成鄂达巴王。”师父听罢心中思忖，你这畜生，怎这般啼叫？于是喊来沙弥说道：“徒弟，这公鸡叫得特别，把它杀了做熟给我吃。”徒弟照师父吩咐去做。当做熟从锅中捞出时，鸡头掉在了灶台之上。徒弟怕弄脏了，就把它捡起来洗了洗吃掉了。师父问为何少了鸡头？答道：“因为捞出时鸡头掉下弄脏，就没有给您添上，我把它吃掉了。”师父心想，此番该看公鸡啼叫得是否属实了。于是便将各种法典、王规、世俗之规等统统教给徒弟，然后让他还俗，送到一武将门下谋事。少年相貌英俊，且具有福相和智相。武将待其如亲子，给他相称的衣冠饰物，出入往来皆带在身边。一日，武将带少年进宫。大王见少年举止文雅，有王公风度，十分怜爱。大王无子嗣，便将他要来立为王子，封该武将为王子的监护官员。少年通晓一切王规，善于处理国家事务，非常敬重国王，修养有素，深得国王和文武百官、僧俗民众之爱戴。国王遂立其为王储。也有史籍记载，大王将公主许配给该少年为妻。王储15岁时，国王去世，便继位为王。[①]

再如《太公的野猪》故事讲了伊洛瓦底江东岸的一些地方，它们的名字都以“外”（wet）字开头（缅文原意是猪）的由来；原来这与传说太公第十七代王德多摩诃罗阇王时期一头大野猪四出为患有关。[②]

动物故事是缅甸乃至东南亚口头文学中最具特色，思想性、艺术性较高的一类。这些故事中的主角——动物，它们的言谈举止虽然像有理性的人，但也保持了自身的特性。不仅如此，这些故事还反映了古代劳动人民对社会强权的鄙视和憎恶，对被压迫者、弱小者的赞颂和同情。这种抑强扶弱的基调说明这类故事大多产生于阶级社会开始萌芽的阶段。在这类故事中兔子往往是英雄。缅甸的兔子的性格跟东南亚其他国家如泰国、老挝、柬埔寨等是一致的，又相当于印度尼西亚、马来西亚的小鼷鹿，欧洲的列那狐。一般来讲它聪明、公正、博学，也是受人喜欢和尊敬的角色。例如在《兔子伤风》中，就是因为兔子的乖巧，躲过了一场杀身之祸；而在《兔子怎样除掉森林中的暴君》故事中，兔子设计诓骗狮子让它自己投水淹死，受到其他动物的称赞，博得“聪明兔子”的称号；但在《都达来了》[③]故事中，兔子并不怎么聪明，和中国藏族故事《咕咚来了》几乎一样；在另一些故事里，兔子又显得很狡黠，喜欢恶作剧，譬如《金兔子和金老虎》故事中，他不仅吃掉了金老虎的一包饭和肉，让金老虎割了一天草，最后还烧伤了金老虎的背，让它受尽了折磨。老虎在缅甸故事里经常是个反面角色。但是与其说它是个恶棍，倒不如说它是个可爱的大傻瓜。在《为什么老虎和猴子成了死敌》、《貌波和老虎》等故事中，老虎显然是个恶棍，横行霸道、忘恩负义、暴戾恣睢，可它却缺少计谋，往往被弱小者捉弄、欺骗或战胜；在《都达来了》故事里，老虎更是个容易被惊吓的傻瓜；在少数故事里，它是个被人同情的角色。乌鸦在缅甸故事中是另一个比较重要的角色。在一些故事中，乌鸦被描写成敢于反抗，同情别人有正义感的角色。例如在《乌跟乌之间是怎样建立起友谊的》故事里，乌鸦以自己的模范行动促

---

① ［缅］《琉璃宫史》上卷，第148-149页。

② 参见［缅］《琉璃宫史》上卷，第133-134页。

③ 都达，是熟落的孟加拉苹果砸到棕叶上发出的响声。该故事早在《本生经》中就有，参见《本生经》第322号故事，即《都达巴本生》。

成了鸟类的团结；而在《乌鸦为什么要照顾布谷鸟的蛋》故事中，反映了乌鸦对同类的关怀。在另一些故事里乌鸦却成了基本被否定的角色。如在《怎么乌鸦变小了》故事里，它领导了一次反对合法国王的叛乱；在《乌鸦和鷓鴣》故事里，它要把无辜的小鷓鴣吃掉；在《鸦腿藤》里，它拆散了雉鸡夫妇的幸福家庭。

浪漫故事包括了一些仅能在梦幻世界中才能发生的不可思议的奇迹。但它往往赞美人们的智慧和美德，揭露和抨击人们的贪婪与邪恶，对那些善良、穷苦的人寄予了无限同情，给予他们美满的结局。例如:《金乌鸦》故事里，讲金乌鸦把一个贫穷寡妇女儿晒在太阳下的一盘米吃个精光，小姑娘痛心地哭了起来。金乌鸦决定另外报答她，小姑娘不贪财，捡最差、最小的东西拿，结果反而得到了最多的报答。相反一个贪心的姑娘，听说穷姑娘得到了金乌鸦的礼物后，也拿出一盘米让金乌鸦吃，但她挑了一只最大的盒子拿回家，可是打开一看却爬出来一条大蛇。

谚语故事在缅甸民间故事中占据着重要地位。它经常用一种比喻说明一个哲理，形式简明但寓意深刻，语言生动朴实。缅甸谚语故事的内容十分广泛。据统计缅甸谚语不下3000条。其中有谚语故事的就有近千个。例如,《牛群散挨虎咬》，说从前在一片森林边生活着一群牛，它们和睦相处，生活美好。林中一只老虎早就对它们垂涎三尺，只因牛群团结，无机可乘。于是暗施诡计，挑拨离间，以至牛与牛之间相互猜忌，团队涣散，老虎才乘机把它们一头一头地吃掉。这故事教育人们要精诚团结，才能抵御外来侵略，维护和平美好的生活。其他像《时间、潮水不等人》、《日落西山才晒场，战争来时方磨枪》、《交谊之中见人心，舂米之时识好坏》、《不承认自己错误的人是最愚蠢的人》、《山再高也能踩在脚下，浪再大也会压到船底》等等，都是用一个有趣的故事说明一个简明的道理。

神奇故事大多与魔法、炼金术或神有关，描述平凡的世界上某些不可思议的奇迹。有时有些妖魔鬼怪也被写进故事之中。但其基调大多不是离奇恐怖的。那些妖魔鬼怪之类都是些被嘲弄讥笑的对象。

公案故事实际是缅甸人千余年来按照习俗判处案件的故事。

缅甸民间故事的特色之一就是幽默。大多数民间故事都含有一定的幽默成分。幽默故事则重点放在幽默上，笔调也往往很滑稽，其主要目的就是引人发笑。例如:《笨孩子》故事说一个笨孩子受寡母的差遣，到森林里找食物。他在陷阱里找到一只野禽，便叮嘱它飞回母亲那里去。回到家发现鸟没有飞来觉得很奇怪。母亲告诉他，下次必须用刀把鸟杀死自己带回家来。第二天他在林中找到一些大蘑菇，他就用刀剁碎，白白糟塌掉了。母亲告诉他要把它们连根拔起带回家。第三天他在林中见到一个蜂窝，就用手去抓，结果被蜂蜇伤。母亲告诉他要用火把蜜蜂熏跑再取蜜。第四天他在林中见到一位和尚，便用火去烧，被和尚痛打一顿。母亲又告诉他见到和尚要跪下磕头。第五天他在林中遇到老虎，他便跪下磕头，结果被老虎吃掉了。

总之，缅甸民间故事是极其丰富多彩的，它是世界民间文学的一个组成部分，它丰富了世界民间故事文库的内容。例如：缅甸流行的《蛇王子》、《蛇王子与三姐妹》故事，它和中国和亚洲其他国家的蛇郎故事一样，在民间口头传诵上千年，但它具有其独特的光彩。它在情节上与中国蛇郎故事一样，插入一个嫉妒的女人，这个女人以姐姐身份出现。但在缅甸蛇王子故事中，她没有将妹妹害死。姐姐最后也只是遭到惩罚和嘲弄而已。显然这种结局与缅甸民众的佛教信仰有关。

缅甸歌谣是口头文学的另一个重要组成部分，包括儿歌、舂米曲、鼓曲、插秧歌等等。有的是母亲怀抱婴儿唱的，有些是节日集会时随着锣声鼓声唱的，有的则是劳动时唱的。缅甸的儿歌也很丰富，至今我们还能从缅甸老年妇女们的口中听到不少这类歌谣。如：

白鹭飞，
白鹭跑，
小宝宝要睡觉。
别往这边飞！
别往这边跑！
小心网儿把你套。[①]

又如：

小宝宝，小宝宝！
长长的小睫毛，
快快合上眼，
乖乖来睡觉。[②]

① 原歌见［缅］吴波腊编辑整理《民歌集锦》(以下简称《集锦》)，仰光：彬尼亚南达印刷厂，1957年版，第一集(14)首。
② 原歌见《集锦》第二集(11)首。

缅甸是个佛教国家，一年12个月，月月都有佛教节日，即使在平时，为孩子命名、皈依、穿耳，或迁居、敬佛、布施等活动也不免载歌载舞，这就随之产生了不少民间歌谣。这些节奏明快、生动活泼、语言简朴的民歌描绘了人民生活的许多画面。例如：

眼前一片金光闪，
莫非朝阳出东山？
哟！哪是旭日升？！
是你看花了眼！
僧衣袈裟黄灿灿，
高僧托钵来化缘，
斋菜斋饭快备好，
慷慨布施好行善。

缅甸城乡各处，每当金色的阳光初照大地的时刻，僧侣们身披金光闪闪的袈裟，手捧僧钵，列队离开佛寺庙堂，庄重地朝各自的施主家走去，笃信佛教的善男信女们准备好斋饭恭候佛门弟子的光临。这着实是一幅充满着虔诚、崇敬、宁静、和平的图景。

缅甸民歌中最精彩的要算插秧歌。缅甸历来是个盛产稻米的国家，广大农民不顾日晒、风吹、雨打，用自己的双手辛勤耕耘，而且缅甸农民一向有互相帮工、集体劳动的习俗，每逢插秧或收割季节，人们往往集体帮工，一些人边歌边舞在地头上鼓舞同伴们的劳动热情。插秧歌大多是在这种场合唱的，内容也是直接反映他们劳动生活的。比如，农民关心着天气的变化，因为这直接关系着稻谷的生长和收获。有一首插秧歌就这样写道：

在那金色的蟠檀树下，
边向天际远眺边把秧插。
只怪雨儿迟迟不降，
秧儿蔫蔫田中趴。[①]

① 原歌见《集锦》第一集（86）首。

有的插秧歌则反映了男女青年在共同劳动中相亲相爱的情景。

阿哥把裙头儿解开，
为妹擦汗递过来。
任它流吧，
阿哥你莫管，
滴滴嗒嗒汗珠流得快。①

又如：

炎日照在阿妹身上，
像蔫倒的秧苗精神不爽，
阿哥忙解下自己的披肩，
轻轻展开蒙在妹头上。②

有的插秧歌则反映了劳动人民对幸福生活的神往，以及辛勤劳动一年获得胜利果实时的欢乐心情。一首插秧歌就这样唱道：

咱们那块宝田上，
看你插的秧，
长得多茁壮，
哟，快来看呀！
一穗准打十斤粮，
粒粒饱满圆又亮。③

① 原歌见《集锦》第一集（89）首。
② 原歌见《集锦》第一集（90）首。
③ 原歌见《集锦》第一集（120）首。原文是"一穗准打十缅升稻谷"，一缅升稻谷约合1.3公斤，纯系夸张，此处意译为："十斤粮"。

第二节　书写文学的开端

一、文字的产生

缅甸文字究竟产生于哪个时代，因为缺乏历史记载，实难得到确切的结论。通过对已发现的文物上的文字遗迹进行考证，专家们普遍认为：缅甸文字是在从印度南方和北方流传过来的文字基础上，经过长期发展演变，尤其是经历孟文发展阶段后逐渐演变而成的。

在缅甸已发掘到的最早文字记载是汉林基地区发现的骠文碑铭。据考证是公元4世纪的文物。后来人们又在骠国的都城室利差呾罗（即今之卑谬）附近发掘到20片金箔片。金箔片上镌刻的骠文与印度南部流行的迦檀婆文字相近。与此同时，随着佛教从印度北部传入缅甸，印度笈多王朝的笈多字体也传入缅甸。这从缅甸谬洪城、维沙里城发现的文物可以得到验证。

第三次佛经结集后，印度高僧们将巴利文三藏经从锡兰（今斯里兰卡）带到了缅甸南部孟族人集居的苏伐那蒲迷。当时缅甸境内通用的文字有梵文的前身笈多文、巴利文、骠文和孟文等。这与当时缅甸尚未统一，多种势力各据一方的局面有关。

据考证直至11世纪蒲甘王朝初期缅甸文才出现。它与骠文、孟文一样都借用了印度南部的婆罗米字母。缅文与孟文的书写文体相近，早期呈方形，后来逐渐变成圆形，直至今日。缅文与中国滇西古傣文书写式样也基本相同，故明初李思聪著《百夷传》中有滇西傣族“小事刻竹木，大事作缅书”之说。

初期缅甸文的书面记载手段已有贝叶，这可从当时的《敏湾寺碑》中所述：“将波瓦苏的功德写于贝叶之上，然后刻在《敏湾寺碑》中志之。”得到证实。稍晚些时候书写用的、缅甸人称之为“波拉拜”的糙纸折也出现了。但因炎热潮湿的环境与气候，贝叶与纸折皆难以长久保存，故今日未见当时的此类遗物。传至今日的只有佛像陶片文、佛塔釉片文、壁画文与碑文。佛像陶片文只是简单的祝祷之词。佛塔釉片文与壁画文也只是简短的说明文字。只有碑文才是较长的成段文字。

上述佛像陶片文、佛塔釉片文两类记载中语句甚短，且所见不多，就略去不谈了。缅甸早期的壁画文大约与碑文同期，也可能略早。大多是佛本生故事图像的简要说明文字，类似于现在的连环画的说明文字。蒲甘的劳加太班寺中的壁画文是这类记载中最具代表性的作品。该寺的内壁上画有《本生经》①长颂卷的10个故事。现将描述《本生经》第539号故事《阇那伽本生》壁画文②的译文录后（括号内文字，系为了读者便于理解，本书作者按原故事情节所加）：

1. 从前，在密铁拉城摩诃阇那伽称王。该王有二子。

2. 封长子为王储。封幼子为大将军。摩诃阇那伽死，众人将王尸火化。

3. 长子王储阿梨塔阇那伽被众人推举为王。弟被封为王储。

4. 王储一部下向王（诬）告王储将谋反。王将弟拷上脚镣囚禁。（弟）盟誓确无此事，脚镣自行脱落。到边远村落去。

5. 聚集兵马。讨伐其兄。

6. 兄败，弟胜。王后腹中怀着来世佛陀身孕逃走。

7. 来世佛陀母亲行乞，住于佛亭之内。一婆罗门认其为妹，带回家中。

8. 来世佛陀母亲与婆罗门一起进餐。来世佛陀出生后想知道生父是谁，吃奶时问母亲。

9. 读书学习。请母亲准许（其回密铁拉城）。

10. 乘船。船沉。向海神玛尼梅克拉讲述经历。玛尼梅克拉救起来世佛陀，将来世佛陀飞身送至御花园的石板上。

11.（国王死仅遗有一公主。正在选继位者。希望成为继位者的）大臣为讨蒂维丽公主欢心，为她揉腿。寻找继位者的吉祥飞车来到来世佛陀所在地。一婆罗门察看了来世佛陀的脚相，说他应当国王。将其带回。

12. 到达王宫，蒂维丽公主伸手搀他登上高阁。来世佛陀继位为王以后，各方送来许多礼物。举行布施礼。

13. 到御花园游玩时，以有果和无果的芒果树为鉴，看到了自身的无常。

14. 在高阁上穿上袈裟为僧走出宫殿。妻子蒂维丽以为走出来的是一位辟支迦佛陀，在身后叩拜。

15.（在来世佛陀出家的路上，公主与大臣们）烧了破屋。众人向来世佛陀奏告有人叛乱。（请来世佛陀勿出家，回宫执政。）虽然如此做，来世佛陀仍不退缩。与

---

① 《本生经》（Jataka），亦有音译作阇陀伽者，是巴利文经藏五部《阿含经》中《小部》的第10部经书。该经又以所含颂（即：偈陀）诗首数的多寡分为22卷，即：独颂卷、双颂卷、三颂卷……最后的第22卷是80颂以上的长颂卷，该卷共含10个本生故事。

② 原文参见缅甸高教部编大学文科本科生四年级用《缅甸碑文、壁画文选》，大学函授部，1980年6月版，第86-93页。

那拉达仙人交谈。日落住于树下。清晨捡狗叼来的肉块食用。

16. 与玩沙土的小女孩、制箭的磨箭人交谈。(两人都说有伙伴在会争执，独自一人信念会坚定。)继续前行。拉断草蔓。(对妻子)表示(二人间尘缘)已断。

17. 妻子昏死过去。众人洒水，醒来。在沿途众人与来世佛陀说话之地建塔供奉。

18. 来世佛陀住在大雪山中。其妻在御花园中出家。立子为王，回国代来世佛陀训导国人。来世佛陀与其妻死后升入梵界。

原《阇那伽本生》全文有177颂之多，每颂4句，是一个篇幅较长的故事。壁画文作者却按照18幅画面写下了如此简单的文字，但已将故事的梗概叙述清楚。即使现在我们面前没有图形，仅读到这短短几百字也已明了了故事梗概。其文字特点是简洁概括，流畅不俗，且很生动。

二、散文的开端——蒲甘碑铭文学

阿奴律陀即位后，非常注意发展农业生产，使其政局稳定，国势大振。他大大扩展了原有蒲甘王国的版图。1057年击败了下缅甸孟族苏伐那蒲迷王国取得三藏经，上座部佛教遂被确立为国教。历代诸王也着力弘扬佛教，广建佛塔寺庙。在此期间，广大蒲甘人民安居乐业，为积功德修来世，也乐善好施。故蒲甘一带佛塔庙宇鳞次栉比。缅甸有一句俗话说："若问蒲甘佛塔数，四四四六七三三。"这个数字显然是艺术性的夸张。但是据现今缅甸考古局调查登记的数字，直至今日蒲甘一带大小佛塔寺庙仍有2217座之多。所以人称之为"千塔之国"、蒲甘"手指之处必有浮屠"确系实情。

蒲甘时期，人们在行善之后习惯将行善日期、个人名号、善事内容及誓言咒语等镌刻在石柱或石碑之上作为永久纪念，这就成了遗留至今的最早的缅甸文字的直接记录。目前已发掘到的约在1500方以上，人们统称这些碑文为"蒲甘碑铭文学"。虽然严格地说，碑铭绝大多数是进行某种佛事的记录，并非文学作品，但它对研究缅甸蒲甘时期的社会结构、经济、文化乃至语言文字的演变等都提供了重要线索，而碑文的写作风格对后世缅甸文学创作更有着深远的影响。所以人们普遍认为蒲甘碑铭是缅甸书面文学的基石，故有"缅甸文学始于蒲甘碑铭"之说。

迄今发现年代最早的碑文，可能要推《包道牟佛塔碑》。虽然碑文中未提起刻碑的具体年代，但从其字体和用词方面都可推断它比其他碑文更早。明确刻明年代的是刻于1058年的《莱德些碑》[①]。这块碑是阿奴律陀王造了一尊伽湾波堤天尊[②]

---

① 莱德些(letthexie)，意为"长指甲"。
② 伽湾波堤(Gavanpate)，原意为"公牛"，伽湾波堤天尊是古代印度信仰的一位神灵。

供奉，刻下的一方铭文。全碑译文如下：

缅历[①]420年岁末德邦月[②]初五日，德高望重博学多才的阿奴律陀大王得到一块一人多高的巨石，刻成一尊伽湾波堤天尊像供奉，把一头象、一匹马、一辆车献给天尊像。大王又在毕银泰找到一处安置伽湾波堤天尊像的吉祥宝地。在那里建成一座庙宇后，大王在随从人众簇拥下，亲自护送戴着花环、打着旗幡的伽湾波堤天尊像。大王献给伽湾波堤天尊的有：色度阿堂的田三十[③]、色林境内良切那田五十、良敦境内鄂底瓦甘田二十五。

"这方碑文可以说是缅甸文书写的先驱或前导。正因为莱德些碑文的文字是'先驱'、是'前导'，所以文字显得并不流畅，还是较生涩的。""（如果把缅甸文比作一个人，那么）说它当时还仅仅是个躺在摇篮里吃奶的婴儿是绝不会错的。"[④]

总之，缅文在阿奴律陀统一全缅前已存在，当然它还不成熟，还不规范。但已具有实用价值。只是在江喜陀王统治时期，一切重要记录文献均用孟文书写，这完全是因为江喜陀出于政治上为加强与孟族的团结和睦的目的所致，绝非缅文尚不具备实用水平。江喜陀之后，缅文开始进入上升发展阶段。1112年镌刻的《妙齐提碑》以及上文所述蒲甘附近的劳加太班寺中的壁画文等足以证实我们的论点。

《妙齐提碑》是公认的蒲甘碑铭中用缅文书写最完整，并可清晰辨读的最古的碑文之一。

1112年蒲甘王朝江喜陀王身患重病，处于弥留之际，其子亚扎古曼为感谢父王养育之恩，将父王赐给母后的首饰铸成金佛一尊呈献给江喜陀。江喜陀手捧金佛，心中大喜，连声赞道："善哉！善哉！"尔后，亚扎古曼建塔供佛，并按当时蒲甘人的习俗，将此事撰写成文，并附祷词咒语镌刻于石柱之上志念。

1886年学者们在蒲甘以南敏加巴村妙齐提佛塔附近发现上述石柱，因而称该碑为《妙齐提碑》（现也有人称其为《亚扎古曼碑》），1904年人们又在蒲甘发现同

① 缅历亦称小历（Chula Sakaraj）或"卡萨彬萨历"。始于缅甸蒲甘卜巴苏罗汉Puppa Sawrahan王在位时，其纪元始于公元638年3月。除缅甸外，泰国、柬埔寨、老挝历史上也曾采用过。参见李谋等译注［缅］《琉璃宫史》上卷，第180页。

② 德邦月Tapang La，小历一年中十二个月，最后一个月的名称。

③ 原文中未写明单位。但按当时习惯看，田亩的单位应是缅亩（pe，音译作"摆"，一缅亩相当于一又四分之三英亩）无疑。

④ ［缅］眉谬莫基：《新缅甸文学史》上卷，仰光：兹娃爱文学出版社，1968年版，第25-26页。

样内容的另一石柱。这两根石柱四面分别用骠、孟、巴利、缅甸四种文字对应刻成。全碑译文如下：

吉祥如意，归敬[①]佛陀！佛历1628年[②]，在阿梨摩陀那补罗城[③]，底里德里巴瓦那底达拉达马亚扎王[④]即位。王之爱妃名底里劳加瓦丹达加[⑤]生一子，名亚扎古曼。王赐三村奴隶予爱妃。妃死，王将妃之饰物并三村奴隶授予其子亚扎古曼。王在位28年后重病将死，王妃之子亚扎古曼感王养育之恩，制金佛一尊。心中感到快慰对王奏道："此金佛乃儿臣为父王所制。父王所赐三村奴隶也一并献于此佛。"王闻言大喜，说："善哉！善哉！"遂在国师及牟加利卜达蒂达太，杜梅卡班蒂达、边玛巴拉、边玛德瓦、多那、德那瓦耶班蒂达等众高僧前洒水。[⑥]礼毕，亚扎古曼王子建金顶佛窟，置佛其中。建成后，将得牟那隆、罗别、汉波三村奴隶献予佛。亚扎古曼王子向佛窟洒水说："愿吾之善行能使吾获得一切种智[⑦]。日后吾子、吾孙、吾之亲友或他人若欺虐吾献予佛之众奴者，将无缘拜谒阿利弥底耶佛[⑧]。

《妙齐提碑》的发现，对研究缅甸历史、语言、文学，乃至风土人情，都具有重大意义。首先，碑文明确记载着，江喜陀于1084年登基，在位28年，即死于1112年。这样缅甸史学界关于江喜陀登基年代问题的争议终于解决。其次，碑文是用缅甸、巴利、骠、孟四种文字对应写成。这本身就意味着当时在蒲甘缅族、骠族、孟族同时并存的事实。当然，巴利文的使用更反映了佛教对当时缅甸的巨大影响。此外，在1911年前，骠文已经失传，后来是学者们通过对《妙齐提碑》四种含义相同的文字进行借鉴比较，才又重新认识和掌握骠文的。在深入研究中，学者们又进一步发现，石柱上的巴利、骠、孟三种文字的碑文，均是根据缅文碑文翻译书写而成的。这表明，缅文已是当时通用的主要文字。况且，缅文书写流畅，言简意赅，已趋成熟。《妙齐提碑》是迄今发现的年代最早的几方缅文碑中的一方。

① 归敬，按以前音译为"南无"，即"向……致敬"。
② 即公元1084年。
③ 蒲甘城的巴利文古称。
④ 指江喜陀王。这是他的尊号，意为：吉祥三界众生的法王。
⑤ 指江喜陀之后单补拉。这是她的封号，意为：三界奉为至上之花。
⑥ 缅人布施时按佛教礼仪将净水滴于地上，意为与天地众生共享功德。
⑦ 佛教名词，指佛所具有的无所不知的智慧。
⑧ 佛教的未来佛，即弥勒佛。

文字拼写法还不很固定，故可知缅文创造和使用的时间尚不甚久。

另据史料载，阿奴律陀在位时，江喜陀因触怒国王，逃亡姜漂地区。在那里，他同单补拉邂逅相遇，并得到她的照应。不久，两人情投意合结为良缘。后来阿奴律陀王死，子苏卢继位。江喜陀应召进京侍奉新王。临别时对已怀有身孕的单补拉说："日后若生女，汝可卖掉指环抚养女儿；如生男，携儿与指环前来见吾。"[①]1084年苏卢王被杀，江喜陀被拥立为王。两年后单补拉才带着儿子亚扎古曼来到蒲甘。江喜陀甚喜，封单补拉为后，但因已立外孙阿朗悉都为王储，只能赐城池及勋衔予亚扎古曼。显然，亚扎古曼因晚到京城，竟失去了继承王位的权利。

联系上述历史背景，再读《妙齐提碑》，就不难发现碑文语句简短，却含义深刻。它充分反映了亚扎古曼对其父的忠诚与热爱。同时也表现了江喜陀受到儿子的孝敬和关怀，内心感到无限快慰的真切感情。所以《妙齐提碑》不仅是亚扎古曼行善的记录，同时也是一篇很好的抒情文。有人在分析小说这种文体在缅甸发展的过程时说，《妙齐提碑》是缅甸最古的短篇小说的雏形。

在蒲甘碑铭中，还有一些碑文是值得人们注意的，对研究历史有着极其重要的参考价值。如《加苏瓦王公告碑》[②]等。

《加苏瓦王公告碑》正面及背面共103行，刻着加苏瓦王在缅历611年（公元1249年）2月9日颁布的一项命令全文：

缅历611觜宿年伽宋月初九木曜日摩羯宫双子座5时[③]立成此碑。吾等圣贤大王底里德里巴瓦那底达拉巴瓦拉班底达达玛亚扎陛下御前，尔等民众垂首聆听！尔等民众若望得到人生与来世幸福，就要敬畏相信朕之所言，恭听遵从。因朕言并非个人感知。是据伟大佛祖一切种智所言。先前诸王对盗贼皆用穿钢钎等酷刑处死。朕不愿见众生蒙受此难，希众生皆能像朕富有怜悯之心，才出此言。定要敬畏顺从、恭听必行！啊！大王并非杜撰，是据佛祖训谕所言，只有遵循此言才能得到今来两世幸福。要以此心聆听。盗贼以为偷窃能得到幸福。焉知岂能？毁坏、抢夺他人家园、妻儿、财物，岂能获得幸福。此非真正幸福，乃自毙也。只

① 引自《缅甸大史》第一卷第四编（275）节，《琉璃宫史》第一卷第四编（138）节也有此语。

② 原文参见缅甸高教部编大学文科本科生四年级用《缅甸碑文、壁画文选》，第36-53页。

③ 按缅甸占卜星相的说法：天空中有二十八星宿，每年都有一个星宿为主，该年就称之为某宿年；伽宋是缅历一年中的第二个月；木曜日即指星期四；摩羯宫、双子座都是指时间所处的相当黄道十二宫的方位；按缅历历法每日分为六十时。

能毁灭自己。尔等切切思之！若盗贼被抓获，将被钢钎穿、巨斧砍、铁板烤、抽肠、劈腿、挖眼、割肉、扒皮、热油灌顶、埋至颈部用犁耕、泥浆糊住大象踩、绑于树上竹签钉、火烧、砍头，受尽种种磨难。若未被抓获，久而久之，坐卧不宁，无片刻幸福，胆战心惊。不敢家中居留，受尽日晒雨淋之苦。非偷盗者，遇难藏匿家中，并不烦恼，盗贼却无计可施。历来盗贼无一能长期逃脱者。长者仅两、三年耳。此言并非今日言，佛法中也如此说。被人忘却的盗贼，地狱、饿鬼、阿修罗、畜生等四恶道才是此类人等之归宿。离世后必赴该地。未死被捕，汝会被耻笑为窃贼。即使未被冠以偷儿之名，也会被人称作是个有偷窃念头者。若未查清，会被放过。查清，则读此命令。命令中已讲明盗贼犯罪应得之处罚。将偷窃罪行与命令比照，给予相应处罚。此乃所有为王者之命令，盗贼应被种种方法处死，比如：用带针铁棒或带刺藤条抽打兽皮使之糅熟变软那样，割耳、削鼻、砍断四肢、用滚开铁水灌顶、脑浆沸腾而死。以喉为池，填满油脂，割皮捻芯，点燃灯火。扯去头皮，头颅空壳，钢钎支撑，左右肩头，自上而下，犹如蝉翼，剥掉表皮，抛在脚下。上部皮肤，向头部翻转，内部汁液尽流体外。用镊子夹住皮肤剪成细条，将肌肉切成碎块，砍掉四肢，套上四个铁箍，使其侧卧，……建棚立碑，防晒避风，以五十户为限，每村必立。每月十五月圆日，村长、村民皆穿着整齐，祭祀神明，击鼓，聆听碑文。初始先祭典供奉，宣读碑文者需正装佩戴。也要召集未立碑的小村到树碑处恭听。

这在蒲甘碑铭中是难得的一方，它不仅让人了解蒲甘时期统治者施政管理国事之概貌，也帮助人们了解当时缅甸文写作的水平。

蒲甘时期碑文用语以简短扼要者居多。《妙齐提碑》就是一例。但到13世纪碑文中也出现了长句。如刻于缅历628年（公元1266年）的《阿玛那寺碑》（又称《登卡都之女碑》）中就有修饰语甚多的长句。如：

我——玛梯娄篾王妃、登卡都之女，愿抛却这深受生苦、老苦、死苦、怨憎会苦、爱别离苦、求不得苦等无边无际痛苦所折磨的身躯，只求达到脱离一切苦难的、幸福的天堂；为了能使那些舍弃令人迷恋的、贵重的金银财物，在建成的寺院中修持戒律、禅定、智慧等三学的、受戒的佛门弟子罗汉僧伽们无忧无虑，献出全部田园、土地和奴仆。我愿统治一切的、水与大地之主的大王能得到（我所作善事的功德），此善行能使（大王）更长久地为天下民众谋求福利而长寿；王后嫔妃们都得到（我所作善事的功德），彼此间无丝毫怨恨，以爱相待；当今或以后的王公、王子、大臣等都能得到（我所作善事的功德），担当起（他们的）大任；阎罗王等所有生物也能得到（我所作善事的功德）；希望得到功果的人们都能得到功果；希望得到善行的人们都能得到善行。我不愿做个贪婪、不知足、脾气暴躁、欺凌他人、无知、愚蠢、心胸狭隘、吝啬、没有信义、戏谑他人、健忘、薄情的人；我要成为清心寡欲、知足、和气、同情他人、博学、聪颖、宽容、乐善好施、忠诚、厚德、知恩图报、重情谊的人。

再如，刻于缅历633年（公元1271年）的《敏湾寺碑》背面的波瓦苏王后祷词也有类似长句：

我愿（来世）成人比所有人得到更多的富贵荣华与幸福；我愿（来世）成神比所有神具有更高贵更美好的肤色、长寿、无病、相貌俊俏、声音优美、身材秀丽、受到一切人神的喜爱钦羡；我愿拥有大量的金、银、宝石、珍珠、珊瑚等无生命的瑰宝，拥有象、马等有生命的财物；我愿威震天下，名扬四方。

从这段文字我们可以发现缅甸语在修辞手法上又有了新的进步。排比、比喻、对偶等修辞手法都开始出现了。它维妙维肖地勾画出施主的形象——一位高傲的王后，她骄矜好胜不可一世，处处欲高人一筹。

刻于公元1285年的《信第达巴茂克碑》是在蒲甘敏加拉塔发现的。信第达巴茂克是一位高僧的尊号，意为："四方尊崇者"。他也是蒲甘王朝那腊底哈勃德王的国师。在那腊底哈勃德王与中国元朝军队交战失败后，曾奉命出使中国。在他的努力下，终于与元朝和好如初。碑文记录了高僧出使中国的经历。全文共53行，前39行字迹清晰，基本完整，也是碑文的主要部分，现将前39行的译文列下：

归敬具有六神通、为众生供养、精知诸法之佛陀。缅历647年，王驻跸卑谬以西莱甲。王谕阿南达比西、摩诃勃：汝等往探中国人之动向。阿南达比西与摩诃勃商议，此事关系重大，无人出使，又无人能写金叶书。遂上奏道，此事请信第达巴茂克参与方可。王遂召见，命余负责此事。令勿在德胜、汉林一带滞留。即写金叶书，往见中国皇帝。中国皇帝说，此金叶书不象王诏，似大臣所写。且不论来使为王所派或□□[①]所派，令其前来见朕，蒲甘国王金叶书中写明，勿拘留来使，此乃

① 此处有两字已无法辨识。

朕之使臣，特写金叶书，命其出使贵国。余进入中国境内。中国皇帝已派雪雪的斤亲王率兵两万并有来自70座寺庙的高僧般若达摩加、悉利达摩加等进军蒲甘，暂驻于顶兑国。[①]因时值雨季，暂滞留该地。在汉林之僧众赠余礼物并告余，我国皇帝陛下渴望与高僧相见，且乐善好施，望高僧规劝吾皇陛下，勿再令吾等去蒲甘传教。余离开他等驻地，在押赤[②]夏坐[③]。缅历八月继续登程往大都[④]。缅历十月抵达。中国皇帝大悦，与余寒喧，不问国事。最后始谈及政治。皇帝说，大师，朕派兵两万及高僧，旨在弘扬佛教也。余奏道："大王之所有将士、僧众获米粟始能生存。米者，国家昌盛之本也。若大王之将士只能砍食棕榈，则必腹疼致死，剩余僧侣也不敢进入国中，逃往林野濒于绝境。此即大王所竟之业乎？园丁为树浇水，使其成长，不应采其嫩芽，待树木结果时再取果食之。大王亦应以水浇灌擔泊国[⑤]。国虽弱小，佛教发达。大王系愿求来世成佛之人，不应使乔答摩佛祖之圣教受损。大王征服国家甚多，且均系大国。擔泊乃一区区小国，又信奉佛教，深得佛陀之爱怜，请勿派将士进驻，待吾等种好稻谷，丰收时再进不迟。余如此上奏后，中国皇帝道，大师所言亦为朕着想。大师返回时望将逃散之僧众召回，劝人们安心耕种，待丰收安定之时告朕。余遂返，获预期结果。因余有功，钦赐汉林水稻田四百、建都旱稻田四百，共八百，耕牛奴仆齐备。为佛、法、僧三宝之弘扬光大，余将全部钦赐物品献于班布亚佛塔。塔廊已建成，读经堂尚未竣工。但愿余之亲戚能继余之后，用王后所捐木材建成。愿未竟诸事皆由余之亲戚完成……[⑥]

上述此碑的发现，不仅弥补了缅甸著名史籍《缅甸大史》、《琉璃宫史》中记载之不足，而且也填补了我国《元史》中记载的空缺[⑦]。故此碑在缅甸史和中缅关系史上占有重要地位。

从上述所举几方碑铭和一段壁画文的实例，足可看出蒲甘这些文字遗物不仅反映了当时的社会结构及历史发展状况，人们的经济和文化生活以及宗教习俗，而且显示了当时的文学水平。在现今考古发掘工作尚不充分的情况下，这些材料确实对研究缅甸文学史和古代文化提供了必不可少的非常宝贵的实物依据。

① 顶兑系太公之古称。
② 押赤，也译鸭池，指今云南昆明。
③ 夏坐，也译安居、雨安居或夏安居。
④ 大都，元朝之京都，1283年建成，即今北京。
⑤ 擔泊国即今蒲甘。
⑥ 李谋译：《信第达巴茂克碑文》，载《中外关系史译丛》第1辑，上海译文出版社，1984年6月版，第72-75页。
⑦ 《元史》中载有：缅甸曾派盐井大宫阿必立相似即上述碑文所载阿南达比西出使我国。

三、早期诗歌

在留传至今的佛像陶片文、佛塔釉片文、壁画文、碑文中，至今还未发现有成段的诗歌作品。但是绝不能武断地说蒲甘时期尚无诗歌问世。因为早在9世纪初来长安的骠国乐团的音乐已很有名，可想而知11世纪的缅甸音乐会更进一步发展。而诗歌与音乐是孪生兄弟，音乐从诗歌中衍生，诗歌又孕育于音乐之中，相辅相成，逐渐发展。另一点，几乎每种文学的发展都是先从诗歌开始，进一步才出现散文作品的。故我们可以断言蒲甘时期是有过诗歌作品的。现今尚存的壁画文、碑文的个别片断有押韵现象也可从旁证明上述论点。如劳加太班寺中《杜温那达玛本生》壁画文中有以下的句子（加点的字为押韵现象）：

来世佛陀，递过来藤蔓，（失明的双亲）踱入庙中。
来世的佛陀又复活了，
失明的双亲也复明了。[1]

碑文中同样也有片断文字是带韵脚的。[2]如：

名为欧德，
得楞族国，
将其粉碎，
荡平攻克。
——《勃彝马梯莱辛碑》

罪行有八，
十种刑罚，
现世现报，
即刻事发。
——《莱陶碑》

① 为了使读者了解有押韵现象，此处壁画文皆按缅文押韵格式译出加重号处即押韵处。

② 所引各碑带韵脚的片断文字原文皆用四言写成，只不过缅甸文是斜错式押韵法（基本按首句第四字与次句第三字、第三句的第二或第一字押韵；接着第三句的第四字又与紧随其后两句的第三字、第二或第一字押另一韵；余此类推的办法），与我国诗歌采用押尾韵的方法有所不同。

人世天宫，
轮回无终，
漫漫长远，
反复其中。
若生人丛，
贵族上层，
曼陀王福，
吾望享用。

——《格宋欧寺碑》

以上所举最后一例是《格宋欧寺碑》的祝祷词中的一段，若把它单独写下的话，真像是一首地道的祝祷诗了。

迄今为止，人们从后世辗转传抄的许多诗歌中选出三首认为是蒲甘时期之作。如作者不详的《卜巴神山》诗四章，据信是当前发现的缅甸最古老的一首诗。全诗译文如下：

啊！卜巴神山，高耸入云端，
林深密，终年百花园，
香意浓，金制姣玉兰。

啊！花魁玉兰，国色人人赞，
赛花女，婀娜美婵娟，
念郎君，天涯何时还？

啊！两小无猜，青梅戏竹马，
手足情，情如并蒂莲，
爱奴家，此心永不变。

哎！别人难怨，用情不专深自惭，
移恋那宫门后，红衣碧伞，
翩翩美少年。

诗以一少女的口吻写成。说她移情别恋，又爱上了一位官宦少年，致使从小对她钟情的年轻人恼怒出走，少女悔恨不已。有人则认为诗的第四章应理解为：

哎！幽怨难诉，情意缠绵，
热恋那官门后，红衣碧伞，
翩翩美少年。

说并非少女移情他恋后又懊悔，只是表明少女怀念身处他乡的意中人。该诗发现于后世编辑成的一部诗选中，作者与写作年代均不详。但原诗用词古雅，有好几处用了古语；每章的第一句都用了三个字的呼语，很像蒲甘早期一些民歌的格调。又因诗中尚无佛教轮回思想影响的痕迹，朴实地描绘了一个少女的内心感受。从这几个特色来看，大多数学者认为该诗可能作于佛教尚未确立为国教的早期蒲甘。从该诗字数工整，韵脚严谨，四章前后呼应，一气呵成这一点看，又可知蒲甘早期的诗歌已有相当高的艺术水平。但也有少数学者持完全相反的意见，认为此诗是后世作品。

1174年，蒲甘大臣阿难多都利耶在被诛刑前写了一首绝命诗，即有名的《自然律》四章。译文如下：

一人发展，
他人遭难，
此乃世俗，
规律自然。

金殿堂皇，
卿相两厢，
王权富贵，
水泡汪洋。

慈悲宏恩，
今日赦臣。
众生万物，

皆难永存。

跪奏至尊，
人生如轮，
重逢不咎，
无常谛真。

阿难多都利耶为缅王明因那拉登卡（1170—1173在位）的内傅之子。1173年王弟那腊勃底西都弑兄自立为王。即位后下令捕杀阿难多都利耶。阿难多都利耶面无惧色，提笔赋诗四章交行刑手，请他们将诗转呈那腊勃底西都王。王阅后懊悔甚深，即令人赦回。但为时已晚，阿难多都利耶早已被杀。作者在诗中表白了他所信奉的佛教哲理，认为荣华富贵犹如汪洋中的一粒水泡，瞬间即逝，人生短暂，终不免一死。最后表示了他那宽容豁达的胸怀，即令轮回中再相遇也不报复。全诗原文不到160字。用词简洁，层次分明，还运用了比喻手法。这表明当时四言诗已有很大发展。同时也表明佛教哲理已深入影响到文学领域。故缅甸学者历来对此诗评价甚高。但近年来陆续有学者提出异议，认为从用词分析，此诗很可能并非蒲甘时期阿难多都利耶所作，是后人借其名所写。

蒲甘时期值得一提的古诗还有一首是《翠湖颂》。估计是1207年以后，加苏瓦王在位期间所写。作者的名字已无从查考。全诗如下：

碧波水寒，
源自山间。
粼粼闪烁，
脉脉清泉。
幽幽芬芳，
婷婷玉莲。
盘石岸边，
妙语声喧。
百鸟栖止，
仙境神潭。

原诗极短，仅38字。写的是蒲甘东南约8英里[①]处杜云山脚下的翠湖景色。关于翠湖在吴格拉《缅甸大史》和著名的《琉璃宫史》中都有记载。说是加苏瓦王在位期间修成。实际上，早在江喜陀王在位时（1084—1112）已建了翠湖，只不过在加苏瓦王在位时又修浚了一次。这有翠湖古孟文碑作证。当时原名为"伟大天堂之水"，后又按此意取名为"阿玛耶湖"（意即天堂湖），此后因语音变化称其为"玛耶湖"（意即翠湖、碧玉之湖）。该诗意境很深，有景有物，有静有动，互相映衬呼应，而且采用了比喻手法。所以寥寥数语便把翠湖周围一幅大自然美好景色勾画得极其生动，历历在目，使人读后确有身临其境之感。另外，我们从这首诗也可以看出缅甸人民经过近百年的写作实践，比起《妙齐提碑》文时代的写作水平有了很大的提高，四言诗的写作也臻于成熟。

缅甸文学界对这首诗评价甚高。比如作家眉谬莫基就说过："翠湖在蒲甘城附近，杜云山脚下一侧。高高的杜云山脉成了翠湖的湖岸。从杜云山滚滚流下的水，湍急地注入翠湖之中。翠湖的水清澈且有寒意，成百种莲花争芳吐艳，景色怡人。这个翠湖是江喜陀王时的杰作。近距离地攫取翠湖的美景写成此诗，名为《翠湖颂》。诗中用'Teih'、'Houttar'[②]等蒲甘时代的词汇，所以可以肯定地说它是首蒲甘时期的诗。所以《翠湖颂》是蒲甘时期结出的诗歌之果，是蒲甘早期缅甸诗歌的一种新形式。""四言一句，押韵写成，让人领略到内在的节拍。所以可以说《翠湖颂》是缅甸四言诗的源头。……但这首诗歌是最早结出的诗的花苞，是缅甸诗歌的新路与前导，因此影响很大。无法否认，从彬牙—阿瓦时代直到今日的缅甸诗歌都是从这首《翠湖颂》的形式发展而来的。诗歌就像弓箭，箭向前飞行的惯性与拉弓的力量是相一致的。缅甸诗歌就这样从各个方面丰富了起来。"[③]

---

① 注：1英里=1.609344千米

② "Teih"、"Houttar"等都是缅语结尾用的或类似于一句起始前用呼语"啊"之类的虚词。

③ ［缅］眉谬莫基：《新缅甸文学史》上卷，第58-60页。

第二章　彬牙—阿瓦时期文学（1287—1531）

第一节　社会背景与文学概貌

1287年那腊底哈勃德王被其子杀死后，蒲甘王朝名存实亡，缅甸全境大乱，又陷入了四分五裂的局面，这样的局面一直延续到1531年德彬瑞梯正式建立起东吁王朝。在这漫长的250余年中，由于掸族首领攻占了蒲甘，俘虏了缅王，并建国称王，因而缅甸历史上一般都称这个时期为掸族统治时期。但实际上，掸族的统治势力仅限于上缅甸。缅甸中部、若开地区以及伊洛瓦底江三角洲和德宁达依地区则分别为缅甸族、若开族和孟族所占领。因而确切地说，当时应是掸、若开、缅、孟四大民族各自为政，相互混战的时期。所以缅甸历史上又称这一时期为“战国时期”。

蒲甘王朝崩溃前夕，北部的掸族人在占领蒲甘王朝的粮仓——叫栖地区后，进一步壮大了自己的力量，最后利用蒙古人攻打蒲甘之机，消灭了蒲甘王朝。掸族首领三兄弟各自称霸，并展开了争夺霸主地位的斗争。1312年，底哈都在谋害兄长后建立起彬牙王朝。1281年孟族人瓦里鲁杀死受封于蒲甘王朝的莫塔马侯阿梨摩自立为王，以莫塔马为基地，占领了德宁达依地区，以女嫁勃固侯德勒帕耶并与之联合。到1353年彬尼亚乌继承王位进行统治时，孟族人便以汉达瓦底为中心统一了孟族地区——缅甸东部地带，建成了历史上有名的“罗摩迎王国”即白古（勃固）王朝。10年后，即1364年，德多明帕耶统一了掸族首领分治的局面，在阿瓦建立了掸、缅联合政权阿瓦王朝。这便形成了南北两个王朝对峙的局面。而双方首领又都企图征服对方，统一全缅，冲突不断，时而发生战事。尤其在1385年至1425年间，双方几乎每年都在作战，古人们习惯称其为“四十年战争”。

1287年蒲甘王朝衰落后，原系蒲甘属国的缅甸西南若开地区四城王朝进入兴盛年代。敏梯王（1287—1389在位）大力扩军，在1298年成功抗击了元朝军队的入侵，孟加拉邦和附近一些小国都重新被纳入若开的属下。阿瓦与白古王朝争霸的“四十年战争”期间，若开人的四城王朝大多也被裹挟其中，或直接受到某一方的攻击侵扰，或与其中一方联合，与另一方兵戎相见。

东吁地区原为缅王的分封地。蒲甘王朝灭亡后，东吁地区即成为独立的政治单位。同时，阿瓦王与白古王的战争主要是在卑谬—汉达瓦底之间进行，东吁便成为战争时期人民避难的场所。尤其是1527年，以多汉发（旧译思洪发）为首的掸北人占领阿瓦，杀死阿瓦王瑞南觉欣夺取王位后，采取迫害人民和佛教的政策，广大民众和僧侣纷纷逃离阿瓦投奔东吁，这使东吁的力量得到进一步加强。

这就是蒲甘王朝崩溃后近250年间缅甸历史发展总的概貌。这一时期，由于战乱纷纭，缅甸社会发展十分缓慢，政治、经济、文化（除文学外）等各方面都没有得到应有的发展，甚至后退了不少。英国历史学家哈威曾经用“这个时期，历代国王所建筑的佛塔，甚至连蒲甘时期的二等宗教建筑都不如”的说法来形容缅甸这一时期社会生产力发展低落的情况。

但阿瓦时期人们的思想非常活跃，因而文学方面有了长足的发展，造就了一代人才，培养出一批硕学之士。他们创作了一批堪称缅甸文学典范的、蜚声古今文坛的第一流作品，为缅甸文学，尤其是诗歌文学的发展带来了深远的影响。缅甸学者甚至认为后来的诗歌文学都没有能达到阿瓦诗歌的艺术高度，没有创作出能与其相匹敌的诗歌作品。人们称阿瓦时期是缅甸古代文学发展史上的黄金时代。

从阿奴律陀确立了上座部佛教在蒲甘的主导地位以后，经过蒲甘王朝历代帝王的扶持，上座部佛教很快便在缅甸得到广泛的传播，并且深深地影响着缅甸广大人民的思想和生活。广大的僧侣，他们得到统治集团的支持和人民群众的供奉，有大量的时间从事佛教经典的研究工作。他们为了进一步繁荣佛教，使佛教真谛深入人心，被百姓众生理解和接受，开始创作大批以佛经故事为题材的文学作品，以弘扬佛法，解除众生的愚昧困惑。可以说这也是广大僧侣学者从事文学创作活动的原因。僧侣学者们经过蒲甘碑铭文学时期的写作锻炼，到阿瓦时期，他们在写作艺术上也达到了成熟的阶段。这一切都为缅甸佛教文学的发展创造了良好的条件。

阿瓦统治阶层对文学的兴趣，在某种程度上也促进了缅甸文学的发展。

在缅甸，由于生产力低下，经济发展有限，防卫力量单薄，民族纷争和诸侯割据连绵不断，造成历代君王对地方诸侯或民族首领的控制极不牢固。他们之间往往只靠一条十分脆弱的“裙带”联系着，倘若国王的威望不高，力量单薄，便会成为孤家寡人。地方诸侯也就不听其调遣，伺机谋反分庭抗礼，甚至取而代之。阿瓦王朝初期就是一例，蒲甘王朝崩溃后，群雄争霸，最后统归德多明帕耶，建立起阿瓦王国。阿瓦虽立，但其辖下疆土有限，与白古、若开、东吁等地方势力相持，各自都想称王但又都无力消灭对方。因此，为适应统治的需要，历代君王都在宫廷里设置宫廷作家，豢养一批御用文人，为其营造舆论，宣传声势，借以巩固其统治地位。

随着生产力的发展，经济繁荣，统治阶级日趋耽于奢靡享乐。缅甸的帝王们对权力的欲望比过去有增无减。印度古代文化中有关帝王和宫廷的记载，诸如威严隆重的仪式、宏伟庄严的宫廷建筑、国王的权力等，对他们很有诱惑力。他们要建立自己牢固的势力，树立自己的权威，需要一批文人为其歌功颂德，点缀升平。不少攀龙附凤的文人学士也借此机会，写作应制、奉和诗文，作为仕进的途径。他们也往往因此而受到国王的赏识和重用。于是便出现了缅甸的宫廷文学。

我们讲的缅甸宫廷文学，是指以歌颂国王功德为题材的文学，以反映宫廷王公贵族的奢靡淫逸生活和描写深宫姬妃相思寂寞的苦衷和哀怨为内容的文学。

缅甸宫廷文学除了与一般的宫廷文学有共同之处外，还有它的特殊之处。缅甸的宫廷文学虽大多是应制、奉和之作，文字浮艳，内容单调。但还必须看到，在缅甸当时的历史条件下，不少宫廷诗人和文学家，他们也都把“忠君”和“爱国”看成是一个统一的概念。文学史上的许多爱国主义作家和诗人(大多是宫廷作家和御用文人)，他们都用自己的功德颂，来对王族后裔进行民族传统和爱国主义教育。借以激发他们的民族主义感情和爱国主义精神。特别是在外族侵扰，国难当头之际，或当国破家亡百姓惨遭蹂躏之时，诗人们便创作了许多赞美光辉历史、颂扬祖国和君王、讴歌民族英雄的诗篇，借以抒发诗人缅怀祖国、民族的深沉的爱，唱出了忧国伤时的心声，激励人们去为祖国民族而战。因此我们认为这类文学作品是缅甸古代的爱国主义诗篇。

但是我们也注意到，缅甸宫廷文学，尤其是功德颂，大部分是应诏奉和之作，诗人缺少内心真实感受，内容又只局限在歌功颂德方面。因此作者往往只在形式上下功夫，一味追求辞藻的雕琢，文字的巧用。作者竞采浮艳之词，争用华丽之说。这就形成了缅甸宫廷文学内容单调、题材狭窄、文字雕琢、词句浮艳的特点。这种浮艳之风深深地影响着缅甸文学的发展。例如“德大功高，齐须弥山。名扬五洲，威震四海。”“纵将君王誉为天，亦难表达歌者意。”“天神帝释显威力，百姓众生扶社稷。”等等一类浮词艳句在宫廷文学里比比皆是，俯拾可得。若要辨明诗人用词的目的，必须结合历史背景加以分析，有的可能是出于真诚的忠君爱国，有的可能出于应制奉和，追求仕进之途，达到个人的某种目的。

上面就是阿瓦时期文学的两大流派——寺院文学和宫廷文学产生的时代背景。寺院文学即佛教文学，作者大多是僧侣学者，宫廷文学的作家大多是贵族文人和御用作家。主宰阿瓦文坛的是寺院佛教文学，但宫廷文学也是重要组成部分。无论是寺院文学还是宫廷文学，都受到当时的统治阶层及其代表——国王的支持、提倡和鼓励。

从蒲甘王朝开始，神权和君权在缅甸是高度统一、相辅相成的。寺院文学大多是为佛教服务的，说到底也是为统治政权服务的，它宣传的是"清净无为"、"超脱凡俗"、"前世因缘"、"因果报应"一类的信条。宫廷文学则大多直接为政治服务。因此阿瓦的帝王们对卓有成就的作家和诗人都给予很高的荣誉，或加官晋爵，或敬献寺庙，或封赐尊衔。这对推动当年文学的繁荣发展起了一定的作用。

阿瓦文学是在继承民族传统、前人的艺术技巧的基础上产生和发展起来的。它创立和巩固了以四言律诗为主要形式的诗歌体制。同时，蒲甘的散文体裁也得到较好的继承发扬。

在诗歌创作方面，彬牙时期出现了"加钦"(舞盾歌)、"雅都"(赞歌)两种诗体。阿瓦时期又增加了"埃钦"(摇篮歌)、"茂贡"(记事诗)、"比釉"(四言长诗)、"林加基"(长诗)等新的诗歌形式。

阿瓦时期，缅甸人民仍保留着镌刻碑铭的习惯。内容与蒲甘碑铭相仿，但数量上却大大减少了。除了碑铭，在散文文学方面，值得一提的是名叫"密达萨"的诗文间杂的书柬体作品。"密达萨"缅文原意为"情谊之书"。阿瓦时期还出现了缅甸第一部小说《天堂之路》和缅甸第一部历史著作《名史》。

第二节　宫廷文学的兴起

一、激励爱国情感的歌——加钦与埃钦

"加钦"是缅甸一种四言古诗体，是古代军士习武战歌。古时士兵常手持盾牌习武作战，人们模仿此动作，边跳边唱。这种诗歌大多描写祖国河山、城邦要塞、气候节令、衣着风俗，也有叙述克敌制胜故事的。它起着歌颂祖国、鼓舞士气的作用，是一种集体唱和的诗歌，用词纯朴。1343年即位的彬牙王朝国君五象之主觉苏瓦就是一位著名的加钦诗人。阿瓦时期仍有人写作加钦，但水平不如彬牙时期。现举觉苏瓦所写的一首《敏塞金城》为例。全文录后供欣赏：

忉利天庭，
仙境啊？！仙境？！

真情实景。
贵人！我的贵人！
真情实景。
友朋！我的友朋！
真情实景。
至亲！我的至亲！
敏塞、敏塞，
金城啊！金城！
金色大地，素馨开遍；
青草藤蔓，层层布满。
南风阵阵，
雨丝成线。
山顶上，金塔立，
佛陀舍利存其间。
土地肥，良田沃，
玉黍金黄报丰年。
鹧鸪、鸦鹃、鸽子与土鸡，
纷纷飞来此田间；
鹦鹉、雉雀，结伴成双对，
匆匆觅食不得闲。
象伕马弁象马军，
投枪长矛冲敌阵。
高贵王子乘象王，
飞速挺进不可挡。
凯旋回师朝鼓响，
楼阁巍峨耸宫墙。
处此宝地神君王，
殿堂熠熠生辉，
与云彩相映，
浴明媚阳光。

“埃钦”是专为王子或公主创作的一种四言摇篮曲和启蒙诗，是进行爱国主义教育和民族传统教育的好教材。因它一般都以“ei”音为尾韵而得名。多在将王子公主放入摇篮时举行的典仪上吟咏，内容大多写王朝世系的历史，以激发王子公主们的自豪感，鼓励他们发奋图强。

缅甸文学史上第一部埃钦诗是1455年若开诗人阿都敏纽写的《若开公主》埃钦。阿都敏纽（约1413—1463）是若开王巴绍漂（1455—1478在位）的一位心腹大臣。《若开公主》埃钦就是为巴绍漂王之女所作。当时若开是缅甸的一个属国，长期臣服缅甸本部。缅甸早在1373年便开始向若开派遣地方首席官员。缅甸的学者高僧也不时到若开弘法讲道，或写诗撰文，两地学者来往频繁。因此促进了两地文化上的交流和影响。

当年的若开正处在上升发展时期，国家繁荣昌盛、赋税丰实、风调雨顺、五谷丰登，呈现一派欣欣向荣的美好景象。国王巴绍漂雄心勃勃，想跟阿瓦王那拉勃底一比高低，看谁领导有方。《若开公主》埃钦就是在这一形势下产生的。

《若开公主》埃钦共分34段。主要内容是写公主的直系王族世系。虽然不如后来的东吁王朝、贡榜王朝产生的埃钦那样内容充实饱满，但文字清晰，言简意赅，是后来同类作品的先导。在《若开公主》埃钦中对公主睡的摇篮就有如下描写：

“埃”声悠扬，宝篮摇晃。
啼哭幼婴，号啕儿郎，
安然入寐，沉睡梦乡。
价值十万，摇篮玲珑，
细柔松软，无比宽敞。
诸侯属国，贡品送上，
优质细布，铺垫得当。
上面绷紧，顶帐一方，
九种珍宝，精嵌细镶。
金篮之侧，着意装璜，
金叶摇曳，金铃叮当。
扶手立柱，丝线缠绑，
彩色绳带，拉在两旁。

歌调美妙，“埃”声悠扬。

诗中对巴绍漂王的赞扬是这样写的：

维沙里城[①]，六牙白象，
一十二匹，毛色纯良。
赫赫大名，远震海疆，
姜陀罗国，焦礼羯城。
帝释赐予，飞矛神枪，
宝弓利剑，社稷富强。
王系九代，赋税保障，
宝石神雨，从天而降。
国泰民安，颂声传扬。
人间威势，强盛之邦。

缅甸第二部埃钦诗《德钦兑》埃钦，是信都耶创作的。学者们把它称为缅甸本土创作的第一部埃钦作品。

德钦兑系阿瓦色林德多觉之女，生于1476年。人们认为信都耶的《德钦兑》埃钦就写于此年。诗的主要内容是叙述德钦兑的列祖列宗世系，并通过对祖先们征战的业绩、获取胜利的记录、贡品的丰盛等情况的描写，颂扬国王的威德。诗中写道：

列祖列宗，三末多[②]起，
从头叙述，八万代系。
史实种种，立国业绩，
有口皆碑，赞扬称誉。

在颂扬德多觉王的丰功伟绩时，诗人这样写道：

① 维沙里城，系若开古代一都城。与古印度的吠舍厘城同名，为不致混同起见，译为“维沙里”。
② 缅甸传说世界之初第一位君王名摩诃三末多，意即伟大的三末多。

公主先王，英勇无敌，
武功盖世，势如霹雳。
德多德多，众人畏惧，
南岛各地，尽皆惊悸，
诸邦各国，抚胸叹息。
声威赫赫，荡尽仇敌，
四方鼎沸，叩拜齐聚，
天下为证，功绩称奇。

《德钦兑》埃钦虽晚于《若开公主》埃钦近20年，但人们认为诗人的想象力略胜于阿都敏纽，但写作技巧、遣词用语皆不及《若开公主》埃钦。

埃钦诗虽然产生在阿瓦时期，但却盛行于东吁与贡榜时期。阿瓦王朝时期，在文化方面精力主要集中于弘扬研究佛教经典上。所以当年造就了一代佛学论师和僧侣作家。而僧侣作家一般是不写埃钦诗的。这可能也是埃钦诗不够发达的原因之一。

二、雅都诗的发展

“雅都”意即赞歌，四言律诗的一种。它产生在彬牙时期，是发现最早的缅甸诗歌之一种。就“雅都”一词的词源问题，历代学者做过无数的考证，众说不一。有的说它是梵文“ritu”演变来的，有“季节时令”之意；有的认为它是缅语“yatu”，有“典仪”、“节令”的意思。

这种诗描写的题材非常广泛，有田园山水、季节时令、祈神祀塔、歌功颂德、边寨征战、男女爱情等，几乎无所不包，是一种“综合性题材”的诗歌。

雅都按其形式可分三种，即：单段雅都、三段雅都和待续雅都。所谓待续雅都就是只写两段供别人续写成三段雅都者。一般每句四字，弱化音节可不计在字数之内。每段句数不一，最少七句，最多可在百句以上。段尾常见为七字，也有更多字数的。三段雅都则要求三段的起韵和尾韵相同。

缅甸第一首有据可考的雅都诗出自彬牙时期萨杜英格勃拉大臣之手，是他写给包甘法师（或苏敦毕法师），请教有关佛法真谛的一首宗教哲理诗。该诗的第一段写道：

法师脚下，仆臣敬禀，

谦谨求问，十分惶恐。
虽然畏缩，长跪卑恭，
如头戴花，叩谒至诚。
五尼迦耶[1]，三藏佛经，
全神贯注，真谛神圣。
大德师父，智慧无穷，
请予赐答，启示讲评。
人神梵天，三界众生，
大善大德，难比此行。
涅槃乐土，伸手攀登，
感激不尽，其乐融融。

萨杜英格勃拉大臣的这首佛教哲理诗，形式规范、内容深奥、韵律严谨，是一首标准的三段雅都诗。从这首雅都诗我们可以看到缅甸的诗歌发展到这时已具相当水平。也可断定，缅甸诗歌在此以前已经广泛流行了。

阿瓦时期的雅都诗有了更大的发展。主要的雅都诗人有明康第一、信都耶、若开女诗人米纽、阿瓦女诗人米漂。此外，信摩诃蒂拉温达和信摩诃拉塔达拉也写过一些雅都诗。

明康第一写了一首“鹦鹉传书雅都”，类似于我国古代鸿雁传书之类的写法，表述作者内心世界的思想感情。明康第一的这首“鹦鹉传书雅都”又是一首“少女颂诗”，意即托鹦鹉向姑娘传言。这种形式的雅都诗在缅甸文学史上尚属首创。

诗人信都耶(约1438—1488)，名似僧伽，实系阿瓦俗人。从那拉勃底王至明康第二王在位时一直过着戎马生活。他是“征人雅都”的鼻祖，一生中写过许多反映征战生活的雅都诗。其中大多是征夫思妇这一类主题的。他在一首征人雅都中写道：

田野沃原，芬芳如兰，
香气环绕，微风渐渐。
黄昏日残，亲人思念，

① 佛教名词，五尼迦耶又称五阿含，指南传巴利文经藏五部《阿含经》:《长部》、《中部》、《相应部》、《增支部》、《小部》。

如宝似玉，从戎儿男。
举目远眺，望眼欲穿，
离散情人，希早团圆。
恰如禽鸟，恋丝绵绵，
漫长岁月，度日如年，
失却所欢，萎荷一般，
忧思萦绕，难破愁颜。

阿瓦时期连年征战，百姓被迫离开家乡故土，男人们转战边寨疆场，留下了无穷愁思与辛酸。

在提到雅都诗时，人们总会想到两位宫廷女诗人米纽和米漂的“自诩雅都”。

米纽是若开人，那腊勃底西都王时期（1443—1469在位）的宫廷女诗人。她的自诩雅都第一段先写了群山之首须弥神山如何高贵，第二段又写了众鼓之冠报时大鼓如何重要，第三段才写自己如何出类拔萃。她在第三段这样写道：

宫中女杰，赫赫米纽，
宛如灯火，黑暗退走。
五美具备，品德极优，
姿色秀俊，体态媚瘦，
丽压群芳，傲气乌有。
智慧超群，诗文成就，
吟之悦耳，闻之幽幽，
文采高雅，感人心头。
如峰高耸，宫中米纽。

米漂来自阿瓦，与米纽是同时代人，又是作诗的对手。她也作“自诩雅都”诗一首。第一段先写了洲中之首南赡部洲如何美好，第二段又写了花中之王敏珠神花如何艳丽，第三段也写了自己如何超常出众。在第三段她是这样写的：

宫廷作家，首推米漂。

学识渊博，财主富豪，
出身名门，儿孙不少，
宛如明星，闪烁照耀。
高超技艺，无一不晓，
写诗著文，雅都美好。
咏读欣悦，聆听绝妙；
俯首执笔，录者辛劳。
金宫典范，对手难找。
卓然超群，作家米漂。

这两首自诩雅都都写于1551—1554年间，表露了这两位宫廷女诗人互不服气，高矜自傲的心态。二人用词皆很丰富，堪称双绝。

三、记事诗与散文类作品

“茂贡诗”是阿瓦时期产生并繁荣发展起来的一种诗歌。它是一种四言记事诗，主要以作者亲身经历或作者生活年代发生的事物为题撰写。诸如将当朝国王的功德事迹、兴建的佛塔寺庙、修造的桥梁、挖掘的湖泊、国王的御象御舫等用诗歌形式记载下来。

茂贡一词是由古缅语“阿茂贡”衍变而来。蒲甘时期把“写入卷帙”或“镌碑铭永志留名”称之为“阿茂贡”或“茂贡丁”。但是当时都是用散文撰写的。到了阿瓦时期才出现了诗歌体裁的记事诗——茂贡诗。

缅甸文学史上最早的茂贡诗是阿瓦时期信兑纽写的《南下卑谬》和信摩诃蒂拉温达的《密铁拉湖颂》、《德达乌建塔志》、《建金殿记》以及信摩诃拉塔达拉的《德达乌建塔志》等。[①]

信兑纽是位军人诗人，曾在阿瓦那拉勃底、底哈都、明康第二、瑞南觉欣四位国王先后在位时任千夫长。1472年底哈都王南下征讨卑谬王等叛乱时，信兑纽曾随军出征。战事平息回到京城后，信兑纽将此事赋诗一首。这便是后来蜚声缅甸文坛的《南下卑谬》茂贡诗。该诗内容丰富，言简意赅。读者从中可以得到丰富的历史知识。后来不少史学家也从该诗中引用了许多有价值的史料。著名的史家

① 两位诗人同期写了同名为《德达乌建塔志》的不同的两首诗。

吴格拉在编纂《缅甸大史》时就直接引用了该诗。

《南下卑谬》又像一部游记，记载了南下时国王的每日行程、路线及其事迹。诗中还对御舫战船作了介绍，读者从中获益匪浅。

茂贡诗的特点之一便是在诗中都要赞美国王的功德与威势。这与埃钦诗有相似之处。《南下卑谬》中就有这样的赞述：

人类之主，欲界敬奉，
统治尘寰，管理四姓。
威德之光，闪耀分明。
四大部洲，众家王公，
转轮法王，皆能比评。
绮丽殿阙，犹如天宫。
八方国君，顶礼相敬。
胜似众仙，广大神通。
福披社稷，光耀门庭。

信兑纽在瑞南觉欣王时期，于1501年还写过一首《瑞萨岱御象》茂贡诗。"瑞萨岱"系一御象名。显然诗人想通过对御象的赞美来歌颂御象之主国王。与《南下卑谬》诗篇相比，《瑞萨岱御象》略逊一筹。

同样，信摩诃蒂拉温达、信摩诃拉塔达拉等僧侣诗人所写的茂贡诗主要内容也是歌颂国王明康第二的。因此，我们认为茂贡诗从历史文献角度来看，它的确提供了一些历史依据，有其历史价值。但若仅从其歌功颂德之词来看，因为都系奉命应诏而作，缺乏作者的真实激情，所以往往是华丽词藻的堆砌，内容却不充实，社会意义也不大。这从上面援引的一小段茂贡诗译文也可看出。

在缅甸文学史上，人们普遍认为阿瓦时期的茂贡诗水平最高。所以有人也把这个时期称之为"茂贡诗的时代"。到了贡榜王朝后期，茂贡诗也曾盛行，但其艺术水平远不及阿瓦时期。

"密达萨"开始大多是僧侣们向帝王讲法进谏，或提出某些请求的书柬。到18世纪末19世纪初期应用范围有所扩大，有的仍是僧侣私人信函，有的则是代别人所写，成了僧俗、师徒、父子、兄妹之间的信函，内容不仅有训戒、劝导、祝愿之类，还有其他具体事务的交涉。一般讲这种文体长短不拘，分成三部分，即：接受祝福——写本人由于对方的情谊与祝福而健康平安的情况；祝福——写本人对对方的良好祈祷；嘱咐进言——写明致函之本意。但这并非固定格式。各个作家风格各异，有的用散文，有的用诗文间杂或全篇用诗的形式写成。

缅甸文学史上第一篇“密达萨”是1404年明康第一在位时，色久法师写给孟王亚扎底律的一篇散文体的作品。明康第二在位时期，信摩诃蒂拉温达、信摩诃拉塔达拉、信德佐达拉等先后写给国王的信也都属于早期“密达萨”作品。但是最著名的还是在这几位诗人之后的甘道明寺法师写给瑞南觉欣王的教诲性的“密达萨”。该作品语言生动通俗，含义深刻，具有普遍的教育意义。

试举甘道明寺法师所写“密达萨”中一段话为例：

人不施予切莫索求；
人不启问切莫开口；
人不呼唤切莫前走。
乏味之食切莫进喉；
未熟之果切莫摘收；
不适之衣切莫穿受。
缄默无语值千金。
人若满意，神亦称心；
人若动情，神亦倾心。
快慢相当，轻重相宜。
有如天秤，不偏不倚。
行舟放筏，随机飘流。
渔翁垂钓，需善提钩。
足智多谋，得心应手。

在这一段缅文原文中，前四句作者用了有韵脚的排比句，最后几句是用四言诗写成的。其他的“密达萨”大体也如此。

如前所述，阿瓦时期散文类作品还出现了历史类著作和本生故事类古典小说。这部分内容请见后文第三节中信摩诃蒂拉温达一段。

第三节　佛教文学与僧侣作家

一、缅甸佛教文学

缅甸是个历史悠久的佛教国家。根据斯里兰卡《大史》等典籍记载，早在公元前3世纪，上座部佛教就传入缅甸了。第三次佛经结集的时候，印度的阿育王采纳了目犍连子帝须长老的建议，组织了几个弘法使团，到邻近几个地区去弘扬佛法。其中须那迦长老和郁多罗长老来到今日地处缅甸南部的苏伐那蒲迷，摩诃勒弃多长老到了今日地处缅北掸邦的臾那世界来传教。在此后不久，婆罗门教和大乘佛教也从北方传入缅甸。所以11世纪以前，缅甸境内同时存在着多种宗教。上座部佛教在直通一带最盛。

11世纪中叶，阿奴律陀为了适应其政治上的需要，统一信仰、团结各族人民、巩固国家的统一、安定民生、发展经济，便接受来自直通的阿罗汉长老的主张，信奉上座部佛教，并兴兵从直通夺得三藏经典及各类工匠和僧侣无数。在国内取缔了阿利僧，大力弘扬上座部佛教。在蒲甘和其他地方大兴土木建造寺庙佛塔，从而形成了从上至下的宣传和信仰佛教的高潮。从此，缅甸便成为政教合一的国家。佛教思想成为国家钦定哲学，佛教三藏经被缅甸人既当作神圣的经典，又作为脍炙人口的文学作品在传诵。佛教思想和精神深入人心，不断地铸造和改变着缅甸民族的心灵情感，制约着人们的言行，成为缅甸民族的精神支柱。

佛教思想是通过《三藏经》，特别是其中的《本生经》在缅甸人民中间得到传播的。《本生经》故事在缅甸可谓家喻户晓、妇孺皆知。这是因为僧侣们弘扬佛法时经常借用佛本生故事传经布道，学生们用佛本生故事作为教材，而昔日缅甸文学家也常用佛本生故事作为素材从事文学创作所致。据统计，仅用“比釉”这种四言叙事长诗体形式创作的、以五百五十佛本生故事为题材的就有百首之多，分别取材于61个本生故事。至于小说，缅甸人更认为“缅甸小说始自五百五十佛本生故事”。这样就逐步形成了在缅甸文学中占有重要位置的佛教文学。

人们要问：为什么那些取材于佛经故事的作品能够被缅甸读者接受并喜爱呢？

佛经故事，特别是佛本生故事大多来源于古代印度的民间故事。释迦牟尼及其弟子为了宣传佛教哲理，借用了民间故事，贴上了佛教的信条，所以这些佛经故事既有动人的情节，又有朴素的佛教哲理，且是非分明，善恶有别。诸如：对智慧才能的推崇，对愚昧无知的贬斥，对坚贞爱情的讴歌，对喜新厌旧的嘲弄，对积德行善的褒奖，对为非作歹的鞭挞，对公正法理的赞美，对枉法无道的诅咒，对勤劳勇敢的崇敬和对贫穷弱小的同情等等。可以说，佛经故事大多是些具有“永恒”主题的文学作品，有很强的适应性。所以无论是从宗教宣传的角度，还是从道德观念教育的角度，佛经故事都是很容易被僧俗百姓接受的。何况这些佛经故事到了缅甸以后，还经过了一个再创作的过程。

佛经故事的再创作，即民族化的问题。

佛经故事对缅甸文学的创作和发展产生很大的影响，是缅甸古代文学题材的重要来源。但是佛经故事毕竟是公元前若干世纪时的印度文学，写的是古印度的人与事。如果照搬只能成为翻译作品。怎样才能使它们适应缅甸人民的需要，符合缅甸民族的习惯，反映缅甸的社会生活，成为缅甸民族自己的文学呢?这就需要一个艰苦的再创作过程，即民族化的过程。

无论是哪一个先进民族的先进文学，它都不可能取代另一个民族的文学创作。同样的道理，佛经故事、巴利文文学也不可能取代缅甸文学，只能对缅甸文学施加影响。影响是客观的外在条件，它必须被对方所接受和承认，即经过主观因素的消化吸收过程、再创作过程。

缅甸文学对佛经故事的再创作主要经过选材、艺术加工和民族化三个过程。

选材的原则一般是选择适合缅甸社会发展实际情况的，有较强适应性的、带有普遍意义的“永恒”题材。

佛经故事非常丰富，仅《本生经》故事就有547个(人们常简称其为五百本生或五百五十本生故事)，可是被吸收到缅甸文学中来的充其量不超过100个故事。被吸收过来的也并不是全部照搬，而是或取其故事主要情节，或取其中某个片断。“拿来”之后进行艺术加工，给作品注入新的血液，使其思想内容和故事情节超越原来的范围，并得到合乎情理与习惯的发展，从而使作品的主题思想更加鲜明突出，感情色彩更加丰富浓重。

在民族化方面，缅甸作家和诗人们主要从作品内容和形式两方面努力实现缅甸化。

内容方面的缅甸化主要表现在对人物形象和故事背景的改造，使它们接近或符合缅甸习惯。例如:《天堂》中的天堂宫阙，完全是依据阿瓦京都宫殿的式样描绘的。阿瓦宫廷里的姬妃宫娥的形象，也成了诗歌中摹绘天堂仙女们的模特儿。

形式方面的缅甸化也经历了艰苦的创作过程。佛经故事大多是散文体的，中间穿插若干偈陀颂诗。《本生经》每篇由五个部分组成，即：现在生、过去生、偈颂、注释、对应。到了缅甸，便把它们改造成为缅甸民族形式的文学作品，如：四言长诗、散文小说、戏剧等。

还可以发现，随着时代的发展，缅甸文学家们把这些佛经故事“拿来”，又能动地加以再创造，使其创作的宗旨更加明确，或为了宗教宣传，或为了宫廷政治斗争，或为了社会教育，也有少数是借古讽今，用来影射批评时弊的。所以，简单说什么“佛本生故事就是缅甸古代文学，缅甸古代文学就是佛本生故事”，是不全面的，也是不正确的。

在缅甸文学发展史上，佛教文学占有很重要的地位，是缅甸文学宝库中一颗璀璨的明珠。千百年来它为缅甸人民提供了丰富多样的精神食粮，促进了缅甸文学的发展。

但是，佛教文学成为缅甸文坛上的一种创作风习之后，僧俗作家都竞相创作佛教题材的文学作品，即使少量反映宫廷和民俗的作品也离不开佛教信条，因为宣讲佛法是高尚的职责，引人解脱是最高的业绩，其他一切都是渺小的。这就阻碍了文学作品去深入和真实地反映社会现实。

事实上僧侣作家也好，宫廷文人也好，他们都是寺庙里培养出来的。其思想意识和世界观都属于佛教范畴之内。因此，他们很自然地把现实生活中存在的一些现象，贫贱与高贵、哀苦与喜乐、压迫与剥削，以及人们的悲欢离合等，统统归咎于超现实超自然的“前世自业”、“因果报应”。当然，在这种哲学思想指导和支配下，摆脱这些苦难与灾痛，最理想的出路只能是“离尘出世”、“超脱凡俗”，必然把人们引向追求宗教的“断离烦恼”、“清净安宁”的涅槃境界的道路上去。信摩诃蒂拉温达的小说《天堂之路》就是一个最明显的例证。

不少“比釉”诗和其他文学作品都很有文采，情节曲折生动，十分感人，是古今文坛传诵的、广大人民喜闻乐见的佳作。但是因为作者的思想存在着局限性，使之蒙上了一层尘沙，不能焕发出它本来应有的艺术光辉。

其次，由于佛教题材文学的风行，并成为文坛的主体，直接反映广大劳动人民生活的文学作品几乎绝迹了。许多在民间广泛流传的口头文学没有能相应地被反映到文坛上来。这部分民间口头文学真正代表着缅甸文学的民族风格与特色，形式活泼，语言生动朴素，很有生活气息，完全不像佛教文学和宫廷文学那样形式呆板，语言雕琢，充满说教。这些流传民间的文学才真正是现实生活的反映。

可是那些控制文坛大权的僧侣作家和宫廷文人出于偏见，把反映劳动人民生活的文学作品斥之为“市井俗词”，“不能登大雅之堂”，从而把它们排斥在文坛之外。所以长期以来，反映现实生活题材的文学作品得不到发展，直到17世纪以后，反映劳动人民生活的文学作品才有所发展，而真正大批出现则是20世纪以后的事了。

二、山水诗人的先导信乌达玛觉和信翁纽

缅甸文学史上有这样一句非常有名的话：“四棵棕树，四位僧侣。”这是指1438年间，在东敦基镇流传着的一种说法：每当东敦基镇生出一棵长得很茂盛的棕树时，就预兆着将出现一位在文学上非常有成就的学者。就在当年，东敦基镇北面的谬鲁林村、达多丹村和玛基扬村长出了四棵棕树，人们也就相信该地区将会出现四位名人。其后15年，即1453年信乌达玛觉和信摩诃蒂拉温达便在东敦基镇谬鲁林村诞生；信翁纽和信开玛分别在达多丹村和玛基扬村诞生。而这四位后来都成为在文学方面卓有成就的僧侣学者。这样“四棵棕树，四位僧侣”就成为缅甸文学史上的佳话。

信乌达玛觉（1453—1542），东敦基人，本名貌乌伽，意为“火炬”。少年时与信摩诃蒂拉温达是同窗学友，师事东敦基镇的那米林法师。他15岁度僧法号为“乌达玛”（意为：高尚）。45岁时去京城阿瓦。因为与当时在公断民事纠纷、解释疑难问题方面遐迩闻名的貌加彭口辩中大显才能，人们便在其法号后加一个“觉”字（意为：超越、著名），以表崇敬。信乌达玛觉精通三藏，谙练五尼迦耶，熟悉星相、医书，学问渊博，知识超群。他从小迷恋山川自然风光，立志远离凡俗闹市，孤身隐居，潜心研习佛法经典。阿瓦王明康第二及其子瑞南觉欣王曾先后建造寺庙奉献，邀其担任住持，都被谢绝。信乌达玛觉曾写作过不少有关佛法的论述和疏解，但蜚声文坛的却是他创作的九首多拉诗。

“多拉”（“多”意为山林、林野，“拉”意为走去）是缅甸的一种四言山水诗，意即“林野颂”。文学史上的第一首多拉产生于1483年左右，为信乌达玛觉所作。关于多拉一词的含意，学者们做过许多分析，根据吴佩貌丁《缅甸文学史》所述，比较集中的看法是：凡描写山川景物的诗歌就叫多拉，文士徜徉山川之际，把欣赏到的自然景色摄入诗中，故以之命名。从形式上看，有的人把多拉说成是雅都诗的一种，有的则认为是林加诗的一支。我们认为多拉主要指它所写的内容。若论形式，它跟雅都、林加诗的确都没有多大区别。

信乌达玛觉的多拉诗描写了释迦牟尼回自己故乡迦毗罗卫城时沿途的情景。由于作者长期居住在乡野林中，对一年四季幻变多姿的大自然景色非常熟悉，因此作者在多拉诗中用了简练优美的文字，画卷般生动地描绘了大自然的美景，同时也表达了作者对佛祖极其虔敬的心意。

诗人在描写缅历12月刚过，1月来临时的大自然风光时，写道：

夏初佳节，泼水度年，
风除旧岁，运生新颜。
太阳日神，琉璃轮转，①
霞丝千缕，色彩缤繁，
金光闪烁，乾坤震撼。
魔罗②暴戾，显尽威严，
风扫大地，禅定飞天，
枯叶飘零，随风漫卷，
深黄暗绿，金色其间。
宛如画卷，展现眼前。

这就是诗人笔下的一幅残叶凋零的热带夏日景象，真是五色缤纷，令人目不暇接。

云浪滚滚，状如涛涌，
蓝黑褐紫，奔腾苍穹。
变幻莫测，时暗时明，
持双山③头，笼罩其中。
形如妙翅④，又若苍龙，
对阵鏖战，尘雾弥空。

① 按缅甸古代传说，太阳乃琉璃其外赤金其中的一个大球。
② 从梵文“Māra”音译而来，即佛教谓扰乱身心、破坏好事、障碍善法之恶神。
③ 佛教传说须弥神山周围有七重金山，其中之一即持双山。山势甚高，日、月出没其上。
④ 妙翅鸟，神话中巨鸟咖咙的另一译名。

这又是一幅千姿百态、千变万化的夏日云涛画面。诗人将变幻无穷的云浪描写得有声有色、气势磅礴。他笔下的景物色彩鲜明、形象生动，给人以美的感受。难怪人们誉他为一位“美术大师”。

而且诗人在描写大自然情景时，不单是描写一个时期，一个阶段的情景，而是描写了一年中每个月随着季节、气候的变化，大自然所呈现出来的各种各样优美诱人的景象。所以这种描写又为以后产生的“十二月季节诗”作了准备。也可以说，信乌达玛觉的“多拉”诗是“十二月季节诗”的先导。

信乌达玛觉不仅对大自然有细致入微的观察和丰富的想象力，同时诗人对人民的生活也很关注。所以在他的诗篇中也可看到农民在不同季节进行劳动的情景。他还有描写山野少数民族布朗人辛勤平整土地的诗句。这些都为他的诗篇增添了光辉。所以缅甸作家敏友威在一篇评论中写道：“在缅甸文学界中，写山野农民的作家从前是不多的。在这为数很少的作家中信乌达玛觉可以说是个先驱者。”

在缅甸文学史上，除信乌达玛觉首创的九首多拉诗外，他同时代人信摩诃拉塔达拉也写过三首《佛陀云游》多拉，但远不如信乌达玛觉的有名，其艺术水平也较之逊色。此外，较有名的还有东吁纳瓦德、贡榜时期盛达觉杜吴奥等人的多拉诗。

信翁纽（1453—1528）也是“四棵棕树，四位僧侣”中的一位。他只写过一部《六十偈陀》比釉诗，从而闻名于文坛。该诗完成于1517年。

《六十偈陀》比釉诗取材于《佛本行经释》和《佛本缘经释》的63首偈陀。主要内容是写释迦牟尼之父净饭王为了朝见佛主，曾先后9次派大臣各率1000名随从前去请释迦牟尼回宫。这9批使臣非但没有把释迦牟尼请来，相反一批批都被感化出家，跟随了释迦牟尼。最后一次，净饭王派了释迦牟尼幼时的伙伴，也是自己最亲信的大臣加鲁达利带领1000人前去请驾。此次同前9次一样，加鲁达利和1000名随从也都出家为僧，皈依佛法。但到了缅历12月，加鲁达利便以缅历12月大自然美景为背景写了60首偈陀呈献佛主，这才使释加牟尼决定回故乡去。

信翁纽在诗中不仅用优美的文字描绘了美不胜收的大自然，而且给自然界的生灵都注入了情感，不管是树木还是鸟兽，为了瞻仰佛陀的尊容，接受佛陀的祝福，以得解脱，它们个个翘首期待，显露出一派虔诚之态。

《六十偈陀》比釉诗整部作品犹如一幅色彩鲜艳的山水花鸟画，语言形象，文字生动，给人以美的享受。缅甸学者吴貌貌伦在他的《缅甸文学史》中评论说：“信翁纽的《六十偈陀》比釉诗很像是信乌达玛觉多拉诗的扩写本，也是一幅宽幅彩色山林画。”

三、最有创意的僧侣作家信摩诃蒂拉温达

信摩诃蒂拉温达（1453—1518）在缅甸人民心目中是一位诗圣，在古代众多的文学家中他是位首屈一指的人物。幼名貌纽。15岁时作为沙弥拜师于那米林法师门下，20岁时晋升为大和尚，法号蒂拉温达①。他精通佛典，学识渊博，才思敏捷，所以曾被尊崇为国师。阿瓦王朝的明康第二王在京都修寺庙一座名之为“亚德那贝曼”②，供他挂单。此后他一直居住在京城，专为国王作诗写文。

他一生中创作颇丰，而且其中有些文体在缅甸文学史是他首创的。比如：他1491年写成的比釉诗《修行》，就是缅甸的第一首比釉诗，开创了以描述佛经故事为主的四言长篇叙事诗体裁；1502年又编写成了缅甸第一部编年史——《名史》；1501年明康第二驾崩，其子瑞南觉欣即位，当年（一说1511年）他写成了《天堂之路》③，人们称之为缅甸第一部古典小说。

据缅甸学者吴佩貌丁考证，“pyo”（比釉）一词是由缅文“po”（充满）一词演变而来，意即诗中充满着精华。这种四言长篇叙事诗是用来叙述佛经故事的，后来也有所发展，除佛经故事外，也有少数是以历史故事、神话故事和民间传说为题材的。信摩诃蒂拉温达曾写过《修行》、《祈祷》、《从东敦基来》等几篇比釉诗。

《修行》诗写于1491年，取材于巴利文的《佛种姓经》。内容讲的是乔答摩世尊的过去生、善慧菩萨听了燃灯佛的启示：你将来要成佛。于是便专心一意地修习波罗蜜，共有十个方面需要修行。诗人就是根据这个传说，将全诗分为十大部分，对修习波罗蜜之事逐一作了详细的描写。这部比釉诗充满佛法哲理，内容艰深难懂。诗人用词简洁、高雅，韵律严谨，所以缅甸人一直认为后人无法超越此诗。还认为，倘若能读懂这部诗作，其他古诗便不在话下了。因为它像一部百科全书，包罗万象，缅甸学者给予这首诗以极高评价。文坛一直流传着这样一些说法，“语法之最信摩诃盖西，诗歌翘楚信摩诃蒂拉温达”，《修行》诗可望而不可及。意思说《修行》诗是登峰造极之作，后人望尘莫及。

《祈祷》诗取材于《佛种姓经》。内容是写释迦牟尼成佛前的故事。在燃灯佛成佛时代，有一个叫都梅达的婆罗门，即释迦牟尼前世，他抛弃了百万财富出家为僧，追求超脱涅槃，虽历尽辛苦，努力追求，仍不能成功。当燃灯佛成佛后，他

---

① 蒂拉温达（Thilawintha），巴利文意为“高尚的戒承”。

② 亚德那贝曼（Yatanarbheitman），缅甸文意“宝宫”。

③ 参见李谋、林琼译/著：《缅甸古典小说翻译与研究》，北京大学出版社，2013年版。

便在燃灯佛将要路过的地方筑堤供奉佛主，但怎么努力也没有成功。最后，他以自己的身躯使堤合龙，让燃灯佛安全走过。他就用这个功德祈祷来世自己能够成佛。这首诗虽然是在三天内写成的，但是文笔技巧方面像修行诗一样有很高成就。

信摩诃蒂拉温达所著《名史》写了三部分内容，即：(一)从摩诃三末多王至阿育王止的中天竺史；(二)从毗阇亚王至摩诃南王为止的锡兰史；(三)从竺多般王到阿瓦摩诃底哈都拉王的缅甸史。作者原命名为《摩诃三末多王系史》。《名史》是后人对其的誉称。它以四分之三的篇幅写了中天竺的内容，确切地说这部分是巴利文《大史》①逐句译为缅文的译本。另四分之一的篇幅写了锡兰史与缅甸史，在写缅甸史时尤为简单，仅仅列出一个王系表，但其中也有些议论性的文字。比如在写到“勇士”时，就有这样一段文字：

有的人名为勇士，但见到烟尘滚滚冲过来的对方士卒们就害怕得战栗不止；有的在本应准备抗敌之时，远远看到对方旗幡的影子，就胆怯了；有的比前两种人更甚，听到对方士卒喊杀声就禁耐不住了；还有比前三种人更甚的，看到对方明晃晃的弓箭刀枪就受不了了。只有在上述四种情况下毫不畏惧、顽强抗击、勇于牺牲，才能称得上是“勇士。”既然名为勇士就不应怜惜自己的性命，惜命的人怎能称得上勇士，只有勇士才能够应对摧垮战事。这几种人中只有最后一种人具备勇士的特征，称得上是个勇士。也只有这样的勇士才能在所有战事中取得胜利，成为名实相符的勇士，今后也会飞黄腾达晋升官阶。这就是勇士的特征。②

总之，它是一部很简略的编年史，但给后世学者研究阿瓦之前的历史提供了重要线索。

“小说起源于古代的神话传说。”“以散文的形式表现叙事性的内容，通过一定的故事情节对人物的关系、命运、性格、行为、思想、情感、心理状态以及人物活动的环境进行具体的艺术描写，是小说的基本特征。”③ 信摩诃蒂拉温达的《天堂之路》取材于佛经故事和传说，经过再创作而成。从作品本身分析大体上是与小

① 亦译作《大王统史》，作者是6世纪时的斯里兰卡摩诃那摩（Mahanama）长老，用巴利文写的王朝与佛教编年史。目前较流行的编订本是德国威廉·盖格编订，伦敦巴利语圣典学会出版的版本。全书共37章，从佛教的产生、传入斯里兰卡一直记载到摩诃舍那国王（Mahasena，276-303或325-352）在位时。写了佛教的产生与发展；佛陀到斯里兰卡弘法的神话；佛教传入斯里兰卡；斯里兰卡护法国王杜多伽摩尼（Dutthagamani，前161-前137年在位）的业绩。

② 转引译自缅甸文字委员会编、吴敏基校订：《缅甸文选》第一卷，缅甸宣传部，1992年版，第255页。

③ 《中国大百科全书·中国文学》Ⅱ，北京：中国大百科全书出版社，1986年版，第1085页。

说的定义符合的，基本具备了小说的几个因素。而且这样的写法在缅甸过去的文坛上从来没有过，所以人们称其为第一部缅甸小说。

14世纪阿瓦王朝时佛教的思想已深入人心，统治阶层需要用佛教价值观来维系整个社会的发展。佛教一些名僧长老也想在统治者的协助下进一步宣扬佛教。虽然当时缅甸诗歌已蓬蓬勃勃地发展起来，但是因为诗歌篇幅有限，语句精炼，用来宣传佛教教义与哲理，总是受到一定的制约。所以当16世纪初这种真正贴近群众宣讲佛法和佛教价值观的本生故事小说一出现，就受到了缅甸各界人士的欢迎。这对社会的发展和政权的巩固有着深远的意义。

《天堂之路》整部小说除在最前有一短短的楔子外，分成4章87节，实际上正文只有85节，最后两节是作者对读者读此书后的祝愿和写明写作时间与作者的名讳而已。全文10余万字（若按中文译文计，约6万字），比起在这以前出现的缅甸散文文学作品来说有了长足的进步。因为此前的壁画文只是短短几句说明文字。碑文虽然相对长了一些，但是修饰性的语言也不多。《天堂之路》采用了拿来主义的办法，内容是佛教的传说故事，表现手法是印度古典小说与故事的习惯手法，即：故事套叠式的结构。佛教传入缅甸后，最初僧侣讲经就是用先把巴利文或梵文的偈陀背诵一遍之后，再逐句逐字地用缅甸文解释一番的办法。《天堂之路》一类佛本生小说也沿袭了这种办法，诗歌与散文相间来写：（1）诗歌部分直接引用了巴利文的偈陀（每句八个音节，大多四句一颂，个别也有六句一颂的）；（2）在每颂偈陀之后，再分段或按字写出巴利文原文和缅甸文对应的释义；（3）接着用缅甸文完整地讲述议论一番。有些内容作者认为没有必要抄录相关的巴利文偈陀时，就不再用上述三段式的写法，直接用缅甸文叙述或议论了。

《天堂之路》这部小说讲了佛教徒们用以教育子女的8个榜样性人物：两位长老、两位居士、两位长老尼和两位女贤人的故事。在讲述中又插入了阿拉瓦伽神魔和巴瓦伊婆罗门及其弟子两个长篇故事和许多小故事，故事叙述过程中也多有交叉或重叠。而将这些故事联系在一起的主要人物则是乔答摩佛和以前出现过的几尊佛。为了叙述的方便，我们把该文讲述的十个主要故事分别简述如下：

舍利弗长老在十万无央数劫前的阿诺玛陀悉佛时代曾是个婆罗门，名沙罗陀。后出家为僧，法号素罗西。与目犍连长老的前世是好友，都到阿诺玛陀悉佛前祝祷过，愿成为来世乔答摩佛的左右大弟子。他曾有一世是统治南岛的素拉尼梵授王，当时佛祖的前世名叫大隧道的智者是素拉尼梵授王的敌人毗提诃王的大臣。毗提诃王死后，智者大隧道来到彬萨拉利国。素拉尼梵授王却把国家全部交给了智者管理。可见他对学者是多么的尊重。到了乔答摩佛成佛时，他投胎到王舍城附近的乌巴岱沙村名叫尤巴舍利的女婆罗门的腹中。出生后就取名为乌巴岱沙，出家后法号舍利弗，成为乔答摩佛的右侧首席大弟子智慧第一。他尊重师长，如对他的启蒙老师阿说示长老；他敬重同门，如对同为佛祖大弟子说法第一的富楼那长老；他谦虚谨慎，如对他提出意见的小沙弥；他宽恕待人，如对待对他很不礼貌的愚僧；他关心帮助他人；他善于讲法等等。

目犍连长老在十万无央数劫前阿诺玛陀悉佛时代曾是个富翁，名叫悉利沃陀纳，得到阿诺玛陀纳佛对他的授记：在乔答摩成佛时将成为左侧大弟子。到了乔答摩佛成佛时，投胎到王舍城附近拘礼达村目犍梨女婆罗门腹中。与舍利弗长老两人同时出生。因是拘利达村的首位男子就被命名为拘利达。在他出家时，因母名，人称其为目犍连。他在聆听过佛讲的排除困倦之法后不懈修炼，成为乔答摩佛的左侧首席大弟子神通第一。他曾到地狱、神国讲法；他教育龙王；他训喻沙弥众僧；他也去天庭提醒天帝释忘却的佛法等等，都使他名声大振。

质多富翁居士在巴杜牟达耶佛时生长在汉达瓦底一个高贵的家族之中。曾敬佛许愿：将来成为乔答摩佛时的能讲法的大弟子。迦叶佛时转世成为一猎人，狩猎时见一位长老，命人回家取来斋饭，又收集了林中花朵献给长老。释迦牟尼佛祖时代他转世到摩揭陀国密实伽丹达城一富翁家中。出生时全城降下了五彩缤纷的花雨，父母遂为他取名为质多。见到第一批悟道的五比丘之一的摩诃男拘利长老。质多在该城安巴达卡罗玛花园中建一寺院，供奉四物，请长老在此挂单，聆听教诲。密实伽丹达城距佛祖所在的王舍城甚远。质多用500辆牛车满装布施物品，招呼两千余人一起去王舍城。在佛陀身边停留了一个半月，进行了布施，听佛讲法，修行成了居士尊者。他能和佛陀大弟子们就深奥的佛法真谛相互问答，得到了广泛的赞誉。

诃塔拉瓦伽居士在十万劫波前巴杜牟达耶佛时曾是汉达瓦底国一施主，听佛讲遵从交友四法的人将成为佛的大弟子，遂大量施舍祝祷来世成为佛的大弟子。乔答摩佛成佛时转世为阿拉维国的阿拉瓦伽国的小王子，沦为阿拉瓦伽神魔的食物。在即将被神魔吞噬之时，神魔聆听佛法悟道，把他献给佛祖。人们遂称王子为诃塔拉瓦伽。后佛陀又对他讲法使之悟道，成了佛的俗家大弟子之一。

凯摩长老尼在十万劫波前巴杜牟达耶佛时曾是汉达瓦底国富翁之女，聆听佛法，守戒修禅，佛将她置于最有学识女罗汉的首位。拘那含佛在世时曾是一位富有的高贵妇女与其他二女为僧众建造精舍并捐赠价值上千的僧用法器。迦叶佛在世时她是波罗奈城吉基国王七位公主中的大公主达马尼。乔答摩佛在世时她成了达格拉国玛陀意公主，成年后，成了王舍城频婆娑罗王的王后，人称凯摩王后。她的肤色金黄，非常漂亮、喜人。虽然频婆娑罗王是佛的施主，但是凯摩听说“佛祖不赞扬漂亮的人，嘲讽迷恋色尘是现世轮回的罪恶”，所以不敢去谒见佛祖。频婆娑罗王设法引导她去见佛祖。佛祖变化出一个由年轻逐渐变老的美丽侍女形象使她悟道。皈依佛门后，因见多识广，能讲深奥奇特诸法，成了乔答摩佛的智慧第一的女弟子。

乌巴拉温长老尼早在十万劫波之前巴杜牟达耶佛在世时也是汉达瓦底国一位名门之女，曾祝祷愿成为乔答摩佛女大弟子中的神通第一。迦叶佛在世时，是佛祖施主吉基国王七公主中名为达马纳拘答之女。后来各世命运低迷，从高贵名门穷苦没落变成不甚富裕的门第。有一世竟连买条花裙子的钱也付不起，她在别人家干了三年活，好不容易才得到了花裙子。看到一位僧伽被歹徒洗劫一空身披树叶，就把自己的花裙撕了一半施舍给僧人，随后又把另一半也奉献了。后来到了神国，从神国又转世成了底维梨国阿里塔补罗城的有八亿钱财的迪梨蒂威萨富翁之女翁马丹蒂，美貌出众，凡见到该女的人没有一个不失态动心的，成为底维梨国王的王妃。以后再转世到了一贫困人家，在田间见到一位辟支迦佛，用自己戴的一朵莲花盛着五百粒米花放到佛的钵中，祝祷能得子五百。果然后来她转世成胎于莲朵之中，被一位出家人收养，出家人把手指放入她口中，乳汁就流了出来，就这样把她喂养大。她美貌出众像仙女一般，出家人为她取名为巴杜马瓦蒂，波罗奈城的国王封她为王后，为大王生下五百王子，王子们长大皆顿悟成辟支迦佛飞天而去。巴杜马瓦蒂王后饱受与五百孩儿辟支迦佛分离之苦而死，再次转世到了王舍城伊迪吉利山脚一小村人家。她在为丈夫送饭时，途中遇到来化缘的八位辟支迦佛，造成她向前世所生的五百辟支迦佛施斋的一次机缘。乔答摩佛时她转世成为舍卫国富翁之女乌巴拉温。她皈依佛门后成为佛的首席神通广大的女弟子。

女施主欧德拉在十万劫波之前巴杜牟达耶佛在世时曾是汉达瓦底国名门之女，做了许多善事，祝祷能成为今后乔答摩佛祖身边的多闻第一的大弟子。在迦叶佛成佛后乔答摩佛尚未成佛期间曾转世成为波罗奈国王的家人，看到一位驼背的辟支迦佛，在女伴中模仿驼背的样子取乐。在这以后各世她就成了驼背的人。乔答摩佛在世时她成了乌德那王达玛瓦蒂王后的侍女，因此得名欧德拉，又因为她是个残疾人也叫作库祖德拉。一次，她为达玛瓦蒂王后去买花，正值卖花男子家施斋，佛祖在讲法。她用心记下了佛所讲的法悟道。回到达玛瓦蒂王后处，又对王后等人转述了佛讲过的几次法的内容。后来被佛置于善讲法的女大弟子之列。

女贤人难陀摩多在乔答摩佛时代是位于王舍城南韦路甘陀伽城的一位富婆。她能背诵佛在王舍城巴达纳泽蒂亚寺中回答16位出家人问题时念诵的名为“天堂之路”的250颂偈陀。一日她正背诵天堂之路偈陀，被路过的多闻天王听见。天王对她大加赞扬，并送给难陀摩多取之不尽用之不竭的装满红谷的1250座粮仓。因此也成了乔答摩佛时代一位著名的俗家女弟子。

阿拉瓦伽神魔的故事：一日阿拉瓦伽王去林中狩猎，中午返回时误入阿拉瓦伽神魔的地界榕树之下。四大天王曾答应阿拉瓦伽神魔“凡中午时分进入榕树树荫的人都由他来处置”，因此凡这种时刻进入榕树树荫的人都被阿拉瓦伽神魔吃掉了。国王看到令人惊恐的神魔全身都僵直了。国王对神魔说：“你要是放了我，我保证每天都给你送来一个人和一锅饭。”“我不送饭来的那天，我呆的地方就由你来统治。”就这样国王不间断地派人为神魔送食12年。开始时送犯人，后来又送老人，再后来送小孩儿供神魔食用。佛祖为了神魔悟道来到神魔地界。神魔用尽各种伎俩威吓、攻击佛祖。又问些难于解答的深奥问题，想难倒佛祖。但这些攻击都被佛祖一一化解了，对所问问题也一一作了解答，并趁机讲述了佛法，最终使神魔悟道。神魔悟道之时，正巧阿拉瓦伽王子作为神魔的食物被送到神魔眼前，神魔遂把王子献给了佛祖。

巴瓦伊婆罗门及其弟子的故事：迦叶佛在世时波罗奈城有位能干的木工师傅和他的徒弟们用轻巧的木板安上机关造了能飞的大鸟。将妻子和家人们装进大鸟腹中，一起飞向大雪山，在山脚下建立了格塔瓦哈那国。木工师傅称王，徒弟们当了大臣，国家兴旺发达。后来，波罗奈城与格塔瓦哈那两国建立起亲密友好的关系。一次，格塔瓦哈那国王向波罗奈国王送了价值连城的8块红布料。波罗奈国王回赠写着颂扬三宝和修行诸法内容的贝叶。听到佛正在波罗奈城的好消息，格塔瓦哈那国王手下大臣们争着去谒见佛陀，但当他们到达波罗奈城时佛陀刚刚涅槃，就都在当地出家修行不再返回。只有大王的一个甥儿得到了佛祖曾经用的水杯，又请了一位会三藏的长老和他一起回国。大王建塔供奉佛陀水杯，终生行善。乔答摩即将成佛时木工师徒们又转世到了舍卫国婆罗门种姓家中。木工师傅成了巴德纳底拘萨拉王的国师巴瓦伊婆罗门。前世的徒弟都成了现世的弟子。一个狡猾的婆罗门想向巴瓦伊索要财物，叫嚣若他不给就砍下他的头。巴瓦伊不知如何应对。此时正巧乔答摩成佛，巴瓦伊忙叫弟子们代他去佛祖处请教。他的甥儿回来向他转述了佛祖所讲的法。弟子们和巴瓦伊自己皆成正果。

《天堂之路》全书讲述的8个主线人物的故事长短不一，最长的是舍利弗长老和目犍连长老的故事，大约各用了5000至6000字的篇幅（这里所说皆按译文计），诃塔拉瓦伽居士的故事最短不足1000字。在讲上述8个主线人物故事时又插入了不少故事，有不少只是一句话带过，也有的是用一定篇幅讲的。其中有两个故事着墨最多，甚至大大超过了对主线人物的描述。最长的是阿拉瓦伽神魔的故事，竟有大约15000字的篇幅。这也是《天堂之路》一书中写得最精彩生动的一段。巴瓦伊婆罗门及其弟子的故事也有7600字之多。从《天堂之路》整部小说来看，它的整体结构并不协调。开宗明义说有8个主要人物，但在叙述故事时反而突出了次要线索中的两个主人公，对这两个人物故事的描写甚至大大地超过了8个主要人物；叙述这些人物所用笔墨篇幅之间相差十余倍，有的故事过于简单，根本就没有什么动人的情节可言。但是我们从它是缅甸第一部小说这点出发，就不能更多地求全责备了，它这个第一带来的意义是无论如何也抹煞不掉的。而且能透过这部小说来了解缅甸古典文学的发展历程，这更是意义非凡的。

为了便于读者们欣赏分析这部小说，我们不妨将《天堂之路》小说中描述格塔瓦哈那王故事部分的全文[①]录后：

以前迦叶佛在世时，有位木工师傅的手艺无人能及。那木工师傅手下有16个大徒弟，这16个大徒弟每人手下各有1000名徒弟。共计16017人。他们在波罗奈城做木器、竹器，所有建造房屋殿堂的木工活儿也都由他们承担，以此谋生。

一次，那木工师傅想：“我们干的这活计是身体无灾无病能正常干活儿才能维持生活的活儿。到老了的时候，怎么办？”于是用轻巧的木板安上机关制成能飞的大鸟。把徒弟们都叫来教他们造能飞的大木鸟。如果能把这些大木鸟放飞到天上，就没有什么地方去不了了。徒弟们商量：“去打哪个国家呢？就打波罗奈城吧！”

师傅说：“徒弟们……我不同意这么办！就算得了波罗奈城称王，人家还会叫咱们是木匠国王、木匠王储等等，去不掉木匠这个名字。南瞻部洲大得很，咱们到那遥远的不为人所知的地方去称王。”大家商量后，把妻子家人都装进大鸟腹中，一起向北部的大雪山飞去。

他们在大雪山的山脚下建立了格塔瓦哈那城。因为木工师傅造了机器木鸟，

① 这个故事是《天堂之路》中所写10个主要人物中巴瓦伊婆罗门的前世故事。译文摘自李谋、林琼译/著：《缅甸古典小说翻译与研究》，北京大学出版社，2013年版，第95-97页。

人们称他为格塔瓦哈那王。把格塔瓦哈那城一带称为格塔瓦哈那国。16位大徒弟成了大臣，16000名徒弟都成了官员。

因为格塔瓦哈那国王遵循了四摄法[①]，国家兴盛富有，没有灾祸，幸福安康。对国王也好，对民众也好，国内外的人都非常亲近友好。国中人们安居乐业。格塔瓦哈那王也成了国家的主人。

又过了很久，中天竺一带波罗奈城的商人们来到格塔瓦哈那国。见到大王，说明是从波罗奈城来的。大王对商人们也是尽量地给予帮助，并表示了对波罗奈城国王的友好情谊。商人们也把格塔瓦哈那国人和商人们向波罗奈城国王引见，波罗奈城国王也向格塔瓦哈那国国王表示友好。

两位国王互派使者，友好交往，尽管未曾谋面，相互却很敬爱。来往商贾互免税收。波罗奈城国王托人转告格塔瓦哈那国王："希望把我没见过的贵国宝物和贵国讲的话语，能让我看看、听听！"格塔瓦哈那国王也向波罗奈城国王表达了同样的愿望。

一次，格塔瓦哈那国王向波罗奈国王赠送了非常贵重的8块红布料，像太阳放射出阳光一样，这些布料都能熠熠发光。格塔瓦哈那国王派人把布料送给波罗奈国国王。8块布料装在8个小陀螺般大小的象牙盒中，用虫漆封上，放进箱子中。再用布把箱子严严实实地裹上之后，加盖了官印。并嘱咐："请在国中召开大会，接受这件礼物。"

波罗奈国王组织了一个大会准备接受礼物。当他打开时，看到送来的竟然是小孩儿玩具般的8个小盒，又羞又恼。把一个小盒在御座旁打开时，才知道原来是贵重的布料。

打开之后每块都有16肘尺长、8肘尺宽大小。在广场上全部打开后，闪闪烁烁光芒四射。参加集会的人们都惊呆了。这几块贵重布料真是无价之宝。

波罗奈国王这样想："回赠人家的礼品往往都比来礼更贵重。朕送什么礼品能比他这无价之宝的礼品更好呢？"这位波罗奈国王是迦叶佛在世时的施主，名叫吉基的国王。该王认为没有能和三宝相比的宝物了。三宝才是最最高贵的宝物。朕要把人间的这三宝送给亲爱的朋友。就写了如下偈陀：

① 佛教用语。"四摄法"亦称为"四摄"、"四摄事"、"四事摄法"等。指菩萨为摄受众生，使生亲爱之心，皈依佛道，应做的四件事。即：布施摄，若众生乐财则施财，爱乐佛法则施佛法；爱语摄，随众生的根性善言慰喻；利行摄，做利益众生的种种事；同事摄，与众生同处，随机教化。

人间佛祖无比珍贵，
只因他为众生利益。
人间佛法无比珍贵，
只因它为众生幸福。
人间众僧无比珍贵，
因他们似善行之地。

把上述偈陀用朱砂写于金贝叶之上，接着又将“如何修行，如何获得禅定，如何静虑参禅无常、苦与空，如何获得向、果、涅槃之道”等等依照佛法系列直到成为罗汉获得解脱必须遵循的习性也都写于贝叶之上。将写好的贝叶卷置于镶满七宝的匣中。将七宝匣置于斑点红宝石匣中。其外套上红猫眼石匣、金匣、银匣、象牙匣、檀香匣、木匣。最后将木匣置于箱中，箱外再用布一层层裹得严严实实，并盖上了官印。

把一头御象装扮起来，头顶金幡，身披金饰，带金铃的网子挂在象肋两侧，象背之上放上王座。礼物箱子置于王座之上。撑着镶满宝物的白伞，旁边点燃着檀香木等，奏着乐曲向前行进。

命令自己国境内的乡镇民众一路上供奉迎送，从波罗奈国送到格塔瓦哈那国。格塔瓦哈那国王到本国边界迎接。到了国内，举行大会，在会上打开箱子，恭颂贝叶上所写的文字。

听到佛祖在世这样天大的好消息，国王非常高兴地说：“就是能长寿活10万劫波也难以听到这样的好消息。”接着又说：“我要去拜谒佛祖！”准备去波罗奈城。

16位大臣奏道：“让臣等先去拜谒吧！陛下再等一下吧！”16000名原来的手下人等也一齐向师傅跪拜道：“如若见到佛祖我们就不回来了。如见不到我们就回来。”随后全都去了。

大王对自己的一个甥儿嘱咐道：“如若见到了佛祖，你一定回来告诉我。”

16位大臣带着大批人众急于拜见佛祖，所以昼夜兼程，很快抵达波罗奈城。

大臣们还未到时，佛祖就涅槃了。因为佛祖刚刚涅槃不久他们才到，大家都非常惋惜地嚎哭不已。大臣们向佛的弟子们问：“长老们……佛祖讲没讲他死后人们应该修习什么吗？”长老们按佛祖教诲对大臣们说：“应该三皈依，守五戒，弃红尘出家为僧。”

来的所有人都出了家，只剩下大王的甥儿一个人。他得到了佛祖曾经用的水杯，又邀请一位精通三藏的长老与他同行。他和长老回到了格塔瓦哈那国，告诉大王佛祖已经涅槃的消息。

大王供养这位长老，并听他讲道，遵从他的教诲，将佛祖的水杯珍藏于塔基之中建塔并植树供奉。因为终生听从长老教诲，后转世到了迦玛瓦萨亚神国。那些出家的16000多名弟子也都转世到了神国，成了转世到神国的格塔瓦哈那王的左右扈从。

四、最贴近民众生活的僧侣作家信摩诃拉塔达拉

信摩诃拉塔达拉与信摩诃蒂拉温达齐名，是缅甸文学史上另一位大文学家。1468年生于阿瓦京都，幼名貌茂，他出身于世袭贵族家庭，在宫廷里长大。拉塔达拉是他的法号，意为“高贵的国粹”、“国之精华”。他一直受到阿瓦国王明康第二和阿瓦文坛的敬重。他从小攻读经书佛典，熟知天文地理，精通巴利文、梵文。相传他5岁时随其父达玛巴拉大臣进宫参加公主的扎耳朵眼儿庆典，代其父即席赋诗祝贺，受到国王的赞誉，允许他自由出入宫殿。他死于1530年，享年62岁。

1484年，诗人16岁时，根据第543号佛本生故事《布利达龙王本生》，写成了缅甸最早的一部长诗——《布利达》林加基。

林加基，即长林加诗，意为四言长诗。林加一词从巴利语“Alankara”一词衍变而来，有“修饰”、“美化”的意思，或直接译为“诗”，“基”是缅语，意为“大”。

布利达龙王故事说，波罗奈国公主嫁给龙王，生有四个儿子。四子布利达为了修身成佛，来到人间修道，但被一玩蛇的人识破。布利达虽知大难临头，但恐修道半途而废，未显神通避难而束手被擒，被胁迫四处献技表演。几经周折，波罗奈国王才获悉布利达是自己外孙，遂将其救出。

在诗人的生花妙笔之下，诗中充满了世间人情和生活气息。以下是布利达的母亲在找不见儿子时，感到悲痛欲绝的一段描写：

抽抽噎噎，思念重重，
珠泪不断，强忍不能。
悲痛欲绝，怜爱深情，
依依眷眷，心系难清，
头晕目眩，犹如地倾。
儿郎宝贝，常居宫中，

金殿闪烁，今日空空。
不见爱子，断肠伤情，
怜之入骨，如痴似疯，
昏天暗地，不知西东，
双目发黑，不见光明。

诗人26岁，即1494年，又以这个主题写成了《布利达》比釉诗。此外还写了《九章》、《甘毗达拉》、《丹瓦拉》等比釉诗和5部茂贡、3部林加、3首多拉。

《甘毗达拉》比釉诗写作年代不详。它是一部以诗歌形式书写的教诲书。书名《甘毗达拉》意即寓意深奥、内容精辟。也就是说书中荟萃了前人阐述的深奥之道理，为世人所必须遵循的。它内容丰富、寓意深邃，是有关教诲训戒这一主题的比釉诗中之翘楚。

《丹瓦拉》比釉诗写于1529年，是诗人最后一部著作。诗是根据第462号佛本生故事改编的。故事讲波罗奈国的梵授王有子一百，其中最小的儿子叫丹瓦拉。他处处遵循佛陀教诲，事事勤奋努力，最后他继承了父亲的王位，而且深得兄长们的佩服。人们赞扬这首诗，认为其中教诲之言极其精彩。它与《甘毗达拉》诗之区别就在于：《甘毗达拉》诗是针对黎民百姓，教诲人处世待人，而《丹瓦拉》则只涉及王族、宫廷之事。因诗人一直生活在宫廷之中，有切身感受，所以写作的诗文令人感到真实可信。

在诗人的众多著作中，最佳著作要算1523年写成的《九章》比釉诗。当时诗人已50余岁，先后历时5年才写成。

《九章》诗是诗人根据第509号佛本生故事《哈梯巴拉本生》改编而成，所以该诗又称《哈梯巴拉》比釉诗。全诗分九章324节，洋洋数万言。又名《四法精要》比釉诗，因为该诗写了婆罗门的4个儿子先后讲法度僧的故事。

《九章》诗的故事梗概是：古时候，波罗奈城的国王埃杜加伊和国师婆罗门自幼结为挚友。两人都没有子嗣，都为后继无人而终日忧愁。两人约定，谁有子女均属于二人共有。一日，婆罗门国师外出归来，在城外看见一妇人带着好几个儿子，心中十分不快，便问那妇人道："你这么多儿子，是跟谁养的？"那妇人信口答道："是祈求榕树神给的。"婆罗门听了非常气愤，责怪树神太不公正，给了这妇人如此多的儿子，为什么一个也不给我们？他便替国王向榕树神请求赐子，并限树神七日之内作答。从此，他天天前去施加压力威胁，说如不给子嗣就定将榕树连根拔掉。树神无奈去帝释处请求帮助。帝释答应给婆罗门国师四个儿子，但预言说孩子们长大后必全部出家为僧。国王因前世作孽不会有子。不久，婆罗门夫妇生下四子。国王和国师为了防止孩子们将来出家，以便由他们来继承王位和国师的职位，孩子们出生后便将他们分别交托给牧象人、牧马人、牧牛人、牧羊人照看。四个儿子分别取名为哈梯巴拉（象护）、阿德巴拉（马护）、高巴拉（牛护）、阿萨巴拉（羊护），因怕他们看见僧人萌发出家念头，遂将城中和尚全部逐出。可是，孩子们长大成人后，个个聪明过人，精通佛法经典。他们坚决拒绝继承王位和国师职位，一心只求出家为僧。四个孩子先后向国王和国师等广说佛法，据理说服国王。最后，不仅四子出家，国王、王后、国师、国师夫人以及全国四姓众生都跟着四个孩子先后出家为僧，修成正果。

《九章》诗产生于宗教热情高涨的阿瓦时代。当时出家为僧实属时尚，诗中宣讲的仍是“因果报应”、“清净无为”、“成事在天”等思想。

诗人凭借其丰富的想象力，把原来仅有20颂的一个短短的本生故事情节扩展，写成一部洋洋数万言的长故事诗，成为缅甸人民传诵的作品，成为蜚声古今文坛不朽之作。它长期以来一直被列为诗歌范文，并对缅甸文学的发展产生巨大影响。究其获得盛誉的原因，现代名作家敏杜温曾评论道：“《九章》诗除了叙述佛教之精华外，在写作方面具有描写细腻、叙述简明、比喻生动、结构新奇等特点。”

下面我们先将《哈梯巴拉本生》故事中的一段描写，与《九章》诗的描写作一比较。

当哈梯巴拉拒绝继承王位要求出家时，在《哈梯巴拉本生》故事中其父婆罗门苦苦劝道：

爱子！学会吠陀以求钱财，生儿育女享尽五欲之乐，待到年迈再出家追求涅槃，此乃正人君子所为，也会受人赞誉。

在《九章》诗中，相应也有以下这样几段描写[①]：

（27）世间的学问知识和诸般技艺，
能解决万般难题。
倘若自小只顾玩乐不学习，
大庭广众他人滔滔雄辩，

① 译文引自蔡祝生译［缅］信摩诃拉塔达拉《九章》，载季羡林主编：《东方文学作品选》上，湖南人民出版社，1986年版，第504-507页。

你却才疏学浅垂头丧气，
有口不知从何谈起；
倘若你不甘心沉默，
强把话提，
就会漏洞百出颠三倒四，
前言不搭后语。
犹如瞎象在林中乱闯，
惹人耻笑声名狼藉。
纵然依附先祖福荫，
身居七层金阁，
有着神仙般的福气，
也像栖身重阁上的乌鸦，
并不感到幸福惬意；
纵然具有堂堂仪表，
好似木田菁花徒有美貌无香气。
一旦了解了你的底细，
人们会对你冷嘲热讥。
正如常言说：
少壮不努力，
老大徒叹息。

（28）倘若你少年时期真能发奋学习，
饱读诗书学识高深。
犹如战胜百兽的雄狮，
人群之中显神威。
你明理善辩口若悬河，
用词严谨合乎逻辑。
犹如平川飞奔的神马，
任你纵横驰骋千里。
只要你成竹在胸，
出口成章毫不足奇。

内容充实瑕疵难找，
语汇优美富有诗意。
即令有人竭力贬低，
丝毫无损你的智慧。
犹如掉在泥泞中的宝石，
反而显出其光辉无比。
犹如皮粗味甜的菠萝蜜，
纵然好坏混杂，
可当你的素质为人知道，
必将受到钦佩和重视。
无论报效皇廷，
还是驰骋疆场；
无论经商务农，
还是养育儿女。
倘若仪表端庄容貌非凡，
又有高深学问渊博知识。
犹如花儿美丽又芳香，
定会受到人们的推崇和尊敬。
望孩儿记取古代谚语：
有一位智慧的商贾，
拿一只老鼠做生意。
不足四月，
一本获得万利。
只要学识渊博，
定会前程无量，
致富发迹。
到老来生活美满，
万事如意。

（29）孩子！
你就放弃出家的主意，

成家立业，
长期留在尘世宫里。
只要虔诚守斋持五戒，
勤做功德施十物，
人世只一层，
神国六界奇，
将来你还可以顺利到达这七地。
古时凡贤明王子，
无不修习男子必学的技艺，
业满成家后再把王位继。
待到老迈苍苍白发时，
传位于子皈依佛门去。
享尽五欲之乐断贪念，
追求涅槃真谛专心意。
菩萨圣僧与智者，
也会倍加赞赏甚满意。

（30）善用智慧思索的孩子，
你有令人惊叹的学识，
又有使人羡慕的容仪，
犹如芬芳艳丽的鲜花表里如一。
受人推崇，
闻名环宇。
三吠陀经典，
你要从小精心学习。
增加才干长学识，
这才是事理。
犹如古时的贤明君王，
享尽人间福禄，
又把国家治理。

通过比较，我们已可以了解到《九章》诗之所以得到盛誉的原因。首先，诗人抓住原故事核心思想和情节，充分发挥自己的天赋才华和想象，通过用援例比喻的手法，绚丽华美的语言和气势纵横的风格和气魄，把诗写得绘声绘色。诗人出身于贵族世家，在宫廷里长大，因而对宫廷生活、人间俗事非常熟悉。诗人这些生活的阅历和经验，也不时地反映在他的诗篇中。所以，一部反映佛教哲理的《九章》诗，却使人感到它紧紧地与当时的社会生活相结合，犹如眼前发生的事一般。这也正是诗人创作成功之处。试再举《九章》诗中写国师婆罗门对夫人谈话中的一段来看：

(149) 正像那檀香木，
即使枯干，
香味丝毫不会减。
孩子他妈，
你我相爱结合许多年，
事情一桩桩一件件，
从未对我讲粗话出恶言。
孩子他妈，
你对我情深谊长爱更专；
你对我从不讲假话、欺骗、隐瞒；
你对我体贴入微，
干活儿不叫咱。
孩子他妈，
你日夜辛勤把活干，
浸种、耙地与下种，
拔苗、插秧和种田，
放牛出圈，
戽水浇园，
踏碓舂米，
煮菜做饭，
桩桩件件，
你从不得闲，
安排井然且圆满。

在《九章》诗里像这样谈及家务劳动纺线织布、煮饭做菜等内容的还有好几处。大家知道在诗人写作的16世纪初期，缅甸还是一个相当落后的农业国。自给自足的小农经济是国家的基本经济成分。古时缅甸妇女是家庭劳动的主要安排组织者，无论田里的扶犁耕耘，还是家中的舂米纺织，都由她们负责安排。所以诗人的这些描述，正是对当时真实社会生活的写照。

信摩诃拉塔达拉约在1483年曾写过一首题为《纯金般的美女》的三段雅都诗。现将全诗译后：

纯金般的美女啊！
蓓蕾初绽值妙龄，
苗条、健美、丽质种种。
刚刚梳起发髻的姑娘，
天国容貌集大成。
乌光美发实罕见，
容颜照人似绘成。
芬芳衣衫金裙郁，
宝石耳坠映衬着她那秀雅仪容。
槟榔汁将玉齿染成彩虹一样，
粉色的尖指是美丽的象征。
勾画般的睫毛弯弯翘起，
麝香似的体香沁人心脾中。
疑是杜娑[①]从天降，
端庄文雅占魁英。
瑕疵难寻神女貌，
纯洁风采耀眼明。
我见她在晚霞里，
微微展笑容。
五美[②]俱备的姑娘啊！

① 传说中一美貌仙女名。

② 缅甸人认为美女必备的五条件：又长又黑的头发；丰满的肌肉；洁白的牙齿和有血色的指甲；滋润的皮肤；青春的年龄。

肤色柔润童髻耸。
光泽的秀发留额上，
服饰耀眼，
妩媚且轻盈。
脂粉香膏赛兰芝，
体态庄重，
悦目又娉婷。
刚满十岁[1]的美人啊！
我的爱慕久已铭心中。
疑是上界仙女，
冰肌玉肤体玲珑。
婀娜俊秀的人儿啊，
蓬蓬乌发松。

太虚仙境的神姬啊！
肤色粉嫩发束拢。
美中魁首缺陷乌有，
金裙边饰花重重。
连城宝珠带，
日日梳妆扮姿容。
南岛无人比，
犹如杜娑在苍穹。
黄昏时分见，
隐隐露酥胸。

读了上诗，人们绝不会相信它出于一位僧侣之手，诗文描写带着多么真挚的情意，描写又是多么生动逼真。如果不是出自诗人的肺腑之言，又怎能具有如此强大的感染力呢？据信在诗人年轻时，确曾有过这方面的经历。更可贵的在于诗人敢于表露真情，这种精神确实值得赞誉。

① 缅甸人认为少女十岁已当妙龄，犹如我国谓二八妙龄。

这里，我们再简单地对信摩诃拉塔达拉与信摩诃蒂拉温达两位诗人作个比较。

信摩诃拉塔达拉和信摩诃蒂拉温达都是缅甸文学史上博学多才的大诗人。在他们之前，缅甸有个不成文的戒律，认为诗歌系娱乐之作，僧人不该涉足。我们在探讨蒲甘碑铭中没有发现诗碑或成段的诗歌的原因时也曾提及。是这两位大诗人率先冲破戒规，用诗歌形式颂扬佛法的。尽管当时受到僧伽大众的排斥，称其为歌手，不同意他们参加禅堂开光典礼，但历史已经证明，正是由于这两位僧侣诗人的开创精神，促进了缅甸文学的发展繁荣，使阿瓦时期的文学达到了令人称颂的高峰。

信摩诃蒂拉温达专门从事佛教经典的研究。他的文学作品绝大部分都是反映佛法哲理，以规劝人们虔诚皈依佛教的。即使是他奉王命所作的记事诗——茂贡或他创建的散文体历史著作也很少涉及俗事，人间的爱欲情感更是只字全无。而信摩诃拉塔达拉作诗著文的目的虽然也是为了弘扬佛法，但他往往结合凡世俗人之事与思想，贴近民众的生活进行创作。缅甸学者经常用这样一些比喻来评价这两位诗人的风格：信摩诃蒂拉温达的作品如同大锣铿锵有力；而信摩诃拉塔达拉的诗作如同五种乐器同时演奏，悠扬动听。意思说前者深邃富有哲理，后者却涉及民众生活的方方面面，丰富多彩。所以又有人说，信摩诃蒂拉温达的作品犹如乌龟爬行，永远贴着大地。意即他的作品永不离佛法思想；而信摩诃拉塔达拉则如同爬棕树人的胸脯，时而靠着树干，时而又离开树干。意即他的作品时而宣扬佛法，时而描述尘世。

总之，我们认为上面介绍过的缅甸文学界对两位诗人的评价，的确反映了两位诗人创作上的不同特色。但就我们而言，我们更喜欢信摩诃拉塔达拉的作品，尽管他的基调也是宣扬佛教哲理的，但他用优美的语言、生动的形象为我们提供了了解诗人生活时代的一个窗口。况且这种现实主义的创作思想对缅甸文学的发展有着不可低估的影响。

五、针砭时政的信埃加达玛底与信德佐达拉

信埃加达玛底（1479—1552），他经历过阿瓦王朝兴盛的欢乐，也尝到过阿瓦王朝衰亡的痛苦，特别是衰亡的痛苦更使他终生难忘。多汉发父子篡位后，对阿瓦的蹂躏在诗人心灵中留下的创伤是永远无法磨灭的。

信埃加达玛底生于达巴因镇丹帕亚村，幼名貌努。1527年根据十大佛本生故事之一的《杜温那达玛本生》，即第540号本生故事中的部分情节，创作了《黄金富国》、《射箭》、《盟誓》三篇比釉诗。1538年和1542年又先后写了《地狱》和《天堂》两篇比釉诗，这两篇是根据第541号本生故事《奈弥本生》创作的。

《杜温那达玛本生》讲的是：从前，梵天下凡的杜古拉和巴利迦夫妇俩，虽已结婚但从不同房，在大雪山一条河流旁居住。帝释得知他们俩不久将双眼失明，便施法术让他们夫妇得一子，名杜温那达玛。不久，杜古拉和巴利迦双双失明，杜温那达玛尽心服侍双亲。一日，爱吃鹿肉的毗连夜叉王见到杜温那达玛与鹿在一起，心中感到奇怪，便发箭射去，杜温那达玛当即倒在血泊中。在昏迷中他只是念叨父母无人照料，对射箭谋害者却毫无怨言。毗连夜叉很感动，便一口应诺："我将像你一样服侍好你的双亲。"经杜温那达玛指引，毗连找到了杜古拉夫妇。经杜古拉夫妇一再请求，毗连领他们夫妇来到杜温那达玛身旁。杜古拉夫妇盟誓感动了上苍仙女，使杜温那达玛得以复苏重生。

《奈弥本生》说的是奈弥国王乐善好施，并教育民众好生修身、布施。民众死后都进入了天国，但一直怀念奈弥国王，请求帝释能让奈弥国王来天国一聚。于是帝释派他的御车夫摩陀梨驾着千里马飞车去接奈弥国王。奈弥国王借此机会游览了地狱和天堂。

缅甸学者们普遍认为信埃加达玛底赋写这几篇比釉诗是为了表达他对故国阿瓦的无限热爱和眷恋。写了他对多汉发王不敬三宝，摧残佛教、蹂躏百姓的野蛮行径的无限仇恨之情。

很显然，在有关《杜温那达玛本生》的三首诗中，诗人把黄金富国比喻为富饶的祖国阿瓦，把杜古拉夫妇比为阿瓦君王，用凶神恶煞毗连夜叉比喻多汉发父子。

如果说这三首诗中诗人的写作意图还显得比较隐晦的话，那么在《天堂》篇和《地狱》篇中就更清楚了。

诗人在诗中把地狱写得阴森可怖，令人读过毛骨悚然；把天堂写得灿烂辉煌，使人读了无限向往。诗人的创作意图十分清楚：第一，诅咒掸族的多汉发王摧残三宝、蹂躏百姓，必将得到可悲的下场，来世定被打入地狱受到惩罚；其次，劝导百姓不要因身处逆境而放弃信仰，只要积德行善，皈依佛法，未来的天堂是属于他们的。作品深刻地反映了当年阿瓦社会的现实，并指出光明的未来。

《地狱》篇全名是《奈弥地狱》比釉诗，其中有一段这样写道：

阿瓦金朝，自蒲甘来。
属地四散，国运危殆。
逢此乱世，哀叹感慨，

余作诗歌，无人青睐。
佛祖所述，传至今代，
三藏经典，言简意赅，
口诵耳闻，茅塞顿开。
弟子门生，若不诵拜，
无常真谛，不明不白，
异端邪说，侵入袭来。
加都[1]境内，上等宝财，
赤红宝石，成升量载。
估值比价，令人奇怪。
吾等贤士，罕见人才。
思用利刃，将索割开，
片片碎裂，断断分拆。

由此可见，信埃加达玛底当时对掸族的劫掠破坏是何等的气愤，对祖国的沦亡、人民的苦楚和人才的被糟塌又是何等的悲伤和苦痛。

《天堂》篇是诗人的代表作，全名为《奈弥天堂》比釉诗，故事梗概如下：

摩陀梨驾着飞车来到天国，坐在车上的奈弥国王看到毗罗尼仙女居住的宫殿彩楼。宫殿方圆十二由旬[2]，是用珠宝建造的，共有5层，周围有清澈的湖水环绕，高大的如意树覆盖着。仙女毗罗尼端坐仙榻之上，千名仙娥侍奉左右。宝石大门敞开着，门口有一对狮子守护，眼前的这一美景使奈弥王不胜惊奇。他对仙女毗罗尼产生了爱慕之情，对摩陀梨问道："天神使者摩陀梨，仙女的美貌迷住了我。飞车御者摩陀梨，请问这位仙女在此处享乐，她曾做过何等善举，才能得以到天国？"摩陀梨答道："尊敬的大王，毗罗尼女奴你在凡世是否听说过？她是婆罗门家里的一位女奴所生。每天清晨像迎接远道来人一样接待前来化斋的和尚圣僧，向他们布施行善，所以她能在天堂享乐无穷。"

《天堂》篇共分11段，诗一开始，诗人先声夺人，制造了一派令人陶醉、使人倾倒的气氛。他把对缅甸初夏的描写作为第一段的开始。尽管《奈弥本生》没有说明具体的季节特征，但诗人考虑到情节发展的需要，将缅甸这一最醉人的、最令

① 即指掸族。
② 由旬（Yusana）相当于12英里之长度。

人迷恋的好时光选择入诗，以期增添诗作的魅力。

诗人笔下的天堂宫阙，也几乎全是根据当年阿瓦王宫作为蓝本加以描述的。使人读了更加怀念被蹂躏的祖国，激起人们的爱国主义感情。

《天堂》篇成功之处还在于诗人很巧妙地把天堂与人间紧密地组合起来。更确切地说，是用人间的生活和情感来表现天上的仙女，使整部诗作充满了人间情趣，加强了它的艺术感染力。特别是在描述奈弥王为毗罗尼仙女的美貌所倾倒时这一段，众多仙女从旁鼓励奈弥王勇敢出来跟毗罗尼对歌。众仙女这样唱道："大王，您若认定您跟我们的公主门当户对，声望相配，那么您就去追求吧!"好像众仙女在奈弥王和毗罗尼仙女之间当起"红娘"，从中搭桥引线。

奈弥王对毗罗尼非常迷恋，可是一个天上一个人间，可望而不可及。他深感痛苦，暗中叹息道："多么美丽的仙女啊！你像金子般地纯洁，像花苞般地娇媚。可是天上人间，我只能在梦中享受这种幸福。"多么不幸啊！在这如花似玉的仙女面前，痴情的大王如醉如痴神魂颠倒。

天神使者摩陀梨看到这种情景，便对奈弥国王说："尊贵的大王，您威德无穷，广大神通，何必为仙女惆怅？您是男子中的翘楚，世间事对您说易如反掌，凭您的能力，天上的星星也能把它摘落在身旁。大王您何必伤心，天上的仙女任你挑选查访。"

可见诗人的想象力是多么丰富。内容虽取材于佛本生故事，却摆脱了原故事的束缚，大大超越了原来的内容。描写得丰富多彩，充满了浪漫主义色彩。后人都把《天堂》篇列入上乘作品之列。

《天堂》篇也存在着明显的不足之处。诸如某些内容重复出现，对毗罗尼形象的描述有些就使人感到重复。再如诗文中过多地介绍知识性内容，如城池十个必备之条件等等，使全文显得不够紧凑。

在诗歌形式和节奏韵律上，诗人也很有创新。为了加强字义，他采用许多"重言叠字"的表现形式；为了加强节奏感，他在许多地方采用了七言四七韵，或七言三五韵等。

信德佐达拉（约1488—1548），生平不详。信德佐达拉是他的法号，意为"妙华"或"精华"，是信摩诃拉塔达拉的门生。他生活的年代正值宫廷多变之际，国王瑞南觉欣险遭不测，就此事诗人作《金鸳鸯王》比釉诗影射这起未遂事件。该诗是根据第534号佛本生故事《摩诃汉达本生》的主要情节改写的。主题是写金鸳鸯王手下的一位武将杜牟卡知恩知义忠于自己主人的故事。诗人高度赞扬鸳鸯将军杜牟卡，说它虽为禽类却知对主人赤胆忠心，间接地批评了某些忘恩负义的人。

1527年，阿瓦金宫落入孟养土司及其子多汉发之手。佛教遭到蹂躏，佛光暗淡。信德佐达拉于1536年作《显神通》比釉诗。故事描写邪门外道的首领登西等公然叫嚣要与佛陀比试神通威力。最后，于结夏节（缅历4月15日，大约相当于公历7月中旬）在舍卫城白芒果树下佛陀大显水火神通，战胜外道。诗人把多汉发父子比作裸形外道，佛教正宗虽任其破坏却永远也不会被消灭，强烈地谴责了多汉发父子的入侵和对缅甸佛教的洗劫，劝说人们要坚信正义必然战胜邪恶。

信德佐达拉目睹多汉发王的残暴行为，最后离开阿瓦到了若开。他是一位有正义感的爱国诗人。

第三章　东吁—良渊时期文学（1531—1752）

第一节　社会背景与文学概貌

东吁和良渊在分期上有不同的看法。有的史学家将它们分为两个时期，有的则认为是相互延续的一个时期，因为良渊王是勃印囊的幼子。我们将东吁—良渊时期的文学发展情况纳入一章中叙述。

东吁建于1279年，是蒲甘的一个城池，后来又成为阿瓦的属国。但是，长期以来阿瓦王的权力行使不到东吁。1510年，明基纽自立为王，随后，无论哪一个王朝的更迭或是哪些邦国之间发生争斗，东吁始终没有牵涉进去，犹如世外桃源，生产力遂不断得到发展，百姓安居乐业。而且由于孟缅王朝间40年战争和多汉发毁灭阿瓦的战役，阿瓦王朝统治地区惨遭破坏，生灵涂炭，大批高僧法师、文人墨客和黎民百姓纷纷逃亡东吁。所以到了15世纪末16世纪初，各方贤达荟萃于东吁一地，加上东吁又出现了几代贤明君主，于是便一跃成为当年缅甸境内一个军力最强盛的国家。

1531年，明基纽之子德彬瑞梯继承王位，开始进行统一缅甸的大业。1541年，德彬瑞梯征服了孟族的白古王国，占领了汉达瓦底、莫塔马等孟族地区的主要城镇。同时粉碎了汉达瓦底王、阿瓦王、若开王和木掸土司（即麓川土司）的联合反抗，使其势力范围继续伸展至上缅甸的敏巫、敏建一带。在占领蒲甘时，德彬瑞梯便在该城举行了加冕典礼。

在德彬瑞梯向若开地区进军时，泰国入侵缅甸南部耶城、土瓦、丹老等地，德彬瑞梯折兵前往德宁达依地区，途中，遭到孟族首领的暗害。

德彬瑞梯被暗害后，发生了孟族的反叛事件。他们占领了汉达瓦底、莫塔马、勃生等地。与此同时，缅族地方势力，例如：卑谬、东吁等地也纷纷脱离中央宣布独立。

1551年，勃印囊继承了德彬瑞梯统一缅甸的大业，镇压了孟族、缅族的反叛，8年中（1551—1559）就统一了除若开地区以外的全缅各地，并把自己势力扩展至曼尼坡、木掸九国、清迈等地。

勃印囊在政治上跟德彬瑞梯一样，采取各族平等的政策，缓和了各民族之间的矛盾，在经济上，他注意农业，兴办水利，同时兴办手工业，发展国内外贸易，进一步统一了度量衡制度；在文化上则扶持佛教，禁止祭神、陪葬等落后的习俗。这一系列措施的实行，一定程度上缓解了国内矛盾。但他连年征伐，军费开支浩大，加重了民众的负担。同时，劳役和兵役负担严重地影响了民众的生产和生活。农民不时暴动，1554年，勃印囊向泰国进军时，农民群众就焚烧了汉达瓦底王宫。

1581年勃印囊死后，其子南达勃因继位，他只注意用兵，不注意国内经济的恢复，各地连续发生饥荒。卑谬、阿瓦、良渊等地相继发生暴动。这时，若开族乘机攻入汉达瓦底，1598年被迫逊位，东吁王朝名存实亡。当时，良渊王以阿瓦、叫栖为根据地，收复了汉达瓦底，并统一了上缅甸与掸族地区。历史学者称良渊王统一缅甸时起至1754年摩诃达马亚扎迪勃底王被孟人溺死水中，为良渊王朝统治时期。

良渊王恢复缅族统治后不久，其子阿瑙白龙继位，他进一步统一了下缅甸，并收回了葡萄牙殖民者占领的丁因地区和被泰国占领的莫塔马东部、德宁达依沿海地区。这是缅甸历史上反对外来侵略者的一次重大胜利。

阿瑙白龙死后，良渊王之弟达龙王接任。他把首都迁回阿瓦，故历史上有第二阿瓦王朝之称。达龙王注意发展经济恢复国力，但在他死后不久，孟族又宣告独立，并推首领彬尼亚达拉为王，于1752年攻陷阿瓦，俘虏了当时的缅王摩诃达马亚扎迪勃底。至此，统治缅甸200余年的东吁—良渊王朝灭亡。

在缅甸历史上，东吁—良渊王朝统治时期是一个上升发展时期。扩展势力、恢复昔日缅甸光辉的强烈愿望，主宰着雄心勃勃的几位国王。像明基纽、德彬瑞梯、勃印囊以及后来的良渊王都有这种愿望。同时，他们在位期间，前后归顺东吁的阿瓦以及其他地方的高僧长老、达官显贵、文人墨客及至普通百姓，都不甘心祖国被蹂躏，有强烈的复国情绪。这种情绪对这些国王君主们不无影响，也必然反映到这一时期的文学创作上来。在良渊王时期，特别是迁都阿瓦以后，达龙王很注意休养生息，医治战争创伤。在他的治理下，经济得到恢复，宗教兴旺，国家强盛，百姓安乐，文学创作得到了复苏。

这一时期文学创作尤其是世俗文学得到了长足的发展。活跃在文坛上的大多是俗人作家，这与阿瓦时期真可谓大不相同。

在散文方面，这一时期除产生著名的《亚扎底律征战史》和《缅甸大史》外，还有若开学者摩诃彬尼亚觉的奏章，阿瑙白龙、达龙王的谕令等一批有关政事的书籍。与此同时还出现了一批根据佛本生故事或佛经故事创作的小说，其中最著名的有瓦耶毗顶伽那他大法师于1618年根据第537号佛本生故事创作的小说《翠耳坠》，以及当辟拉大法师的《兴旺》。小说《兴旺》写于1619年，写的是释迦牟尼在竹林精舍向富翁贡巴过达加讲7条兴旺之道的故事。在其序言中就引用了第2、71、114、466、539号等佛本生故事，正文又多处引用了其他佛本生故事。信达丹玛林加耶所著小说《宝雨》是根据《法句经》加工创作而成的。在这一时期的后期散文类作品中又出现了由巴德塔亚扎大臣创作的剧作。这类文体以对话为主，有普通对白，也有带韵脚的对白，还夹杂有各种诗歌。可以说巴德塔亚扎在缅甸文学史上开创了一个新的文学形式。

东吁—良渊时期的诗歌文学是相当发达的，不仅诗体形式繁多，也出现了一批著名的诗人和优秀作品。

从整体说，东吁时期是雅都诗和埃钦诗流行的时代，而比釉诗则很少有人写作。

这时的雅都诗题材更是非常广泛，主要有"祈塔雅都"、"祈佛雅都"、"功德颂雅都"、"征人雅都"、"时令季节雅都"、"鹦鹉传书雅都"、"誓约雅都"以及反映男女爱情的"爱情雅都"等。蜚声文坛的雅都诗人有卑谬纳瓦德基、那信囊、明泽亚仰达梅、信丹柯等人。

埃钦诗在这一时期有了较大的发展，著名的埃钦诗人有劳加通当木等。

除此之外，这时期还有比釉诗、达钦(雅歌)、嗳钦(全声调)、鲁达(长声调)、神曲、峦钦(抒怀诗)、德耶钦(乐歌)等等。著名的作家和诗人还有：巴德塔亚扎、吴昂基、信宁梅、摩诃达马亚扎迪勃底等。

综上所述，东吁—良渊时期在文学方面继承传统较多，而发展创新甚少。这一时期出现的文学家以俗人为主，僧侣少见。创作出的顶级名著大约只有孟族大臣彬尼亚达拉译《亚扎底律征战史》[①]和吴格拉的《缅甸大史》两部，虽然涌现出一批诗人和作家，但他们中间只有巴德塔亚扎这位诗人是最富于开创精神的，他创造了剧作，并能在充斥着宗教说教和描述宫廷生活作品的氛围中赋写诗篇着意描写劳动人民生活，应该说是具有划时代意义的，是缅甸文学转向现实主义写作的重要开端，为后世作家树立了榜样。

① 缅甸有所谓五大征战史者，除《亚扎底律征战史》之外，还有《汉达瓦底白象主征战史》、《良渊王征战史》、《阿朗帕耶征战史》及《定尼亚瓦底征战史》四部。《亚扎底律征战史》原系一部孟文长篇史籍，作者佚名。东吁王朝勃印囊王在位年间孟族大臣彬尼亚达拉将其译成缅文。缅文全文约有35万字，估计若译成中文也足有16至17万字之多。该书遂在缅甸文坛名声鹊起，后被人们列为五大征战史之一。有多种文本传世。到了现代1953年孟族学者乃班拉又在泰国寻得该著作原文的1810年抄本。乃班拉对照这些版本进行勘校，发现传本中有不少错译漏译或缅甸译文不确、令人费解等问题，遂用缅文重译了这部名著。于1968年年底译成，1969年在缅甸正式出版。

第二节　散文类的代表作

一、《亚扎底律征战史》

《亚扎底律征战史》是缅甸著名的五大征战史之一。所谓征战史实际上就是战争史，它是围绕某一个历史人物或邦国创业、保卫河山的事迹写成的传记。《亚扎底律征战史》是汉达瓦底白象王时期一位孟族学者彬尼亚达拉大臣（1518？—1582）根据阿瓦王朝年间一位佚名作者所著孟文《亚扎底律征战史》翻译而成。它详细记述了白古亚扎底律王与阿瓦王明基苏瓦绍基之间展开的争霸历史，为研究缅甸历史提供了宝贵的史料。

吴佩貌丁在他的《缅甸文学史》中曾说，在彬尼亚达拉翻译这部著作之前，缅甸尚无有关政治性的著作。正因为人民在政治上不开窍，必然遭到外族的蹂躏与压迫。他认为，彬尼亚达拉正生活在德彬瑞梯在军事上取得空前的成功，打败了以前从未战胜过的阿瑜陀耶的时代，彬尼亚达拉本人就是一位主张用武的大臣。所以《亚扎底律征战史》有极大的借鉴作用，人们可以从以前与孟族人打仗中发现缅甸方面的不足与失算，以资借鉴。彬尼亚达拉在翻译时用语简洁朴实、流畅明快。所以这部历史著作一直被缅甸学者们推崇为散文著作的范文。某些片断被选进大、中学校的语文教科书中。

例如：在描述1383年莫塔马战役时如下文。从文中所写，可见其文风之一斑：

亚扎底律王召见众臣相问道："现已夺得东温、勒宫卑、德耶、丹貌等城，只剩莫塔马、毛淡棉两城。如何方能夺得此二城？"

德门丹比亚奏道："若吾等毫不停歇急速去攻莫塔马，伤亡必大。大王主军就在勒宫卑操练作即将进军状，臣等部下七支人马渡河到墈东、墈盛岛驻扎，从那里悄悄靠近攻之，莫塔马、毛淡棉还能逃出吾等掌心么？"

亚扎底律："汝言甚善，是万全战法！"遂按丹比亚所言，派德门丹比亚、登大臣、耶丁扬、勃特拜、埃刚贝恩、埃那耶、勃埃别等七支人马率众多象马进军东部。渡河后屯于卡由德比亚。

莫塔马侯比亚特霸（即：尼散）与其弟埃勃亚崩、毛淡棉侯德门乌娄等积聚力量，得知亚扎底律驻军勒宫卑派七支人马来东部，遂用船满载武器溯流而上。子夜抵达，趁夜色登岸，猛攻来者，一举使耶丁扬、勃特拜、埃刚贝恩、埃那耶、勃埃别等五支人马全部溃散。

只剩德门丹比亚与登大臣的两支人马未被所动。登大臣悄悄去问德门丹比亚：“今我军五支人马被歼，只剩你我两支。是打？是撤？”

德门丹比亚：“若因五支人马溃败，吾等后撤，我王大业必受挫。如今他们未能将吾等两支人马击溃。令军中战士们禁声，吾等要赢得此役。佯装溃败，挑上物品行囊放到船上去。他们见状以为吾军要逃，轻视吾等不加防范，草率来攻。趁此机会吾等对他们急袭，必胜无疑！”登大臣同意如此安排，回到自己营中。

依计，登大臣、德门丹比亚军中一些战士将行囊运往船上。果然莫塔马侯比亚特霸、毛淡棉侯德门乌娄方面见状草率来攻。来攻的队伍行进并不紧凑，此时德门丹比亚军切断比亚特霸的队伍，而登大臣军则急攻德门乌娄军。比亚特霸、德门乌娄、埃勃亚崩等军乘小舟仓皇逃走。因无法再回莫塔马，只得乘船奔印度而去。莫塔马和毛淡棉人归顺德门丹比亚和登大臣。亚扎底律从勒宫卑赶往莫塔马。

亚扎底律到达莫塔马，赞扬了德门丹比亚和登大臣并给予了赏赐。授予了德门丹比亚“德门皮亚萨”的称号。①

再如：描述1408年亚扎底律王与阿瓦王朝明耶觉苏瓦王子交战，手下大将勒宫恩战死经过，这样写道：

了解到明耶觉苏瓦的军队已抵德莱西和阿勒乌埃河，亚扎底律王遂在德莱西扎下营来。王子彬尼亚勃登、德门埃比亚耶等文武大臣前来谒见。

王询问军情。彬尼亚勃登、德门埃比亚耶奏道：“此次缅人军力非常雄厚，上下游的战船都很多，不能与往常同日而语。”

黎明，明耶觉苏瓦派敏纳道来见，并转奏明耶觉苏瓦所嘱之言：“舅父汉达瓦底国主到此，将士们鞍马劳顿，且让他们稍事休息。休息过后，水陆两军再战。在战前空闲时间，不如汉达瓦底方面派勇士一人乘一只战船，我阿瓦方也派出勇士一人乘一只战船对阵，供双方官长观赏。”②

亚扎底律闻言，环顾群臣。但见群臣只是叩首，却无上奏者。勒宫恩起身上

① 引文译自［缅］乃班拉译：《亚扎底律征战史》（缅甸文），仰光妙瓦底文学出版社，1998年版，第198-199页，并参考了缅甸文字委员会编：《缅甸文选》（缅文）第一卷，缅甸宣传部新闻报刊公司，1992年版，第264-265页。

② （乃班拉文注）缅文贝叶抄本中写为：双方各派勇士乘战船一只在双方阵前戏耍一番，供舅父吾等观看。

前三叩首奏道："臣乃堂堂八尺之躯男子汉，无论是单枪匹马，一骑战象，或是独舟厮拼，面对南岛之上任何人，臣从未怯阵。若单人比拼，臣请出战。陛下就回复对方王子明耶觉苏瓦吧！"

听到勒宫恩所言，亚扎底律非常满意。面对使者嘱咐道：

"告朕甥儿勿躁！明日破晓让双方勇士单舟厮拼就是！"

敏纳道返回按大王所嘱奏报明耶觉苏瓦。

明耶觉苏瓦闻言大喜道："在汉达瓦底德门皮亚萨和勒宫恩是他国主能依仗的左膀右臂。德门皮亚萨已经去世，现在只剩勒宫恩。如能俘获勒宫恩，孟人还能敌过我吗？兵者不在多寡，只要能胜便是目的。即使勒宫恩是条好汉，能驾单船获胜，而我用四条船一拥而上，难道他还能抵挡得住？"

随即命叟格德乘安萨耶号船，西都[①]乘米妙普瓦号船，乌兹那乘达妙米号船，西杜因加都乘掸孟号船，四只船上尽选执盾牌与枪矛的敢死队乘之。安兹耶船上叟格德撑着白伞出战，其余三船则隐藏在西岸角落处。

（亚扎底律）赐勒宫恩乘鳄鱼船出战，并带三百士卒于船上。勒宫恩一身统帅装束，金腰带、金绶带、金紧口袖、金耳钉儿、双手皆配带镶宝石的指环、手镯，穿戴整齐后叩拜其主亚扎底律，下船准备驶出单舟厮杀。

阿瓦方面叟格德所乘安兹耶船出阵。白古方勒宫恩也乘鳄鱼船[②]相迎。两船相遇拼杀。但安兹耶战船比鳄鱼船高出两倍[③]，勒宫恩无法进攻。因此，勒宫恩向对方船上抛掷铁链，想把对方船只绑住，再登上敌船砍杀时，明西都乘米妙普瓦号船突然前来助阵，岸边尚有阿瓦马兵2000赶来。勒宫恩用一船与叟格德、明西都的两艘船奋战，互攻良久。叟格德与明西都手下伤亡不少。乌兹那与西都因加都所乘其他两船也突然从隐藏处杀出。阿瓦方四船围住勒宫恩的鳄鱼船刺杀。勒宫恩手下300士卒约有100人[④]被刺落水身亡。

叟格德、明西都、乌兹那和西都因加都船上的士卒也伤亡颇众。剩下的士卒们仍在奋力拼杀。亚扎底律怕乱了阵脚大军溃败，也不敢派出援手，只在观望。见亚扎底律方面援军未到，阿瓦四船的勇士跳上勒宫恩船砍杀。勒宫恩虽已精疲力竭仍不放下武器，拼死抵抗。勒宫恩的腹股沟部中了一枪倒地，被擒。明耶觉

① （乃班拉文注）缅文贝叶抄本中写为：敏塞明西都。
② （乃班拉文注）缅文贝叶抄本中写为：勒宫恩乘鳄鱼状船长22庹，携300勇士出战。
③ （乃班拉文注）缅文贝叶抄本中写为：两肘尺。
④ （乃班拉文注）缅文贝叶抄本中写为：200余近300人纷纷落水而亡。

苏瓦大喊：不要杀勒宫恩！

明耶觉苏瓦看到勒宫恩的伤势，想他必活不成了，遂向父王奏报。明康王闻知此事对王子明耶觉苏瓦责备道："朕等为王者相互征战，绝不杀英雄！尔竟将勒宫恩刺杀得奄奄一息，太不应该。孤王在班觉驻留时，勒宫恩对我恩重如山！速将勒宫恩救活！"并命御医丹达瓦意[①]去为勒宫恩治伤。明耶觉苏瓦忙乘蜈蚣舫来到勒宫恩所在的船上，拉开幔帐看望说："我要扶助你，为你加封，不用害怕！"勒宫恩说："我伤势极重，看来活不成了。"又问："你要进餐吗？"勒宫恩说："我只食一主之食，绝不吃二主之粮！"明耶觉苏瓦又问："不吃饭喝水吗？"答道："就给我水和槟榔吧！"明耶觉苏瓦用自己的水杯盛了水给他喝，又从自己的槟榔盒里取出槟榔给他吃。

勒宫恩喝完水吃过槟榔后说道："我已饮过王子的水，用过王子的槟榔。无以为报。但为了王子今后的前途我有一事奏明，请王子记下。如若王子不愿听，则请大臣们记下。你们千万不可与你舅父我的主公单枪匹马相拼，单船相抵。他的骑术及象术极为高明。他身后30头象上的骑士均为王亲国戚，都似恶魔一般，决不把敌人放在眼里。如若不信，到相遇时便会知晓！"

明耶觉苏瓦听后道："这个勒宫恩人将死，还要用言语吓我，让我惧怕他的主公！"[②]勒宫恩于当天午夜伤重殒命。明康王与明耶觉苏瓦闻之，下令"让勒宫恩的尸体漂还到他主人处吧！"于是，用芭蕉杆扎成筏子，将尸体停放其上，盖以白布，头边还点上一盏小油灯，顺水漂放下去。

亚扎底律见漂来的盖以白布、点一油灯的芭蕉筏，说道："定是勒宫恩之尸！"命人捞上岸。亚扎底律下到筏上掀开白布，看着勒宫恩的面孔说："主帅皮比萨已离朕而去，现在你又抛下朕不管了。没有能够与朕分忧的人了！朕似断了双臂，朕为你们二人好痛心呐！"命手下按古代埋葬英雄的传统，将勒宫恩尸体火化。将其遗骨装入金瓮，葬于瑞摩多佛塔附近的墓穴中。[③]

无独有偶，泰国文学史上同样有这部孟文著作的泰文译作《拉查提腊》。在泰国也很有名。当然缅泰两国的译本是否完全译自同一原著，尚待考证。我们仅把

① （乃班拉文注）缅文贝叶抄本中未见御医名。只有"命人把他治活"字样。

② （乃班拉文注）缅文贝叶抄本中写为："这个勒宫恩人将死，尚余毒液！"

③ 引文译自［缅］乃班拉译：《亚扎底律征战史》（缅甸文），第328-333页，并参考了［缅］缅甸文字委员会编：《缅甸文选》（缅文）第一卷，第290-293页。

栾文华先生有关的简单评介录后供读者参考：

《拉查提腊》是公元1785年昭披耶帕康受（曼谷王朝一世王）命主持翻译的又一部作品。一世王在诏书中说到此书的翻译"一定会对皇族、百姓、大小公务员、军人和文官增长知识和才干有所助益"。

《拉查提腊》翻译的是孟族的一段历史，这段历史本身就是一段故事，讲到孟族的开国君主玛格都或瓦里鲁王建设首都莫塔马的情形，以及后来孟族国王亚扎底律和缅甸国王明康之间互有胜负的战争，表现了双方统帅的勇武、智慧和才能。

亚扎底律国王死了以后，明康还为自己失去了一位有思想、有才能、能与自己进行旷日持久争夺的敌人而深感惋惜。明康死了以后，双方的子孙又争夺了几代。结局讲到孟族国王娶了清迈公主为王后，国家从那以后长治久安。

这段故事的核心部分十分有趣，比如孟族武将德门勒宫恩、德门巴仰这两个人的故事，读者几乎是过目不忘的，后来不少诗人将这些故事改编成剧本上演。

《拉查提腊》的散文语言很优美，但句子比昭披耶帕康受命翻译的另一部作品《三国》长，这与原文的影响有关。书中多比喻、格言、成语，语言机智，是一部从形式到内容都很有价值的作品。①

二、《缅甸大史》

《缅甸大史》的作者是吴格拉，生卒年月不详。只知其父为一富绅，其母为土司之后裔。据信《缅甸大史》是在1714—1733年间，即德宁格内王在位时期编写完成的。全书共3卷21编，是缅甸第一部大编年史。吴格拉参考了信摩诃蒂拉温达的《名史》和其后出现的《蒲甘史》、《大光史》、《白古史》、《阿瓦史》、《东吁史》、《亚扎底律征战史》等历史资料，进行了系统的考查、综合、分析，因而他的这部史书内容丰富，史料翔实，是史学界研究缅甸古代史的一部有价值的参考书籍。《缅甸大史》作为文学作品，它语言优美、遣句精湛、通俗简练、内容生动、情节感人，堪称缅甸散文之典范，为后人广为传诵。现试举其中三小段为例录后供赏析：

（公元前504年太公国王储奉王命追杀祸害民众之大猪。到了离京城很远处才追到了大猪将其杀掉。王储不想回京复命继续享受福禄，遂在当地出家，获得禅

① 引自栾文华：《泰国文学史》，北京：社会科学文献出版社，1998年3月版，第53-54页。但为了便于读者阅读，除书名未加改变外，笔者将栾文华所写泰文译音的译名全按习用的译自缅文的译名改写了。玛卡拖→玛格都，帕昭华洛→瓦里鲁王，矛达玛→莫塔马，拉查提腊→亚扎底律，法朗芒空→明康，沙明纳空林→德门勒宫恩，沙明帕拉姆→德门巴仰。

定成仙。)仙人常在一石槽中小解，一母鹿常舔喝槽中之尿水。时日一久，母鹿怀胎，足月生下一女。母鹿本是动物，乍听女婴啼哭，便惊慌逃走。仙人在此人迹罕至之处听见女婴哭声，心想必有缘故，前往察看。发现一五官端正相貌秀美之女婴，心中思忖：定是母鹿舔喝我的小解，无意喝下小解中带有之精液，怀孕生下此女。倘若如我所想，是我骨肉，愿我食指与中指流出奶汁，以便喂养此女。誓毕，两指顿时流出奶汁，女婴得以吮吸。仙人将女婴收养为女，长大后起名为蓓达莉。常来侍奉仙尊的众神也不断馈赠些适合少女穿戴的衣服饰物。蓓达莉年满17岁时，仙人思忖，吾辈仙人罗汉不宜与女流同处一起，若他人瞥见亦不相宜。为了让蓓达莉白昼在外打水，夜晚始能返回，仙人给她一无眼儿葫芦。让蓓达莉先将无眼儿葫芦浸入水中，再用竹筒去接无眼葫芦滴下的水。竹筒接满水需整整一日。从此其女蓓达莉终日在外打水。[①]

× × × × ×

一次，(阿朗悉都)上朝，王振臂自炫。群臣见王年事已高，上臂肌肉松弛，暗中窃笑。王思忖：群臣以为朕已不中用了，才发笑。一日，召见群臣道："左右大臣们，尔等可曾闻言有一男子头裹花巾，骑花斑马，每日日落时在杜云山脚拦路抢劫否？朕派尔等四人前往缉拿不得有误。如不获定斩不饶。"四员大将到马厩选四匹骏马，想定获那厮，抖擞精神，策马而去。这时，王也牵出御马瑞班萨布温[②]，用一条白布勒紧腹部，备好鞍韂，对一心腹内侍说："汝守在宫门前直至黄昏，等朕返回再关门。"说罢佩一宝剑，头裹花条巾，向杜云山脚急驰而去。四员大将见之，认定是那贼人，准备擒拿，追了上去。王却忽而靠近他们，忽而远离他们，然后驱马直下良吴峡谷，让御马跃入水中休息。四员大将以为强人惧怕他们跳崖自尽了。王驱马下水让马解除疲劳后，又沿原路攀上峭壁，猛然冲出四将之包围，仍然忽近忽远地策马在前。在博乌的一块空旷地上又将他们戏弄了一番。四将心惊胆战说："此人定非凡人，实乃神魔也。"王策马在四将周围驰骋，时前时后，时左时右，如此反复三次后，始返回城中。天明后，国王上朝召见四员大将问道："四将可曾遇到那骑花斑马之人？"四人奏道："臣等跪奏，不胜惶恐，骑花斑马者并非俗人，乃神魔也。即便是人，也非凡辈，定系一神通广大者。休说臣等四骑，即

① 见[缅]吴格拉:《缅甸大史》第一卷，仰光汉达瓦底印刷厂，1960年版，第111页。原书第三编第142节，室利差呾罗城之建立。

② 瑞班萨布温，意即：金花斑(马)，此处金系指宝贵之意。

令倾全国骑士前往围堵，也难以擒获。”王说：“哼！尔等不是认为朕已老朽无用了吗？朕尚未老！”满朝文武知道此事后无不惊恐万分。[①]

× × × × ×

当年（指缅历906年，即公元1544年），食邑色林的太子太傅西都觉廷趁原食邑色林的色林觉廷部下路林觉木等之不备反叛。带着集合到的奴仆象马等急速离开投奔东吁而去。

勃固西都觉廷逃走后，路林觉木等仍拥立旧主阿瓦西都觉廷食邑色林。德彬瑞梯王闻知此事，遂派东吁王、卑谬王、美德侯、西都觉廷各领一军，战象150，马匹2000，军士70000，向色林进发。抵达后，扎营于皎斯。色林西都觉廷闻汉沙瓦底方面大军到来，骑着漆妙盖大象率护象兵3000，战马300，出城迎敌。勃固西都觉廷则派战马300冲在前面，走出阵中迎战。与色林西都觉廷部下信茂觉等迎面相遇，战在一起。这时勃固西都觉廷骑着包觉泽雅象。色林西都觉廷也催象向前参战。因部署不当，勃固西都觉廷落败，他的坐骑包觉泽雅象中枪30下，返回资欧营寨中。

色林西都觉廷进入城中，人们都说勃固军夜间要来袭。他高喊：“明天我西都觉廷就会来。虽然让你从陆路跑了，看你们勃固人怎么飞过色林码头？”虽已方伤亡甚众，勃固西都觉廷在色加萨永也同样叫嚣道：“如果明天你西都觉廷果真来攻，你还能跑得掉吗？”

勃固西都觉廷所乘包觉泽雅象受伤处颇多，真是遍体鳞伤，肌无完肤。天明后，因包觉泽雅象伤势太重，只得乘德努漂侯之象出战。带护象长枪队士卒3000、马300余骑出寨迎敌。资欧营寨面对来敌无奈只得出战。双方护象兵相互砍杀，信茂觉被砍当场毙命。因信茂觉死，护象兵大乱，溃不成军。勃固西都觉廷见护象兵败下阵来，急驱坐象去攻色林西都觉廷坐象。色林王只得慌乱迎战。象力不支，色林王的乘象掉头而逃。勃固西都觉廷乘象急追，喊道：“我勃固西都觉廷来也，看你色林西都觉廷哪里逃！”两象相近，色林西都觉廷象中骑士信满昂一枪刺来，勃固西都觉廷象上短盔兵耳侧被划破，血流满面。仍紧追不舍，色林西都觉廷无法抵抗奋力逃走。象中骑士信满昂掉下象背，（色林西都觉廷）只身逃脱。色林军溃败，（勃固西都觉廷的）士卒们攻入城内，色林西都觉廷乘象，没有一个随

① 见［缅］吴格拉《缅甸大史》第一卷，仰光汉达瓦底印刷厂，1960年版，第233-234页。原书第四编第302节，阿朗悉都王展示自己的威力。

从，只身向朗谢方向逃走。到了林中口渴难耐，跳下象来找水喝。乘象却冲到身边来顶撞他。王跑进竹林才躲过。再去抓象，又被它逃脱了。

西都觉廷只身一人在林中，被钦族野人发现，将其抓获，献给孟养色隆。孟养土司和他成了歃血为盟的盟友。说：别担心！等打下阿瓦，我扶你为王。德彬瑞梯王按孟族习俗剪发，像孟王那样，戴上了德门阿务王冠。[①]

显然，该书文句并无华丽词藻，却非常流畅简明。《缅甸大史》的不少段落被后来贡榜王朝多名僧俗学者奉王命编辑的《琉璃宫史》原文照录或改写编入文中。

吴格拉除著《缅甸大史》外，还撰写了《中史》、《简史》两部。

第三节　诗歌的长足发展

一、雅都诗及其诗人们

雅都诗早在蒲甘覆灭前后就出现了。在阿瓦时期有了进一步发展，如阿瓦的信都耶就曾创作了“征人雅都”。但是，当时诗歌的题材范围狭窄，大多局限在宗教哲理和功德颂一类。到了东吁时期，雅都诗才得到较大的发展，无论从数量或艺术成就方面来看，还是形式或内容，都得到了空前的发展。故有人称东吁时期的缅甸文学为雅都诗的年代。代表作家不少，其中卑谬纳瓦德基、那信囊两人最为有名，甚至那信囊还被后世人誉为“雅都王”。但卑谬纳瓦德基先于那信囊成名约30年。在缅甸文学史上对他们两个人曾有过这样的评价：前人栽树，后人培育；创业艰辛，继业容易。这是个比较公允的评价。他们二人一前、一后，一个开创、一个继承，各自的生活经历和感受又影响和决定了他们各自的诗歌内容和风格。即使如此，他们两个人的共同点却多于相异之处。他们同属于一个文学流派，即浪漫主义流派。他们对后世缅甸文学，尤其是诗歌创作的影响十分深远。此外，明泽亚仰达梅、信丹柯等人也都是写作雅都的佼佼者。

卑谬纳瓦德基

卑谬纳瓦德基在文坛上以“雅都纳瓦德基”著称，亦叫“第一纳瓦德”。他原是卑谬王那拉勃底的妹丈明巴苏的一位内傅之子。后来卑谬王杀死明巴苏，迫使王妹改嫁色林西都觉廷。纳瓦德基跟随王妹来到色林。在色林期间获“明赖亚”（意

---

① 见[缅]吴格拉《缅甸大史》第二卷，第206-208页。原书第十一编第193-194节，色林西都觉廷与勃固西都觉廷交战事。

为王之右臂）衔。1545年西都觉廷去实阶为王，任命纳瓦德基为千夫长。1551年西都觉廷占领阿瓦，但6年后又被汉达瓦底白象主击败，卑谬王德多达马亚扎向白象主索得纳瓦德基侍奉左右。卑谬纳瓦德基就是卑谬王赐给他的尊衔。

纳瓦德的本意是“完美无缺的诗人”或“完美诗歌创作者”。在缅甸历史上，共有五位学者、诗人被授予“纳瓦德”的称号。[①]

据载，卑谬纳瓦德基10岁便作诗。他写的雅都诗竟有300余首之多。主题有时令、宫廷、城池、征人、祈塔、祈神、鹦鹉传书、爱情等等。他又是各种题材雅都诗的首创者或创新者。其中又以征人和祈塔雅都最为有名。例如“征人雅都”，一般都是用以壮军威，鼓动战士，为民族、祖国而英勇战斗的。而他先后写了近70首反映征战生活的雅都诗，因为长期戎马生活使他对当时兵勇们的生活最了解，感受最深。他抒发了远离家乡和亲人的征战士兵对亲人和故土的思念以及对妻子孤守空房的悲伤。这种思想完全是作者内心世界的表露，也反映了当年广大劳动人民对无休止的讨伐征战的厌倦以及他们的反战情绪。

卑谬纳瓦德基是位宫廷文人，又是一位武士，长年在外辗转征战，有丰富的社会阅历，谒拜过各地名塔。因此他的描写城池、时令、祈塔的雅都诗的内容都很丰富，知识性强。可以说他是一位将史实与诗歌完美结合在一起的诗歌大师，为后来雅都诗的创作开辟了十分广阔的道路。

他用其他诗体还写过诗歌多首，足可见他作诗功底之深厚，同时也为读者提供了许多知识。

他也擅长描写，写人的感情世界。现举一首他写的题为《雨神》的祈雨雅都诗（意即向雨神祈求禀告）为例：

黑沉沉，黑沉沉，
接连不断雷轰鸣。
这是雨神的狂吼。
巨声隆隆，飞火闪明，
乌云滚滚，向北驰骋。
我那俊美的情郎哥啊，

① 指：东吁纳瓦德（即劳加通当木）、清迈纳瓦德、卑谬纳瓦德基（即第一纳瓦德）、第二纳瓦德（即瑞东南达都、色林纳瓦德）、越马沙纳瓦德。

小妹想你愣怔怔。
雷啊，你别再轰鸣，
伤感笼罩我心中。
就在这时
大雨犹如瓢泼盆水倾，
雨神啊，请你别再下！
姑娘我好冷。

雨倾盆，雨倾盆，
银线划过持双山顶。
电光过处耀眼明，
好似大火燃起在高空，
文雅奇秀美男子，我的郎啊，
妈妈您的半子，
伯伯您的佳婿，
大姐你的妹丈，
幺妹你的姐夫，
大哥你的姻弟，
小弟你的姻兄，
我的心上人他正年轻，
你为何还不回程？
当初你托人把信带，
海誓山盟诉衷情，
为何如今不相告，
莫非你又变心绝了情？
姑娘我好悲痛。

声隆隆，声隆隆，
霹雳声声震耳鸣，
使人愁绪添层层。
花中魁首美人蕉，

从中啼啭小翠鸟。
下起密密蒙蒙的急雨，
刮起忽左忽右的疾风。
圣主阶下的名臣豪勇，
我的郎君啊，
难道你把小妹忘却不成？
我正在女伴中呆痴思恋，
身后一对小鸟在调情，
雀跃欢乐，交颈啼鸣。
见此情景，郎君没来，
姑娘的心好不平静。

那信囊

那信囊（1578—1613）是名冠缅甸古今文坛的一位杰出诗人。后人尊称他为“雅都王”。他的雅都诗最大的特点就是富于浪漫主义色彩。

那信囊是东吁明耶底哈都王之子。自幼聪明勇敢，练就一身武艺，是其父的得力左右臂。那信囊9岁时就随父征战泰国，12岁时又随军平乱，14岁亲率人马再次征战泰国，是位善战的骁将。24岁时被立为王储，并与亚扎达杜格勒亚结婚。

亚扎达杜格勒亚是勃印囊王的公主，生于1559年，长得非常漂亮，颇得父王宠爱，一直被安置在汉达瓦底的公主殿中。父王去世后，南达勃因继位，仍将其妹安置在公主殿中。后来南达勃因之子明基苏瓦爱上了亚扎达杜格勒亚，并在1580年趁其父不在时将她占有。1591年明基苏瓦出征泰国时阵亡。亚扎达杜格勒亚时年33岁，孀居。

那信囊比亚扎达杜格勒亚小19岁，他14岁时就对亚扎达杜格勒亚的“红颜薄命”深表同情，并爱上了她，为她作了无数首雅都诗。1602年他24岁，亚扎达杜格勒亚43岁时，两人终于结合了。但是好景不长，结婚的当年，妻子就与世长辞了。这件事给那信囊很大打击。他对亚扎达杜格勒亚的感情在作品中得到充分的表露。

那信囊吹拉弹奏几乎样样都行，这对他的诗歌创作，以及后来成为名冠诗坛的“雅都王”有很大助益。

1609年，那信囊继承父位成为东吁王。同年，阿瑙白龙王包围东吁城，最后因弹尽粮绝，在高僧们的规劝下，那信囊只好向阿瑙白龙投降。阿瑙白龙进城后又将东吁城交还给那信囊管理，条件是要效忠阿瓦王朝。从此，东吁便成为阿瑙白龙王的一块属地。

那信囊早在当王储之时，因妻子亚扎达杜格勒亚的去世，思想苦闷、情绪忧郁。此时又沦为阿瑙白龙之臣，更增加了他的愁苦。他不甘心处于这种地位，后来甚至想联合丁因的鄂辛加（即：葡萄牙人勃利多），共图阿瓦金宫。鄂辛加遂佯攻东吁，将那信囊带往丁因议事。但此事被阿瑙白龙察觉。阿瑙白龙亲征，攻克丁因，将那信囊与鄂辛加一同处死，那信囊死时才35岁。

那信囊的雅都诗主要有“祈塔雅都”、“季节时令雅都”、“征人雅都”、“誓约雅都”、“鹦鹉传书雅都”、“爱情雅都”等等。

诗人的祈塔雅都虽然也把东吁四周的有名佛塔作为讴歌赞颂的对象，但是诗中描写了青年男女如何对着佛塔信誓旦旦，要永生永世忠于自己立下的誓言，祈求神明保佑永远幸福、白头偕老。所以名为祈塔，实是爱情诗篇。

诗人的其他题材雅都诗大多也是描写爱情的。试举“誓约雅都”诗中的一段描写：

丽质无双难比攀，
神国六层降世间，
肤色柔润颜如画，
秀发轻绾结云鬟。
身着蝉衣雅不凡，
香气浓郁神花般。
妙龄少女真仙子，
一见倾心疑在天。

这首诗是诗人在看见亚扎达杜格勒亚，不禁为之倾倒之后作的。可见诗人的手法超群。寥寥数笔就把一位美女的肖像展现在读者眼前。诗人在另一首“誓约雅都”里写道：

细嫩柔弱，色润肤肌，
六天神国，无瑕之瑜。

仙界众女，羞与其比，
如盈满月，繁星难及。

诗人把自己的心上人视如天上的月亮，无论走到天涯海角，或在神国六天，都找不到像亚扎达杜格勒亚那样美丽的女子。

那信囊的“征人雅都”大多是写征夫思妇，写长年出征在外的将士留恋家庭生活，厌倦边塞戎马生涯，或写战士担心在家的妻子久等自己不归而产生误会等。

诗人的“鹦鹉传书雅都”更离不开描写爱情，试举其中一段的描写：

王子赫赫地位高，
威仪堂堂日杲杲。
妾婢斗胆差使者，
带上忠言以奉报。
君肤白皙明晶皓，
膀大腰圆体态好。
劝君且把黛色添，
文身黥墨再来告。

缅甸古时男子均全身黥墨文身，认为这样的男子才有胆识威力，才能成为英雄好汉。相传那信囊之弟明耶觉苏瓦直至成年也没有文身。那信囊遂作诗，以妙龄少女的口气告之：你没有文身不是个男子汉，所以小妹我还不能爱你。以此对其弟进行讥讽。

那信囊是一位浪漫主义者。他感情丰富，这跟他的生活经历是分不开的，同时也构成了他诗歌的一大特色。他14岁时就为亚扎达杜格勒亚的不幸遭遇而苦恼，产生了恻隐之心，后来竟然爱上了她。但恋爱的道路又不平坦，整整等了10个年头。这期间诗人大多处在单相思的苦恼之中，同时又长期在外过着戎马生涯，年轻炽热的爱情和离愁的痛苦长期折磨着他。后来虽如愿以偿，可是结婚不到一年，爱妻却不幸去世。这段生活经历给他的创作带来了很深的影响。所以他的诗歌都是出自内心之情，发自肺腑之言，写得十分感人。

那信囊的雅都诗文采横溢，词语丰富优美，为后人所赞叹。他在同一首诗中很少重复采用一个词。他能够用很多同义词来表达同样的一个含义。如诗人写过多首雨颂雅都，尽管主题都是描写雨季，但具体到每一首诗里却找不到重复的词语。

诗人用词巧妙，形象生动。他擅长于恰到好处地运用某一事物的特征，来衬托比拟另一事物。寥寥数语便能达到意境清晰、形象生动的目的。例如：诗人用“正月的风”比拟王子对公主的不守信约、花言巧语。这在缅甸读者的心目中是最形象不过的了。因为缅历正月里刮的风风向不定，忽南忽北很难捉摸。又如诗人用“蠹蜥的舌头”（蠹蜥的舌头有两叉）比喻说话不老实。所以那信囊的诗在缅甸古今文坛上能获得很高赞誉，是实至名归的。

明泽亚仰达梅

明泽亚仰达梅（约1578—1638）是劳加通当木之子，幼名貌吞，14岁作为沙弥就读于美都镇法师门下。他精通诗韵，年轻时就被选入宫内充当御林军军官及宫廷作家。

据《琉璃宫史》载，公元1610年，良渊王之子阿瑙白龙占东吁，委任那信囊为东吁侯，为感激阿瑙白龙的恩典，那信囊将挚友明泽亚仰达梅进荐给国王，同时被进荐的还有信丹柯和赖威信登两位文学家。

身为宫廷文学家，明泽亚仰达梅几乎寸步不离阿瑙白龙王左右。阿瑙白龙王是一位热心于征战的国王，他先后出兵攻占了汉达瓦底、丁因、莫塔马、清迈等城。所以明泽亚仰达梅有充分的时间观察了解国王英勇顽强的行为，以及国王所取得的成绩，所以他写了许多歌颂阿瑙白龙的雅都诗。

由于他长年跟随国王南征北战，就使他有机会观赏到祖国美丽多姿的锦绣河山。他在许多雅都诗里形象地表现了这些美好的景色，并写下了亲身的感受。

明泽亚仰达梅擅长雅都诗，特别是爱情雅都诗。据分析，诗人可能亲身经历过失恋的痛苦或承受过单相思的折磨。他写的诗歌情真意切，十分成功，真实地反映了年轻人的爱情生活。

诗人在他的《娑罗敏珠祈塔雅都》的第一段里有这样的诗句：

你的芳名叫娑罗敏珠，
宛如
一切具有白伞轮宝的君王，
都来上朝礼参一样；
就像

东山升起太阳和月亮，
无物能与它们媲美一样。
你那纯金浇铸般的面庞啊，
令人倾心景仰。
我成年累月地向你倾诉衷肠，
你却不把一丝笑意回赏。
你的严肃和无动于衷，
使我心绪难平倍感伤。
皎洁的月宫娘娘啊！
她温柔恬静且明亮，
闪烁的银河群星啊！
紧紧跟她高空去翱翔。

明泽亚仰达梅的爱情雅都既有情又有味。从这段诗文来看，诗人很像是在抒发自己的痛苦感受，也可能是描写在征途中自己对心上人的怀念。长期的戎马生活，使诗人与妻子各在一方不能团聚，于是借诗抒发积压在心中的思绪。这首诗是作者30岁左右时写的。

诗人还把心上人比喻成花中翘楚，永不凋谢的花朵；比成仙女；比成自己的生命和灵魂。诗里还写道：

心上的人儿，
我曾对你说过，
春暖花开的时节，
我将回去跟你团聚。
现在枝头翠绿，
春天降临，
相见无望，
诺言成泡影。
你一定会翘首盼望，
苦痛万分……

诗人的功德颂雅都诗也是文坛上被传诵的佳作。因为他曾亲临其境，目睹其事，描写真实。尽管他是一位文人，但每当战场上擂起战鼓时，他便会和战士一样，心情也随之激动起来，恨不得随着他们一起去冲锋陷阵，当敌人闻风而逃时，他也感到国王的英明伟大。这些激动人心的场面和真实感觉，都在他的诗歌里再现。诗人赞颂阿瑙白龙的威名“震撼海疆”、“宛如霞光，照亮宇宙混沌”。他把国王比成天上的帝释因陀罗，每当杜梨紫葳花盛开的季节，阿修罗神就会上到忉利天庭与帝释因陀罗交战。但阿修罗又如何是帝释的对手？每次都被帝释打败赶出忉利天庭。诗人在功德颂里把阿瑙白龙王比成太阳、比成帝释，这也是功德颂诗人们的共同点。

明泽亚仰达梅描写山水和时令的雅都也颇有名。他的山水诗犹如鲜花一般美丽，他的时令诗又好像鹂鸟啼鸣声一样悠扬动人。所以后人称明泽亚仰达梅为“大自然诗人”。

试举他的一段诗为例：

霞雾缭绕，举目四望，
枝头绿芽，展翠吐芳，
胭脂香莉，含苞欲放。
河川湖泊，鸳鸯偕欢；
花间树丛，禽鸟婉啭。
落叶披地，极目金黄。

可以看到在诗人笔下，花和鸟都被人格化了，样样都充满了人的感情。诗人的山水诗和时令诗在缅甸文学史上公认为是第一流作品，至今仍广为传诵。

信丹柯

信丹柯（约1598—1638）是东吁纳瓦德劳加通当木之外孙、明泽亚仰达梅的外甥，他继承了外祖父和舅父的天赋，在诗歌创作上显示了非凡的才能。信丹柯10岁剃度为沙弥，还俗后跟随舅父为那信囊效力，并开始模仿明泽亚仰达梅和那信囊的雅都诗进行创作，很受那信囊的器重。1610年，阿瑙白龙征服东吁时，那信囊将信丹柯进荐给阿瑙白龙。在阿瓦，信丹柯被任命为礼品官。

人们普遍认为信丹柯在诗歌写作上承继了先辈的优秀遗产，说他在描写爱情的雅都诗方面以那信囊为楷模；在祈塔雅都方面带有卑谬纳瓦德基的风格；在功德颂雅都方面则继承了明泽亚仰达梅的创作手法。正因为他集各家之长，写出了许多第一流的雅都诗，尤其是爱情诗方面，更有其独到之处。

相传为写诗，信丹柯险作刀下鬼。

到阿瓦后，信丹柯曾作一首雅都诗，其本意只是思念他的故土——东吁。但只因诗中两次带有那信囊的“囊”字，阿瑙白龙王认为该诗第三段有意影射他的妃子曾与那信囊有过暧昧关系而非常生气，准备赐信丹柯死罪。后经大臣卑谬鄂廷艾从中说情才得以幸免。

这首几乎招来灭顶之灾的雅都诗的第三段这样写道：

雪肤冰肌，兄①之爱侣，
乌黑秀发，耳际垂丝，
鬓绺未卷，蓬松顶髻。
端庄典雅，丽质丰腴。
十余年前，兄长有意，
百般努力，只求亲昵。
痴情绵绵，梦中唤姬，
爱心炽烈，性命相依。
日夜想念，难消思绪。
金城神明，可知我意？
愿她感动，以身相许。

二、埃钦等诗歌的新发展

埃钦诗一方面既为国王的政治、军事的需要服务，为国王歌功颂德、点缀升平，另一方面它又是一种具有积极意义的爱国主义诗歌。诗人们用埃钦诗来歌颂京都城池的宏伟美丽和君王的英勇无敌、克敌制胜的业绩，借以抒发爱国主义情怀，激发读者的民族自尊心和爱国主义精神。

东吁时代埃钦诗得到长足发展，这正好反映了这个时代的特征，原因有二：

其一，东吁的许多文人骚客都是从阿瓦等被外族蹂躏破坏的地方逃亡来的，

---

① 原文用“囊”（naung）字指那信囊，缅文意为“兄长”。

那种国破家亡的悲惨情景对他们来说历久弥新。他们强烈地怀念着故国家园，盼望祖国从外族统治下摆脱出来，重新恢复昔日的光辉。

其二，随着战争的需要，许多宫廷文人“应制”撰写了很多颂诗，讴歌国王的战绩，也抒发了诗人自己的情怀，激发国人的民族感情，鼓舞将士的战斗意志。

总之，强烈的民族意识几乎笼罩着整个国家，而这种意识又充分地反映在埃钦诗中，在缅甸文学史中有“古埃钦诗十二首”之说，其中就有8首出自东吁时代的诗人之手。这一时期著名的埃钦诗人有：劳加通当木、卑谬纳瓦德基、明泽亚仰达梅、信丹柯等人。

劳加通当木在东吁时期很受朝廷器重，先后荣获几个御赐尊衔，还被誉为“东吁纳瓦德”。诗人生卒年月不详。据记载，1501年，阿瓦王朝瑞南觉欣即位时，明康第二王的另一位儿子瑞瑙亚塔发动宫廷政变未遂，被处以水溺致死之刑。作为瑞瑙亚塔近臣的劳加通当木为防不测便躲到东吁去。劳加通当木这一职衔（意即：三千艘蜈蚣舫之长）是到东吁后才被委任的。后来人们便用这个职衔称呼他，至于他的本名是什么，却不被今人知晓了。

劳加通当木创作过3首埃钦诗。它们是《德彬瑞梯埃钦》、《德彬瑞梯世系埃钦》、《德彬瑞梯那道敦》。此外，诗人还赋有《二十八骑功德颂》等雅都诗多首，以及为阿瓦王达多明绍的御象丹棉苏瓦所作的茂贡诗一首。

诗人的埃钦诗与其他诗人的埃钦诗一样，也都是按照埃钦诗的一定规则创作的，没有什么创新。例如《德彬瑞蒂埃钦》这首诗，主要赞美王子的先祖——蒲甘、敏塞、实阶和彬牙等曾煊赫一时的王族世系，讴歌当年东吁城池的辉煌盛景。由于他的埃钦诗系统地记述了王族世系及其兴衰年代，这对后来的史学家们来说是一部无价之作。

“那道敦”也属埃钦的一种，但两者之间又有些微小区别。一般说来埃钦是为摇篮时期的王子和公主们写的，故俗称“摇篮曲”。“那道敦”是为摇篮期之后至登基或出嫁之前的王子和公主们所作的诗歌。“那道敦”有“禀奏”、“耳纳”之意。

试举《德彬瑞梯》那道敦里的一节颂诗可见一斑：

四大部洲[①]，君中明帝，
曼陀圣王[②]，高尚后裔。

① 佛教用语。谓须弥山四方咸海之中有四洲，即：东胜身洲、南赡部洲、西牛货洲、北俱卢洲。

② 传说一统治宇宙圣王之名。

先祖菩萨[1]，威德事迹，
容臣细表，敬请听记。
觉康底哈[2]，王子父系，
刚毅无双，扫荡顽敌。
驰骋疆场，创造奇迹，
吉祥时辰，建立社稷。
威震乾坤，声名赫奕，
气贯山河，举世难匹。

一般说“那道敦”都比较直接歌颂王子父辈的事迹，效果较佳。埃钦诗的作者也抱着良好的愿望，试图向幼小的王子、公主们灌输历史知识，进行民族教育，培养爱国主义情操。但是往往因为内容繁杂，不能在幼小的王子和公主们身上取得理想的效果。

下面再介绍当时几位著名雅都诗人所写的埃钦诗。

卑谬纳瓦德基创作的《信漂辛梅》埃钦、《明德耶梅道》埃钦（大约创作于1551年）和《阿瑜陀耶王妃》埃钦（又称作《王妹》埃钦，创作于1578年）3首埃钦诗在缅甸文坛上也享有盛誉。

汉达瓦底白象主于1550年加冕称王，封其弟德多达马亚扎为卑谬王，德多达马亚扎立前卑谬王勃印堆的女儿色林后为王妃，共生二女，即纳瓦德赋诗歌颂的信漂辛梅及明德耶梅道。阿瑜陀耶王妃系汉达瓦底白象主的孙女，即瑙亚塔绍的女儿，后嫁泰王，故称之为阿瑜陀耶王妃。瑙亚塔绍去世后，长子继位，故又称阿瑜陀耶王妃为王妹。

这3首埃钦诗均比先前的《若开公主》埃钦、《德钦兑》埃钦篇幅更长，它们不像一般埃钦诗只从祖父、曾祖父开始叙述，而是从骠绍梯、阿奴律陀等缅甸开国国王说起，介绍了历史上建有功绩的国王。诗文也更有气魄，在激发王子公主们的爱国情绪上更具感染力和鼓动性。

劳加通当木之子明泽亚仰达梅当时曾为国王之孙、明耶觉廷之子明耶那亚赋写了一首埃钦诗，即《明耶那亚》埃钦。这首埃钦诗与众不同，诗人不像别的诗人那样着力描写王子的列祖列宗的功德，只是写了东吁有关的王裔情况，然后便

① 缅王朝时代常将君主称之为菩萨转生，佛陀在世。
② 德彬瑞梯之父的一个称号。

描写东吁城池的秀丽以及十二月时令的变化，使人读之产生眷恋之情。所以人们认为这首诗是缅甸后来出现的“十二月”季节诗的先导。明泽亚仰达梅还写过3首“达钦”诗。所谓“达钦”意即优美、幽雅之歌。其中有一首根据佛经故事创作的《乌德纳》达钦。

在1613—1618年间，劳加通当木之外孙、明泽亚仰达梅的外甥信丹柯也曾为阿瑙白龙儿子明耶代巴写过一首埃钦诗，即《明耶代巴》埃钦，人们认为这是“古埃钦十二首”中最优秀的一首埃钦诗，显示了诗人的才华。他不仅按习惯歌颂了王子世家的威德，还记录了王子先祖们做过的功德善事。在赋写诗文时，他没有把叙述史事作重点，而着意刻画王子先祖的威德，使诗文显得更加壮观。

东吁时代的诗人吴昂基（约1669—1728）所作《十二月》鲁达，在缅甸文学史上是享有盛名的一首十二月季节诗。

在色内王在位时，吴昂基曾被赐予“赖亚瑞当”（意为“右金山”）尊衔，后来色内王又将他转送给王弟蒲甘侯当侍从文人。蒲甘城陷入德宁格内王手中以后，吴昂基才重回阿瓦，并写了题为《阿瓦城颂十二月》鲁达一诗呈献给德宁格内王。

吴昂基的这首十二月季节诗是缅甸文学史上最古老的一首十二月季节诗。在这以前，阿瓦时期的信乌达玛觉的多拉、信翁纽的《六十偈陀》比釉诗等作品，对季节时令早就有所描写，但他们都不是独立和完整的“十二月”季节诗，只能说他们是后来发展起来的“十二月”季节诗这一诗歌形式的萌芽和先导。

“十二月”相当于中国有些地方的“四季调”或“十二月”小调，即将一年十二个月每月的气候、时令、花草树木，以及星辰日月等不同特征景色一一加以描写赞颂。“鲁达”是诗歌名称，据考是由梵文巴利文衍变而来，意为可诵唱的长音调。

吴昂基的《阿瓦城颂》全诗分15段，前3段为歌颂阿瓦城，后12段分别讴歌十二个月。试举诗人对缅历正月新年泼水节的一段描写：

时逢雨季，角宿崭露。
缅历一月，新年之初。
铁力木树，花挂满枝。
压弯梢头，叶茂花馥。
月逢达古[①]，南风吹拂。

① 达古，缅历一月名。

泼水节到，打扮装束。
乐音优美，歌声淳朴。
百花兰露，伽兰尤殊。
芬芳馥郁，金钵满注。
竞相嬉戏，怡然自如。
欢乐无比，翩翩起舞。
喜洒香水，节日欢度。

从中可以见到，缅历一月欢度新年泼水节的盛况，以及这一月中的自然景色、星宿情况。我们通过欣赏吴昂基的“十二月”这首诗，可以对缅甸一年三季十二个月的自然风貌和社会风情有个大致的了解，得到一个生动的形象。

后来，“十二月”在文坛上十分时兴，而且得到创造性的发展，各种名目的“十二月”相继出现。诸如吴雅的“十二月应和雅都”、梅贵的“十二月哦钦”、鲁吴明的“十二月四段”、摩诃阿杜拉大臣的“十二月峦钦”、吴邦雅的“十二月连韵”……由此可见，吴昂基的“十二月”对缅甸文学的创作发展做出了很大贡献。

第四节　王朝时代的新文学

一、王朝时代新文学的代表——巴德塔亚扎

巴德塔亚扎（1684—1754）是东吁—良渊时期，甚至是缅甸文学史上的一位颇有创新的诗人。可以说是缅甸的现实主义诗歌流派的创始人。他出身于世袭贵族家庭，由于文学上的才能，一直受到良渊王朝历届王室的赏识。

巴德塔亚扎15岁便在色内王手下充当枪炮监司录，并开始创作诗歌。德宁格内王时期，他经常向国王献诗。摩诃德玛亚扎底勃帝王时期，巴德塔亚扎领“明耶明拉觉廷”（意：名声勇气显赫之王）衔，任平民事务大臣。就在这时期里，他写了许多诗篇，很受国王赏识。国王将“雅都王”那信囊的名字作为衔号赐予他，同时加赐“巴德塔亚扎”衔，意为“学识渊博之王”，后来他便以“巴德塔亚扎”闻名于缅甸。久而久之，其原名反被人们遗忘了。据记载，“巴德塔亚扎”这一尊衔，普通臣子是极不容易得到的。由此可见国王对他的器重。

后来，当摩诃德玛亚扎底勃帝王被孟族人押解到汉达瓦底时，作为国王的近臣，巴德塔亚扎也不能幸免。1754年，诗人在丁因逝世，享年70岁。

巴德塔亚扎在文学创作上既有继承，又有创新和发展。他的作品被后人誉为“旧时代的新文学”，可见对他的评价是很高的。

巴德塔亚扎的作品从内容和形式来看可分为两部分：一部分属继承前人的，作品包括比釉诗、埃钦诗以及宫廷剧；另一部分属创新的。主要是“德耶钦”，即乐歌。

属于继承前人的部分，其主要作品有11首比釉诗：《杜娑》、《红宝石眼神马》、《恩情》、《贡玛勃亚》、《意愿》、《泰使莅缅》、《玛娜哈意》、《山达底意》、《奴乌》、《莲花女神的秀发》、《摩诃勃蒂》以及5首埃钦诗、1部宫廷剧、1首《三十七位神》神曲。

《杜娑》比釉诗是诗人的代表作之一。古代学者关于这首诗有一句很有代表性的评语：“切莫放过杜娑比釉诗，更莫偏爱其他佳作。”意思是奉劝喜读典雅之作的读者，千万不要错过欣赏《杜娑》诗的机会，至于其他诗人的作品，可以读，但切莫偏爱。可见《杜娑》诗在古代文坛就享有佳誉。

《杜娑》诗完成于1741年，其文采之绚丽，意境之优雅，情节之动人，描写之细腻，均在诗人的其他比釉诗之上。若与阿瓦时期的比釉诗大师信埃加达玛底的《天堂》篇相比,《杜娑》在故事情节上略胜一筹，具有强烈的感染力。

《杜娑》诗取材于神话故事，是描写山神幼女杜娑的一部长篇故事诗。杜娑是主宰汉马拘梨山的德温达亚扎和阿杜拉黛维的七位心爱女儿中最小的一位。她为了爱情而放弃了舒适的天国生活，来到人间同杜塞达亚扎王子结婚，并生下一子。外道婆罗门心怀鬼胎，企图破坏这对恋人的幸福生活，置杜娑于死地，便在国王面前要求派王子率兵支边平叛。婆罗门趁王子出征之机欲加害杜娑。杜娑察觉到婆罗门的阴谋，便将儿子留下来，悲痛欲绝地孤身返回天国。杜塞达亚扎王子凯旋归来，得知妻子的遭遇后，痛苦万分。国王发现王子终日不思饮食、挂念杜娑，便劝他修习“三业”。王子请求父王答应他去寻找杜娑，并表示哪怕到天涯海角也要把妻子找回，否则决不回家……

正如诗人在序言中所写，他呕心沥血，极力想把这部作品写得尽善尽美，以供后人欣赏：

今吾作此，典雅诗章。
精雕细琢，情柔意长。
尽情吟咏，牢记心上。

杜娑诗篇，乐于欣赏。
后代传诵，长乐未央。

诗人在杜娑与杜塞达亚扎王子相会的一章中，有一段描写是这样的：

像戴在颈边的
一串项链。
双双对对，
结发百年。
心心相印，
共享甘甜。
千里迢迢，
姻缘一线牵。
来此聚会，
相爱又相怜，
矢志不变此情专。
我爱你
如狂似癫，
胜过自己性命一般。
即令高空之上
恶神罗魔把身显，
我也不怕有危险。

比釉诗原来都是以佛经故事为题材。巴德塔亚扎一方面继承了前人这一文学形式，另一方面又不因循守旧、落入俗套，在题材内容上打破了原来的框框，大胆地采用神话故事，扩大了比釉诗传统的题材，为发展比釉诗做出了贡献。

缅甸文学史上的第一部戏剧《红宝石眼神马》，也是巴德塔亚扎创作的，是一部宫廷剧。《红宝石眼神马》是根据印度的神话故事改编成的，内容说的是：波罗奈国国王大梵授和王后阿杜拉黛维没有子嗣，王后守戒求子。天帝释化作一只白鸢，叼了一枚枣子献给王后。王后吃了枣，将枣核拿回宫途中不慎丢失，被一匹母马吃进肚中。这一天，王后与母马同时怀孕。足月后，王后生下一英俊王子，母马生下一匹具有一对宝石光彩眼睛的神驹。

据说,《红宝石眼神马》这部戏剧，是在《九章》诗和《布利达》诗的启发下改编而成的，因为这两部比釉诗都是以人物对话的形式出现的，带有戏剧的某些特点。

《红宝石眼神马》作为缅甸第一部戏剧，难免比较简单粗糙，但至少能够说明，东吁—良渊时期缅甸已出现并流行戏剧了。

巴德塔亚扎作品的另一部分，即创新部分，主要是指他的德耶钦诗即乐歌。巴德塔亚扎的德耶钦最具独创精神，无论形式或内容，都有别于以往的传统诗歌。

在题材内容上，巴德塔亚扎的德耶钦积极而直接地反映了社会生活，描写下层劳动人民的生活和斗争。如《农夫》诗写道：

旱季过，
雨绵绵，
恩爱夫妻，
双双去下田。
手挽手，
喜心间。
裙衫虽破，
头巾红色艳。

身无蔽体衣，
雨淋感微寒。
幼儿怀中抱，
烟斗口中衔。
耙平田一方，
蟹穴处处显。

田鸡肥，
螺蛳嫩，
长筐斜背，
为把鲜菜选。

苋菜、狸红瓜，
蕹菜、相思叶，
美味不少，
篓儿已塞满。

天茄儿，
篱青藤。
汁多奇鲜，
无比甘甜。
耕罢返家，
忙整锅灶。
饭菜飘香热气冒，
掸邦小辣椒，
味辛好佐餐。
狼吞虎咽，
风卷残云弹指间。
儿孙满堂，
左右环绕乐非凡。

再如:《爬棕榈树人》

初暑时节，
雾霭弥漫。
带上攀梯，
还有盛棕汁的陶罐。
尖刀与竹篾，
插在腰间。
棕榈花果，
枝头已挂满。
拿着撑开枝杈的棍儿，
爬上棕榈树的顶端。

棕榈枝干，
叶子稠密，
清疏干净，
才能让棕榈果汁流进陶罐。
结发伴侣爱妻，
忙把陶罐接下收起。
儿孙跑跳，
猪狗乱窜。
取下棕榈麻丝，
织成个捕兔网绊。

高声呼叫，
回声荡漾，
狗吠、人喊，
沸沸扬扬。
野兔、田鼠、
鹧鸪和斑鸠，
鹌鹑、山鸡、
草蛇与狐狸，
惊恐逃散，
各奔西东。

妻子见状，
兴致极高，
各种野菜，
随手可薅。
夫君赶忙，
把猎物寻找，
只要见到，
各种野物难逃。
所得的一切，

带回家中。

呆一会儿，
歇息一下。
在炼棕榈糖的炉上，
把串肉烤。
汤锅滚开，
可煮、可炖、可熬；
平底锅里，
能煎、能炸、能炒。
还有佐餐下饭的，
极辣的冲天椒。

大竹匾上，
盛好菜饭。
子女们围坐，
拥挤不堪。
左拉右推，
侧身挤到竹匾边，
你抓我拿，
进餐正欢。
椰壳作碗，
飘香另有一番。
各自攥起饭团，
低头狼吞虎咽；
餐后竹匾尚未洗，
狗儿过来已舔完。

德耶钦《农夫》、《爬棕榈树人》都是当时农家生活的素描，清晰流畅、朴素近人，富有真实感和生活气息。

诗人创作的乐歌，除《农夫》、《爬棕榈树人》外，留存至今的还有三首，即《船夫》、《运货船主》和《赶驮人》。这些诗篇都朴实地描绘了当时下层平民——农民、船夫、爬棕榈树人等的艰辛贫困生活，也表现了劳动人民勤劳、乐观、憨厚的性格。尤其难能可贵的是诗中有很多是一般人从未接触过的这些劳动人民用的行业术语。比如：支在棕榈树根部的梯子、固定在棕榈树干上的梯子、割棕榈果取棕榈汁用的刀、捆扎棕榈果的竹篾、修棕榈枝时撑开枝杈的小棍儿、农村当饭桌用的带底座的大竹匾，还有舵位、桅杆、扬帆索、缆绳等等。这充分表明诗人对劳动人民的生活有较深入的了解，怀着无比的同情。如果诗人未曾与劳动人民亲密相处过，就不可能对他们的劳动过程、劳动工具、生活习惯作出如此细致逼真的描写。这些诗再现了劳动人民的生活，使人们对他们的艰辛生活有所了解，对他们的乐观态度无比赞叹。在封建时代，身为朝廷大臣的诗人能越过宫廷高墙走向民间，大胆地描写劳动人民的生活，这在缅甸文学史上是空前的。

在诗人生活的时代，所谓的文学家和诗人，不是佛教寺院的僧人，就是封建宫廷的御用文人。他们的生活和地位，使他们脱离或逃离了社会现实和劳动人民。他们的作品只局限于反映宫廷的人和事，佛教活动和哲理，或是描写徜徉游旅时所见山水风光，抒发个人的生活感受和情趣，很少直接反映劳动人民的生活和疾苦。更有甚者封建统治阶级及其文人墨客把那些在人民中间传诵的、反映人民生活、生产劳动的民间文学斥为“市井俗唱”，排斥于文坛之外。上文刚介绍过的诗人明泽亚仰达梅在其《乌德纳》达钦诗中就曾这样写道：

不登雅堂，
粗俗鄙陋，缺乏宫腔，
山村劣调，不登雅堂。
市井俗唱，
上缅诸地，钦族山庄，
远离京都，穷乡僻壤，
粗野不雅，市井俗唱。
优雅堂皇，
言词完美，才智相当，
内容高雅，声威远扬。
……

这种偏见使缅甸文坛长期以来都鄙视反映劳动人民生活和感情的作品，同时也使许多优美的流传民间的文学作品未能反映到文坛上来，处在自生自灭、大量流失的状态之中。

巴德塔亚扎要挣脱传统偏见的束缚，是需相当胆略的。他的胆略来自他走出官府衙门、跳出狭窄的生活圈子，深入生活、体察民情的见识；来自他对劳苦民众贫穷生活和艰辛劳动的了解和同情。这种感情激发他去创作。没有这种见识和情感是创作不出，也不敢轻率创作这类可能被“诅咒”的诗篇来的。

在体裁形式上，巴德塔亚扎的德耶钦形式新颖，节奏感强，旋律优美，语言朴素清新、平易近人，吸收了民歌的许多优点，完全摆脱了传统四言诗枯燥单调的形式和堆砌雕琢文风的影响。

当然，巴德塔亚扎的诗与民间诗歌还有很大差别。首先是感情色彩不同，如插秧妇之歌都是抒发各人内心感受，无论欢乐或悲愁，都是发自内心的，因此都用第一人称。德耶钦则不然，诗人只是作为旁观者，从同情的立场出发，缺少“切肤之感”。再者，内容也不尽相同。许多插秧妇之歌中反映的，诸如对剥削和压迫的嘲讽、痛恨和反抗，对爱情的追求，或对欢乐和悲愁之情的抒发，都是巴德塔亚扎的诗所未能表达出来的。当然，巴德塔亚扎有如此的胆略和作为，在当时已是十分不易的事了，我们不能按现在的观点对他提出不切实际的要求。

二、嗳钦女诗人信宁梅与民歌的复兴

良渊时期有一位女诗人，叫信宁梅（约1738—1788），被后人誉为“人民诗人”、“反战者”、“厌战者”、“热爱和平者”，可见她在民众中间享有极高的声誉。

信宁梅的代表作是她的数首嗳钦诗。她的诗反映了时代的特征。她生活的时代是战事纷纭的东吁晚期，统治阶层的代表昏庸无道、暴敛横征，国力衰微，孟族势力膨胀，不时来犯。英法殖民主义者经常在沿海城镇骚扰。阿瓦北面的曼尼坡，东边的桂掸起来分庭抗礼。在此乱世之秋，百姓还得服兵役、出徭工，生活贫困，民不聊生，渴望国有宁日，民有安时。信宁梅的作品正反映了广大劳动人民的这一强烈愿望。诗人站在人民大众一边，替他们说出了心里话。后人称她的嗳钦是反抗之歌，因为她表达了人们的不满情绪。

她的一首题为《听说要打仗》的嗳钦诗这样写道：

可爱的朋友，
我的好搭档！

别人的郎，
听说要打仗，
装做有病躲一旁。
小妹的郎，
听说要打仗，
挎上金刀跟上队伍向前闯。
缺吃食，少粮饷，
雨霖霖，急且凉。
莫不是要过丹兑去，妹的郎？
战场上，
是否会娶回个比妹更白的小姑娘？
战场上，
是否会找到个比妹更美的清迈娘？
战场上，
是否有你的父辈亲朋在近旁？
在战场，
哥不会娶回比妹更白的小姑娘。
在战场，
哥不会找个比妹更美的清迈娘。
在战场，
哥没有父辈亲朋在身旁。
只因当今圣上把旨降，
名册上有咱，
只得去打仗。
马中枣红骏马名最响，
仆中印度奴仆最善良，
刀中合金宝刀明晃晃，
成伍的兵勇中，
哥可算个忠心耿耿的小勇将。
在这群山环绕
苍翠的清迈府，

怎不叫哥想妹倍忧伤。

再如另一首题为《没钱没势的人》的诗中写道：

可爱的朋友，
我的好搭档！
官府对我爸，
丝毫不体察。
明知没钱势，
体力虚弱差。
当官的脾气大，
嘴中口水又滴下，
怨咱不把咸茶递，
怨咱不把槟榔拿。
赋税债务重，
命运实不佳。
只得满脸堆笑，
上前说好话。
尽管这样做，
不知何世业果差，
命途多舛实不佳。
本来银钱也不少，
那恶吏坏官家，
多次来敲诈。
使咱失言说差。
只缘村中债，
土地离我家。

嗳钦这种诗体出现于缅历1100年（公元1738年）前后。有人认为“嗳”字代表六种音调全有，即全声调；有人认为《祈祷》比釉诗中有一句：“嗳嗳之声，愉快惬意”，故以令人愉快惬意之声写成的歌被称为嗳钦；有人认为缅文“嗳”字有水汪汪之意，因这种歌使人听后眼泪汪汪，潸然泪下而得名；还有人认为因这种诗是集体唱和之歌而得名。它的第一句往往都是以“可爱的朋友，我的好搭档”这样一句呼语开始的。

上面我们举了信宁梅的两首嗳钦为例。总之，她的嗳钦很有人民性，道出了人民的心声。有反战、反官府横征暴敛的，也有写劳动人民纯朴爱情的。

在这以后，贡榜王朝时期又出现了像吴基、吴桑等一些现实主义诗人。他们的作品也为缅甸文坛增添了许多光彩。但真正的现实主义文学的大量出现，还是在19世纪末20世纪初以后。随着反殖民族独立运动的蓬勃发展，以及社会政治经济和文化教育等状况的改变，为政治斗争服务的缅甸现实主义文学应运而生，大量涌现。

但是，我们可以看出，东吁—良渊时期，尤其在良渊王以后，民歌有复兴的趋势。也正是在这样的形势下才出现了巴德塔亚扎、信宁梅等诗人。当时在民间尤其盛行插秧妇之歌，而这类民歌以前很少发现。

插秧妇之歌产生于劳动人民中间，真实而全面地反映了当时广大劳动人民，尤其是劳动妇女的欢乐与悲愁，内容朴实，格调新颖、轻松活泼、幽默诙谐，富有民族特色，充满民间情趣。

自古以来，缅甸妇女是田间劳动和家务劳动的主要力量，诸如插秧、薅秧、收割，直至舂米、做饭等全是她们份内的事。缅甸民族性情开朗，喜歌善舞，劳动之际，妇女们能顺口说唱出漂亮的即兴诗歌，丝毫不受韵律格式的束缚和限制。

插秧妇之歌的内容非常广泛，从起居饮食到生产劳动，从佛事节会到男女恋情，从欢欣快乐到悲伤痛苦，几乎无所不包。虽名为“插秧妇之歌”，其实何止插秧，在其他劳动场合即兴说唱的劳动妇女之歌，都称之为“插秧妇之歌”。

有一首插秧妇之歌，描写的是农妇在炎日之下弯腰挥汗插秧，肚子早就饿得直叫。插完一块田之后，地主仍不让歇晌吃饭。在大家的强烈请求下，地主才不得已给饭吃。可狠心的地主给的是清水煮的薯蔓汤，连地主的身影都可映在汤里面。从这首歌中我们可以了解到当时缅甸农村劳动妇女们的劳动和生活。

缅甸劳动人民虽然生活在被压迫被剥削的困境之中，但他们仍充满了乐观主义的精神。无论在田间或在家务劳动中，都听到他们的歌声。他们用歌声来表达内心的苦痛和欢乐，用歌声控诉地主对他们的剥削压迫，用歌声解除疲劳，还用歌声叙说家常，但更多的是用歌声吐露他们的爱情。

喂……姑娘们！
快把秧插完，
快把秧插完，
插完秧，把家还。
我们村，路遥远。
天黑了，
赶不上磨研黄香楝[①]，
赶不上打水到溪边。

插秧妇们干完田里活，回家还得劈柴，把黄香楝磨研，又得到溪边把水担。每天傍晚到溪流旁打水是少女们最乐意做的。打水前，她们先在屋里磨黄香楝，梳妆打扮，涂脂抹粉，然后再到溪边担水。这时，小伙子们又尾随姑娘们，吹笛弹唱，表露爱慕之情。这首诗歌正是表现这一情景的。姑娘们怕收工晚了赶不上与小伙子们相会的时刻。又如：

东边出来个红太阳，
乌云满天又把亮光遮掩。
我亲生的妈妈唷，
要把我许给
那满脸痘疤的青年。
我怎么能要他？
恨不得跑到西头
“瑞因基”佛塔前，
敲锣打鼓把他献。[②]

追求婚姻自由和幸福一直是广大农村妇女的迫切要求，但在封建社会又谈何容易。封建的枷锁紧紧地束缚着她们，她们挣扎反抗，但这些反抗往往又是非常软弱无力的。

① 黄香楝，一种树，缅甸妇女习惯用该树之木合水磨成香汁，用来擦脸抹身。色黄，能保护皮肤。
② 缅甸古代有向佛塔布施捐献奴仆的习惯，沦为塔奴者地位卑贱不得与常人婚配，长年为佛塔清扫、办杂事。

东吁的插秧女之歌流行于民间，传诵较广，是真正出自劳动人民、反映劳动人民的诗歌作品，同出自文人或僧人案头之作的宫廷文学和寺院文学有着天壤之别。前者通俗流畅，浅易近人，幽默朗爽，感情真挚；后者文词浮艳，艰深难懂，形式呆板，矫揉造作。

第四章　贡榜时期文学（1752—1885）

第一节　社会背景与文学概貌

一、社会背景

东吁—良渊王朝末代国王摩诃德玛亚扎底勃帝昏庸无道、偏信奸佞、迫害忠良，百姓大批外逃，各族及边远地区纷纷揭竿而起，国内一片混乱，民不聊生。1752年，孟族人攻入阿瓦，俘虏了缅王摩诃德玛亚扎底勃帝，将其及王族人员押解至孟王朝首府汉达瓦底。从此，东吁—良渊王朝宣告灭亡。

在孟族人攻入阿瓦的当年，瑞波地区的缅族首领吴昂泽亚（旧译雍籍牙，即后人称之为阿朗帕耶者）揭竿而起，组织群众反抗孟族统治，被拥戴为王，并于1754年收复阿瓦。不久，孟族地区和中缅甸也相继归顺吴昂泽亚，到1755年攻克白古（即今勃固城）和大光（即今仰光）。最后打败了孟族王朝。历史上称吴昂泽亚建立的缅族统治政权为贡榜王朝。

建立贡榜王朝时，正是英、法殖民主义者向亚洲进行大规模扩张的18世纪中叶。当时，英国殖民者派兵占领了勃生河口的恒枝岛，法国殖民者的势力则进入了孟族地区的汉达瓦底和丁因。到吴昂泽亚之子囊道基统治时期，英国进一步取得了在仰光、勃生等沿海城市开设商栈，进行贸易的权利。同时，殖民主义者还利用缅甸各民族之间的矛盾，挑拨离间，从而进一步扩大其在缅甸的势力范围。从此，缅甸国内的民族矛盾和斗争已含有外来干涉者的因素了。

1763年，囊道基之弟信漂辛继承王位，把首都迁回阿瓦。为了德宁达依地区的权益，他对泰国发动了战争，并攻至阿瑜陀耶。在信漂辛统治时期，与清朝也曾发生了一次战争。战争的结果造成缅甸国内财政经济上的危机。这种情况到辛古王时更为严重。于是爆发了宫廷政变，波道帕耶乘机夺得王位。

波道帕耶是缅甸历史上很有名的一位统治者。在他统治时期，曾两次（1784年与1803年）编纂《缅甸国志》。为了发展农业生产，他在曼德勒、密铁拉等地开凿和扩大灌溉用的塘堰湖泊；为了发展商业，他建立股份公司，并第一次铸造银币；在文化方面，他扶持佛教，兴建规模空前巨大的敏贡佛塔。他与印度交换外交使节，派遣留学生前去学习，并翻译了梵文医学、哲学等著作100余部。但波道帕耶在民族问题上却采取了强硬的镇压政策，不仅用武力镇压了国内经常发生的掸族和孟族的叛乱，并于1784年派兵攻占了若开地区。

为了与英国殖民者争夺曼尼坡和阿萨姆地区的统治权，波道帕耶也曾出兵上述两地。这时英国方面便派赛姆斯上尉向缅甸提出缔结英缅同盟以及给予英国船只停泊缅甸港口、给予在缅甸英商特权的要求，但这个要求遭到缅王的拒绝。当时英国正忙于欧洲战争，无暇东顾，但当英国从欧洲得以脱身时，正值巴基道王在位时期，遂借口曼尼坡、阿萨姆事件，对缅甸发动了战争。这就是历史上有名的1824年的第一次英缅战争。

第一次英缅战争的结果是缅王被迫签订了“杨端波条约”，缅甸把阿萨姆、若开和德宁达依割让给英国，付战争赔款一千万缅元。但这并没能满足英国殖民者的野心。战争结束后，它便进行第二次入侵缅甸的准备工作。到1852年，它利用缅甸统治集团在王位继承问题上的矛盾，借口仰光市缅督逮捕英商一事，又向缅甸发动第二次战争。蒲甘王昏庸无能，不善于组织兵力抵抗，英军很快占领了包括整个伊江三角洲的勃固专区，迫使缅王停战，答应把勃固专区割让给英国。

这两次战争大大加重了缅甸国内的经济危机，缅甸经济的发展受到很大阻碍，人民生活日益贫困，也加深了国内的矛盾。

1853年，敏东王发动宫廷政变夺得王位以后，与其弟加囊亲王一起推行改革措施，以恢复缅甸国力。他在外交上采取妥协退让政策；在国内扩大枢密院的权力，改革税收制度和官员薪俸；在经济上，为了扩大农田面积，发放了农业贷款；在国内建立了大米、木材、军火等一系列制造和加工工厂，铸造硬币作为交换货币；在文化方面，举行了第五次佛经结集大会，鼓励开设西式学校，翻译外国科技著作，并出版了缅甸第一份缅文报纸——《瓦城报》。

敏东王和加囊亲王的努力，引起殖民者的不安，也遭到了国内保守派的反对，不久便发生了敏贡、敏空岱、巴登亲王等人的叛乱事件。加囊亲王被杀，改革遂告夭折。

敏东王死后，其幼子底博王继位。他昏庸无能，既无力解决国内经济的困难，又无法解决国内少数民族的叛乱；对英国殖民者更是束手无策。1885年，底博王为了得到法国的援助，与法国签订条约，英国唯恐丧失其在缅利益，借口柚木事件，便在当年年底发动了对缅第三次战争。英军攻入曼德勒京城，俘虏了缅王底博。从此，缅甸失去了独立，沦为英国的殖民地。但也从这时开始，缅甸人民展开了轰轰烈烈的斗争，揭开了反殖争取民族独立斗争历史的一页。

二、文学概貌

贡榜王朝从1753年吴昂泽亚称王时起，至底博王被英军押解离缅时止，历时130余年。与缅甸以前各王朝相比，不同的是：世俗作家占据着显要地位，而著名的僧侣作家只有少数。但鉴于历史发展明显存在着两个阶段，即上升阶段与衰落阶段，故人们把前者称为贡榜王朝前期，把后者称为贡榜王朝后期。时间的具体划分上缅甸学者们的看法不尽一致，但我们认为以波道帕耶（1782—1819年在位）去世前后为界更为适宜。前期仍与以前王朝时期一样，佛教文学与宫廷文学发达。虽然不少作品也反映了社会现实生活，但仍大多是应诏、应制文学。总之，贡榜王朝前期文学可以简单概括为：继承和发展了前人的文学遗产；创作出形式多样的文学作品，尽管这一历史时期比较短暂，不过几十年时间。没有出现一流的作家，也缺少水平较高的作品；但为贡榜王朝后期文学的发展创造了有利条件。到了贡榜王朝后期，虽然仍出现不少佛教文学和宫廷文学范畴内的作品，但是有的有新意，有的则彻底脱离了这一窠臼写出了反映民众生活的作品。所以，贡榜王朝后期的文学得到蓬勃发展，出现了“百花齐放”的兴旺局面，堪称为缅甸文学史上的黄金时代。这期间的文学作品，无论题材内容或体裁形式都比缅甸历史上任何时期丰富多彩，它为整个缅甸文学增加了许多光彩。故人们称其为缅甸文学的“集锦时期”。

下面再具体谈谈这一时期出现的作家作品情况。

按作品形式可分为散文与诗歌两大类。散文类又可分为历史札记、奏章判卷、释义辞书、小说、剧作和书信体等几类作品；诗歌类则包括词曲和多种诗体。

历史、札记、奏章、判卷等作品实际上都是属于政治、法律类的作品。到了贡榜王朝时期，这类作品比以前王朝多了很多。先后出现的札记有：阿朗帕耶在位时阿杜拉大法师的《社会法理大全》、茵永大臣的《社会活动指南》、描述宫廷传统习俗的波道帕耶王时任王储内务大臣泽亚丁卡亚所著的《金宫缘起》；法典、判卷、奏章之类有：阿朗帕耶王时遵温邦玛泽亚的《摩奴法规典》，波道帕耶时耶色久法庭仰达梅觉廷著《耶色久法庭判卷》，信珊达林加的《宝石》（人称《波亚扎奏章》）等；史书有：顿丁敏纪奉波道帕耶之命写成的《顿丁新史》，蒙悦大法师著《蒙悦史》，信加威达亚著《定尼亚瓦底征战史》，列维诺亚塔与顿丁敏纪分别著成的两部《阿朗帕耶征战史》和僧俗多人奉命合编的《琉璃宫史》等。还有佚名的《华人莅缅各地记》也是这一时期的作品。

总之，这类作品大多文风简洁、语言洗练、阐述明晰。以遵温邦玛泽亚的《摩奴法规典》为例，该书在谈子女继承遗产时就言简意赅地写道：“夫君前妻之子与继母携来之子分配财产的法律规定：夫君原有财产归前妻之子所有；继母带来的财产归双方二子共有；夫君与继母结合后所获之财产则分成三份，由所生之子与双方原有之子平分；财产所获之利润分配法与上同。”

而这一大类作品中最具代表意义、最成功的是两部作品：一部是《琉璃宫史》（见本章第七节），另一部就是缅甸著名的五部征战史中的最后一部《阿朗帕耶征战史》。

关于这部史书的作者问题，缅甸学者中一直有争议。近年来学者们认为《阿朗帕耶征战史》有两个不同版本，分别由列维瑙亚塔吴妙达和敦丁岱温吴吞纽（即敦丁敏纪）所写。该书一直获得较高的评价，普遍认为它不仅仅是一部史料丰富、内容翔实的史书，记载了战争发生的地点、经过和结局，更重要的是它反映了缅甸人关于战争的思想，而且记录了缅甸人为建立一个强有力的大国而做的努力。这对缅甸人民来说是宝贵的精神财富。列维瑙亚塔所著《阿朗帕耶征战史》完成于1763年，即阿朗帕耶去世后4年之际。可见作者创作的目的是希望以阿朗帕耶创业的精神来教育和鼓励缅甸人民继续奋发，以完成再次统一缅甸的历史任务。所以人们认为该征战史宛如一部白话埃钦诗，深深地激励着人们的爱国主义精神。

这一时期中也出现了不少释义辞书类作品。其中有不少是问答式的，比如：记录阿杜拉大法师回答阿朗帕耶王所问的《王廷传统问答》，蒙悦大法师回答蒙悦室利玛拉所问的《一切种智释》，貌唐大法师回答波道帕耶王所问的《回禀大王所问》等，著者都是引经据典、谈古论今全面地回答了所问问题，使读者大开眼界，增长了许多缅甸的有关知识。还有的是诠释经典作品或阐释词源词义的，比如：蒙悦大法师的《修行诗释》，盛达觉杜吴奥的《加威莱克那正字典》（意为智者的特征正字法词典），敏东王时吴前的《学者特征释》，基甘辛基《正字法问题大全》，基德雷榻大法师解答基甘辛基所提问题的《著明百科》，以缅甸人的观点分析缅甸文的第二觉昂珊他大法师著《词诠》等。

小说类作品发展尤快。佛教小说在贡榜王朝前期有底贝茵大法师著《佛陀自述》，中期有第二梅蒂大法师的《花韵本生》，后期有基德雷榻大法师的《阇那伽释》；这期间《本生经》故事也被译成缅文，十大佛本生故事中的八部由敏巫大法师吴奥巴达译成，《杜温那达玛》、《布利达》两部则由信彬尼亚得卡和信南达梅达两位法师分别译出，波道帕耶王在位时良甘大法师写成散文体的《五百五十本生》；

还有许多作家用自己不同的形式改写了本生故事小说，像貌唐大法师、蒙悦大法师、加彬大法师、吴邦雅等人都有不少这类作品。在佛教小说方兴未艾蓬勃发展，辛古王在位期间，又出现了凭借个人智慧创作的缅甸第一部神话幻想小说《宝镜》。作者为瑞当底哈都。

剧作也继良渊时期巴德塔亚扎大臣开创之后有了新发展。除了有从泰国传来的《罗摩》、《伊瑙》剧外，莱太康丁等人又撰写了缅甸自己的宫廷剧作。到了贡榜王朝后期吴金吴与吴邦雅是缅甸人民引以为骄傲的名字。他们的创作为缅甸戏剧发展开创了一个新纪元。尤其是吴邦雅，多才多艺，不仅写出若干部上乘的剧作，其他文体的创作也硕果累累，是一位值得注意与深入研究的作家。

散文类中称之为“密达萨”的书信体作品也比前朝有了进步。写这类作品最著名的要属僧侣作家基甘信基。

诗歌类作品中，有用缅甸文坛早已出现的诗体写的，有用新创造的诗体写的，也有由诗人的发掘利用，使原已濒于绝迹的古诗体或民歌、乐曲重新焕发出青春的。比如：比釉诗是阿瓦时期兴盛起来的一种叙事体长诗，而且绝大多数都是写佛陀轶事的。到了贡榜时期仍出现了蒙悦大法师、吴轩、吴瑞琪、金蕴敏纪等几位写作比釉诗的作家。但也出现了独树一帜像盛达觉杜这样写出训导世人的《奇异教诲篇》比釉的诗人，列维通达拉还用这种诗体来表现军事主题，他写过《战略篇》、《军事》和《可爱的军士》等比釉诗。再如“茂贡”诗是这一时期发展起来的诗体。不仅有歌功颂德的描写国王德政的，也有讲述外交友好往来的。像越马沙纳瓦德著《中国使节莅缅记》就是这样一部诗。“雅甘”和“达钦”也是在这一时期发展起来的诗。还有经诗人们发掘进而复兴的民歌乐曲一类体裁的作品。

在贡榜后期的作家中还应该提到的是吴基和吴桑、宫廷女作家玛妙格礼、兰太康丁母女俩与塞耶佩，他们用不同的诗体创作了不少佳作。吴基和吴桑大多描写农民的生活、劳动和爱情，具有浓郁的生活气息，且用词朴素、幽默。玛妙格礼母女俩的宫怨诗，以个人亲身感受抒发了宫中后妃们孤守空房、感伤寂寞的哀怨，从一个侧面暴露了王朝统治阶层的荒淫腐朽的生活。贡榜王朝末期诗人塞耶佩，他以炽热的爱国情感，写诗痛斥侵略者与民族叛徒，开创了缅甸反殖文学的先声。

最后还值得专门提一笔的是，贡榜王朝后期的一些作家在吸收外族文化、丰富缅甸文化方面做出的重大贡献是不应被人忘却的。不少作家和诗人一面积极地继承先人文学遗产，一面热心吸收外族文学艺术的精华，有的作家将国外文学艺术转化为本民族所用，有的作家向缅甸推介了西方先进的思想与文化，从而丰富了缅甸的文学艺术宝库。

信漂辛与波道帕耶时期发动对阿瑜陀耶之战，从泰国拿来了《罗摩》剧，著名诗人妙瓦底敏纪吴萨又从泰文译得《伊瑙》宫廷剧并整理推介出暹罗词曲等。

又如金蕴敏纪（1822—1908），原名吴刚，从小在寺中为僧。27岁还俗后在朝廷供职；曾任国库司库、侍郎、关卡总监等职。写过《奈弥》雅甘、《登杜格》比釉等有关佛经故事的诗作，也写歌功颂德的茂贡诗和埃钦诗等；但影响最大的还是他的《赴伦敦日记》和《赴法国日记》。这是缅甸最早的游记。人们通过他的游记开阔了眼界，了解到发达的资本主义国家英、法等国的情况。

巴基道王在位期间英缅战争之后驻加尔各答官员敏纪摩诃西都的《赴孟加拉记》和吴前的《赴葡萄牙、西班牙、意大利记》也是两部让缅甸人了解到外国情况的作品。约内廷大臣吴波莱撰写的《君法统一论》是另一部颇具影响的作品。他鼓吹实行政治改革，提倡君主立宪。波道帕耶王之子麦克耶亲王翻译了英国的百科全书，并支持英国商人编纂了缅甸第一部英缅词典。吴波莱还与从法国归来的玻璃监翻译了包括解剖学的医学、化学等著作，介绍西方先进科学技术。敏东王在听了英、法驻曼德勒使节介绍英国小说家司各特的小说《艾凡赫》，法国小说家大仲马的《基度山伯爵》、《三剑客》以及伏尔泰的小说之后，对西方文学发生了兴趣，曾想让著名诗人塞耶佩在制铁监敏纪敏拉摩诃西都的帮助下译成缅文，因时局急剧变化未果。但上述这种希望了解外国并努力译介有关问题的思潮对缅甸文学发展的影响还是不能低估的。

第二节　宫廷文学中的诗歌新篇

一、用旧诗体创作的著名诗人

盛达觉杜吴奥

盛达觉杜吴奥（1736—1771），上缅甸阿垅镇貌唐村人。8岁度僧，拜第一觉昂山塔法师为师。他从小聪明伶俐，爱好诗文。其师见他聪明过人，前途无量，在他13岁时便令其还俗，并推荐给东吁末代王摩诃德玛亚扎底勃帝。国王钦赐其"瑞东亚扎觉"尊衔，任命他为王叔达多敏贡亲王的传令官。吴奥15岁时，奉亲王之命作了一部《加威莱克那正字典》。全书用诗体写成，不仅分辨了很多同音异形字的用法，而且还将许多语法、文字、历史、星相占卜、医药以及律书法典的内容也在分辨字形的过程中加以解释说明。所以至今它仍是缅甸文学家经常引用的典籍。但持有不同观点的学者则认为，15岁的吴奥是不可能写出如此美妙的作品来的，真正的作者应是他的舅父敦丁岱温吴吞纽，因为亲王之命不可违抗，只好冒名顶替，将其舅父的作品呈上。

1752年，即写作《加威莱克那正字典》的这一年，东吁被孟族攻陷，国王被掳往汉达瓦底。于是吴奥一度曾与达多敏贡逃到孟拱地区招兵买马，筹划营救国王。后得知国王被害，达多敏贡又亡故了，吴奥只得投奔贡榜，为吴昂泽亚效劳，吴昂泽亚很欣赏吴奥的文才，十分器重他，赐与“盛达觉杜”街（意为智慧超群者），任命他为王子勃东侯达多敏拉瑞东的内傅。此后，他一直以“盛达觉杜吴奥”的名字蜚声文坛。

吴奥前后曾在六代国王手下任宫廷作家。他的作品很多，主要有雅都诗、埃钦诗、比釉诗、鲁达诗等，其中以雅都诗最为有名。在各种题材的雅都诗中尤以描写征战的征人雅都数量最多，近70首，水平较高。这和诗人所处的时代、个人的经历有着密切关系。

吴奥经历了一个改朝换代的大动乱时代。他14岁那年就在东吁达多敏贡亲王的门下供职，并倍受重用，但因国王摩诃德玛亚扎底勃帝昏庸无能，忠良被害，国力衰竭，在他15岁前后，曼尼坡土司不时来犯，侵扰实皆、美都两城，到处烧杀掠夺。接着上缅甸天旱无雨，五谷欠收，民不聊生，盗贼四起，反叛朝廷的队伍不断涌现，国家四分五裂。之后，南方孟族人攻占阿瓦，灭了东吁。此时缅族的吴昂泽亚即在贡榜自立为王，收复阿瓦，攻下汉达瓦底，再次统一缅甸。吴奥本人就参加了这场斗争。他跟随吴昂泽亚的队伍出生入死，南下汉达瓦底，经受过失败的痛苦，也体会到胜利的欢欣，从东吁的被毁，到贡榜的胜利建立。吴奥从战争和失败中走了过来，体会到战士的艰难和苦楚，体会到战争、分离、破坏、死亡的痛苦，以及和平、胜利、团聚的来之不易。所有这一切使吴奥的感受深刻，在他的征人雅都中得到比较充分的反映。

试举《在直柳漂》一诗为例，该诗是吴奥征人雅都诗的代表作，是一首近乎写实的诗歌。诗人把吴昂泽亚的水师南下汉达瓦底城，雨夜进驻直柳漂城的经历，十分详尽地表现了出来。全诗共三段，第一段写水师来到直柳漂时正值雨夜，风雨交加，波浪翻滚，天色漆黑，伸手不见五指；战船相撞，士卒落水，一片混乱；

第二段写战船搁浅，将士疲惫，饥肠辘辘，大雨倾盆，寒气袭人；第三段写征夫思妇，倾述遭遇；深怕妻子在家误以为戎马生活安乐舒适，其实是艰苦难耐、气候恶劣、军旅艰辛。

诗人从正面讴歌了吴昂泽亚的水师，歌颂水军将士们为复兴祖国、荡涤外族侵扰、实现统一大业，舍弃家园、抛下妻儿、历尽艰辛、饱受苦难、忍饥挨饿，抛头颅洒热血、捐躯报国的英勇牺牲精神。诗人对将士们的这种精神予以高度的评价，寄予很大的同情，读了令人肃然起敬。应该说这正是诗人的创作意图所在，也是全诗的中心思想，虽然诗中也表现了将士们在下缅甸极端恶劣的气候条件下思念故乡亲人，心情忧郁烦恼，但这恰好反映了戎马生活的真实情景，增加了作品的真实性。

吴奥的雅都诗的另一个主题是歌功颂德，歌颂吴昂泽亚的丰功伟业，歌颂贡榜王都的庄严美丽。功德颂几乎是吴奥的雅都诗中不可缺少的部分。吴佩貌丁在他所写的《缅甸文学史》中写道："正如爱情是那信囊每首雅都诗中不可缺少的主题一样，功德颂也成为吴奥雅都诗中必写的内容。"关于这一点，笔者认为今日读者不能脱离当时的客观条件来要求作者。宫廷作家就是当时王室雇佣的文人。在他们的作品中出现对国王歌功颂德的内容是天经地义的事，无可厚非。

下面试举诗人《奇异教诲篇》比釉诗后记中的一段话：

勃东城主[1]智勇全，
赐臣"盛达觉杜"衔。
吾主御前一忠仆，
尽心尽职善为官。
身负重托遇困境，
临危不惧心泰然。
纵然国务烦且杂，
顷刻理毕显怡颜。
公余暂得闲暇日，
即只挥笔赋诗篇。

① 指吴昂泽亚之子勃东侯。

吴奥的《奇异教诲篇》在古代文坛很有名气。全诗共分5部分，从起居饮食、衣着服饰，到行为举止、为人处世、道德修养等方面，都为王室提出了较全面的一套规范。

从上述介绍中可以看到，吴奥是位多才的作家，尤其在诗歌写作方面造诣颇深。但人们一提到他，就会首先提及他的《加威莱克那正字典》和《奇异教诲篇》。

越马沙纳瓦德

越马沙纳瓦德（1755—1840），原名吴努，实皆人，从小在村庙方丈吴班蒂达处学习诗文，成年后得到吴班蒂达好友的推荐，进京入宫侍奉波道帕耶王，在王子蒲甘亲王处任职，多次受封，50岁时荣获"纳瓦德"勋号，食越马沙镇，并被任命为传旨官，从此得名越马沙纳瓦德，历史上被称为纳瓦德第二。又因他一生中创作了15首茂贡诗，故又被称为茂贡诗人纳瓦德。在他的茂贡诗中，《征服土瓦》茂贡、《征服若开》茂贡、《征服阿萨姆》茂贡等几首，一直被认为是歌颂缅甸人民勇敢斗争精神、激励子孙后代以先辈为榜样去夺取胜利的佳篇。《中国使节莅缅记》更是一部难得的史书，它详尽地记载了中国和缅甸两国友好往来的历史事实。

列维通达拉

《美娑山麓》是一首三段雅都诗。作者列维通达拉原名吴妙山，瑞波玛基通村人，是从东吁逃亡到贡榜来的诗人。在东吁时，列维通达拉是摩诃德玛亚扎底勃帝王在位时期的一位枢密院司录官。东吁亡后投奔吴昂泽亚，被任命为录旨官，并获"列维通达拉"（意为左首最佳最美者）勋衔，从此便以这个衔称闻名文坛。

1763年贡榜信漂辛王迁都阿瓦，任命吴妙山为王弟阿敏侯的内傅。1766年因涉及阿敏亲王的侍男侍女案，吴妙山被流放到美娑山麓。他在流放时写了两首雅都诗《美娑山麓》和《皎洁月光》呈送国王。诗人用诚挚的感情倾吐了他思念故土的肺腑之言。国王极为感动，遂将其赦回。从此，《美娑山麓》成了缅甸文学史上的一首名诗。

诗中这样写道：

美娑山麓，水流不息，
河岸两边，山林茂密。
遥望王都，思绪萦起，
远眺天边，吉祥瑞气。
浑然一体，圣土秀丽，

山岗高耸，吾王荫蔽。
存在其中，南岛菩提，
六彩闪耀，宝窟古基，
瑞林彬塔，浮屠金狮，
一一计入，名塔佛寺，
座座如此，遍着金衣。
光辉四射，金宫玉宇，
林立其中，恍惚迷离。
忽欲叩拜，此处都市，
此处宝塔，此处殿宇，
此处街道，心中冥思，
唯因王都，路途遥迤。

河岸浅滩，美好沙地，
上游一片，下游至此，
流水萦绕，心旷神怡。
远似别国，他乡地异。
涓涓绿水，美娑之溪，
层层叠叠，丛丛茂密，
山林阻隔，一片静寂。
不见北斗，难眺故里，
思念旭日，不知东西，
何方为南，何者是北，
左思右想，仍然怀疑，
山林峰峦，实难辨析。
心情不定，日日愁思，
探路之旅，南风乍起，
随后长风，渐渐飚至，
微风扑面，丝丝寒意。

缅历二月，浴佛之期，

心地虔诚，传统礼仪。
美娑之臣，祝祷如意。
金衣宝窟，威严壮丽。
天际毗连，美娑流溪。
雾气云霭，山间横溢，
峰峰朦胧，盘回离奇。
云朵片片，似雨非雨。
刷刷作响，雪花飘起，
犹如雨丝，由缓而疾。
持双巨山，巅峦神奇，
一轮神车，金乌巨日，
难放光辉，寒栗蜷曲。
仰天长盼，午日早至，
祝祷四方，怀念不已，
日光射来，身可暖矣。

诗人把贡榜京都描述得金碧辉煌，庄严肃穆，激起漂泊他乡的游子无限的思念。同时把身处荒野、孤独寂寞、凄凉悲惨、天天盼望“日”出的心情淋漓尽致地表现了出来。真是情意真切、文字感人，不愧为佳作。

吴漂

《辛古王》瑞那道敦诗的作者吴漂，生于1738年，在辛古王时代曾获“明亚扎”尊衔，并被封为勃垒侯。在波道帕耶王执政时被封为“皎迎当达城侯”，因精通三藏和吠陀，荣获“呼雅纽”（缅人星相师）尊衔，后又获“底意班堆”（意为吉祥的学者）尊衔。

吴漂25岁时，奉信漂辛王之命，进宫任辛古王子的内傅，教授星相吠陀。后来王子读到信丹柯的《明耶代巴》埃钦诗作时极为赞赏，便请求老师也作一首埃钦诗。吴漂欣然写下了《辛古王》瑞那道敦[①]一首，后人又称其为《勃垒侯》埃钦。

学者们一致认为《勃垒侯》埃钦是缅甸埃钦诗中第一流的作品。其最大特点是系统地将从传说中最早的缅甸国王开始，一直至诗人所处时代的国王，历代君王

① “瑞那道敦”与“那道敦”意义相同，均有“禀告”、“奏告”之意。

世系及其年表，准确无误地写入诗中，从而使该诗不仅具有文学价值，同时也有史料价值。比如其中写蒲甘王朝苏钦涅王至良宇苏罗汉七代君王的一段：

苏钦涅氏，福薄早亡。
爱子开卢，继位为王，
治理国家，十七年强。
弟彬比牙，继坐龙床，
登基三载，意欲久长。
重建京都，蒲甘呈祥，
繁荣九载，国盛邦昌。
王子丹奈，宫阙煌煌，
承继父业，十八春光。
色垒鄂奎，天赐福降，
统治天下，廿五年享。
鄂奎后裔，子登科王，
掌管社稷，十六年上，
功德衰竭，不幸身亡。
农夫得位，金伞仪仗，
三十三载，数尽命丧。

从这短短一段也可看出吴漂的语汇丰富，七代君王中的前六代君王之名全按原名写入诗中，且韵脚仍保持工整，最后一位良宇苏罗汉未写出其名号，而写明其出身，因历代君王之中出身于农夫，无意之中打死国王，后被拥为新王执政者只此一人，故一说农夫人人皆知是指良宇苏罗汉王。原诗中对同样一个含义的词汇往往不是简单重复。例如“国王登基”这一含义，他就用了：继位为王、登享御座、撑开宝伞、擂胜利鼓、覆盖白荫、承继王业等等。又如“国王去世”这一含义，他用了：厌烦人世、享神仙福、功德已尽、善业衰微、王业倾毁、进入天国、气数完结等等。所以读之显得很生动，且从中得到不少修辞的常识。

吴漂还善于运用援例比喻的手法来表现事物情景，使描述形象更加生动，意境清晰。例如吴漂用“野牛出圈跑不停蹄”、“野马脱缰慌乱奔去”等词语形容“兵败如山倒”、“抱头鼠窜”溃逃的败兵。

二、雅甘诗

雅甘诗在贡榜王朝是被人们关注的一种诗体。根据记载，吴奥在《加威莱克那正字典》中已提到雅甘诗体。可见在东吁—良渊时期已经出现这种诗体。但由于贡榜时期出现了《梅农》雅甘、《罗摩》雅甘等闻名遐迩的佳作，雅甘诗才得到人们的青睐。

缅文中“雅甘”一词的来历众说纷纭，一说原意是炫耀自我、贬低他人的一种诗，认为“雅”本意是“得到”、“有把握”，而“甘”本意是“蹬、踢”，引申义为“贬低他人”，“雅甘”合起来就是有把握地贬低他人进而炫耀自己的诗；另一说认为“甘”字的一个引申意义是撑船筏离岸，按这个引申到字韵上，即上、下阙的尾韵相同，而下阙的首字韵不与上阙尾韵取同；最后一种说法也是最常见的，为更多人接受的说法：源自梵文，意即谐趣诗。

《梅农》雅甘的作者瑞当南达都，生卒年月不详，据传他是色林人，幼名貌拉，也叫貌德由，据信“瑞当南达都”尊衔是在辛古王时代获得的。1765年以后，信漂辛王在位时，他曾在色林镇当过律师，因其才多善辩而闻名。随后又到京城阿瓦充当枢密院律师，因才能非凡引起枢密院其他律师的忌妒，他们上书国王诋毁他，说他才疏学浅，又不是钦定律师，不宜在枢密院供职。国王见了非但没有听信，反而立即钦定貌拉为枢密院正式律师。

瑞当南达都来到京城后，他的文学天赋受到人们的赞扬，人们称其为“色林纳瓦德”。

他的蜚声文坛传诵古今的作品是雅甘诗。信漂辛王时期写过《银山》新雅甘诗、《阿瓦城颂》雅甘等多首雅甘诗。这也是诗人对缅甸文学发展做出的杰出贡献。

《梅农》雅甘是根据孟族历史故事《信梅农和明南达》改写的。故事梗概为：很早很早以前，丁因王和直通王后杜温那黛维两人相爱，不久便在荒林的行宫里生下一女，起名“梅农”。后来国王和王后都回宫了，却没有把梅农公主一起带走，将她一人留在行宫中。梅农公主长大后与南达王邂逅相遇，一见钟情，结成眷属。瑞当南达都在创作时只取故事的一部分。只写到公主与南达王相会时就收尾了。读者感到可惜，许多学者也猜不透诗人的意图。有人分析说，可能作者只注意作品的语言描绘，而忽略了故事结构、情节。但这种可能性不大，因为任何一位作家和诗人，在创作之前，首先考虑的是作品的主题和内容结构，不可能离开内容去雕琢文字。瑞当南达都对故事内容作出如此安排肯定有他独到的构思，恐怕这样的安排是故意留给读者去慢慢回味的。

瑞当南达都是一位律师出身的诗人。他在诗歌创作上也发挥了这一长处，能言善辩，对答如流。在作品中，诗人多处运用对话争辩的形式来表现丰富的情景和人物性格。

例如当南达王的侍从鹦鹉看到梅农公主的芳容时，不禁为之愕然，从树上跌落下来。这情景被公主的侍从鹩哥看见，便讥讽道：

聪明侍从，何夸海口？
天下美色，你已看够。
今见丽人，痴呆出丑。
头脚栽倒，你知羞否？

鹦鹉不甘示弱，立即反驳道：

如你所说，
我这鹦鹉太野蛮。
果真这样，
怎能引来女仙？
我看你是：
水牛闻琴奏，
不知心喜欢。
人人有情感，
爱憎汇心间。
你却毫不懂，
反来讥笑咱。
我乃学者，
远见卓识一名贤，
自幼生长皇宫里，
王事件件不稀罕。
你主女婵娟，
仙女见之也自惭，
我立白枣树，

窥她美容颜，
这才难自持，
头晕目也眩。
这些道理，
非常自然。
你这小鹩哥，
吱吱哇哇叫得欢。
笑我无礼貌，
只能说你太不文明实野蛮。

寥寥数语把南达王的侍从鹦鹉的性格刻画得淋漓尽致：鹦鹉好说大话，炫耀自己，对自己的缺点毛病却千方百计进行掩饰，反推卸到别人身上。

瑞当南达都对人物的外在表观和内在心理活动的描写，清晰细腻、形象生动。尤其是对少女的描绘更有独到之处。下面是对梅农公主的一段描写：

宝榻之上软垫罩，
窗口之旁屋一角。
公主惺忪梦初醒，
胭红已残脂粉薄。
玉口含个槟榔包，
右颊微鼓添妖娆。
罗衫斜披衣不整，
半露酥胸花围腰。
菊花盛开美且嫩，
香味淡雅四处飘。
藏红花儿竞争艳，
浓郁袭人冲九霄。
太白金星当空照，
持双山头晨曦绕。
黎明白色已升起，
好似双星比谁高。

宛如画下一幅睡梦初醒、倦态未消的娇贵公主肖像，形象逼真，跃然纸上。

下面是诗人笔下的另一幅画面，诗中描写道：因为左右都是女性，公主穿着九宝紧身内衣，松脱了也不顾忌，睡梦初醒；酥胸半裸，衣衫不整，公主欲换衣衫，两个宫女调皮不送过来，却把衣衫抛起，飘到窗口不远处。公主气恼，用纤手去拍打抓挠宫女柔弱的双肩。公主追逐着她们，气喘吁吁，酥胸也一起一伏，显得更高了。宫中一片娇滴滴嬉戏之声。总之，该诗写得非常生动活泼，还用了些俗语，使作品更加生动，诙谐有趣。

《梅农》雅甘虽属历史故事，但它与现实生活并非毫无联系，诗人讽刺嘲笑那些贪婪的不速之客。

这时期吴都写作的《罗摩》雅甘被誉为最佳雅甘作品。

吴都（1751—1796）生于赛南达村，熟读经典后出家。还俗后在辛古王和波道帕耶王在位期间写过诗词、文章多篇。他的许多诗歌都是应诏诗，曾获“泽亚觉都”衔，被任命为传旨官、国库司库，大约在1784年，他奉国王、王后之命写了《罗摩》雅甘诗。这是吴都最成功之作。吴都也因这部作品一跃进入缅甸名作家的行列。

众所周知，罗摩是一部非常出名的故事，罗摩、悉多、罗什曼那都是人们所熟悉的人物。在汉达瓦底勃印囊时代（1565年），缅甸曾征服过暹罗。在贡榜王朝信漂辛在位期间（1767年）再次征服暹罗。勃印囊在位时曾把一批泰国舞蹈家带回缅甸。信漂辛时又把一些泰国舞蹈家和暹罗的曲调带回缅甸。但同一时期吴都所写的《罗摩》雅甘的故事情节并不仅仅是根据暹罗的罗摩故事，还借鉴了马来西亚的罗摩故事。因为《罗摩》雅甘诗的第二部分，即返回国家那一段诗中专门有一句提到马来罗摩。可惜的是吴都没有写完，只写了34节，即写到须羯哩婆猴王向罗摩上奏的地方就故去了。波道帕耶非常惋惜地说：“不知道还能不能出现一个能续写《罗摩》雅甘的人。”法号吴甘比，俗名吴约的学者毛遂自荐，表示能续写《罗摩》雅甘。国王闻之大喜，遂命吴约继续写完。据记载，当时有位作家吴兰，故意从中作梗，写反诗：如吴都写了兰花如何芬芳清雅，他就写海南苹婆花如何臭味难闻。王储非常气愤，遂下令不许再如此恶作剧，否则定斩不饶。吴兰才不敢作对了。

《罗摩》雅甘全诗写得十分成功，雅俗并俱。他的诗写出了各类人的声音：有窈窕淑女娇滴滴的语调，有结过婚又离异者或孀妇的叹息。从《罗摩》雅甘全诗来看，吴约是精通巴利文的。而吴都用的巴利文却不很恰当，不符合巴利文的音韵。

这一点是表明他不喜欢用巴利文呢？还是故意如此？确实值得人们思考。

吴都非常善于创造新词。许多名作家都模仿他的写法来丰富自己的创作内容。比如他写小鹿的动作形态，吴邦雅就在他的基础上又进一步发展了。吴都用词就好像把许多朵美丽的花串在一起一样，层次分明、工整细致，非常通顺协调。他还能非常恰当和熟练地采用一些方言俚语，使《罗摩》雅甘的语言丰富多彩、凝练严谨、通俗易懂。另外，吴都还很懂心理学，恰到好处地描写人们的内心活动，尤其是深刻地了解女性的心理、举止、媚态。当罗摩、罗什曼那兄弟二人随着仙人走向拉弓会的会场，姑娘们看到他们兄弟二人的雄姿美貌，不禁为之倾倒。诗人这样写道：

玛新们、玛雷们、玛吉们，
哎哟，嗨，看那边！
快来看呀！快来看！
看得我，
神往陶醉。
快来看啊稍纵即逝，
时间再长就看不到了。
站起来吧！
走过去吧！
好好打扮打扮。
姑娘们，你！还有你！
让咱们去玩耍。
哎，怎么变成这种模样？
且慢，等一下。
是人还是什么？
说它不准。
出现这样念头，
该天打五雷轰顶。
有着一副令人喜爱的面孔。
是王子？是官宦子弟？
还是下凡的天帝？

真说不定。
他跟别人相比，
能让人家死去，
就像太阳月亮般的国王、王后，
在王都里，
举行盛典礼仪。
迈步走来，
文雅有礼。
和那仙人，
一前一后，
有高有低，
从那边走向这里。
慌里慌张，
匆匆忙忙，
心跳得扑通扑通，
顺口说出这些话，
漂亮温柔的姑娘。

在吴都笔下，人们看到了女性的爱情心理活动。在写到女性梳妆打扮、互相取笑的场面时，也十分细腻。他这样写道：

北家的小姐，
南屋的姑娘，
左邻右舍，
里巷街坊，
女伴们商量好，
遇到节日，
大家来到一起，
在某家聚齐。
热热闹闹，
打扮梳妆。

磨香粉，
洒香水，
戴香花。
有人在找香伽兰，
有人在寻木檀香。
都在打扮，
抹头油的，
梳头发的，
叽叽喳喳谈个不停，
嘻嘻哈哈笑个没完。
你那个心上人，
某某，某某，
如何如何。
是不是又有了新欢？
那个人的相貌可真不差！
你一言他一语，
逗笑取乐，
随声附和。
有肤色白皙的，
有黑里俏型的，
脸上粉儿涂抹得花花搭搭。
有的在包吃的槟榔包，
有的在盘戴的串鲜花，
有的在轻轻扑粉，
有的在照镜束发，
有的在仔细描眉，
有的在梳理那两鬓秀发，
看哪个姑娘打扮得更令人羡煞。

一个作家对社会、历史、宗教等方面都应该有深入的了解。吴都就是这样，他尤其对社会有深切的了解。语言运用方面更是与众不同，不论是古语，还是现代用语，或是俚语，他都能运用自如，各种各样的描写方法他都很擅长。他仔细观察了妇女和男子的各种形象，用了很多比喻，有的非常新奇。他很富想象力，而且对现实世界观察入微，能把自己看到的一幅幅图画似的美景清晰地描述给读者。比如：他写在村中看到一头小鹿，并不是平铺直叙地写，而是生动地写了小鹿回首相望，炫耀自己那对美丽的犄角等，用了不少形容词和成语，所以吴都堪称为一位善用文字表现景物的画家。

如果把吴都的《罗摩》雅甘与瑞当南达都的《梅农》雅甘相比，可以看到，尽管两个人都很善于想象，但吴都在用词方面略胜一筹。如《梅农》雅甘中有一段关于罗马水手见到梅农公主时如痴如醉的描写，《罗摩》雅甘中也有一段关于妇女们见到罗摩、罗什曼那的英姿，心中顿生爱慕之情的描绘，我们可以对比一下。《梅农》雅甘中是这样写的：

水手们罗马壮汉，
抓着满脸的络腮胡，
有的摔倒在地，
有的栽了筋斗。
原有的信仰早已飞向天外，
各种杂念一齐涌上心头。
被她迷住的人们，
原因各异。
有的看到她的额头，
心中升起激情；
有的看到她那粉颈，
目不转视圆睁；
有的看到她那牙齿与面颊，
呼吸异常不平静；
有的看到她那玉臂和酥胸，
趴倒在地不能动。

再看《罗摩》雅甘中那一段是这样的：

从看到他的那一刻起，
神魂颠倒，
心慌意乱，
面色很不自然。
身不由己往下倒，
昏头昏脑向后闪。
手足无措，
东抚西摸。
忽而摆弄起自己的发束，
忽而把槟榔盒子打翻，
不知怎么会碰到这儿，
又撞向那边。
头的一侧，
几乎把镜框一角撞断。
粉额肿起个大包，
赶忙涂药。
用纤手去揉，
又热敷一番。
这就是为爱情陶醉的后果，
自寻烦恼欲界凡人的一斑。

很明显，吴都写出了妇女的内心活动，细腻入微，比瑞当南达都确实高出了一筹。吴都写的言简意赅，而瑞当南达都却过分夸张了，反而显得不太真实。

在贡榜王朝略晚一些时候，1858年左右，金蕴敏纪写成的《奈弥》雅甘也是很有名的一部雅甘诗。但与《罗摩》雅甘相比，还是远远不如。《奈弥》雅甘用词很美，内容也很易使人了解，但直接的叙述较多，没有吴都的作品那么感人。但从描写女子的内心世界这个角度来看，金蕴敏纪也是比较成功的。

三、宫廷女诗人

贡榜王朝时期出现过不少女诗人，如信敏王后、梅贵、金枪将夫人钦松、西宫王后玛妙格礼、吴觉之女、兰太康丁等人。她们大多是身份高贵的妇人，有较高的文学修养。所以作品文采横溢，不低于同期的一些男诗人的作品。她们的许多作品是缅甸文学史上的佳作。女诗人们大多以闺情诗著称。有的表达了内心的复杂感情，有的流露了积郁的哀怨。诗风秀雅细腻，作品形式以词曲、短诗为主。

以下试举几个最主要的女诗人的创作情况为例。

信敏王后（?—1782）是蜚声贡榜前期文坛的一位女诗人，擅长写宫怨诗和闺情诗。

信敏是出身贵族的大家闺秀。父亲是仓廪大臣吴吞，领“南达觉廷”尊衔，母亲是宫廷作家、马队总监的女儿，荣获过“山达黛维”尊衔的信波瓦，信敏长大成人后与辛古王子结婚，辛古登基后（1776—1781年在位）封她为正宫皇后，赐“摩诃亚德那山达黛维”衔。1782年，波道帕耶篡位，将辛古王和信敏一起杀害。有人说信敏是以自杀来表示抗议的。

信敏的作品很多，有雅都诗、连韵诗和雷西诗（四节短诗）等。信敏的雷西被誉为缅甸文学史上最早的雷西作品。

实际上，雷西早在东吁王朝时期就有了，但在当时并不时兴，也没有创作出什么佳作，因此未能流传下来。最初的雷西只有四句，每句采用四、三言形式，第四、第七字与下行的第二字三个字押一韵，每行更换一韵。可见下面仿原诗押韵法译出的一首诗：

阿瓦京华，有朵花，
奇葩无梗，孤零零；
妙龄淑女，效宫仪，
举止端庄，态安祥。

据说这是东吁时期的一首谜语诗，谜底就是当时阿瓦僧侣们手棒的化斋僧钵。

信敏的雷西就不一样了，有了很大的发展，无伦字数或韵律方面都发生了变化，但仍保留着基本形式，每首诗有四小节。请见下面一首雷西诗：

再也不愿相见，
俗习惹人烦。

深山洞穴旁，

野果充饥肠，
在那山岬僻静处，
散尽我悲伤。
宫中居首位，
众人簇拥妾的王啊，
只要君同意，
马上起身奴思量。

轻卷秀丝盘发髻，
身穿土染布法衣，
娇弱王妃此丽人，
出家修习比丘尼。

一次次一番番，
修习禅定不得闲，
颂经祝祷千百遍，
但愿王威福德添。

有人说这首诗可能是吴邦雅替其妹玛秋所写。但不少学者从诗的内容情调来分析，认为是信敏的作品，它与信敏的诗歌风格和情调是一致的。诗是写国王另有新欢，王后痛苦不堪，准备出家到深山为尼，这和当时信敏的处境相符。让我们再看一首信敏的连韵诗，就更清楚了。诗中这样写道：

秀发已散乱，
极目远眺妾凭栏，
银月圆满天上挂，
愿王突然到近前。
等啊久等，盼啊长盼，
妾如炎日下鲜花蔫。
像往常占卜那样，
问卜几番，

鸡骨卦上所谈，
大约也不灵验，
金签上的神词，
全然不沾边。
南岛之主你在何处？
怎不对妾多爱怜，
看来早把我遗忘，
故态又萌现。
丽人愁丝抽不尽，
只缘未见福君颜。

它深刻地表现了一位王妃被遗忘的失望、悲伤和痛苦。她天天盼着君王回到自己身边，可是希望落空了。于是她求神卜卦，感到绝望痛苦。诗写得情真意切，很有艺术感染力。她写过的雅都诗也如此，情景交融，令人同情。限于篇幅，就不在此多作具体介绍了。

许多缅甸学者分析其成功的原因时，普遍认为诗人出身名门，受过良好教育，文化修养好是创作优秀作品的基础。但如果仅靠这些也不一定就能写出杰出的作品。我们认为很重要的一点是：信敏有深切的生活体验，她写的诗全是亲身遭遇和感受，是出自肺腑之言，是用泪水写成的，抒发了个人的情怀。

信敏作为一位王后，在王朝社会的女性中其地位不可谓不高，其物质生活不可谓不优，但其精神生活却是孤寂痛苦的。特别是到了后期，辛古王早把信敏忘却了，终日沉迷于三宫六院的美姬佳丽之中，长期不回南宫。信敏终年独守孤灯。这种忧伤孤苦的宫廷生活，与牢房丝毫没有两样。

信敏的遭遇对在宫廷中和王朝制度下的妇女来说是普遍存在的，她们有着共同的命运和遭遇。所以信敏的诗歌不只是真切地抒发了一位王后相思寂寞的痛苦和被抛弃的哀怨，也不只是刻画了宫廷王妃独守空房的悲伤和被冷落的心碎，还在客观上暴露了统治阶层的虚伪和荒淫，反映了一个带普遍意义的王朝时期的社会现实问题，喊出了妇女长年积压在心中的呼声。这就是信敏诗歌的成功之处。

梅贵 她的生卒年月不详，是贡榜王朝波道帕耶（1782—1819在位）年间著名诗人，上缅甸瑞波人，当时称耶德那登卡城，她是锡当大臣之女，遗产监貌岁之妻。

姐妹二人均是当时的文学家，其姐名梅给。

梅贵的“哦钦”诗最为有名。哦钦诗原意就是“带呼语的诗歌”，因为这种诗在缅历1080年（即公历1718年）开始出现的，故又名“八十年代出现的哦钦”。哦钦也是一种四言诗，每首分四段，各段中句数、字数、韵脚都不固定，第一段的首句必须是六或七字，以“ei”字结尾；第二段以高平调字结尾，但“ei”声字除外；第三段首句第二字与第三段结尾字同韵且都为高平调字。

梅贵的哦钦大多是季节诗，写得十分细腻，应时的花卉、节日盛况或自然美景都表现在她的诗中，内容丰富，文字流畅，节奏感强，能伴以铃、板演唱。以前人们写季节诗多用鲁达或雅都诗体来写，只能朗读，不便演唱。哦钦则进了一步，能上口演唱了。所以戏剧演员也可以把它搬上舞台。她写的这种季节诗比别人写的同类诗歌又胜一筹。比如缅历12月（公历3月）是一年中最美好的季节，人们常写季节诗描述12月份的美景。梅贵也写，但她在诗中不是平铺直叙。比如，她描绘的景色是：从南方刮来的和风徐徐吹拂着，水面上泛起了微波；鸟儿踩落了花儿，使那芬芳的香气阵阵袭来；而人却孑然一身，愁绪万千。它用了不少文雅、动听、新颖的词藻。人们可以从诗中清晰地听到浪拍击岸边的声响，可以得到一种美的享受，对那些伤感的人们来说更会激起他们的悲思情绪。

梅贵还写过很多其他诗体的诗。她所写的“哀歌”是一种创新，也是后世流行的“长哀歌”——《千里寻夫》的先声。她还创作了一些短诗。如题为《短短的烟袋》一首：

她递过一根短短的烟袋。
不接，
怕她怪咱铁石心肠性太憨。
去拿，
怕她嫌我一见钟情心难专。
姑娘啊！
谢谢你送我这烟袋，
暂请把它戳在我床前。

作者以一个年青人的口气简朴地描绘出青年男女初次相见，互有好感，想要接近，又怕对方误解自己对爱情过分轻率的那种复杂细腻的内心活动。

再如她的另一首短诗《卷烟》，也是用寥寥数语把一个少女对自己心上人的真挚感情描述得淋漓尽致。诗以少女为自己的心上人卷的一支烟为题，诗中说：

鲜叶非我买，是妹亲手摘。
卷烟为哥用，以此寄情怀。

不忍置火边，未受烈日炎。
放于妹褥下，体温催叶干。

叶梗多参差，牙咬使平齐。
妹卷香烟短，醇美甘如饴。

不用丝缕缠，白线绕一圈。
哥将赴阿瓦，送君一支烟。

多么深切的爱啊！不是用丝线，而是用白线绕一圈，以表示自己对心上人的爱情洁白无瑕，纯朴专一。

玛妙格礼（1809—1845），贡榜王朝的女诗人、音乐家。其祖辈原为孟族人，是波道帕耶的家奴、抬皇轿的轿夫。其兄哥吴，国王赐名为敏边漆，原为三角洲一个小镇的官吏。达亚瓦底为王储时，到勃生去的时候遇到了玛妙格礼，为她的美貌和才能所倾倒，收为王妃。她幼名为玛妙旧，人们昵称为妙妙。达亚瓦底王称其为玛妙格礼（意为小玛妙）。后达亚瓦底取代其兄登基为王，又封她为西宫王后。后世人称其为西宫玛妙格礼。她不仅得到国王宠爱也讨宫中人们的喜欢。后因触怒国王被打入死牢。她写了一首《我所爱的一切》巴比釉（原意为鼓曲，此种写作体裁，请参见本章第四节吴萨的词曲所述）。该诗写得感情充沛动人，倾吐了自己对国王忠贞不渝的爱情。诗中写道：

我所爱的一切永远不会变，
景色怡人的须弥金山，
还有四大部洲，
即令这些地方的水源枯干，

大地到了尽头，
我也不会对你厌烦。
即令时间长流逝，
劫波全部过完。
德威崇隆的王啊居于宝座间，
但愿轮回一世世，
在有九种声誉佛的面前，
祝我们常相聚永相连。
奴曾对君倾心谈，
佛祖威力可作证。
知奴发自肺腑言，
两人共同立誓愿。
佛窟耸立在面前，
世间轮回中，
二人同渡路漫漫。
盟此奇誓，
爱情永不减。
大地山川，
能作证，
当评判。
美名传扬天下间，
佛陀吾主三界礼参，
无人能与其比攀，
六色闪烁一光环。
两人常相爱，
犹如河川入海流不完。
即令大地改变，
玉兔银月世代挂天边。
这一切一切，
永远难忘记周全。

达亚瓦底王见到此诗深受感动，赦她重返宫中（关于此诗学者也有其他看法，有人认为是无从查考的无名氏所作，有的人认为是钦松所作）。后来这首诗越出了宫墙，在民间广为流传，颇有影响。

达亚瓦底当亲王时曾率军抗英，主张早订和约。登基后却扬言："英人所攻者乃朕兄而非朕躬。杨端波条约非朕所订，殊无约束可言。朕愿以私谊接待英使，但绝不能以国使视之。须知朕所应承认者，非彼受禄之督臣所委代表，而为英王特派之钦使也。"其次子卑谬侯不赞同他的政策，认为英国迟早想征服缅甸，企图谋反。有人告发说玛妙格礼支持卑谬侯的主张。国王盛怒之下，叫人把玛妙格礼和卑谬侯一起处死。当刽子手在行刑前把她的头发捆在柱子上的时候，她怒喝道："放开！只有国王才能接触我的头发。我知道怎样去死！"她是个很有胆识的女人。在临死前作了一首连韵诗，写道：

世间八法[①]，
佛陀在世说过它。
这是世间自然规律，
应该牢牢记下。
所有世间生物，
存在均不久长。
不要因为自己掌权就蛮干，
以为别人只能引颈受难。
有道是人世浮沉轮回无常，
本应摒除一切邪念。
按佛法所讲事物之"行"，
用自己的智慧把它看穿。[②]

玛妙格礼写过不少诗歌，而且擅长演唱。达亚瓦底王的王妃很多，因而经常不在宫内，也勾起她的悲思愁绪，所以她的许多首诗中都充满了哀怨。她当她因卑谬侯案件受到株连，处死前所写的诗中也流露了厌世、对夫君达亚瓦底的不满、

① 佛教名词。利、衰、举、毁、称、讥、乐、苦，四顺四违能使人动情，称之为八法或八风。
② 按原文押韵法看这应是一首连韵诗。但按连韵诗的写法，每首诗有十八句。此诗中间似遗漏了六句。参见[缅]吴佩貌丁：《缅甸文学史》（缅文），仰光：善法园教科书出版社，1958年版，第290页。

孤独、无依无靠的情绪。按她的才学本可以写出更多更成熟动人的诗篇，但可惜的是她仅活了36岁。

兰太康丁（1833—1875），贡榜王朝女诗人。其父为达亚瓦底王，其母即上述女诗人玛妙格礼。幼名玛波瓦，父母昵称其为丁丁，后因受封食邑兰镇，故名兰太康丁。她在宫中长大，受过良好教育。受其母熏陶，在文学、诗歌、音乐等方面颇有修养。12岁时其母被国王处死，成了一个可怜的小孩。后由其异母之兄敏东王的王妃收养。她聪慧过人、貌美如花，在宫中颇受人疼爱。20岁与王储加囊亲王成亲，成了王储的正宫妃子，生一子，即坦德彬王子。1866年敏贡、敏空岱王子叛乱，加囊被杀，时年兰太康丁33岁。

兰太康丁写过诗歌多首，有连韵诗、四节短诗、雅都、巴比釉等，还有其首创的“波垒”诗（哀怨诗）和两部宫廷剧。因为两部宫廷剧纯为阅读而作，所以也有人把它视为宫廷小说。

她的“波垒”诗最著名。关于“波垒”诗名称的来源有种种说法，一说兰太康丁与加囊亲王结婚以后，由于亲王嫔妃众多，不如以前那样专情于她。因而感到寂寞、孤独，希望亲王回心转意，用诗文打动亲王的心，故名“波垒”，意即回心转意；一说“波垒”是她的食邑，故名；一说这种诗体原出现于波垒镇，后经兰太康丁运用，而使该诗体得以推广，故名；一说人生在世经历了种种幸福灾难轮回反复，故名；一说诗名来自巴利文，意为非常得体的诗等等。至今发现的作者所写波垒诗仅6首，但描写细腻，用词文雅生动，好像她亲口在那里娇滴滴地倾诉衷肠，感人肺腑。例如《盼王归》一首：

麟瑞莲花珠宝榻，
月光射入窗帷。
妾身斜卧盼王归。
朦胧天欲晓，
更鼓又急催。

华贵龙床居殿阙，
兰香雅美芳菲。
妾臣自忖王将回。
抚额思往事，

激情启心扉。

夫君当年盟誓愿，
爱奴婢永不违。
情深似海紧相随。
一朝登大宝，
妾立正宫魁。

即令天仙娇妩媚，
夫郎绝不他窥。
偕奴家比翼双飞。
众臣齐叩拜，
共享帝妃威。

信君言婢身许诺，
情专体贴入微。
变心冷酷惹哀颓。
夫王无笑意，
臣妾自念悲。

波垒诗大多一首分五段写成，每段皆分上下两阙。每段中首句和结尾均为四言，且上下两阙韵脚相合，每段韵脚不同，但第二段首句与第一段下阙的韵脚相同。第三段首句与第二段下阙的韵脚相同，以此类推。

她写过的两部宫廷剧作是《维泽亚加意》和《恩达温达》。看来是为了讥刺加囊亲王嫔妃众多而作。这两部剧作的写作风格也充满了宫廷气息，通篇用了宫廷用语，典雅不俗。所以使人读后竟无厌倦之感。她还写了有关的词曲夹杂其中。有时还用了很多诙谐词语。第一部剧作写于1852年，第二部写作时间不详。

总之，不论诗歌还是剧作，都表现了诗人的亲身感受，抒发了宫中后妃们孤守空闺、感伤寂寞的哀怨，感染力很强，客观上也从侧面暴露了统治阶层的荒淫腐朽。

第三节　散文与小说

一、密达萨

前文已经讲过，在阿瓦王朝早期的14世纪，缅甸就出现密达萨了。当时是僧侣们根据佛法向国王进谏或提出希望、请求的一种文体。到了贡榜王朝后期，密达萨有了进一步的发展。应用范围大大扩展，成了私人的来往信件。兄妹、父子，师徒、僧俗或其他个人之间的来往信件，其中包括祝愿、训导、劝戒等等。不同的作家所写的密达萨风格各异。密达萨，有人亦译之为诗文间杂的书柬或书信体诗文。贡榜王朝后期，不少作家都写过一些密达萨。著名的有基甘辛基、阿信奥甘达马拉、吴邦雅和垒底法师等，其中尤以基甘辛基的密达萨最为有名。

基甘辛基（1757—？），阿垅地区基甘村人，原名吴努。后入佛门修行，当沙弥时法号为信南达达扎。后人因其生于基甘村，并在该村的寺庙当住持，人们便尊称其为基甘辛基，意即基甘村之高僧。年轻时为了学习经典，了解社会，曾在枢密院各办公机构中轮流任职多年。后厌恶俗事，遁入空门，在原籍基甘村教书。30多岁时到阿摩罗补罗貌唐法师处栖身。他对俗事、佛典与官场都非常了解，写出不少堪称为范文的各类密达萨流传至今。他还写过各类诗歌多首和一部《正字法问题大全》，书中提出了1115个知识性的问题。

由于基甘辛基的努力，密达萨有了进一步的发展。他的密达萨不再是对国王的进谏书，也不是对统治者的请求信件，而是表达和传递人与人之间的情谊，是兄弟姐妹、父母子女、师傅徒弟、僧侣俗人之间来往的信件。但这些信件中又带有训戒的意味，所以人们称基甘辛基的密达萨为训戒密达萨。其形式多样，有全文一段的，从头至尾都是四言，很像林加诗体；有三段的，其中又分为若干类。基甘辛基的密达萨中包含不少有益的格言，而且往往带韵脚，有的是排比句，有的是对偶句，读起来悦耳动听，也容易记忆，比如：

想跳舞，体发痒；
想吃饱，物品藏。
符箓甚佳，预言不强；
主人精明，仆人窝囊。
案件办得好，遗失的金银能找到；

作法太愚蠢，到手的钱财会失掉。

这样的词句在他的密达萨中屡见不鲜，比比皆是，而且很多是他独创的，含义也比较深刻。有些句子，后人广为传诵，成了格言或成语。这方面基甘辛基是非常值得称赞的。基甘辛基不如吴邦雅等作家那样在写密达萨时重视描写情谊这一部分，他的密达萨的大部分是关于世俗方面的，所以他所写的格言也大多反映世俗常见的道理，读了可以了解到当时社会的许多情况。

比如《到达仰光的貌达耶致吴眉等家人》密达萨写得很诙谐，令读者忍俊不禁。作者以貌达耶的口吻写道，他之所以出走仰光，实出无奈。因为自己与岳父口角。岳父吴眉殴打他妻子，随后又打他本人。他虽好言相告，但吴眉却根本听不进。他只得逃往仰光。不要以为女婿不好，如果重新去找，可能会更糟糕。他随后举出很多这方面的警句格言：

古人说：
天竺鸳鸯，
离开小溪找大江，
鱼儿难寻水茫茫。
心中发狠，
想找新人，故人丢一旁，
算盘打错更沮丧。
躲过牛角牴，
恰遇牛蹄踢。
怕虎去找道士，
道士凶胜虎。
又有人说：
希望磨光，反而弄脏；
原想沾湿，水深命丧。
犯了错误，迟早反悔，
有了高徒，能登上位。

最后他又谈了一家人互相有些口角磨擦，本系常事，希望岳父消火息怒。自己也希望回家来，并祝全家幸福。

《基甘村父老致官府录事》密达萨讲了当时基甘村的经济如何拮据，村民债台高筑，困苦万分，请求免收官税。

《貌加月致家人》篇中，貌加月讲述了自己不辞而别到京都，是身负公职奉命而来，不能随心所欲，遥祝家人幸福。

阿信奥甘达马拉是波道帕耶和巴道基王在位时期的僧侣作家。他的密达萨与基甘辛基类似，属训戒型，但很注意描写佛事方面的内容。他的密达萨中夹杂有巴利文和五百五十佛本生故事的内容，显示了他精通巴利文经典的才能。但他并没能像基甘辛基那样写出许多警句格言或名句。

在贡榜王朝后期著名的密达萨作家还有垒底法师。他生于1846年，蒂勃田镇区赛杉村人。1923年卒于彬文那，享年72岁，他写过不少佛经注释一类的著作。为了对败坏风气的施主们进行训戒，他也写过一些密达萨，而且相当有名。其中有《戒酒》、《彩票》、《牛》、《灯节》等等，他与基甘辛基、阿信奥甘达马拉等人的主张相同，写的也是训戒类密达萨。从形式上看，他写的是诗文相间的作品，其语言比阿信奥甘达马拉的更加新奇文雅、通俗易懂，在作品内容方面，不仅像阿信奥甘达马拉那样穿插一些佛本生故事，还经常加入一些格言。阿信奥甘达马拉和他都写过《戒酒》密达萨，相比之下，他的词句更美，更加悦耳动听。阿信奥甘达马拉喜欢将一些难解的字写成字谜，垒底法师却不这样，他像基甘辛基一样在文中加进一些格言。最成功的一篇密达萨题为《牛》。他以牛的口吻写出此篇，劝戒人们勿虐待屠杀牛，语言非常生动感人。

吴邦雅的密达萨也很有名，而且篇数很多。但他的风格与上述几位作家完全不同。吴邦雅的密达萨不属于训戒一类的内容，大多是私人信件，内容广泛，深刻地反映了当时的社会情况。在密达萨中，吴邦雅非常注意描写关于情谊的这一部分内容，用月亮、神湖、神花等比喻情谊。很明显，吴邦雅在这方面有独到之处。将在后文吴邦雅专节中详细介绍。

二、本生故事与佛教小说

小乘佛教的经藏，即南传佛教的巴利文经藏共有五部分，称之为五阿含，即《长部》、《中部》、《相应部》、《增支部》和《小部》。《小部》中共计有15部经书，其中第10部就是《本生经》。《本生经》中写了佛陀前生故事547个，（实际上有近30个故事是其他故事的重复或片断），人们简称之为本生故事五百或本生故事五百五十。缅甸学者们认为：《本生经》大约在佛历930年以后（4世纪末5世纪初）

首先传入直通；最早传到缅甸的是佛音长老带来的巴利文《本生经疏》。缅历400年以后（11世纪中叶），传到蒲甘，再逐渐传至全缅甸。这从蒲甘碑文与壁画文可以得到印证。可以说蒲甘壁画文是本生故事从巴利文译成缅文最原始的概括性文字（本书已在第一章第二节中举例论述过）。

直到公元1442年，缅甸高僧阿梨雅温达第一次用缅甸文和巴利文混和撰写了一部《本生经注》（亦译《本生明释》）。18世纪末19世纪初，又先后出现了许多注解性的和节译的缅文佛本生故事。直接从巴利文《本生经疏》译成缅文的作品是在1819年前后，由第二良甘法师和孟单彬法师完成的。但第二良甘法师的《五百五十本生故事》流传更广，影响深远。篇幅长的最后10个故事，即538—547号故事，也称为“十大佛本生故事”，是在1782至1787年间分别由敏巫大法师吴奥巴达译出了8部，信南达梅达、信彬尼亚德卡两位法师分别译出了《布利达》、《杜温那达玛》共两部。缅甸人将十大佛本生故事简称为：“德、阇、杜、奈、玛、布、山、那、韦、维”，即《德弥》、《阇那伽》、《杜温那达玛》、《奈弥》、《玛霍达塔》（意译为《大隧道本生》）、《布利达》、《山达古玛拉》、《那拉达》、《韦杜拉》和《维丹达亚》。佛本生故事的翻译，尤其是十大佛本生故事的翻译，极大地促进了缅甸散文的发展，也可说由此产生了缅甸的古典翻译小说，尤其是翻译本生故事的高僧们学识渊博，用凝练的语言、紧凑的结构、生动的描绘使原故事显得更加感人，使原已为缅甸人民所熟知的故事更加广泛地传播开来。

例如《维丹达亚》故事中，维丹达亚王乐善好施，什么东西都舍得赠予他人，甚至将象征国家繁荣吉祥的白象也施舍了，因此遭到国民反对，只好离开王都。他的妻子玛蒂王后甘心随夫到荒野修行。当维丹达亚王将自己亲生骨肉也施予他人时，玛蒂王后心中矛盾万分。这些情节都译得相当成功，译者妙笔生花，形象跃然纸上，使人容易受到故事情节的感染，在潜移默化之中接受作者的观点，从而达到宣传佛教思想的目的。至今，这些故事中的人物形象妇孺皆知，成为某种个性的代名词。例如：维丹达亚——慷慨大度之人；其妻玛蒂王后——忠贞贤惠的妻子；该故事中的反面人物苏沙伽婆罗门——贪得无厌、卑鄙可憎之人。再如：杜温那达玛已成为孝子的代名词，而德弥则是沉默寡言之人的代名词。

据考《清迈五十本生》[①]是清迈地区一高僧仿照《本生经》的写法，用巴利文在15世纪末或16世纪初写成的一部书。但因目前所能找到的相关文献资料非常有限，

① 参见梁立基、李谋主编：《世界四大文化与东南亚文学》，北京：经济日报出版社，2000年版，第253-268页，该书第二编第五章 清迈五十本生故事在东南亚。

学者们一直未能考证清楚作者姓名、成书年代以及原著的本来面貌。目前只知在东南亚的老、泰、柬、缅各国除存有巴利文本外，还有各种文字的不同年代不同译者的译本，而且其中故事先后的排列顺序、内容，甚至故事的篇数都有差异，有的文本竟包括了61个故事。据苏联学者弗·柯尔涅夫考证，目前所见最早手稿是1589年老挝塔銮寺院抄本。但其影响之广则远不限于东南亚一带，斯里兰卡、中国西南少数民族地区甚至中国的西藏都可见这些故事流传的痕迹。在缅甸发现有1807年曼德勒逝多林寺院版，缅甸文译本则更晚。据缅甸学者考证《清迈五十本生》成书虽较晚，但其中大多数故事在佛教建立初期分成上座部、大众部时已存在，并在以梵文为经典语言的佛教部派（属于大众部和属于上座部的少数教派）中传播。其特点是故事的世俗性更强，情节曲折，可读性强，而且传播的范围也很广。清迈五十本生中某些故事早在13世纪蒲甘王朝时就已传入缅甸。1265年篆刻的《固达达牟蒂碑》中的咒词里就有“但愿其在人世间受到东帕梅达王与妻子儿女分离之苦”，就是明证（按：东帕梅达本生故事正是《清迈五十本生》故事之一）。在其后的几个世纪中《清迈五十本生》的一些故事常被缅甸作家用作素材写成各种体裁的作品在民众中流传。到了15世纪末16世纪初巴利文的《清迈五十本生》正式问世后，传播更广，不仅有佛经式的经译本或缅甸白话文的译本问世，且有不少作家以这些本生故事做题材，写出很多不同文体的作品，甚至有些就是为讲经布道而作的作品。但是人们一直认为该书不属于巴利文三藏经书之列。在敏东王举办佛经第五次结集时，某些高僧曾力主将这部“伪经”付之一炬，当时貌唐大法师吴年亚力排众议说：“凡读过该书的人都知道这些并非佛祖所讲，但要把它烧掉是不妥的。关键要看《清迈五十本生》的存在是否会使佛教大业受损或发展？读这本书是否会使读过此书的人的善业受损或发展？因此不要把它付之一炬，任它去吧！”

还有的作家利用本生故事以及《佛陀史》、《法句经》等其他佛教经典中有关的故事内容作为素材进行创作，写出了不少佛教小说。比如，贡榜王朝前期有底贝茵大法师著《佛陀自述》，中期有第二梅蒂大泆师的《花韵本生》，后期有基德雷榻大法师的《阇那伽释》。还有许多作家用自己不同的形式改写了本生故事小说，貌唐大法师、蒙悦大法师、加彬大法师、吴邦雅等人都有不少这类作品。如吴邦雅就用法师讲经的形式写成了“讲经文”，即另一种形式的佛教小说。

佛本生故事与再创作而成的种种佛教小说不仅使佛教文学中一些典型人物形象更加深入人心，而且还从创作思想、写作技巧、创作手法、遣词造句等多方面深深地影响着缅甸近现代文学的发展，这方面的例子俯拾皆是，仅举一例：1904年，缅甸第一部现代白话小说《貌迎貌玛梅玛》(中译本译为《情侣》)问世，在一开头就以阇那伽本生故事为题引出了该书的正文，从这一例就足可看出本生故事的影响。由于十大本生故事的缅文译本语言规范，长期以来，一直被缅甸教育部门定为大、中学校的缅文教材选文的重要内容。

三、小说《宝镜》

小说《宝镜》[①]，作者瑞当底哈杜，生平不详。在《宝镜》的前言中作者有这样一段话：

“在万物之主阿朗帕耶王之下臣，大元帅，学者、朝廷参事摩诃奈谬底哈杜的敦促与鼓励之下，余瑞当底哈杜欣然接受其意，援笔引例，以优美典雅之文字、传统之语言撰写此作。”

据此可确信作品系18世纪中叶贡榜王朝初期创作的。

小说《宝镜》共11节，瑞当底哈杜只写了前9节，后2节由吴达续完。

故事梗概是：仰玛尼亚国王摩诃雅圣达与王后商议拟让公主蒂拉珊达早日成婚以便早日有个王位继承人。但公主一心礼佛，不思婚嫁，后服下天帝释赐予的仙果受孕，生下恩达贡玛[②]王子。恩达贡玛王子的前世是恩达王子，与杜思达是兄妹。他们兄妹二人非常相爱，难舍难分。发誓来世要变成爱侣永不分离。在恩达王子转世成为恩达贡玛王子之时，其妹杜思达也投胎到杜温娜雅迪王后腹中，后成为美貌如仙惠如妙苏瓦公主。成年后的恩达贡玛王子是位精通十八般技艺的英俊风流少年。龙王被惠如妙苏瓦公主的美貌迷醉，昏昏睡去。咖咙乘机将龙王捉住在空中嬉耍，龙王奋力争脱。用尾巴缠住了御花园的胡同树。咖咙再次将龙王连树拔起。此事正巧被来此游玩的王子撞见，王子解救了被咖咙戏耍的龙王，并将他们双双收服。在咖咙和龙王的帮助下，恩达贡玛王子建造了宾萨玛雷城。恩达贡玛王子从龙王处得知惠如妙苏瓦公主的美貌，便在惠如妙苏瓦公主居住的甘德玛宫附近又建造了一座象牙宫殿并居于该地。经过王子及公主的侍从们撮合，王子前往甘德玛宫访问。王子与公主相会，回顾了前世因缘，倾诉了爱慕之情，两人终成眷属。除了故事的主干内容外，小说还按照印度古典文学的套叠式的手

① 可参见林琼：《从〈宝镜〉看缅甸古典小说的传统》一文，载李谋、林琼编译《缅甸古典小说翻译与研究》，北京大学出版社，2013年7月版。

② “恩达贡玛”意即：天帝释。

法，加入了十几个与主干故事并没有很大关联的小故事，这与此前出现的缅甸第一部小说《天堂之路》的基本手法是一致的。

《宝镜》属宫廷文学，与先前出现的佛教小说有所不同。阿瓦王朝时期信摩诃蒂达温达所作《天堂之路》与东吁时期瓦耶毗顶伽那他大法师所作《翠耳坠》都是根据佛经故事改写而成的，其主题是纯佛法的。而《宝镜》书中虽有佛教的内容和许多缅甸古代神话的成分，但它的主题是反映世俗生活描述王子公主爱情的，是一部具有神幻色彩的浪漫爱情小说，所以缅甸学者称其为缅甸的第一部神话小说。《宝镜》原著的封面上印有“宫廷剧”的字样，但作者在前言中又使用了“小说”一词。可见因缅甸古代“小说”与“剧作”两个词都源自佛教的“本生故事”一词，内容有所交叉。但是《宝镜》与后来出现的《伊瑙》、《罗摩》等宫廷剧并不尽相同。宫廷剧是通过人物对白和韵文唱词来表现剧情发展的。

小说《宝镜》笔墨流畅、意趣横生、描写细腻、形象生动，有较高的艺术水平。特别是惠如妙苏瓦公主的侍女“时令”和“珍珠”为一方，恩达贡玛王子的侍从“智慧”和”幽默”为另一方，双方之间的流畅对话和滔滔雄辩，以及侍女劝说公主的婉转的话语，都是值得一读的精彩片段。

近代学者认为，瑞当底哈杜创作《宝镜》，是另有一番苦心的。他们认为作者创作时，正是缅甸战乱纷纭的时代。当时大批男子应征出战，他们思念家中妻子，作者为了教育妇女们，尤其是宫中妇女，应对自己的丈夫、情人矢志如一，才创作了这部富有浪漫色彩的类似神话的幻想小说。作者着意赞扬了王子和公主的爱情专一。实际上这部小说所描绘的情景与当时宫中王孙们嫔妃成群的生活形成了鲜明的对照，它成功塑造了对爱情忠贞不渝的恩达贡玛王子的形象，也从另一个侧面抨击了王室骄奢淫逸的现实。同时，我们也可以看到，这部小说在内容上摆脱了一些佛经故事框架模式的影响，在文学形式上也有创新。可以说它为现代小说的发展播下了种子。

第四节　词曲与戏剧

一、妙瓦底敏纪吴萨与词曲

妙瓦底敏纪吴萨（1766—1853），贡榜王朝巴基道王在位时的四丞相之一，著名军事家、诗人、音乐家，上缅甸实皆人。祖辈为宫廷小吏。父吴报觉，是一名马军头目；母杜迎达，东吁王朝他隆王在位时孟族大臣彬尼亚坚多的孙女。吴萨自幼聪慧过人，6岁丧父，11岁入阿瓦梅蒂寺随吴巴耶玛法师学习经文，后该法师成了波道帕耶王供养的高僧之一，这一点对吴萨日后成名也有一定影响。18岁左右成亲，娶原金银匠监实皆吴纽之女玛埃为妻，经营金银首饰宝石生意，19岁时丧偶，续娶梅瑙为妻。初期他是骑军后备军士。后在阿摩罗补罗任王储传令官手下的文书。在王储府中写成《金宫缘起》一书，记载了宫廷盛典、仪礼、器皿等，受到王储赏识。近30岁时将《伊瑙》剧从泰文译成缅文，配以词曲，一举成名，出任国库秘书。1809年，王储死，波道帕耶王之孙实皆亲王（即后来继位的巴基道王）继任王储后，吴萨任王储传令官，后又为王储秘书官。吴萨曾与土地丈量监一起去平定格底敏底德摩诃亚扎叛乱，摩诃亚扎逃跑，捕获其弟献予王廷，吴萨因此又晋升一级，并被授予奈谬泽亚都（意为王裔胜利者）勋衔。1819年巴基道王继位后，吴萨任主管宫中一切官吏的四名内廷大臣之一，获“摩诃底里泽亚都耶”衔（意为：伟大、吉祥、胜利、无畏者）。1823年，缅王派摩诃班都拉为帅，率部进军若开班瓦，妙瓦底敏纪为副将（即右千夫长）进军过程中，他任先锋官。胜利回师后，被任命为四丞相之一，参与朝政。巴基道病重，王后梅努与其弟色林王貌屋密谋，欲剪除当时权力影响都很大的王弟达亚瓦底，立王子良渊侯为王，但事机败露，达亚瓦底事先逃出京都去瑞波，后率兵返回京城逼宫，迫使巴基道王交出梅努、貌屋等人犯并逊位。妙瓦底敏纪吴萨也是被交出的人犯之一。达亚瓦底继位后为瑞波王。吴萨入狱成了死囚，经公主说情才赦其死罪。蒲甘王继位后，将敏亚村赐予妙瓦底敏纪吴萨为其食邑，敏东王在位期间，1853年，这位经历了五世帝王的著名诗人、音乐家妙瓦底敏纪吴萨逝世，享年87岁。

吴萨虽是位武将，能征善战，屡建功勋，但对音乐有浓厚兴趣，是位很有造诣的音乐家和作曲家。他在战场上抽空进行创作。如今，人们更多的知道他是位音乐家和作曲家，是位有名的诗人，很少还有人记得他曾是位武将。他写过的书籍有：记载宫廷礼仪的《金宫缘起》、从泰文翻译的《伊瑙》剧以及名为《萨姆塔寇达》的戏剧，并为之配了词曲。但他最有名的作品是暹罗词曲和“巴比釉”（鼓曲）。暹罗词曲是他借用暹罗原调，配写缅文词而成。称为“巴比釉”的词曲，大多数人认为系吴萨首创。这种词曲之所以称之为“巴比釉”，是因以鼓起音，故名；也有人认为这种词曲因配以乐声，故名。巴比釉也是贡榜朝王后期最流行的词曲之一，写法不尽一致，表现内容也很多，有写季节、自然景色的，有歌颂王威的，有写山水花卉的，有写青年男女爱情的。吴萨写的暹罗词曲和巴比釉，共约40首。他不仅写作诗词，而且还会吟诵、歌唱、表演。甚至有人认为缅甸木偶戏创始人也是他，说他在被捕入狱时为了消愁解闷，用碎布制成木偶演唱。但也有人认为这种说法根据不足，因为早在1484年阿瓦王朝信摩诃拉达塔达所写的《布利达》长诗中已有用木偶形象作为比喻的句子，故人们推断当时已有木偶戏，可见木偶并非吴萨所创。另，他30岁以前翻译的《伊瑙》剧中已有木偶形象的描写了。

吴萨的词曲，一部分是为自己译的剧作配写的，另一部分，或描写宫廷典仪，或抒发自己情感畅想，或反映有关历史事件。

吴萨刚20岁就失去了妻子，之后他又结识了农村姑娘梅瑙。当夜幕降临，俩人常望着月亮，望着野牛、宝镜、鸳鸯等星座互诉衷肠。按梅瑙本意想叫吴萨不再去宫中任职，就留在村中，两人可常见面，吴萨却仍想回到宫中任职。经再三解释，梅瑙勉强答应了，俩人约定每当思念对方时就面对月亮，消解愁思，期盼团圆。之后吴萨离开梅瑙去宫中任职了。一天，他望着月亮和周围一切引起自己愁思的景色时，天空阴云密布，又要下雨了。他的心绪很不平静，就写下了这样一首巴比釉：

思念啊思念，
盼又盼。
天上的明月啊，
伴有缕缕薄云幔。
我那可爱的人儿啊，
天上的野牛、宝镜、鸳鸯、
双鸡和那小哥挑担担，
繁星点点都勾起我的心绪乱。
叶儿啊，
将从树上落下；
叶儿啊，
已被金色染遍。
可爱的绿绒列鸟姑娘，
也来把人的愁思添。
从那高空，
飞来了云烟缕缕，
还有染成黄色的
番樱桃叶子片片。

姑娘啊，
你的家，
离开这皇城宝地太远，
中间还有层层山林阻断。
不知是哪位神灵使用了权威，
派来了金雨使者。
他穿的乌黑战袍，
竟把整个天空罩满。
这种特殊的境界，
怎不使人把愁思牵。
……

达亚瓦底王因吴萨参与了梅努、貌屋剪除他的阴谋，非常恼火，想马上处死吴萨，又碍于他是一位有名的大臣就将其打入死牢。据说1837年，达亚瓦底进驻叫涉，举行巡城仪式，囚犯们被提出监外，带着刑具，在烈日之下，集中在道旁修路。在囚犯的队伍中就有71岁的吴萨。随王出巡的公主(后为敏东王之妃)乘车经过时，看见吴萨，将其召至面前问话。吴萨请求早日处决免受折磨。公主命其作一首词曲。他写了一首巴比釉，后公主命宫中人演唱这首曲子给达亚瓦底王听。王深受感动，遂同意女儿的要求，赦免了吴萨。这件事也足以证明吴萨所作词曲的成功。

吴萨创作的成功，同他丰富的生活经历有关。他不喜欢沿用他人词语，很注意创新。他用自己的智慧创造了很多新词语、新曲调，并喜欢在一首歌中加入多种变化，推陈出新，他改造的暹罗曲调非常成功，为缅甸人所喜爱，为缅甸文学、艺术领域中增加了一朵新奇艳丽的花。他用词文雅、含蓄，从不见粗俗之句。吴萨的创作对后世很有影响。后来有不少人仿吴萨的笔法创作暹罗词曲和巴比釉，使巴比釉这种形式曾一度成了贡榜王朝时期最流行的词曲形式。

他译的《伊瑙》剧对后世也有影响。女诗人兰太康丁写《恩达温达》等宫廷剧就是受了吴萨的影响。

二、戏剧文学的创新者——吴金吴

吴金吴(1773？—1838？)，棉坦镇新榜卫人，一说新榜卫村是他的食邑。曾任宫中总管戏剧艺人的文书官。一说他曾为1819年即位的巴基道王的咨询大臣，但许多学者以为前一种说法更可靠。

他写过不少诗歌，其中以季节诗为最好，但使他蜚声文坛的则是他的剧作。当时作家们创作的剧作大多只宜于阅读欣赏，不适于舞台表演。一部剧作搬上舞台演出需连续多日，如当时著名的《罗摩》剧需连演65天，《伊瑙》剧也需演45天。吴金吴开始运用自己的想象力写出了一些短小的神话剧，当夜即可演完。吴金吴的剧作现多散佚，故其所作剧本数众说不一，至今经考证查明的共有九部，即《巴勃亨》、《德瓦贡班》、《温甘达》、《玛霍（一）》、《玛霍（二）》，《德扎杜仁》、《加拉甘迪》、《玛亚温萨那》和《维丹达亚》。但至今只发现了前六剧的原文。后三部只见篇名未见原作。

他的剧作大多取材于神话传说，也有一些取材于佛本生故事的，但都结合当时的时事有所隐喻。

《巴勃亨》一剧写了泽亚登王逊位为僧，巴勃亨继位，阿丹本王子遇仙复活等情节。这似乎明显地表现巴基道王与其弟达亚瓦底王的争权。1837年，巴基道王患病，王后梅努与其兄貌屋密谋剪除达亚瓦底，立良渊王子为王。但因事机败露，达亚瓦底反而率兵逼宫。巴基道被迫逊位，王后梅努和貌屋被处死。王子良渊亲王被人暗害死于水中（又有传说被波波昂神救走了）。当然，吴金吴受何人之命而写至今仍是个谜，曾有人说是梅努王后及貌屋命其写的。但从时间看，吴金吴写此剧时他们早已被处死。吴金吴与达亚瓦底王关系很好，有人说他曾随达亚瓦底游幸奥格拉巴、大光。但从剧名选择上可以断言绝非达亚瓦底王命其所作。因为巴勃亨一名源自巴利文，意为卑劣的王子。另有一说，当时有位擅长英国文学的麦克耶亲王，很可能是他叫吴金吴写的，他也曾叫吴邦雅写《郭达拉》剧。总之，该剧明显是隐喻宫廷的。

《德瓦贡班》一剧说的是摩诃罗扎王子吃了罗刹奶汁成了德瓦贡班魔王子，后去掉了罗刹魔性才认了自己的兄弟，似乎也是在隐喻巴基道王因同梅努王后在一起才对王弟起了恶意。巴基道王也是在逊位之后，于1846年在国都阿摩罗补罗去世的。所以一些学者推断《德瓦贡班》写作的时间与《巴勃亨》写作的时间相隔不远。当时正是英缅关系开始复杂之时。巴基道王在位期间，1824年发生了第一次英缅战争，1826年被迫签订了《杨端波条约》。《德瓦贡班》中有罗刹来使一幕，还谈到不斩来使是世界各国的常规，似乎这也在反映英国殖民者开始侵入缅甸的史实。

《温甘达》剧是当时传抄得很普及的一个剧本。早在1875年就由《亚德纳崩京城报》报社印刷出版，是当时一个常见的故事读本。剧中有摩诃邦雅王和其弟丹巴耶王的情节，这也使人联想到巴基道王和其弟达亚瓦底王。耶扎雅王和其妹彬萨玛意公主的情节使人联想到巴基道时代，貌屋与其妹梅努王后。作者似乎用温甘达婆罗门的情节影射英殖民者诡计多端、觊觎缅甸的问题。吴金吴在这部剧作中也显示了他非凡的才能，就像莎士比亚在其悲剧《麦克白》中塑造了一个野性的麦克白一样，他在《温甘达》中也将温甘达婆罗门写成了一个恶神。这种戏剧性的艺术表现手法在缅甸戏剧史上是一个创新。

《玛霍》剧原故事见于本生经第542号故事《大隧道本生》。吴金吴写了两部。其中一部似乎是作者着意借题发挥，暴露英殖民者的面目。玛霍达塔故意把宝石扔在地下，哥吾大臣不知是计，俯身去拾，结果当众出了丑，受了伤，因此怀恨在心。情节从这里展开，哥吾大臣用计，派出鹦鹉一幕，实际上旨在使人们看到英殖民者派出特务来往频繁。吴金吴还写了玛霍达塔未按国王意图上奏那些国王愿意听的内容，被驱逐出国，威德显赫的国王却轻信了那些不学无术之徒。在萨林加黛维王后拆毁房屋一幕，又着意暴露了受贿腐化的官宦之间错综复杂的关系。所以，这部剧可以说是吴金吴剧作中有鲜明政治目的的一部。另一部《玛霍》剧是写玛霍达塔与阿玛耶黛维成亲的一段故事。最初在1852年发现了第一个抄本，但未写明作者。在1956年，由曼德勒大学研究会正式付印出版时，按推测写上了吴邦雅的名字。1970年又发现一个抄本，上面明确注明乃吴金吴所作。这才确定了这部《玛霍》也是吴金吴的作品。在这部剧作中写了一些大臣的无知，似乎也是在隐喻一些大臣碌碌无为、腐败的情况，但没有发现更多的政治内容。[①]

《德扎杜仁》也是后来发现的一部剧作。1957年发现过一个抄本，1970年再次发现抄本时才确定系吴金吴所作。但目前所见还不是完整的剧本，只是全剧的概要。要研究吴金吴的剧作和剧情安排，这部剧还是应受到足够注意的。因为它的剧情安排很新奇。德扎杜仁是一个性情暴躁的王子。剧情与《德瓦贡班》有类似之处。

总之，吴金吴的剧作反映了当时的一些现实，对当时戏剧的创新作出了贡献。

① 《玛霍》的写作手法有些特殊，就是收场诗，由此又使部分学者怀疑《维丹达亚》不是由吴邦雅所作，而是吴金吴所作。因为《维丹达亚》的结尾也有这种收场诗。

第五节　诗人、戏剧家吴邦雅

一、生平与创作

吴邦雅（1812—1866）出生于缅甸中部实戾镇一村长世家。其父吴妙特瓦在达亚瓦底王（中国史书中曾译为孟坑或撒拉瓦底）未获王位前，与其交往甚密，常携全家专程进阿摩罗补罗王都亲王府侍奉。一说曾为亲王之师。其母杜松，与其父为表兄妹。吴邦雅兄弟二人，他原名貌波西，弟名貌莱。据说他2岁时随父母进宫，在皇鼓厅玩耍，随意击鼓作乐，达亚瓦底王为其取名为貌波西（意即击鼓小儿）。吴邦雅自幼聪慧过人，4岁识字，6岁在实戾一寺庙中学习，7岁转至京都阿摩罗补罗寺学习，8岁剃度，法名邦雅，20岁时因精通经典，高僧授其法号为邦雅比达扎。后又专门学过占卜术。1836年，达亚瓦底王与其兄巴基道王不和，发生军事冲突，吴妙特瓦为达亚瓦底战死。同年，其母病故。1837年，达亚瓦底王继位，巴基道被废黜，据说达亚瓦底王因吴邦雅之父系有功之臣，且吴邦雅善占卜、有文采，故曾拟请他还俗，将原封给其父的实戾、帕坎两镇赐封与他，但吴邦雅无心还俗为官，仍在实戾寺中任方丈或在王都八莫寺挂褡。因不少施主前来问卜，尤以妇女居多，他应她们之求赋诗、讲道、看病，受到部分僧侣、官员，乃至施主的嘲笑，所以吴邦雅曾一度去仰光挂褡为僧。在这期间，应亲王、王妃之请，先后创作了几部剧作。1846年，被废的巴基道王和在位的达亚瓦底王两兄弟先后病故。同年，达亚瓦底王之子蒲甘王即位为王。但没有稳定数年，英国第二次入侵缅甸，宫廷内部又起了新的纷争。敏东王与其弟加囊联合反对其异母王兄蒲甘王。事成，1852年敏东王登基。因敏东、加囊在他们当王子时就与吴邦雅交往甚密，请他写过诗文，所以当敏东即位后，便请吴邦雅还俗为官，那时吴邦雅年已40。敏东王宣布迁都曼德勒，封加囊为王储，宣布与英停战，进行国内外政策的改革。后封吴邦雅为侍茶官，赐敏建县育西村为其食邑，授“敏拉丁卡耶”勋衔（意为温文尔雅无可伦比者），并令其在京都知府吴达欧门下任职。

在吴达欧门下时，吴达欧的妻妾都常找吴邦雅问卜，求吴邦雅为她们写诗。其间，吴邦雅与知府吴达欧之妾玛瑞娄接近。吴达欧怒打妾室，并请求国王作主，处死吴邦雅。但敏东王惜才，反说服吴达欧将其妾玛瑞娄献出，成全她与吴邦雅完婚。迫于王命，吴达欧只得答应。但在与吴邦雅成婚6个月后，玛瑞娄因曾受吴达欧毒打伤重而死。敏东王又将吴邦雅交予国库监吴印格礼手下为官。

1864年，吴邦雅娶商贾之女玛梅翁为妻。这期间为木偶剧团名角写演唱用诗词，与另一名作家塞耶佩成了对手。两人互相贬低，互不服气，写了许多诗歌。同时也为宫廷作了许多诗歌和剧作。

后吴邦雅又被交予象监茵多侯吴瑞欧手下为官。因吴瑞欧系敏东王之妻兄，敏贡、敏空岱王子之舅父，吴邦雅得以结识了敏贡、敏空岱两位王子。敏贡、敏空岱对敏东王将其弟加囊立为王储深感不满，商议谋反之事。他们胁迫吴邦雅为他们掐算谋反之时辰。据说吴邦雅迫于无奈，说出3个时间。加囊听说吴邦雅与敏贡、敏空岱来往，非常恼火，令其3年之内不得入宫。敏东王则仍信任他，并赐其免死罪之权。敏贡、敏空岱谋反未遂，只将加囊及几个王子和大臣杀死，就被敏东王镇压了，敏贡等出逃。虽然吴邦雅早已回寺闭门读经写诗，但京都知府吴达欧还是借机逮捕了他。敏东王令吴达欧将其软禁在家中，不得加害，他日再录用。又因吴达欧妾室钦宗同情吴邦雅，常在生活上体贴照料他，惹恼了吴达欧，除痛打钦宗外，还密令刽子手将吴邦雅推入水中溺死。诗人死时年仅55岁。据说其妻当时正怀身孕，后生一遗腹女，名梅吉。一说钦宗被打后出逃，约人买通刽子手营救吴邦雅，遂免于一死，吴邦雅后隐居在毛淡棉一带，1875年才亡故。

诗人所生活的年代正值缅甸王朝日趋衰落，宫廷内部纷争不断。在诗人生活的55年中，王位四易其主。宫廷政变先后发生了5次。统治者们没有注意抵抗外侵，在这期间英国先后发动了两次侵缅战争，改变了缅甸长期以来闭关锁国的状态。敏东王主动宣布停止对英作战，虽表面上拒绝英方提出的划定上下缅甸“英缅边界”的要求，暗中却向英方表示，绝不会下令臣民去滋扰生事，有肇事者可通知缅方，定会友好地进行处置。当1854—1856年间爆发克里米亚战争，英国吃紧，将下缅甸驻防英军抽调去印度之时，敏东王却说：“当一位朋友（指英国）遭难之时，我绝不对它进攻。”1857年，英属印度籍士兵发生兵变，敏东不仅不趁机收复国土，反而为因兵变出现的印度难民捐赠救济款一千英镑。可见他甘心屈于外侮，一心偏安。这种一味妥协带来的却是英殖民者的步步紧逼。敏东王对内为了维护其统治，发展了一些现代工业，公布了一套新的税收制度，举行了闻名世界的第五次佛经结集，并迁都曼德勒。但这些只是虚假的繁荣，没能解决社会内部固有的矛盾。官场腐败，民不聊生，不少农民逃亡英属下缅甸。

吴邦雅右手先天性残疾，左手却写得好字。他宽额头、大耳朵、黑皮肤、络腮胡，常把发髻梳得高高的，包头包得紧紧的。他虽博才多学，却一直不甚得志，且因常接触女施主们而受到冷嘲热讽。他生活不甚安定，上下缅甸都去过。他的身份使他有更多的机会广泛地接触民众，了解他们的疾苦。他对宫廷官场也十分熟悉，亲眼目睹了宫廷的腐败、官场的黑暗。所以在他诗文的字里行间常流露出对人民的同情，对腐朽没落现象的嘲讽。

吴邦雅既是僧侣作家，又是宫廷作家。为讲经布道，为歌功颂德都写了不少诗文著作，而且很多是应统治者之命而创作的。但其作品并未囿于佛教文学、宫廷文学的范畴之内，而是有一定的社会意义和进步意义。他的死于非命，我们认为并不单单因吴达欧和他之间个人私怨所致，因为按他的学识，本可以在宫中当一个朝廷命官，但他在这方面一直有自己的想法，所以拒不还俗；另一方面，王族虽想叫他写些歌功颂德的诗文，可又认为他桀骜不驯，不能忠实地为朝廷所用，所以一直没有任命他什么重要官职，只是叫他在一些宫廷大臣手下做事。再如：按缅甸历史记载，参加敏贡叛乱的人名单中并没有吴邦雅，但却以参与叛乱，为其掐算时间为名定他的罪，并交予吴达欧看管。而吴达欧与吴邦雅的前嫌旧隙，敏东王也是一清二楚的，当事后敏东获悉吴邦雅已被吴达欧私自处死时，并未震怒，也未对不遵守王命的吴达欧进行任何惩罚，只是轻描淡写地说了一句："可惜狗把人杀了。"可见吴达欧敢于秘密处死吴邦雅是得到敏东王的默许的。所以，可以说吴邦雅的死于非命，是因他不满现实，进行了某些揭露的必然结果。

二、主要代表作评析

吴邦雅是位多产作家，体裁、题材都很丰富。目前已知他写过记事诗茂贡4篇，讲道故事诗（又称诗体小说）30篇、诗文间杂的密达萨约60篇，剧作说法不一，以说7部或8部者为多，其他各类体裁诗歌数百首。

吴邦雅的作品虽然表面上大部属于佛教文学或宫廷文学的范畴，但仔细研读便可发现，他总是用犀利的笔锋对社会恶习、腐败现象、宗教界和宫廷内部的黑暗进行大胆揭露和鞭挞，有时还隐约地对当时的政治以及国王敏东表示不满，对劳苦人民表示了无限的同情。

他在上、下缅甸各地云游或挂褡期间，对当时人民贫困不堪的生活是非常熟悉的。所以，他对贫苦人民的描写也非常成功。例如《化缘租船金》密达萨中有这样的诗句：

> 鳄鱼背积灰土，
> 田螺壳里无肉。
> 腰系一层单布，

饭食隔日入肚。
每日清水充饥，
举世无比穷苦。
向穷汉们化缘，
讲遍佛经劫数。
即使口干舌燥，
倒毙讲坛成佛。
一碗雪白大米，
亦难真正收获。

又如在讲道故事诗《卡加务里亚》中写道：

树叶盖顶，围上笆篱。
立于四周，苇杆芦荻。
炎日之下，猪圈狼藉。
砖头作枕，空地无席。
土当被褥，病体难移。

再如剧本《卖水郎》中成段的对贫苦人民形象的描述更是不止一处。卖水郎刚出场就有很长一段独白：

唉！……在这人世间，填饱肚皮实在难。喝碗酸菜汤，吃顿糙米饭，并不简单。但愿我有生之年，能美美吃上一口糙红米饭，外加清水熬小鱼儿一碗，也算享点口福，不枉投生世上做人一番。尽管我整日为糊口不休息，为卖钱把水担，可吃上饱饭的日子细细推算，一月之中最多也只有三餐。那银子和金钱，更是无缘相见。我可是响丁当、丁当响的贫者之首、穷人之冠。叫花子国王见了我，也会自动让贤。可见我真是一贫如洗多么惨。

同样，在卖水女的唱词中也有这样的语句：

为了维持生计，我头顶卖水罐，长年奔波，头皮也磨破几遭。吃的是杂豆玉米饭。能加进几粒白米的次数极少。甜麻菜叶是我常备的佳肴。这种饭菜下肚，往往得伸直脖子双足蹬地，使尽平生力气吞嚼……再看我穿的破旧筒裙这一条，补丁重叠缝线纵横犹如棋盘格子一道道，又脏又黑本色难知晓。为了系住它，我用绳子紧紧地在腰间绕了三绕。

他写得非常形象生动、栩栩如生。

虽然吴邦雅本人笃信佛教、空门为僧，但他也不放过讽刺宗教界恶习的机会。一女施主米瑞娣明明舍给他一桶廉价的煤油，却说是贵重的香艾草油。在他致函女施主米瑞娣时，没有直接怪罪，也没有暴躁发火，而是采用了另外一种挖苦的办法，诙谐幽默。这便是密达萨《香艾草油》的由来。他写道：

香艾草油，在世不长。
死后轮回，费人思量。
变成煤油，投生世上。
吾师不识，亦未提防。
佛陀一尊，心中敬仰。
善心施舍，香油奉上。
斜捧油桶，直浇佛像。
可怜我佛，其味难当。
只好缩头，无法评讲。
紧锁双眉，强忍此桩。

一些人为佛像贴金亦是如此，只顾自己贴金部位比别人的显著，竟不顾一切乱来。一位叫做吴兼披的施主，在给佛像贴金时，竟将佛像一侧耳朵踩掉。吴邦雅就在一段诗中风趣地以佛像的口气写道：

只缘贴金一小张，
踩断吾身金耳长。
奉劝施主吴兼披，
速还吾耳免惆怅。

对那些不能循佛门之法、胡作非为之僧侣，诗人更是厌恶至极，痛骂他们是牛。在一首雅甘诗中，他这样大胆地写道：

佛历未始阿罗汉，
红尘浮世苦行僧。
饥肠辘辘餐野果，
袈裟僧袍裹真身。
成串念珠颈间挂，
牛颈系铃比喻真。

从这几句诗中可看出吴邦雅才智过人。为了不致遭人责难其攻击佛教，他巧妙地在句中写上“佛历未始”，似乎是讲很久以前的事，又好像是指现在的某些僧侣。

他对宫中的黑暗面也作了抨击。比如他在剧作《巴东玛》（根据第193号佛本生故事《小莲花本生》改写而成的）中就对宫廷淫乱生活有所揭露，影射了当时宫中声名狼藉的后妃。据说讲道故事诗《六彩牙象王》中的王后形象，也是隐喻当时非常跋扈的辛漂玛信王后的。他看到半壁大好河山受到洋人百般蹂躏，当政者不思中兴，只图享乐，国力日趋衰微，处于岌岌可危的地步，在密达萨《回复》中，明确地表示了忧国忧民的心情：

国事官场，变化无常，
凡此种种，前途渺茫。
吾似天神，慧眼智囊，
人间俗事，尽悉端详。
世运将终，不再久长。
投生俗间，男子儿郎，
追逐官场，无边奢望。
吾师有意，退避一旁。

当敏东王叫吴达欧将他软禁之后，他思前想后，对仕途生活，对国王朝廷都寒了心，写过一首连韵诗：

征兆不如意，
令人无法。
命运难估人长久，
泪水流下。
瞻前思后心灰意冷，
夜难入寐迎来朝霞。
真欲把这时代捣烂，
因果不明使人惊诧。
希望美好现实糟糕，
想换个起点为家。
不得已苦笑咧开嘴，
反来问你为何笑哈哈。
言语把真相掩盖，
前途渺茫无以复加，
重重殿阁，
我要离他而去，
官宦人等须远避，
饮食难进心中闷煞。

有缺陷的身躯、不如意的仕途、苦难的年代、坎坷的生活道路，这一切的一切都是对他的砥砺，养成他桀骜不驯的性格。他写过一首题为《更胜一筹》的诗，充分反映出他倔强的性格，诗这样写道：

你若肮脏，
咱脸面，实难洗净。
你捣鬼，
咱迷宫阵，请君入瓮。
你有迷人仙女貌，
咱实魔鹿幻人影。
你心黑，
比恶棍强徒，咱蛮横。

你生硬，
咱更愣。
你执拗，
咱不动。
你如说大话，
那咱能胜。
你果真情薄意浅，
咱一丝友谊不剩。
你真心，
咱满腹痴情，来相敬。

他笔调诙谐、尖刻有力，有时甚至不惜用些近乎粗鲁的言辞。他厌恶那种对人过分卑恭的神态，在密达萨《回复》中写过：

如贫僧为了自身幸福，用那晦暗的神色，错讲过：救助吾！成全吾！照应吾！支持吾！之类言辞，甘愿割掉贫僧舌头。

他看不惯那种吹捧国王的过分言辞，就故意对国王变本加厉过分地吹嘘一番。如在茂贡《珍宝河志》中，他写道：

虽集梵天①万张口，
引经据典显身手，
只因王恩浩无边，
千言万语讲不够。

对他的本意，看来敏东王也有所察觉，曾说：“（貌）邦雅把朕捧得太过分了！”

吴邦雅的作品除密达萨一类大部分为其个人往来书信外，其余各类诗歌剧作多系奉王命而作，或受他人之托而写。他所用素材也往往取自佛本生故事。但他并非沿袭旧说，而是加以改编增删，经过思想上、艺术上的再创造，加入了自己

① 佛教中谓宇宙中比人、神都更加高贵、智慧的是梵天神。

的想象，增添了新的内容，借古喻今地反映了一定的社会现实，推陈出新，寓以新意。实际上他是根据现实需要选择一些现成的素材。下面将分别介绍他的几部代表作。

《卖水郎》是吴邦雅剧作中最成功的一部，也是同期同类作品的代表作。是应加囊亲王之邀而作，还是应敏东王之求所写，说法不一，但该剧影射了国王与王储曾一度不和之事这一点是可以肯定的。据传，有一段时间敏东王想废加囊，改立自己的儿子马龙为王储，致使敏东、加囊一直合作互助的友好融洽关系蒙上了阴影。加囊心中不悦，手下人之间也有摩擦。加囊后来竟很长一段时间托病不再上朝。敏东派专人去请也不前来相见。后来兄弟相见，消除误解，和好如初。这一剧本就是借用了第421号佛本生故事中的一个插曲，卖水郎王储的故事反映这一段历史的。但吴邦雅在剧中并不是简单地叙述这一情节，而是借此情节来反对宫中的纷争。《卖水郎》一剧描写了贫苦的卖水郎爱上了同命运的卖水女，急忙去取回自己全部的财产——藏在北城墙缝中的四个铜板，准备结婚。国王可怜他需在烈日下跑很长的路去取几个小钱，劝他别去取，赐给他成倍的银钱作为补偿。卖水郎不愿放弃。国王将半壁国土分给他，并立他为王储。一日，在御花园内，国王枕着他的腿睡着了。他几次萌发弑君篡位的念头，但他善良的本性终于帮他克服了邪念。国王醒后，他如实讲述了自己的内心活动，国王不但没有加罪于他，反而同意逊位。他坚决不肯，最后与妻子卖水女同去林中退隐修行。吴邦雅在这部剧中歌颂了两个穷人的高尚品德和善良本性。实质上是在否定当时宫廷中尔虞我诈、倾轧争权与谋杀的现象。《卖水郎》的情节集中完整、生动凝练、诗句优美、音韵和谐、琅琅上口，又特别注意刻画人物的性格和思想，比喻多样生动。

讲道故事诗《六彩牙象王》也取材于佛本生故事，原故事是第514号本生故事《六牙本生》。这是他所写30余篇讲道故事诗中最具特色和最佳之杰作。象王之后误以为象王偏爱另一王后，妒忌成疾抑郁而死。再世投胎成一王后，为报前世之仇，撒娇求国王以重金聘猎手捕杀象王，用六彩象牙作耳饰。猎手爬山涉水，历7年7月7日至象王住处，搭毒箭暗射象王。象王中箭后询问猎人为何加害。猎人据实相告。象王听后决定牺牲自己，舍予象牙，并为猎人指出归途。在这篇讲道故事诗中，诗人对王后的妒忌、国王的昏庸、猎人的粗犷卑劣和象王的慈爱宽容都作了绝妙的描绘，几个人物的形象、性格栩栩如生、跃然纸上。情节紧凑，一环扣一环，引人入胜。实际上这也是一篇短篇诗体小说。一些学者认为他之所以创作这部诗体小说，不单单为了讲解佛教教义，也为了暴露社会现实问题。

吴邦雅所作密达萨数量相当多，前面提到的《回复》、《香艾草油》均是佳作。他所写密达萨虽大多为私人书信，所涉内容纷繁，但读起来并不枯燥，且为我们了解作者生活的时代、作者的思想和主张提供了很多宝贵的旁证材料。吴邦雅的密达萨文白相间，以诗为主，文笔流畅，感情奔放。

他写的各种杂体诗，有的是应戏曲艺人之邀，为他们演唱而作；有的是应王侯之命，为一定政治目的所写；有的是有感而发、抒发个人情怀之作；有的是讲医说药的；还有一些纯属知识性的。由此可见他的博学多才。

三、与吴金吴等作家之比较

吴金吴和吴邦雅都是缅甸戏剧的创新者。吴邦雅略晚于吴金吴。他们俩人的创作水平，在敏东王在位时期曾成为一些大臣和学者们争论不休的问题。当时敏东王就赞誉吴金吴的剧作语句简练、通俗易懂，而且格律工整。这一评价是比较中肯的。他写的诗歌、道白都十分简洁，且琅琅上口，容易背诵，深受当时戏剧演员们的欢迎。当时缅甸剧作的特点之一就是剧中人相互见面时所用的呼语，可直接显示作者的文学水平。在这方面，吴金吴写得比较简短、通俗，而吴邦雅则略胜一筹。缅甸剧作的特色之二是在每幕结尾或换场的情况下，乐师们演奏某种乐曲，作者为此配上一些诗白。吴金吴在这方面比吴邦雅着墨更多。他采用了许多手法，有时词藻华丽，有时简洁明了。他用词多样，不落俗套，且含意深刻丰富。这也是他在缅甸剧作创作手法上一个大胆创新。有人则怀疑这是他受外国戏剧创作手法影响的一个表现。

如上所述，吴金吴的剧作取材于神话传说的居多，其内容也多影射巴基道王和达亚瓦底王年代发生的事件，对英殖民者入侵缅甸的行径也有所隐喻，所以极大地吸引了当时的观众。但后来时代变了，他所隐喻的内容不再直接被读者和观众理解，他的名字也就渐被淡忘，其作品也不再被人们热烈传诵。与他的情况相反，吴邦雅的剧作是描写一些世间常见的道理，尽管时代变迁，知道他作品的人却越来越多。

综上所述，吴邦雅的作品体现了其大众性和深刻的社会意义。他的许多诗篇和剧作都是在短时间内一气呵成的。在他生活的年代里，就已是一位为众人所瞩目的作家。当时不少诗人作家都曾与他在文坛上一争高低。如吴金吴、塞耶佩等人，但往往是吴邦雅略胜一筹。当年许多诗人、作家的成功之作，都被误认为出自吴邦雅之手。所以曾有人写诗发牢骚说："文章写得再好，人家都会说是吴邦雅的手笔。”当英国文学大师莎士比亚的名字开始为缅甸人民广泛了解之后，在20世纪初，就有一位名作家兼新闻工作者吴瑞久提出了“吴邦雅就是缅甸的莎士比亚”的说法。直至今日，仍有不少作家同意这种说法，写过不少文章分析吴邦雅在文学上的成就和在缅甸文学史上的地位。有人评论说：“吴邦雅就像曼德勒王朝时代宫中最大最好的红宝石鄂茂，价值连城，是个国宝。”我们认为这种评价是不过分的。现在，吴邦雅已不仅是一位在缅甸家喻户晓、妇孺皆知的人物，他的名字也已开始为世界所知晓。

第六节　现实主义诗歌

一、吴基与吴桑

吴基，19世纪初生于上缅甸实皆。一说生于伊洛瓦底江与亲敦江交界处一个名叫萨达泽德的村子里。10岁入庙学习，20岁成为大和尚，在王都阿摩罗补罗的崩觉寺攻读。他智力过人，学识渊博。还俗后，在瑞波王在位期间，曾在马军中服役并当小头目，后又在瑞波镇守府中任职，直至敏东王、底博王先后在位时仍任小吏。英殖民者吞并全缅后不久，在毛淡棉亡故。吴基写过“峦钦”——抒怀诗多首，内容大多是关于上缅甸农村生活的。

吴桑，生平不详。现知其略早于吴基，大约与妙瓦底敏纪吴萨、吴金吴等名作家同时出现在文坛上。巴基道王在位时已开始写作。有人说他是个木偶戏演员，所以善于吟诗唱歌，但至今仍无充分证据。吴桑以写“峦钦”诗著称，他的作品主要反映农民生活。至今，他的作品被发现的不如吴基的多。

“峦钦”，按其意译就是抒怀诗或感伤诗，类似词曲，可能源于民歌，在贡榜王朝后期比较流行。这种诗体每首分上、下两阙，上阙往往比下阙短，两阙结尾皆用“lei”音结束，个别上阙也有用“a wei”结尾的；每阙句数没有严格限制，一般上阙在6至10句之间，下阙则多可达20句左右；每句字数也不固定，以四言居多，也有五、六、七言的；韵律与一般缅文诗相同，经常穿插安排一些叠韵句。

吴基与吴桑生活的年代，正是缅甸文学题材发生重大变化的时代。人们开始打破传统的佛教、宫廷题材的局限，注意反映社会现实和普通人民生活。他们的抒怀诗从不同角度反映了上缅甸农村人民的生活和情趣。他们的每一首诗都像一幅生动的农村画面，色彩分明、生机盎然、恬静优美、富有感染力。

如吴基的《朋友，请到咱村来》一诗，以一个农民的口吻描述了一个典型的缅甸小村庄和一户普通农家。诗中写道：

朋友，
有空请到咱村来！
近在咫尺离这儿不远。
罗望子树林在村北，
沙针树高耸村中间。
一条大道，
东西伸延。
路北拐角偏西处，
有板着个面孔，
人人畏惧的村长庭院。
由此向南，
就到俺那矮小的茅屋前。
屋中虽无细席坐，
但为你备有牛皮垫。
俺家里人整日忙碌，
有人磨黄香楝粉，
有人弹棉花，
有人纺纱线。
等到天黑，
俺将为你做好上等玉米饭，
还有那青菜香汤，
管叫你吃撑留连忘返。

《真叫人心焦》一诗以一个少女的口吻写道：

番樱[①]结果时，
山水正大。

① 缅历四五月，公历七八月间结果的一种树，结果正值缅甸雨季到来之时。

哥哥去耕地，
回时定会窘急无比。
前有小溪阻，
天上又下雨。
怎不叫妹心忧郁。
那次文身时，
发髻歪落，
身体扭曲，
大叫疼煞我也，
那是妹偷窥时亲眼目击。
就算仅仅一日，
一夜未相聚，
也像过了整整一年，
让妹心惦记。
真叫妹心焦着急。
莫不是，
因为挡路的湍急小溪，
真不该，
到河水相隔对面去耕地。
下地的哥哟，
妹好心急！

再如另一首《带弓箭的人》大意说：猎人带着两条狗，背着弓箭去山中狩猎。猎人之妻向离去的丈夫三番五次地大声嘱咐着，叫他一定要逮只活兔子回来。猎人回来了，妻子剥好兔皮、晾好兔肉，把兔肉和黄细心菜一起清煮，再用个沾满油污的勺子在豁嘴的陶锅里搅着，汤可香甜鲜美呢！舀到锅盖上热乎乎地喝下去。

《姑娘脸上浮起微笑》的内容写的是：姑娘我正在村旁插秧，阵阵风儿送来了田边的水龙草等小草的清香。见此情此景，孤单的我怎不动心断肠？啸枭、水鸡、瘤鸭在田边树丛里成对成双像情侣一样，更叫姑娘惆怅。这周围的景色整日里都使我心中烦闷，抬头看乌云聚集金雨将至，笑意才浮现在姑娘我的面颊上。

吴桑的《乡村小景》是这样的：

夜色消，
天将亮。
牛铃响，
备耕忙。
溪水潺潺低声唱。
稻穗低垂，
长得壮。

这些事，
咱村庄习以为常。
汗水滴淌，
去插秧。
待到回家时，
陶锅焖上白米饭，
白煮苏波[1]野菜汤，
深底锅儿赛小缸。
油虽没有一丁点，
味道鲜美分外香。
若说咱村这时光，
并非夸口说大话，
吃食丰富实在强。

吴桑另一首《木棉花》写得更生动，很像几个人在对话。诗中写道：

来啊，玛特瓦！
咱们一起去捡木棉花。
干的棉桃已开绽，
鹩哥鸟叫吱喳喳，

① 缅甸一种常见青菜“Hsu pout”的译音。

它把收棉季节告咱家。
你去吗？米赞拉，
把那大筐准备好，
装得满满再回家。

达龙婶，老人家，
收了木棉有钱花。
咱家南边吉祥岗，
刚死那头牛，
剥去皮，骨剔下，
清炖牛肉加上木棉花，
煮得酥烂味道佳。
吃上满满一碗玉米饭，
真叫顶呱呱！

通过上述几首诗歌的分析，可以看到缅甸农民勤劳、朴实、豪爽、乐观的形象。他们的生活虽然十分清苦，却充满了信心和乐趣。诗中也从不同角度表现了青年男女的纯真爱情。作者细致入微地刻画了他们内心活动。

通过这些诗，我们还可以了解缅甸农村的一些习俗，如他们互相帮工，相约在一起劳动等等。

吴基和吴桑写作的特点是：语言大众化、口语化，诙谐有趣。

但有些“正统”的文学评论家还未正确认识和评价这两位诗人。如吴佩貌丁所著的《缅甸文学史》中就根本未提及他们的名字和作品，这是很不公正的。吴基和吴桑着重描写那些被前人忽视的农民生活，热情歌颂它，这在封建时代是很不简单的，而且比前代一些反映下层人民生活的诗歌又深了一步。前章提到的良渊王朝平民大臣巴德塔亚扎的《农夫》篇，只是客观地描写了缅甸农民如何辛勤劳动以及他们困苦的生活和对生活充满了乐观的情绪等等。但在吴基的诗中，不少地方隐隐约约地写到农民和村长的生活差别，甚至用讽刺的口吻，挖苦那些村长、甲长们。这说明诗人的目光是敏锐的，诗歌具有一定的进步意义，也说明缅甸文学向现实主义创作又迈出了可喜的一步，对后世有着深远的影响。

二、反殖诗人的先声——塞耶佩

塞耶佩（1838—1894），人们常称其为阿秋坦塞耶佩。“阿秋坦”有两个意思，一为裁缝街，二为牢房，故后人推测因其曾住裁缝街，或因其曾写诗辱骂英国总督而被捕入狱才获此雅号。

关于他的家庭出身也有种种说法。一说其父系手工艺人，精通金银丝线的缝织技术，专门从事御马鞍垫的缝制工作；一说其父是一位宫廷官员；还有人说其父曾任枢密院大臣，名吴耀。其母是一名戏曲艺伶，名字不详。

塞耶佩生于阿瓦（一说是阿摩罗补罗），其貌不扬，身材矮小，肤色黝黑，背微驼。幼年时深受母亲影响，酷爱戏曲，与艺人们来往频繁，交往甚密，常为他们写词谱曲，还应邀参加乐队演奏。他在诗中还写过乐师们请他吃糕点、喝茶的情景。他还喜爱绘画，与当时著名画家哥加纽非常亲近。22岁时随父母从家乡迁至曼德勒，住在御马鞍垫裁缝街。他与当时声名显赫的诗人、剧作家吴邦雅是对手，两人曾分别为两个御用著名艺伶写词谱曲相互竞争，也相互轻视，彼此不服，以诗相讥。

敏东王之子麦克耶亲王也喜爱戏曲，共同的爱好使塞耶佩和亲王俩人相互熟识亲近。1864年，塞耶佩开始在亲王门下任职。德北亲王与吴邦雅不合之后，也用塞耶佩为其写诗著文。1866年敏贡、敏空岱亲王叛乱时，他坚决站在麦克耶亲王一边，后又参加良渊王的部队去平定巴登亲王的叛乱。1871年，敏东王为仰光大金塔捐赠九宝金伞，特派塞耶佩率宫廷剧团赴仰光参加升伞仪式。当时英国驻印度总督梅奥勋爵也专程到仰光参加这一仪式，在返回印度途中，经安达曼岛时遇刺身亡。爱国情感十分强烈的塞耶佩听到这一消息后，立即赋诗一首，骂总督为狗。缅甸人民非常高兴，争相传诵，人们还纷纷组织戏曲、木偶、歌舞演出以示庆祝。这件事引起英方抗议。缅甸政府迫于英方压力，由帕坎敏纪复信英方说：“恶意写诗涉及印度总督在安达曼遇难之事的鄂佩已经判刑，并下令严禁演出戏剧、木偶剧和歌舞。”

塞耶佩出狱后仍被任命为纳凉阁内侍官员，为宫廷撰写诗文词曲。1878年敏东王死，底博王即位。塞耶佩继续在宫中任职。1885年目睹了底博王被劫持，缅甸王朝惨遭覆灭的情景。英国控制全缅之后，塞耶佩不愿当亡国奴，离别妻子儿女，弃家出走，与其挚友内廷府官员吴吞瓦一起去掸邦宋砌镇隐居，后死于该地。

塞耶佩为人刚直不阿，敢做敢为，为了国家利益甘愿牺牲自己，对影响和破坏国家民族利益的事情，他深恶痛绝。这种精神贯穿了他的一生。他在作品中痛斥了侵略者和民族败类，大胆揭露和批判了社会上的腐败现象。这在当时是难能可贵的。塞耶佩是缅甸反殖文学的开创者。

下缅甸英国高级官员潘奇上校到曼德勒时，向敏东王要求使用金伞，敏东王欣然应允。塞耶佩等缅甸官员对此非常不满，认为这是英国人在挑衅。后来，当他率剧团赴仰光演出，亲眼目睹英国总督竟然用起两顶御用白伞时，心中更是极为不快。所以当听说总督遇刺身亡时，心中大喜，作《与国王相比》诗一首：

白伞与宫阙，
与他不相称。
勋爵那外道邪魔，
灵魂出窍命断送。
没有福份偏乱想，
结果堕入地狱中。
妄比国王惨死如狗，
流尽血殷红。
象王镇住勋爵，
只缘福赐威力无穷。
星洲一站，
金刀处以极刑。
在层层阶梯上，
因僭用白伞两顶，
呜呼一命，
两处刀伤，
若用伞四顶定挨刀四下，
现事现报这是明证。

他大胆地将总督比作狗，且借佛教轮回说法说明他是咎由自取，命中注定。短短数语把他那炽烈的爱国情感充分地表达了出来。诗写成后立即被人们广为传诵，拍掌称快，这也惹恼了英国政府。缅甸政府迫于压力将塞耶佩投入狱中。

塞耶佩是1885年底博王被英军劫持、缅甸王朝覆灭的目击者。这一切使他痛心疾首、怒火中烧。他看到统治者们犯下的错误以及一些缅甸人的堕落，感慨万千，写了题为《底博王的过错》一诗，记述了当时的情景，哀叹在敏拉镇缅军虽浴血奋战，却力量单薄、寡不敌众。在英军进攻的一路上，缅甸没有兵力抵抗。群臣昏庸无能，竟派使臣向英军匍伏求饶。英国人傲慢无比，要求缅方放下一切武器，居然说什么只要放下武器，要求什么权利都可提出商议，定会得到满足。结果缅甸人受骗上当，铸成亡国大错。

塞耶佩对甘心当亡国奴、卖国求荣的人非常痛恨，作了一首题为《痛骂》的诗：

缅甸人违纪不守法，
亡了国家。
找个新靠山，
小人卑鄙奸诈。
不要亲生父母，
没人性的残渣。
在缅甸人面前狂妄无比，
强盗蟊贼式的恶霸。
洋鬼子要侮辱母亲，
却躲起身来一语不发。
为非作歹干坏事，
继父所为却装聋作哑。
真可谓史无前例的“创举”，
经典上难寻的“佳话”。
奴颜媚态卑躬屈膝，
摇尾乞怜寄人篱下。
见此景恨之入骨，
我失声痛骂。

诗人义愤填膺，用尽尖刻之词也难解心头之恨。

英国人统治全缅初期，他仍住在曼德勒家中。不久飞来横祸，一场大火将他所住裁缝街的房屋全部化为灰烬。英国人蛮不讲理，要求在原地重建房屋者必须盖成砖房。遭灾的人们哪有此能力呢？对此，他又作《赛孤儿》诗一首，诗中写道：

向往神国仙境，
不能如愿命中定。
灾难几番临头，
反复思量心不平。
山河破碎余残生，
王权威力大无穷。
躲过猛虎又落恶僧手，
成语所喻恰分明。
号啕痛哭，
遭遇不幸，
家无片瓦，
命苦贫穷。
褴褛人家难成殷富，
为腹中食忧心忡忡。
只有奔赴黄泉路，
难见何处有安宁。
我似孤儿伶仃苦，
只望德主佑我生。

1886年，敏东王和底博王先后供奉的珊寺大法师飞升了，塞耶佩连续写了3首诗哀悼大法师。在诗中塞耶佩回忆国王在位时的种种威德，之后才写到正题。人们从中可体会到他强烈的爱国心和民族感，当时缅甸王朝已不复存在，统治者是英国人，他敢于这样写，足见其无所畏惧的精神。他用假设的语气说，如果法师是在国王在位之时飞升，珊寺就会被修葺一新像个宏伟的宫殿，国王王后、王子王孙、皇亲国戚、臣相士绅都会前来谒拜，那情景就像众星捧月一般。而现在是王权破灭的年代啊！这就自然而然地激发了人民内心反对英国政府的情绪。他在其中一首诗中写道：法师在国王与人民都落在英国人手中之时匆匆走向神国。言外之意是法师飞升如在国家独立自主之时岂不更好？在最后一首诗中，诗人直言不讳地写明从1885年至今3年的事实已经作出了回答，生在这种年代不如死去更好！作者的笔锋直刺英国政府。在全诗最后，请飞升的法师向九泉之下的先王们奏明如今英国人的恶行。看来在英国统治初期，塞耶佩还曾抱有复国的幻想。在眼见几年来英国统治不断巩固，抗击英军的爱国力量逐渐被消灭，而一些人似乎已经习惯了在英国人统治之下生活的情景之后，他实在无法继续忍受下去了，告别妻儿，躲到当时英国统治力量薄弱的掸邦地区去了。这一行动也表明了他反殖爱国思想的坚定和强烈。

塞耶佩对世态炎凉、金钱万能的现象也很厌恶。他曾在《金钱至上》一诗中大加讽刺：

这种时代，
金钱至上属第一。
人穷在世，
狗也看你不起。
即令家属名门，
有钱才能如意。
重者浮轻者沉，
此类事已不稀奇。
同母所生，
有物相赠始亲密。
亲朋无需讲，
钱财方有力。
慈悲喜舍四梵行，
丧失殆尽无遗。
据钱财可称霸，
体面无比。
富翁情面，
大如环宇。

在另一首题为《金钱》的诗中：他对“只要有钱，甘心当人牛马仆役”的那些民族败类用尽尖刻之词进行讽刺鞭笞。再如对嗜酒成性行凶胡来的醉鬼，聚赌败坏风俗的赌徒等都作诗进行揭露批判。他的诗成为反映时代的一面镜子。

塞耶佩所写剧作不多，至今发现的只有两部，都是暴露和讽刺他所生活的时代社会上层人物的。名为《九里香花粉公主》一剧是描写底博王刚即位时，底博王与宫中人岱钦钦的关系的。另一部剧名为《夫人》，描写英国统治初期一位孀居的前大臣夫人的丑闻。前一部剧被底博王下令毁掉剧本，后一部剧又被一位不愿披露姓名的大臣夫人所毁。现发现的剧本均是残本，难以看出原剧的全貌。

塞耶佩在宫中任职期间还写过郎君颂、少女颂等爱情诗多首，细致入微地描写了宫女们的内心感受，深受人们喜爱。他还为国王写过一些记载典仪盛况的诗，应王族公主等人的请求写过一些诗。他的季节诗数量虽多，但远没有反殖爱国、讽喻现实一类诗歌的价值大，就不举例赘述了。

塞耶佩还写诗直接反映居住在山区的掸、东都、克伦、布朗等民族人们的生活风貌。诗人非常了解和关心山民的生活，尤其是在他后期隐居掸邦期间，按理此类作品应当不少，但可惜至今只发现他在掸邦期间写的《牛驮主》一首。该诗描写了当时山区和平原之间的主要运输工具——牛驮子的主人们的生活。这类诗对人们了解山区人们生活提供了很具体的资料。

总之，塞耶佩没有大部头著作，短诗居多，保存至今的有百余首。其中有写政治事件、民族情感、少数民族、宫廷典仪、自然景色和宫廷爱情的诗歌，也有专门为戏曲艺人表演而写的歌，内容相当丰富。还有两部剧作。

塞耶佩喜爱戏曲，在音乐方面很有造诣。他的诗音乐感强，讲究内在韵律。他的诗以连韵诗为最多，虽很难说连韵诗是由他首创的，但他确是连韵诗体的最佳作者。

连韵诗格式非常工整，很像中国的词，也是缅甸古诗体相当突出的一种，每行字数与押韵的字都有严格规定。全诗18句，每6句一阙。每阙之中又分起、中、叶三段。每段又分为2句。全诗押韵格式如下：

××××1
××1×2
←
××××2
××2×3
←
××××4
××4××××3
←

× × × × 5

× × 5× 3

←

× × × × 3

× × 3× 6

←

× × × × 7

× × 7× × × 6

←

× × × × 6

× × 6× × 8

←

× × 8× × 9

←

× × × 9

× × × × 9

× × 9× × ×lei

←

（注：← 号表示可提前一字押韵）

此外，除第15行外，其余各行末尾可加虚字，不计字数。单行也可相应增加一字。还有各行第3字的平仄轻重都有具体规定，所以读起来琅琅上口抑扬动听。塞耶佩写作的特点是凝练简洁、通俗易懂，使人读后易被其真挚感情感染。另一特点是用词尖刻，比喻生动，有时甚至用些难登大雅之堂的粗俗言辞。但因他用这些粗俗言辞鞭笞社会丑陋习俗、讽刺殖民者和小人歹徒，所以只能令人感到他的爱国情感极其炽烈，并没有感到其诗不雅。

第七节 《琉璃宫史》

缅甸贡榜王朝巴基道王（1819—1837）在位期间召集了蒙悦逝多林寺大法师、

道加彬大法师、谘政大臣摩诃达马丁坚、大骑兵统领吴耀、内廷府传旨官吴前、大侍史吴漂、负责灌顶加冕礼的婆罗门学者亚扎德瓦和古木德亚、内廷府传旨官吴越、大侍史吴鲁基、侍史吴昂达、内廷大臣曹侯、内廷大臣兼平民大臣辛古侯共13位僧俗学者组成一个“缅甸历史编写组”，并亲自监督编写工作，命令他们在琉璃宫偏殿内，参照缅甸国内各种史书、典籍、碑铭、档案文献、佛学经典和“雅都”、“埃钦”、“茂贡”等诗篇编写出一部缅甸大编年史，因而名之为《琉璃宫史》（全名为《琉璃宫大王统史》）。全书分两大部分：第一部分从上古开天辟地写起，历经迦毗罗卫太公、般遮太公、顶兑、室利差呾罗、蒲甘、彬牙、实皆、阿瓦、东吁各王朝，一直写到1752年良渊王朝被孟人所灭。第二部分起初从阿朗帕耶（吴昂泽亚，旧译为：雍籍牙，1752—1760年在位）统一全缅创建贡榜王朝写到1821年。后来，敏东王（旧译敏同、曼同等，1853—1878年在位）时，又命大臣们在琉璃宫内将第二部分校订续写。贡榜王朝灭亡后，原王朝大臣助理吴丁在1905年、1922年再次校订续写，写至1885年英人将底博王劫往印度，贡榜王朝亡。《琉璃宫史》的第一部分曾在贡榜王朝枢密院监督下在宫内出版过，即今日流传之三卷本版《琉璃宫史》。第二部分加上两次续写的内容后来也经整理正式印刷出版，称之为《贡榜王朝史》（三卷本），即《琉璃宫史》的续编。

1936年前《琉璃宫史》只是在宫内刊行，并不为广大缅甸民众所知。到1936年以后，这部史籍在缅甸曾多次再版，人们也逐步认识到它的价值，成为缅甸家喻户晓的一部名著。凡人们著述中谈到相关问题时，无不引用《琉璃宫史》的相关片断作为依据。这部史籍也成了缅甸在校学生们的必读书籍之一。

该书并没有按王朝兴衰更替划分章节，而按照事件发生年代先后写成，是一部地道的大编年史。“正统”观念很强。因为缅甸是崇奉佛教的国家，佛教影响深入人心。认定他们的世系就是印度所说的古代太阳世系—甘蔗王系—释迦族系这样传承而来的。缅甸人是这一世系的嫡传子孙，所有的王族更是如此。这部史书把佛祖释迦牟尼的身世和古印度的频婆娑罗王（即瓶沙王）、阿阇世王、阿育王等等都写了进来。

《琉璃宫史》把公元初始至10世纪左右的缅甸古代史作了一个概括性的描述。这部分基本上是目前世界上所能找到的唯一材料。结合缅甸数十年来考古所得的实物，参考缅甸境外其他国家包括中国遗留至今的少数记载，使人们逐步看清了这段历史的脉络，解决了多年来谈起缅甸史都是从1044年才突然开始的这一令人费解的谜团。且《琉璃宫史》对1044年以后的历史叙述颇详，准确性较高，都体现了该书的史料价值。

遗憾的是，就该书所述，只把骠族人和缅族人放在正统的位置上，而把其他民族诸如孟族、掸族、若开族等都放在了从属地位上，有的民族则根本未提，所以这部史籍并没有能将这个自古以来就是个多民族的国家——缅甸的古代史的全貌反映出来。

《琉璃宫史》不仅记叙了缅甸本国的历史，而且在许多章节都谈到了它与邻国交往的史实。这又为研究东南亚相邻各国的学者们提供了一些史料的佐证或补充。在这部分材料中出乎人们意料的是提及印度有关的史料甚少，而提到中国、泰国和斯里兰卡的内容却较多。有的是相关国家国内都未曾记载的宝贵史料，也有的能对相关国家史料作出补充或佐证，还有一些是相差很远甚至类于荒诞的记述。这是因为该书撰写者们站在本民族的立场上看待所见所闻，有所取舍、夸张、主观臆断造成的失实之处。

《琉璃宫史》的续编《贡榜王朝史》(三卷)更是今日世界上独一无二的最详尽地描述缅甸贡榜王朝(1752—1885)的一部长篇断代史，其史料价值更是弥足珍贵。

《琉璃宫史》是集19世纪初叶以前缅甸历代遗存下来的史籍档案之大成编写成的一部缅甸史巨著。尤其难能可贵的是，它不仅用了历代“官方”的材料，也参考了民间的一些传说或资料，而且缅王当年组成的庞大编委会对这些档案或资料还进行了考据论证或评议，不仅保留了这些宝贵材料，还对它们进行了分析提出了编者们的最终看法或意见。有些章节照录了一些史籍所述，其中尤以借用《缅甸大史》者最多。在叙述阿瓦王朝(1364—1555)时有一些章节则录用改写自《亚扎底律征战史》的有关章节。仍仿照缅甸古代译著佛经类作品的办法，以偈陀颂诗为先导，随后用散文进一步叙述阐释。所以今日我们所见到的《琉璃宫史》也好，《贡榜王朝史》也好，篇首都是偈陀颂诗,《琉璃宫史》卷首是23颂，而《贡榜王朝史》卷首是22颂，实际就是该书的前言。

因为《琉璃宫史》和《贡榜王朝史》都是多人执笔写作的，其中还抄录或改写了许多以往一些史籍中的片段，所以文风与体例很不统一，甚至差异颇大。有的片段写得洗练生动，有的则呆板繁琐；有的笔调仿古生涩难懂，有的则贴近现实颇具新意。但瑕不掩瑜，这部至今编纂最长的缅甸编年通史的确是一部文史结合的杰作。

缅甸学者对它的赞誉之词很多，比如钦貌纽博士评论说：“依照王命，组织历史学者，研究缅甸历史，运用考据佐证，核校订正成书的这部史籍——《琉璃宫史》是非常著名的。……(它)集中分析校正了在它以前出现的各部史书中的分歧、差异、重复的有关帝王、国家与佛教的情况，更表明了这部史籍的历史价值。”① 吴梭纽在以《缅甸人家家户户都应珍藏的一部充满民族自豪感的史籍》为题的文章中写道：“《琉璃宫史》是缅历1191年即公元1829年贡榜王朝巴基道王在位时写成的史籍。这部史书是巴基道王亲自主持，把僧俗和婆罗门学者们组织起来，责成他们编撰完成的。……这是一部凡缅甸人家家家户户都应珍藏的充满民族自豪感的史籍。也是一部可以赠送给想了解缅甸历史源流的、与缅甸友好的外国人士的值得我们自豪的史籍。祝愿这部巨著与世长存，与缅甸同在！”②

早在这部《琉璃宫史》编成尚未传至宫外之时，英国殖民主义官员们就利用他们能与缅甸宫廷官员直接接触之便，看到了这部书。“直至1837年在缅甸宫廷中担任英国常驻官员的亨利·伯尼少校曾将《琉璃宫史》的某些章节翻译出版，主要是早期国王们的情况和有关缅甸中国交战情况的章节。他认为缅甸历史中所述历史事件是真实可信的。”③

英国人费尔④本人也毫不讳言说他所写的《缅甸史》“这本小册子主要依据的是宫廷藏书馆中的《大史》(琉璃宫大王统史)”。

世人能公开看到的最早的《琉璃宫史》片断英译文本则是1908—1916年间在《暹罗学会会刊》上发表的奈登(吴昂登)译《琉璃宫史》的片断：“缅人对暹罗的入侵”和“《琉璃宫史》关于缅暹交往的记录”。⑤

但是，使世界史学界开始注意到缅甸《琉璃宫史》这部史籍则是20世纪20年代的事。1922年英国学者G·E·卢斯和缅甸学者吴佩貌丁合作将该书中从太公王朝建国到蒲甘王朝灭亡这一段译成英文，1923年在牛津大学以《玻璃宫缅甸国王编

① 引自1992年《琉璃宫史》重版时缅甸历史委员会成员、当代历史学家钦貌纽博士写的前言。见李谋等译注[缅]《琉璃宫史》上卷，第19页。

② 引自1992年《琉璃宫史》重版时缅甸学者、当时担任缅甸宣传部副部长的吴梭纽所写的出版说明。见李谋等译注[缅]《琉璃宫史》上卷，第15页。

③ 转引自1992年《琉璃宫史》重版时缅甸学者、缅甸历史委员会钦貌纽博士写的前言。见李谋等译注[缅]《琉璃宫史》上卷，第20页。

④ 费尔(Arthus Purves Phayre)，1812–1885、1862年任英属缅甸最高专员，1867年回国。1883年出版了他的《缅甸史》一书。

⑤ Nai Thein (Luang Phraison Salarak or Thein Subindu ; Burmese name U Aung Thein), trans., “Burmese Invasion of Siam, translated from the Hmannan Yazawin Dawgyi,” Journal of the Siam Society 5, 1(1908): pp 1-82 ; “Intercourse between Burma and Siam as Recorded in Hmannan Yazawindawgyi,” 8, 2(1912): pp 1-119 ; “Intercourse between Burma and Siam as Recorded in Hmannan Yazawindawgyi,” 11, 3(1916): pp 1-67.

年史》[1] 为名正式出版，这也是《琉璃宫史》的第一部外文译本。从此《琉璃宫史》真正地越过了缅甸国界，被很多国家的学者知道了。

此后，用英文写作缅甸史的哈威、考克斯、德赛、霍尔等多位著名历史学者都将《琉璃宫史》作为缅甸史的引证依据。哈威在他的《缅甸史》中还专门提到"1829年，缅王委史官于御前修《琉璃宫史》(Hmannan Yazawin)，是为缅甸之标准史书，记事至1752年为止，其资料来源为旧时史籍与王宫附近之碑铭，询称杰构，或可称为印度支那半岛各国最良好之史书。"[2]

日本鹿儿岛大学教授荻原弘明从20世纪50年代末到70年代末用了20年的时间先后将《琉璃宫史》第一卷的第五编到第七编，第二卷的第八编到第十三编译成日文在《鹿儿岛大学学报》上用音译的办法以《曼南亚扎温》为名发表。

法国学者P·H·萨耶和F·托马斯在1987年将《琉璃宫史》中关于蒲甘王朝史中的一部分译成法文正式出版，名之为《水晶宫蒲甘王朝编年史》。[3]

中国学者了解到这部史籍并把它的名字译作《琉璃宫史》，这是什么年代哪位前辈先贤的神来之笔已无从稽考。中国史学界对这部史籍的确早有耳闻。中国东方学界的两位开山鼻祖"北季南饶"——季羡林先生和饶宗颐先生都早已知道此书就是明证。季羡林曾说："我曾多次从缅甸大学教授以及作家等人那里听到《琉璃宫史》这部古典名著的名字。可惜我自己没有能力来介绍，徒作临渊之叹，无退而结网之力，常常引以为憾。"[4] 在饶宗颐先生洋洋数百万言的文集中，更有直接论及《琉璃宫史》的文章，他在《说"诏"》一文中开头就讲道："缅甸《琉璃宫史》，其先祖有名Pyusawhti者，即《南诏史》之骠苴底……"[5]

虽然直至今日各国学者对此书的评价仍褒贬不一。但随着日月的增长越来越多的人认识到这部史籍的价值确是不争的事实。

我们可以列举几段它的作者原创的片段(并非引用或改写自其他史籍的文字)供读者们赏析。

下面这段是描述1714年良渊王朝德宁格内王即位后征讨王叔蒲甘王的先后情况：

---

① Pe Maung Tin and G·H·Luce, The Glass Palace Chronicle of the Kings of Burma (London: Oxford University Press, 1923; reprint, New York: AMS Press, 1976).

② [英]G·E·哈威原著、姚楠译注、陈炎校订《缅甸史》，商务印书馆，1957年版，第335页。

③ P. H. Cerre & F. Thomas, Pagan, l' univers bouddhique: chronique du Palais de cristal ([Paris]: Findakly, 1987).

④ 引自缅甸《琉璃宫史》汉译本序。见李谋等译注[缅]《琉璃宫史》上卷，第12页。

⑤ 饶宗颐著:《饶宗颐二十世纪学术文集》，中国人民大学出版社，2009年版，第7卷，第309页。

缅历1076年6月14日（公元1714年8月11日）水曜日曼昂亚德那施主王驾崩。王储登基为王，号底里巴瓦拉摩诃达马亚扎迪勃底[①]。封三姐妹为后，大姐号摩诃敏加拉黛维，二姐号底里黛维，三姐号山达黛维。[②] 封小御妹号埃嘎玛里蒂。封王弟明耶觉苏瓦为德多明绍。任命国丈敦丁木基底里泽亚瑙亚塔为大元帅。派亲信二名马军首领率30名随从宣誓效忠后到王叔蒲甘王处效力。

蒲甘王得到内侍泽亚都拉所报，早已获知其兄缅王病重难愈，正在招募兵马，集中武器，企图谋反。此时，马军首领等人到来。蒲甘王命他们宣誓效忠。马军首领等答道："奴等已宣誓效忠王太子了。"蒲甘王遂令人把马军首领及其下属30人囚禁起来。蒲甘王以约、曹、朗榭等西部一带各镇与卑谬、东吁等下缅甸一带割据，进犯上缅甸的德右、当赖、构盖、育瓦达。表示要帮助蒲甘的东吁人马也向京都进军。

缅王得知此情，于是命内谬丁克亚率领象、马大军前去阻击。另派勃特那果侯明耶底哈觉为帅，统领步军、水军征讨蒲甘。由于步军行动缓慢，水军到密松之后等候5天，两军聚齐后，向蒲甘发起猛攻。蒲甘军不敌，撤至赖実，觉西一带。到达宫育瓦之后，水军登岸与步军合军一处，明耶底哈觉坐上滑竿督战。蒲甘军全军溃败。虽然蒲甘军已无阻击能力，但明耶底哈觉并不急追，只是缓慢而进。蒲甘王得知蒲甘陆军、水军不能抵住来自阿瓦的明耶底哈觉的大军。而从东吁进军的内谬德达又被阿瓦方面的内谬丁克亚所阻，不能前进。沿江西部各镇也难一致行动。阿瓦兵力不论陆军、水军力量皆很强大，难以固守蒲甘。若公开从蒲甘撤走，阿瓦军队必将追来。为此想出一条脱身之计。下令在城中举行庆典。正当热热闹闹举行之时，趁人不注意，蒲甘王带上妻儿和奴仆随从连夜偷出城去，乘筏急逃。在到卑谬之前，把两个女儿留在筏上，又偷偷向东边逃去。阿瓦军确切得知蒲甘王已不在城内，便分兵几路去搜捕。由于不知逃往何方，故未捕到。从东吁进军来的内谬德达得知蒲甘王已出逃，不敢再抵抗，到内谬丁克亚军中来降。内谬丁克亚将内谬德达及其监军、部下等一起解至缅王阶下。王命明耶底哈觉将将蒲甘城内一切安排妥当后返回。明耶底哈觉遂带着蒲甘王的两个女儿回师。[③]

---

① 巴利文音译如文。意为：吉祥、高贵、伟大、弘法之王元首。

② 三位王后名号与后文所述不一致。（320）节中写为底里摩诃敏加拉黛维、底里山达黛维和底里达马黛维。似应以（320）节所述为准。

③ 见李谋等译注［缅］《琉璃宫史》下卷，第1080-1081页。

《琉璃宫史》记述1740年良渊王朝末代皇帝摩诃达马亚扎迪勃底击退曼尼普尔来犯之敌的史实是这样的：

当时不应称卡随人为鄂曼达，按西方叫法应称之为曼尼普尔。这是由一位叫摩诃德勒蒲的婆罗门到达该地后命此名的。听到卡随人又将来犯的消息后，缅王命明耶觉康率战象30、骏马3000、士卒10000；明耶那亚率战象30、骏马3000、士卒10000；明耶南达都率战象30、骏马3000、士卒10000。3支大军共有战象90、骏马9000、士卒30000，于8月27日（公元1740年11月4日）金曜日出征。在美都城中驻扎。卡随土司从埃格巴求来援兵，共计80000之众来攻。抵达美都之后约5日，卡随人拟先攻明耶觉康，认为只要明耶觉康军被打败，其他诸军将不战自败。于是卡随人以重兵包围明耶觉康的军队。明耶觉康坐阵军中督战。卡随军死伤惨重，只得后撤，从此不敢近前。明耶觉康得知卡随军队不敢出战已有10余日，于是将大军主力埋伏于山林之中，只派500马军到卡随营地诱敌。卡随人看到来攻的缅军没有步军，便以埃格巴骏马2000，步卒5000毫无顾忌地出战。诱敌的500马军辗转后撤，卡随想全部生擒活捉，遂急追不舍。当追到缅军伏兵所在地时，缅军象、马、步兵一起杀出。卡随骏马1000余，士卒1000余被杀。被生擒者也为数不少。埃格巴人认为长此以往为了他们的事我们定死在缅人之手遂撤走。卡随土司认为埃格巴军已撤走，最好这次与缅方交涉后再撤回。于是派人带5匹马、100张弓为礼物持函来见明耶觉康。信中写道："曼尼普尔土司致意明耶觉康诸将军，罗陀那补罗与曼尼普尔两国一直亲如一家，由于边界居民相互攻击而有死伤。吾等接受摩诃德勒蒲之教诲，并非野蛮之辈，而是知情达理之人。[①] 吾等此次进军是为谈判消除仇恨而来。"看过卡随土司之信，明耶觉康当即复函。派赖威勃亚为送信使者。信中写道："大将军明耶觉康、明耶那亚、明耶南达都致意土司殿下。曾祖汉达瓦底白象主在位时曾派大将彬尼亚德拉前往贵地，汝等献上美女，遂无战事。父王在位时又献来卜巴公主，双方和好。到王兄在位时意见不合才反目成仇，发生了战争。此次因为边境遭骚扰破坏，我主王侄才命吾等三人率百万象、马士卒前来，要把卡随全境夷为平地。如果希望和解，就应按照惯例办事才行。"卡随土司接到信后不再多说，赠了许多礼品遂即返回。明耶觉康等三军也从美都城班

① 原文直译即：连生肉生鱼也不吃的依法行事之人。现按意译如文。

师回朝。[1]

《贡榜王朝史》在谈到1752年阿朗帕耶在牟曹波镇开始称王时是这样写的：

上古人众身光泯灭，世上一片漆黑，无光明可依靠，众皆无限惊恐，慨叹祝祷。与须弥山、宇宙、大洋、七香海、七金山、四大部洲、两千小洲等出现的同时，十二月月圆日从东方升起了一轮带有千道霞光的红日。所有人众才有了依靠。阿朗帕耶王经过多世轮回积德行善修习才到了成功发扬光大的时刻。在牟曹波附近村落居住的亲友46支民众像赞颂摩诃三末多大王一样请求："阿朗帕耶该称王了，来拯救一切生灵吧！"阿朗帕耶想："佛祖也不能忽视人们的要求。我是王族的子孙，不能看着作为王族的基业所在和佛教大业的根本——国内僧俗生灵人众在苦难中沉沦。我也是祝祷能得到一切种智的人。应该是为三者修行的时候了。我要为众人的福利修行，为亲戚族人福利修行，为我本人的福利修行。我要成为众生的依靠，接受平常人难以承担的责任。"于是这样说道：

"过去在我年轻的时候，曾做过成为大王的梦。所以威力显赫，在阿瓦金殿之主未败毁之前就梦到在北部一带由东至西众星辰簇拥着太阳不间断地放射着光芒。我听说：在实皆达亚坎寺挂单的长老高僧听到此事曾说在北部将出现太阳族系后裔的未来称王者，并将子孙相传建立一代王朝。阿瓦劳加德亚蒲佛塔北的瑞古漂寺挂单的长老和当巴鲁巴耶加玛金寺挂单的长老开始听到这一梦境的时候就曾告熟悉的施主们，用占卜星象之术掐算出当国内大乱时，只有到北部地区躲避才能得到安宁。还有以前我曾到过实皆遇到一位名叫阿南达罗摩的老婆罗门，对我说传闻北部地区将出现未来为王者，不是别人就是你。这样看来我就是建立王朝的王族后裔。"

从那日起，（阿郎帕耶）就不断与儿子、兄弟、亲戚、各村头人们商议各项事宜，在镇的中心地带建起茅草大厅多间称王。

是时，乌巴亚扎等得楞众将占了阿瓦，任命了南北各个乡镇的官长并令其宣誓效忠，命道道素在阿瓦城中驻守，乌巴亚扎等则退守卡仰抱。缅历1114年2月8日（公元1752年4月9日）星期四乌巴亚扎派30余人来到牟曹波镇要求向他们臣服效忠。当日，阿瓦尚未败毁之前就在玛塔亚欧博一带割据称王的桂家宫里雁也派

① 见李谋等译注［缅］《琉璃宫史》下卷，第1092-1093页。

了20余人来到牟曹波镇。两方使者同日抵达。阿朗帕耶精通官场谋略，在馆驿分别款待两方使节，并派人观察来者行踪。

当时，阿朗帕耶的父母双亲与阿朗帕耶商议："因时运不济，罗陀那补罗阿瓦大国落入他手，上下缅甸各地都效忠得楞王了。得楞人战胜了阿瓦，得到不计其数的武器、骏马、良象，兵卒将士力量甚强。吾儿就把一家的钱财金银分给他一半，向得楞王效忠吧！"阿朗帕耶对父母双亲叩拜后，伸开双臂喊道："您们不必担惊害怕！男子汉就要有毅力、有抱负，绝不能懈怠。孩儿是真正的皇族后裔，要为僧俗全体民众、佛教大业谋利益，为亲戚们谋利益，要成为一位大帝，以此来报答双亲的大恩！孩儿已具备作为大帝应有的福份征兆、生辰八字、显明梦境等等的兆头、箴言、谶语、传言，并显现出四种善果[①]。尽管全国都向得楞王效忠，孩儿也无所畏惧。虽说得楞人声势浩大。在拘萨罗、伽悉两国之间一个小国为王的是一位后来成为辟支佛的人，他曾以自己的一千兵力，打败了拥有18支庞大军队[②]的拘萨罗王和他在南岛的众多盟国君王，成了一位大帝。战争并不在于兵力的多寡，而在于运筹能力。孩儿一定使父母双亲享受到大帝的福禄，您们一定能够得到。"双亲听过后，父亲说："吾儿是个真正的男子汉。武艺精湛。生辰八字、显明梦境都有称王的征兆。我也曾梦到：吾儿乘坐着狮子飞上天际，民众们正在观看之际，吾儿从天降下，拜在瑞丹萨佛塔塔基广场之上。吾儿肯定会为王，并匡扶佛教大业的。"父亲这样赞扬了他以后，才返回住所。

阿朗帕耶希望了解手下人等是怎样想的，就把王子王弟、皇亲国戚、文臣武将等人招至跟前问道："现在两家的使者都来了，叫咱们臣服。咱们怎么办才好？"王子王弟、皇亲国戚、文臣武将等奏道："现在得楞人占领了罗陀那补罗阿瓦全城并非因为他们有能力，而是像佛祖尚未出世之前自然会有辟支佛先获得涅槃一样，这也是当大王您的权势正要发展兴盛之时先期出现的一件事而已。也是阿瓦金殿之主已到绝命之时，城乡不宁，缅甸人不能团结一致奋斗努力的结果。偌大个阿瓦就轻而易举地落入人手了。所以对此事不必过分在意。就算得楞人来打咱们，咱们也能顶得住。但是咱们的力量还不能和他们抗衡。在阿瓦被攻破后，王兄西达敏基到达桂家人地界之内，落入他们手中。考虑得楞和桂家两者，得楞所在的

① 佛教用语：指（1）生活在人、神、梵天三界；（2）仪表端庄，肢体健全；（3）所处之年风调雨顺无饥馑、刀兵、疫病之灾；（4）勤奋努力，能力出众。

② 缅甸语原文为：廓巴尼，原意为1后面加上42个0的数字。喻意为极其庞大的。

汉达瓦底离此地很远。而桂家所在的玛塔亚、欧波却离此地仅有一、二站地，甚近。暂时向他效忠与其合作抗击的话，得楞人奈何我何！当得楞人无所作为返回时，咱们将北部一带城镇乡村占据下来，就可进一步发展了。”阿朗帕耶听后说：“汝等所言甚善。但是先向桂家效忠，以后再图谋发展的话。以后世世代代人们都会说我们这族人是些不守信诺的人。咱们不向得楞人效忠，也不向桂家人效忠，只是口头上恰当地跟他们讲讲，打发他们走！”①

① 引自［缅］《贡榜王朝史》上卷（缅文），仰光：莱蒂曼岱出版社，1967年版，第20-25页。

第五章　反殖民族独立运动时期文学（1885—1945）

第一节　社会背景与文学概貌

一、社会背景

1885年，英国借口“柚木事件”发动了第三次侵缅战争，战争的结局是缅甸完全沦为英国的殖民地。

英国殖民者占领缅甸以后，随即将缅甸并入印度，隶属于英驻印度总督统治。英殖民者的侵略和奴役，威胁着缅甸人民的生存，使缅甸经济遭掠夺，政治受压迫，民族文化被蹂躏。

由于殖民主义者的经济掠夺，加之19世纪下半叶美国发生内战，欧洲出现粮食恐慌，1869年苏伊士运河修通后，缅甸的稻米种植及大米输出迅猛增长，缅甸经济出现了畸形的发展，从而使缅甸国内社会阶级结构发生了很大的变化。

在这个时期，缅甸文化受到西方文化的冲击。官场中英语逐渐代替了缅甸语。缅甸传统文化惨遭破坏。上一章举例谈过缅甸著名诗人塞耶佩《金钱至上》一诗确切地描述了世态炎凉，揭露了英国殖民统治下缅甸社会金钱势力的罪恶。

缅甸人民向往独立和自由。他们从殖民者入侵的那一天起，就进行着不屈不挠的斗争。英国殖民当局不得不动用大量的军队，用十余年时间，才勉强使它的统治暂时稳定下来。

第一次世界大战爆发以后，由于中、印两国高涨的民族独立运动影响，特别是1917年震憾世界的俄国十月社会主义革命的成功，大大鼓舞了缅甸人民，激发了缅甸人民的觉醒，提高了缅甸人民的斗志，缅甸的反殖民族独立运动有了新的发展。

1919年以缅甸佛教青年会为基础，联合各地佛教、妇女等爱国组织，以及部分民族主义者成立了“缅甸各团体总会”，开展了工、农、学各界人民对英国殖民者的抵制运动和一系列民族独立斗争。

仰光大学学生在全民反殖民族独立斗争的影响下，于1920年举行了反对殖民政府大学法的罢课运动。这次罢课运动虽然只是反对殖民主义教育制度的斗争，但由于它带有反殖的性质，具有强烈的爱国主义色彩，很快便得到了全缅学生的响应和全国各阶层人民的同情与支持，迅速地发展成为全缅学生的总罢课运动和国民教育运动。

在反殖民族独立运动进一步高涨的情况下，英殖民主义者收买了部分缅甸上层分子，宣布实行英缅联合管理的所谓“双头政制”，作出一些表面上的让步，并以此来分裂缅甸民族内部的团结，阻碍民族运动的发展。

在资本主义世界经济危机的影响下。缅甸大米和其他农林产品出口价格急剧下跌，广大农民的生活遭受沉重打击，经济破产，不得不把田地抵押给高利贷主。在这种情况下，爆发了1930年塞耶山领导的农民大起义。

塞耶山农民起义，进一步唤起缅甸人民的斗争意识。要求摆脱压迫，争取民族独立的呼声更加高涨。“我缅人协会”（即德钦党）的成立为缅甸人民的反殖独立斗争进一步开展，在政治上和组织上作了准备。

我缅人协会一成立就提出下列口号：

缅甸是我们的国家！
缅文是我们的文字！
缅语是我们的语言！
热爱我们的国家！
提高我们的文字！
尊重我们的语言！

我缅人协会鲜明的爱国主义色彩、明确的政治目标，很快得到缅甸各界人士的拥护和支持。从此，缅甸反殖爱国斗争就在我缅人协会的领导和组织下一步步向前发展。

著名的缅历1300年（即公元1938年）运动是我缅人协会领导的一次规模最大的、为争取民族独立向英国殖民者发起的冲击。

第二次世界大战全面爆发前后，我缅人协会中部分信仰马列主义的先进分子组成了缅甸共产党。

但不久之后，日本侵入缅甸。日本法西斯对缅甸人民进行了残酷的奴役和掠夺，这时，以缅甸共产党为核心的进步力量领导缅甸人民开展了抗日斗争。1944年8月间，缅甸共产党联合了全国反对日本侵略、要求民族独立的力量组成了秘密的抗日民族统一战线——缅甸人民消灭法西斯自由同盟（即后来的“缅甸人民反法西斯自由同盟”，简称为“自由同盟”），领导全缅各界人民进行抗日斗争，并准备发动武装起义，争取民族的自由和独立。

1945年3月27日，在自由同盟的领导下，缅甸人民发动了全国范围的武装起义，推翻了日本的统治，驱逐了日本法西斯。但是英国殖民者背信弃义，卷土重来，恢复了对缅甸人民的殖民统治，同时利用自由同盟领导的路线错误，改编了自由同盟领导的武装力量，镇压和逮捕缅甸共产党人和自由同盟领导人，并组织了一个不包括自由同盟在内的殖民政府。自由同盟再次发动民众，为争取缅甸民族独立开展了面对英帝国主义的新斗争。

二、文学概貌

只要粗略地翻阅一下缅甸文学史，便可以得知在缅甸王朝时代赋诗作文的，不是王亲国戚、达官贵人，便是僧侣法师、御用文人。他们从事文学创作的目的大多是为求得帝王的赏识，或追求仕进。所以，他们的创作一般都拘泥于经典著作、佛本生故事或神话传说，并且认为只有这些才能登大雅之堂。缅甸古典文学就其内容而言，不外乎歌颂佛主神威，宣讲佛教哲理；记载国王轶事，颂扬王朝威德；描写王孙爱情，抒发幽怨情思而已。其中尤以佛教文学最为突出，在这种情况下，直接反映劳动人民生活的作品只能是凤毛麟角，寥寥无几了。古时候的文人们的注意力往往较多地集中于对形式的追求与词藻的雕琢之上，所以在整个王朝时期韵文居于统治地位。诗人们创造了各种各样的诗体，但实际上这些诗体大多由四言诗衍生变化而来。随着诗体的发展，对韵律、格式的要求也愈来愈严格。古代诗人甚至认为违犯某些规定，还将会招致无穷的灾难。这样就从内容到形式都束缚了作者感情的抒发，影响了文学的发展。

西方文化的传入促使缅甸文化在某些方面有了变化。例如继1874年上缅甸出版《瓦城报》以后，1910年大学青年创办了《太阳报》，向人民宣传民族独立和自由。同年，出版了缅甸的第一份杂志《缅甸杂志》。1918年又出版了第一份期刊《缅甸战略期刊》。在文学方面，1904年，缅甸律师詹姆斯·拉觉根据法国名作家大仲马所著《基督山伯爵》中的某些片断，改写成了缅甸第一部现代白话小说《貌迎貌玛梅玛》[①]。

《貌迎貌玛梅玛》是一部以青年男女爱情为主题的小说。这与当时充满宗教轮回思想、源于佛本生经故事的讲道故事截然不同。它又是用白话文写成的，因而

① 中译本改名为《情侣》。[缅]詹姆斯·拉觉著，李谋、姚秉彦、蔡祝生译：《情侣》，山西人民出版社，1885年版。

受到广大读者的欢迎。

《貌迎貌玛梅玛》无论是创作题材或是表现形式，都为缅甸现代小说的创作开辟了一条新的途径。不久，作家纷纷效仿，现代白话文小说风靡一时。

小说《貌迎貌玛梅玛》出版不久，大臣秘书吴基创作的小说《卖玫瑰茄菜人貌迈》也随之问世。

《卖玫瑰茄菜人貌迈》的主人公貌迈，是一位20岁左右的卖玫瑰茄菜的小商人。他经常出入豪门贵族家庭，兜售供家奴们吃的玫瑰茄菜。他能说会道，所以讨得买菜主妇们的欢心。一天，貌迈大胆地以突然袭击的方法，骗到了宫廷侍卫官的女儿钦钦基的爱情和钱财。从此，貌迈就开始了他的欺骗生涯。小说描写了貌迈如何施展欺骗伎俩，到处招摇撞骗，骗取妇女们的信任的。他每次在骗得一位妇女的爱情和钱财后，就换个地方，继续前面的勾当。这样他前后共娶了13房妻妾。小说除了描述貌迈拈花惹草、放荡不羁的生活，以及妻妾之间群芳斗艳、争风吃醋的情节外，还揭露了貌迈依靠岳丈的权势，取悦于王室，受诰晋封，成了朝廷命官，奉旨筹办佛会事。

作者笔下的貌迈，不仅诈骗有术，处处得心应手，而且胆大包天。他能蒙骗国王官僚，讨取妇女们欢心，把她们哄得个个如痴如呆。所以，我们认为，不管作者主观愿望如何，通过对貌迈这个典型人物的描写，把王朝制度下堕落的社会揭露得淋漓尽致，使人们看到这种社会没有出路和必然灭亡的结局。所以，在一定意义上讲，小说也是对缅甸没落王朝的一种写照。缅甸国王的生活十分腐化，后妃成群。例如贡榜王朝敏东王（1855—1878在位）就是一位沉溺于女色的国王。他正式王妃竟有57人之多，而非正式的妃子更是不计其数。像这样一个统治者怎么能有中兴国家、抵御外侮的决心呢？这也是造成缅甸沦为英国殖民地的原因之一。

尽管小说《卖玫瑰茄菜人貌迈》的艺术水平并不很高，但小说主人公貌迈这个玩世不恭的形象，却深深地留在缅甸读者们的心中。缅甸著名爱国诗人吴龙（即德钦哥都迈）为了鞭挞那些效仿英国人以"密斯脱"相称的数典忘祖的"恐英崇英症"患者，他选择了貌迈这个名字，并冠以"密斯脱"——密斯脱貌迈作为自己的笔名。这件事大大地震惊了"密斯脱"阶层，使他们不敢再以此相称了。

《貌迎貌玛梅玛》和《卖玫瑰茄菜人貌迈》的出版，也受到守旧派的非难和攻击。然而现代小说毕竟符合时代的潮流，据不完全统计，自1904年起至1916年间，类似的小说就出版了近50部。可见继《貌迎貌玛梅玛》之后，小说得到很快的发展。当然，就整个现代小说的发展来说，这时期还仅仅处于探索阶段。一直到缅甸现代小说家吴腊创作的小说《茉莉》、《瑞卑梭》先后问世，缅甸现代小说才发展到了一个新的阶段。在内容上反映了缅甸当时的社会生活，表达了人民要求维护民族传统文化的愿望；在创作上既吸收了西方文学的某些写作方法，又继承了缅甸民族的优秀传统，创造出许多栩栩如生的人物形象。

继《太阳报》、《缅甸》杂志创刊后，《缅甸之光》杂志（1912）、《教育之光》杂志（1916）、《太阳》杂志（1917）、《达贡》杂志（1920）、《文苑》杂志（1928）等等刊物相继创刊。报刊杂志出版事业的发展，促进了另一种文学形式——短篇小说在缅甸文坛的出现和发展，同时也锻炼和培养了一大批作家和诗人。这对缅甸文学的发展也起了巨大推动作用。

当时，有更多的年轻作家在杂志刊物上发表诗歌、文章。尽管他们的文学形式还没有摆脱传统的影响，但是他们的革命内容却在缅甸文学史上留下了不可磨灭的一页。

例如1921年《太阳》杂志上有这样一首诗：

今日农民命运苦，
人间世道实在糟，
耕牛涨价多灾疫，
稻谷难粜苦难熬。
比起往昔天地差，
家什物品价亦高。
世态炎凉难评理，
天佑丰收把命饶。

诗人怀着极大的同情，真实地描绘了广大农民的贫困和对现实的不满和牢骚。

德钦哥都迈是缅甸现代文学史上最负盛名的、深受群众热爱和尊敬的爱国诗人。他不仅发出震动缅甸文坛的豪言："我要用我的诗歌，使我的缅甸、使佛祖的宗教大业发扬光大！"而且身体力行，把他的创作活动与当时缅甸人民的民族独立斗争紧紧地结合在一起。他的作品反映了社会现实和政治事件，再现了斗争史实。

随着反殖爱国斗争的高涨和深入，缅甸广大作家积极投身到热火朝天的斗争中，以反殖民统治为主题进行文学创作进一步推动全民的斗争。如：

我们缅甸人，
太公王朝阿毕罗阇传至今。
释迦族威震环宇，
暹罗天竺败称臣。
缅甸曾如宝殿顶，
辉煌灿烂照乾坤。
时运不济遭劫难，
沧桑莫测变柴薪。
追根溯源寻根本，
缅甸本属缅甸人。
我们缅甸人，
鼎鼎大名素有传闻，
名扬千古青史永存，
轮到我辈，
岂能俯首他人?!
铮铮硬骨我缅人，
大家团结一条心。
为我子孙得幸福，
岂能把我私利寻！
大智大勇我缅人，
要做“德钦”[①]建奇勋。
缅甸属于我缅人，
缅人定要做主人。
胸怀宏志立天下，
神裔凤种我缅人。
……

① 德钦，缅语意思为主人。

这就是1930年间德钦丁创作的《我缅人歌》。它以激昂的语调回顾了缅甸的光荣历史，鼓舞人民为独立、自由而斗争。这支歌曲很快便在全缅各地、各阶层人民中流传开来。它激发着成千上万的缅甸人民，特别是缅甸青年的斗志，鼓舞着他们的斗争，成为反殖斗争中的有力武器。

此外，列蒂班蒂达吴貌基、比莫宁、吴波稼、瑞林勇、摩诃瑞、泽亚、达贡钦钦礼、德钦巴当等均为这一时期的著名作家。他们的作品都或多或少地从某个角度反映了缅甸当时的社会情况，反映了人民要求自由，要求独立，要求摆脱王朝和殖民主义的束缚的愿望。

例如列蒂班蒂达吴貌基（1878—1939），以缅甸的历史名人为题材写了一些历史小说，如《德彬瑞梯》（1924—1928，连载于《达贡》杂志，后又出版了单行本），作者以缅甸历史上著名的东吁王朝国王德彬瑞梯为主人公，描写他宠信一名葡萄牙人，自己终日沉迷于酒色，以至国事荒废，最后被杀身亡，王朝覆灭。作者用这一史实表示对勾结外国势力、谋取私利的民族叛徒的憎恨，激发人民的爱国主义感情，教育人民警惕外来的威胁。

比莫宁（1883—1940），曾写过几十部小说。大多数是根据英国小说改写而成的，但都具有一定社会意义。他的作品揭露和谴责了在殖民统治机构中任职的、丧失民族自尊心的镇长、道德败坏的劣绅、欺凌农民的恶棍。在《缅甸人的节日》小说中，作者还写了号召建立民族团结的内容。同时，他在探索缅甸现代小说的形式，尤其是在改变当时流行的文白相杂的文风方面作出了努力。

摩诃瑞（1900—1963），也是位多产作家。他的作品，诸如《咱们的母亲》（1935）、《叛逆者》（1938）、《出征人》（1938）、《叛逆者之家》（1939）等小说，在激发读者爱国主义思想，鼓励为民族独立而斗争等方面起了积极作用。而《比由当冰》（1927）、《泽秋人》（1937），《土星》（1936）等小说在揭露、批判社会不正风气方面起了良好作用。

此外，瑞林勇（1913—1945）的《他》（1938、1940），吴登佩敏的《罢课学生》（1938）、《新时代恶魔》（1940），达贡钦钦礼（1904—1981）的《金鹰》（1933），沙瓦那（1911—1983）的《大学生》（1935—1936）等都是具有重大影响的好作品。

著名的翻译家瑞乌当（1889—1973），根据柯南道尔的侦探小说改写的《侦探吴山夏》，1917年4月发表于《太阳》杂志，更是一部轰动缅甸社会的畅销书，至今仍在重版。

但就整个文坛来说，作品内容严重脱离生活现实，一味追求词句华丽、矫揉造作、冗长繁琐。所以缅甸著名作家德班貌瓦说当时诗歌“不是‘郎君赞’，‘少女赞’，就是‘雨颂’、‘天堂颂’之类……使人无意再看，厌烦极了。”同样，小说“大多写恋爱。……经常是汽车司机和阔小姐、富家子弟和卷烟厂女工相爱……可现实根本不可能这样。”文坛上出现这种颓废的倾向，卿卿我我的情调，为进步作家和广大读者所反对。

就在这个时期，一个反对旧传统文学形式，提倡发扬蒲甘王朝散文的简洁、清晰、通俗的文风的“实验文学”创作运动，在仰光大学校园内蓬勃地开展起来了。虽然这项文学运动没有鲜明的政治内容，是偏重于艺术革新的文学改革运动，但这也是文艺热潮中的一种表现，它对缅甸文学内容和形式的革新起了很大作用。

1921—1922年间，缅甸学者吴佩貌丁（1888—1973）从英国归来，担任仰光大学缅文教授。他深感当时仰光大学缅文教学水平之低下，与一个觉醒起来的民族极不相称。因此，在他的倡导下，仰光大学开设了高级缅文班，并积极开展对缅甸古典文学的研究，特别是对蒲甘碑铭的研究。在研究过程中，人们对蒲甘碑铭的清晰、简练的写作风格产生特别兴趣。同时，这些年轻的师生又受到欧洲文艺复兴时期的文艺思想以及中国、印度诗歌的影响，都希望改变当时文学创作的现状。他们纷纷在仰光大学学生刊物以及其他刊物上发表以新形式和新内容创作的诗歌和短篇小说，受到广大读者的欢迎。很多人也对此进行模仿。

20世纪30年代初期，在吴佩貌丁推动下，缅甸教育普及会将这些青年创作的诗歌、小说汇编成册，单独出版，名为《实验文学作品选》。吴佩貌丁在序言中说：“作者们本着‘探索时代的喜好’的想法，进行了新的创作试验，故取名为‘实验文学’。”

实验文学运动的参加者多半是仰光大学的青年教师和高年级学生。例如德班貌瓦（吴盛丁）、佐基（吴登汉），敏杜温（吴温）、德格多貌丹新（吴埃貌）、吴纽、固达（吴都昂）等人，这些人又可分为两派，一派以德格多貌丹新、吴纽等人为代表，他们更加推崇缅甸古典文学，主张恢复缅甸古典文学，如蒲甘碑铭那种朴实的文风，维护缅甸固有的民族文化；另一派以德班貌瓦、佐基、敏杜温为代表，受到浪漫主义的影响较大，认为不论事物大小，有感受就可以写。两派的主张汇集到一起形成了实验文学的特点，即：简明、清新、朴实，有着浓郁的生活气息，既冲破了传统形式的种种羁绊，又扭转了那种消闲文学的不良倾向。

在诗歌方面，实验文学不受旧形式、韵律的束缚和句子长短的限制，提倡最大限度的自由，以便于尽情地抒发诗人的感情。他们重新运用缅甸古老的四言诗形式（按：四言诗形式只是到了缅甸贡榜王朝时期才衰落。贡榜时期的诗歌深受歌曲的影响，与音乐的关系愈来愈密切），使这种古老的形式重放异彩，而且一直沿用至今。在散文、小说方面，实验文学派作家反对冗长繁琐、晦涩费解，提倡蒲甘碑铭的简洁、精炼和生动的写作风格。

在写作内容方面，实验文学派作家认为，文学应反映时代的生活，成为时代的一面镜子；内容无所谓大小，只要作家自己有感受就可以写，强调写实。

热爱本民族的文化，发扬本民族的优秀文化传统，这是实验文学的宗旨之一。实验文学作家们歌颂自己的民族、唤起民族的觉醒，这是实验文学在政治上的进步之处。

德班貌瓦、佐基、敏杜温被誉为“实验文学三杰”，是实验文学运动中最具代表性的人物。他们是实验文学的开拓者，也是缅甸文学界受到普遍尊敬的小说家、文学评论家。后两位又是著名的诗人。

总之，实验文学以它炽热的爱国热情，简练清新朴实的创作风格，浓郁的生活气息，摆脱传统形式的羁绊，冲击着当年消闲文学的不良倾向，推动了缅甸文学的发展。这方面，也可以说是实验文学派作家们适应了时代的要求，以及受到爱国诗人德钦哥都迈等进步作家的影响的必然结果。另一方面，如前所述，实验文学派诗人受到英国诗人们的影响，他们常以云雀、蟋蟀、水风信子等为题材抒情作诗，唱出诗人对生活美妙的遐想。这方面确实对缅甸文学起到了拾遗补缺的作用，对缅甸现代诗歌的发展影响颇大，形成独具风格的一派。实验文学运动的开拓者们在文学评论方面也作出很大的努力。为了阐明他们的文学观点，他们对从古至今的不少文学作品、作品中的人物进行了剖析和评价。把文学评论这项以往不太为人重视的工作推进到一个新的水平。

实验文学也存在着不足之处。最为明显的是，它虽是1930年缅甸民族独立斗争蓬勃发展时期所出现的文学改革运动，但其大多数参加者都是关在仰光大学校园内进行创作活动的，他们没有直接用文艺作为武器投入轰轰烈烈的反帝反殖斗争。如果同伟大爱国诗人德钦哥都迈相比，他们就显得与时代的潮流不太合拍。缅甸现代著名作家达贡达亚在一篇文章中评论说：“实验文学诗歌富于幻想，但忽视了反映时代的内容。虽然力求从封建主义文学中挣脱出来，但还没有进一步觉醒，没有能提高到反帝的高度。”

20世纪20年代末期开始的实验文学运动，因受第二次世界大战的影响暂时中断，但后来缅甸文学界仍然受到它的影响。

俄国十月社会主义革命成功以后，缅甸的报刊也开始介绍和宣传马克思主义思想。但它只是零星的、无组织的，而且影响不大。1937年，我缅人协会中一部分年轻人受到英国左派读书俱乐部的影响，掀起了学习共产主义理论的热潮，并成立了“红龙书社”。书社翻译出版了很多马列主义和其他宣传进步思想的著作，对指导当时缅甸革命和鼓舞群众斗志起了很大作用。书社同时还出版了一些文艺书籍，其中有蜚声于缅甸文坛的吴登佩敏创作的小说《摩登和尚》、德钦巴当根据英国作家哈代的长篇小说《德伯家的苔丝》改写而成的缅甸小说《班达·玛沙乌》等，都是具较大社会意义或较高艺术水平的作品。

第二次世界大战全面爆发后不久，日本占领了缅甸。日本占领者在政治上施行暴政，经济上进行残酷的掠夺，使蓬勃发展着的缅甸反殖爱国文学运动遭到了严重的破坏。一部分作家被捕入狱，一部分作家被迫转入地下，而更多的作家为了解决自己的生活问题，不得不放弃文学创作活动。因而人们称这个时期为文艺的黑暗时代。但是一部分作家，特别是在监牢里的作家还是利用机会，创作了一些剧本在牢中演出，鼓舞难友们的斗志。因而这一时期缅甸的剧作得到了一定程度的发展。

第二节　缅甸现代小说的兴起

一、缅甸第一部现代小说

詹姆斯·拉觉（1866—1920），原名吴拉觉，出生于缅甸东吁县瑞京镇。早年父母双亡，由姨父母抚养成人。后随着姨父母信奉基督教，改名为詹姆斯·拉觉，后又重新皈依佛教。曾任英文翻译、镇长、区长等职。37岁时，因病离职，自己开设法律学校讲授法学，并从事律师工作。不久即创作了《貌迎貌玛梅玛》。据传还曾写过《镇长》、《后夫》等小说，但都已散失。

1904年，他根据法国著名作家大仲马的小说《基督山伯爵》中的某些情节，创作了缅甸小说《貌迎貌玛梅玛》。该作的问世在缅甸文坛引起了巨大的反响，读者争相阅读，作家模拟效仿，创作现代小说很快成为风气。所以《貌迎貌玛梅玛》也就被誉为缅甸第一部现代小说。

在《貌迎貌玛梅玛》出版以前，缅甸已有人把外国文学作品翻译成缅文，介绍给缅甸读者了。例如早在1855年，萨拉·贾德森就翻译出版了17世纪英国作家班扬的小说《天路历程》。在这以后，瑞图塞堤翻译了《伊索寓言》（1880年出版），穆哈默德·项秀廷（又名貌波钦）翻泽了阿拉伯小说《哈迪·代》（1889年出版），阿布杜拉·拉哈曼翻译了《天方夜谭》（1896年出版），1902年，吴波佐翻译出版了英国小说《鲁滨逊漂流记》。这些小说的翻译出版虽没有引起缅甸文坛的巨大反响，但对现代小说的创作无疑起到了借鉴作用。

那么《貌迎貌玛梅玛》为什么受到读者如此欢迎呢？首先我们看一看小说的具体内容吧！

故事的梗慨是这样的：达亚瓦底王时代，有个叫貌迎貌的孩子，一出生母亲就去世了，父亲吴波拉悲痛欲绝离家出走，貌迎貌就由阿瓦商人吴波欧收养。

貌迎貌长大后，在养父船上当了一名舵手，来往于伊洛瓦底江上下游做买卖。不久，貌迎貌爱上一位富商的女儿玛梅玛。正巧，吴波欧雇佣的船员貌妙达也在追求玛梅玛。

有一次，吴波欧的船运货经过敏贡。一位反叛亲王请吴波欧捎封信回京城。但在当晚，吴波欧不幸得了传染病。临终前，将信托给貌迎貌转交。可是此事被貌妙达知道了。

貌迎貌回到阿瓦后，便选择了吉日，准备与玛梅玛举行婚礼。

貌妙达得知他们即将结婚非常妒忌，便跑到京城告了密，貌迎貌因而在花烛之夜，不幸被捕入狱。

在狱中，貌迎貌意外地遇到了自己的父亲吴波拉。他跟父亲学会了医术、占卜等技术。后来吴波拉病死狱中，临终，吴波拉告诉貌迎貌两件事：一、入狱前他曾积攒了一笔巨大的财富埋藏于某某地方；二、逃离牢狱的办法。同时还交给他一种能治病提神的丸药。

貌迎貌按照父亲面授的机宜，偷偷钻入装殓父亲尸体的口袋里，当狱吏把口袋扔进水中后，他便拿刀割破口袋逃脱了。

逃离牢狱后，他隐姓埋名，靠着所学本领，替人占卜、治病，维持生计。

当时瑞波镇守女儿玛苏丁正身患重病，经貌迎貌医治痊愈。玛苏丁不仅感激他，也很爱慕他。镇守夫妇也有意招他为婿。但貌迎貌仍思念着玛梅玛。同时也怕天长日久秘密暴露。于是推故离去，悄悄地返回阿瓦。

貌迎貌回到阿瓦那天，正是玛梅玛被迫与貌妙达成婚之日。貌迎貌发掘了父亲埋藏的财物，安顿好养母，就到下缅甸经商去了。

玛苏丁在家日夜盼望着貌迎貌归来，终日忧愁，饮食不进，最后决定女扮男装外出寻访貌迎貌。刚好，她租用的是貌妙达的船，经过一番周折，玛苏丁终于找到了貌迎貌。两人相遇，悲喜交集，各叙别离之苦，彼此情谊更深。当时，缅甸正流行着瘟疫。貌妙达染病不起，临死之前，见到了貌迎貌，承认自己错误，表示歉意，请求原凉。

当貌迎貌和玛苏丁准备南下时，玛苏丁也染上了瘟疫，最后医治无效而死。这样，貌迎貌只好只身继续南下。

不久，缅甸发生宫廷政变，新王登基，宣布大赦。貌迎貌得讯立即返回阿瓦，与养母团聚，并和玛梅玛结成了眷属。

从上述介绍中我们可以看到：

其一，小说是以青年男女的爱情生活为主题，细致地描写了许多日常生活的场景。这与缅甸先前那些充满轮回思想、源自佛本生故事的讲道故事诗截然不同，与缅甸古典小说相比也是别开生面，另具一格。

19世纪末叶，20世纪初，由于稻米种植业和外贸的发展，缅甸城市日渐繁荣，市民阶层也相应扩大，形成了一定的社会力量。他们阅读文学作品的兴趣极其浓厚。《貌迎貌玛梅玛》正是投其所好，因而受到欢迎。

其二，一般都说小说是根据《基督山伯爵》改写而成，但仔细剖析就可以看出两者之间的不同。《貌迎貌玛梅玛》共36章。主要人物只有五六个；而《基督山伯爵》共117章，主要人物有20人之多。我们认为《貌迎貌玛梅玛》的前九章是根据《基督山伯爵》前20章的内容改写的。其中只有第1章和第9章近似于原著，也就是说《貌迎貌玛梅玛》从开始到貌迎貌逃离监牢，发掘到宝藏成为富翁这一部分故事情节是根据《基督山伯爵》改写的。后一部分（占全书五分之三）则是作者自己构思创作的。

作者为什么不全部根据小说原著改写呢？尽管在缅甸学者中有各种说法，但我们认为缅甸著名文学评论家佐基的意见是比较符合情理的。他认为小说原著的后半部分充满着复仇思想，这不符合佛教教义，所以詹姆斯·拉觉在改写时把貌迎貌描写成不记私仇、宽宏大度的男子汉。这就更加符合缅甸的人情，也容易被广大缅甸读者所接受和欢迎。

作者在谈到创作目的时曾说：书中的主人公“犹如我们的佛祖前世阇那伽。在遇到极其困难的境遇时，能以男子汉大丈夫的气概和毅力进行顽强的奋斗，终于绝处逢生，以至成为富翁，并与年青时相爱的情人，经过长期分离，最终还是重新团聚，白头偕老”。

至于小说后半部分中，镇守女儿玛苏丁女扮男装寻找貌迎貌，究竟是受《伊瑙》剧中帕萨巴公主女扮男装寻找伊瑙的影响，还是受莎士比亚《皆大欢喜》中罗莎琳德女扮男装寻找奥兰多情节的启示，目前尚无确凿证据，我们不敢作盖然性或臆测式的判断。但这种情节是会受到缅甸读者欢迎的。因为早在贡榜王期敏东王时代，诗人纳茂·吴觉就曾写过一首长诗《芳香林中寻夫记》。这在缅甸文坛也是一部脍炙人口的作品。

其三，对于当时还很少接触西方文学作品的缅甸读者来说，很自然地把《貌迎貌玛梅玛》看作是发生在缅甸的故事。因为作者并没有说明小说是根据《基督山伯爵》改写的。而小说中的人物也都是地地道道的缅甸人；整个故事情节也都是发生在缅甸。时代背景的描述，都有真实的历史根据，所以读者阅读时就不像阅读《鲁滨逊漂流记》那样，有阅读外国小说的感觉，相反感到很亲切。

小说受到人们欢迎的另一个原因，就是它完全是用白话文书写的。

二、吴腊及其作品

吴腊（1866—1921）笔名讲故事人茉莉。仰光人，曾在东吁、杰沙、瑞波等地担任过警官。父亲是位银匠。

吴腊个性开朗、幽默，为人聪明且有毅力。幼时曾系统学习缅甸语文知识，特别中意于佛本生故事、经典著作和诗歌。平时自己也喜欢写些旧体诗，对缅甸戏剧、木偶戏、音乐很感兴趣。同时英语水平较高，对英国文学亦颇为爱好。

作品有《茉莉》、《瑞卑梭》、《王裔》和《三界》。其中尤以《瑞卑梭》最为著称。

吴腊的处女作《茉莉》，写于1910年，出版于1913年。故事发生在1885年以后，那时上缅甸有个姑娘叫钦底，自幼丧母。父亲原是缅甸王朝政府的一位大臣，在第三次英缅战争中，曾率部抗击英国侵略者。后恐遭英国殖民当局迫害，隐居于实皆山区。钦底寄居在村里老和尚的妹妹家里。不久便与近邻一青年貌瑞匹相爱。一天，瑞波区长来村，一眼看上了钦底，并问及钦底父亲。老和尚为设法营救钦底父亲，亲自前去仰光活动。同时又派貌瑞匹去实皆送信给钦底父亲。钦底的父亲见貌瑞匹忠厚可爱，决定把女儿许配给他，但貌瑞匹在回村途中，被强人裹胁，参与抢劫勾当，被捕入狱。瑞匹母亲以为他随同老和尚一起到仰光去了，于是就带着女儿、钦底和老和尚妹妹一起到仰光寻找瑞匹，不料刚出仰光火车站，她们几个人就走散了。钦底落在一鸨母手中，历尽艰险，最后逃出火坑。在仰光巧遇老和尚才一起回村。不久，瑞匹刑满被释返回乡间，与钦底结成眷属。同时根据钦底父亲的遗书，还得到了一笔埋在地下的金银财宝。

吴腊的第二部小说《瑞卑梭》写于1910年左右。故事发生在1883年，王族姑娘钦钦泰在曼德勒的一座佛塔上遇见貌貌梭(乳名瑞卑梭)，他俩一见钟情。但事过不久，钦钦泰为了躲避杀身之祸，就跟老保姆一起离开了京城。一路上受尽了折磨，最后在一村中靠捡柴卖菜度日。貌貌梭因钦钦泰突然出走，感到非常苦恼。当他为发掘母亲临死时曾提起的宝窟时，不幸被蛇咬伤，中毒昏迷。这时正巧钦钦泰在树林中发现了他，并遇到一位老和尚。经老和尚的医治，貌貌梭获救，找到了宝窟，并与钦钦泰结成了终身伴侣。作者在小说中还穿插了另一个故事：一个住在仰光的地主吴耶觉，为了使自己儿子貌东佩出人头地，不惜用自己的全部家财供他去英国学习。三年后，貌东佩得了一个律师头衔回国，同时也带来了一套西方生活方式。吴耶觉原想自己可以有一个幸福的晚年了，但现实使他幻想破灭，最后痛心万分，看破红尘削发为僧。

吴腊的第三部小说《王裔》，开始发表在1919年12月12日出版的《讲故事人》杂志，现未见原文，内容不详。

吴腊的最后一部小说是《三界》。故事发生在1910年，一位镇长看到镇上一位叫宁彭的姑娘，产生了爱意。按照缅甸的风俗，小伙子看上了某一位姑娘，就可以到那姑娘家去聊天。镇长就到宁彭家去了。但镇长是仰光人，英文学校毕业，不懂得自己民族的传统习俗，因而好事未成。同时，村里还有两个青年也在追求宁彭，一个是赶车的，一个是商人。商人名貌剑，学识渊博，忠厚憨直。宁彭也是一位好学知理的姑娘。最后，貌剑和宁彭美满姻缘终得如愿。

上面介绍的三部小说情节都很平淡，但从细节中可以看到，作者在当时已经敏锐地发现外来文化的入侵，缅甸民族传统文化、风俗习惯有被吞噬的危险。他一方面揭露了殖民统治下缅甸社会的黑暗，特别是缅甸青年遭受西方文化毒害的真相；另一方面极力颂扬缅甸民族的传统文化。

例如小说《茉莉》，描写了钦底他们一伙人在车站走散后，钦底遇上歹徒，险些陷入火坑，瑞匹妹妹则碰上了伪君子吴老三，险些遭到暗害。作者揭露了英国殖民统治下缅甸社会的黑暗和道德败坏，又通过吴老三这个人物形象揭露了仰光一些风流和尚的丑事，这对于全国百分之八十以上的人都信仰佛教的缅甸社会来说，应该说是一次十分大胆的揭露。

小说明确地表达了作者的思想感情。例如钦底的父亲在考虑自己女儿的婚姻问题时，曾说："哼，闺女的事真难办。他们这些下缅甸做官的人，仪表、谈吐既不像外国人，也不像缅甸人。甭说缅甸风俗习惯了，就是连一点基本缅语发音知识也不懂。大腹便便，穿洋皮鞋，架子倒是满大的。"这正反映了当时外来文化入侵的现象和在缅甸人民中引起的反映。

在小说《瑞卑梭》中，作者在写到貌东佩从英国归来时，首先描写吴耶觉为自己有这样一个宝贝儿子感到高兴和骄傲。这里作者一方面热情地歌颂缅甸民族的传统习俗和道德标准；另一方面也衬托出貌东佩在没有去英国前是一个在缅甸文化熏陶下成长起来的青年，但从英国回来后，情况就不一样了。貌东佩一回家，作者这样写道：

吴耶觉拉着貌东佩的手，让他在自己花了十三块钱买来的、镶着绒边的细席上坐下时，貌东佩却说："我穿着裤子，要坐在席子上太不方便了。请允许我坐在椅子上吧！"说完就在旁边的藤椅上坐了下来。

这对缅甸人来说是个很大的讽刺。缅甸人无论在什么场合，都是席地而坐。高低贵贱之分就在于席子的质量上。现在儿子高高地坐在椅子上，当然不成体统。

接着，作者更幽默地对这个穿裤子的人进行了辛辣的讽刺。如，貌东佩在与家人谈话时说：

……在英国，这时已很凉快了，而缅甸却这么热。到晌午，还有什么可说的呢！噢，亲爱的妹妹，如果有扇子的话，我相信你一定会给我一把的……

我们一听就可以感觉到，这完全不像是缅甸人讲的缅甸话。所以吴耶觉心想：到底是因为我们好久没见面，自己眼花了，耳朵不灵了呢？还是孩子真的跟以前不一样了呢？

上面已经提到，吴耶觉对自己儿子抱着极大的希望，结果怎样呢？作者在小说第14章中提到：吴耶觉为了供儿子留学，把自己全部土地都抵押给了高利贷主。这时，高利贷主前来逼债，否则就将土地没收。于是，吴耶觉跑到儿子那里去，没想到竟被看门的印度人拦住了。吴耶觉再三说明他是貌东佩的父亲，看门人仍说："老爷，我知道您是我们主人的父亲，但我是个领工资的佣人，必须老老实实听从主人的吩咐。请您稍等，我去通报一声。"说完，他就上楼去了。一会儿，他下楼对吴耶觉说："主人和女主人正在喝咖啡。主人请您再等一会儿。"吴耶觉只好在楼梯根儿坐下来等着儿子。

为了儿子花光了自己全部财产，而且受尽了气，吴耶觉最后只好出家为僧。

他不无感慨地叹道："噢，英国！英国！英国！"这是多么深刻而又生动的总结啊！

作者在《瑞卑梭》中，通过貌貌梭对母亲的嘱咐，也揭露了当时仰光社会的黑暗情况。

同样，在《三界》中，作者也是一方面颂扬民族传统文化、风俗习惯，一方面讽刺了在英国殖民统治下，一些受到西方影响而丧失民族气节的人。他在《三界》中有这样一段描写：

你们下缅甸人镇长，看起来就是这样盛气凌人，说起话来不清不楚，走起路来比猴子还不如，看见老年人像欢迎自己的同龄人，穿着打扮好像印度人，又像锡兰人……

缅甸著名作家吴登佩敏在《民族独立与联邦文学》为题的一篇讲话中，提到吴腊的作品时说："可以清楚地看到，小说明显地反映了外国各种思想意识及外国文化在缅甸泛滥的情况。作者就是通过小说表示了对外国人的入侵和外国文化渗透的强烈不满。"

保卫民族文化，反对帝国主义文化入侵，正是当时受英国殖民主义者奴役的缅甸人民的强烈要求。而作者能在这方面反映了人民的愿望，这就使他的作品，尤其是小说《瑞卑梭》受到广大读者的欢迎。所以缅甸作家吴翁佩在《现代缅甸文学》一文中说："吴腊反映的情况与当时社会的真相完全一致。所以，吴腊的小说堪称时代的一面镜子。"缅甸著名学者佐基在《文学界》一书中曾说："因为他能够研究认识和真实地反映社会和人的情况，所以可以说《瑞卑梭》这部小说为缅甸文学史散文部分开辟了一个新的阶段。"

但另一方面，我们也看到吴腊出生之时，英国已占领了整个下缅甸，并以仰光为中心建立了殖民统治，实行一整套奴化教育。吴腊是在英国殖民统治底下成长起来的，受过殖民主义教育，并在直接为巩固殖民主义统治服务的政府机构工作。他的思想受到了很大的限制。所以，他虽然对缅甸当时社会及一部分青年受到西方文化毒害而感到非常愤慨，作了揭露和讽刺，但他没能进一步反映出缅甸人民向往独立的要求。我们知道，自从缅甸沦为英国殖民地那天开始，要求独立的愿望一直存在于缅甸人民心中，反对殖民主义的爱国斗争也从未间断过。特别是在吴腊晚年，继1908年缅甸佛教青年会成立以后，于1919年成立了缅甸各团体总会，缅甸人民的爱国情绪和觉悟有了进一步的提高。尤其到1920年大学生反对大学法与殖民主义教育制度而进行的罢课斗争取得胜利，全缅各地普遍建立起国民学校以后，缅甸人民要求独立、自由的斗争开始走向蓬勃发展的阶段。这时候，吴腊的思想局限性就更加明显地暴露出来了。他在小说《三界》结尾时这样写道："小说的结束语想表明作者个人写作的目的，就是通过这段小说的描写来比喻人们往往会对为了国家的安宁，经过学者们商定的法律产生误会。"这里指的是小说中的一个细节：一个玩牌的人在凉亭墙上用炭写了一句话。管亭子的老人看到刚修好的粉刷干净的墙被弄脏了，十分恼火。后经老和尚解释才领悟到这是一句很有意义的话，而自己理解错了。作者就是通过小说中这些细节描写来说明，人们的理解常常会错。进而阐明人们还没有真正了解到当时英国统治者颁布的一些法律的好处。

其次，从小说中还可以看到，作者从小就受到缅甸封建传统和佛教思想的熏陶，所以佛教的轮回思想在他的作品中占有一定的篇幅。他的小说仍然像一些古典作品那样杂有不少佛本生故事和佛教说教。很显然，作品的名称也反映了这个思想。

在写作方面，吴腊继承了缅甸传统的创作方法，同时也吸收了西方文学的一些创作方法。例如在《瑞卑梭》中，作者运用主线与副线交错叙述的手法。这明显是受英国小说家司各特的影响。在描写爱情的悲欢离合时，还插入一些寻觅宝窟的惊险情节，这是受到西方惊险小说的影响。同时，我们也可以看到他还很注意人物个性的描写。

作者在小说中经常引经据典，穿插许多民间传说，仅《瑞卑梭》中，用成语或民谚来做比喻的地方就多达50处以上。所以有人说《瑞卑梭》是集缅甸知识的大成。小说虽是用白话文书写，但其中不少地方加上诗歌与韵文，使语言更加精炼、优美、富有节奏感。

吴腊的创作还受了缅甸戏剧的影响。例如《三界》中貌剑和宁彭谈情说爱时的对话，很像缅甸阿迎戏的对白，颇为幽默。另外，吴腊的小说也像说书人的话本。《茉莉》、《瑞卑梭》都是到小说最后部分才交待故事主要人物的来历，以及小说题目的意义。在他的作品中，尤其是《茉莉》，还可以看到作者经常在一章的末尾写下两行诗，像中国章回小说中"欲知后事如何，且待下回分解"那样来引导读者继续往下看。但有时也在一章的中间写几句诗，抒发作者的感情，类似章回小说中"正是……"。

总之，在文艺创作方面，吴腊一方面学习西方和东方，另一方面也继承了本民族的文化遗产。这也是他创作成功、作品受到缅甸人民喜爱的一个原因。

吴腊作为20世纪初期的缅甸作家，虽然个人思想受到一定局限，尤其是在他晚年时期，但是他能够第一个热情地用自己独特的风格、优美的语言来揭露和反对外国的文化侵略，宣传自己民族文化，这就使他在缅甸现代文学史上占有重要地位。他的作品也成为缅甸民族宝贵的文化遗产的一部分。他的创作活动推动了缅甸现代小说的发展，并给后来的缅甸文学发展以很大影响，因而他的名字和作品一直牢牢地留在广大缅甸人民的心目之中。

第三节　爱国诗人德钦哥都迈

一、生平与创作

德钦哥都迈是缅甸的伟大爱国诗人，民族独立运动的杰出战士和领导人。他的诗歌很有战斗力和号召力，在缅甸广为流传。德钦哥都迈深受人民的尊敬和爱戴，被人们亲昵地称为“塞耶基”(意即老先生)。

德钦哥都迈是诗人的笔名，他原名吴龙，1875年2月19日生于卑县瑞东镇瓦垒村。

诗人生活的时代，正是缅甸社会十分动荡的时期。从独立主权、闭关锁国的地位沦为英国的殖民地，经过缅甸人民不屈不挠流血斗争，又重新获得独立。这是一个灾难重重的时代，是一个充满着民族矛盾、阶级矛盾的时代。这些错综复杂的矛盾，在德钦哥都迈的思想上，同时也在他的诗歌中得到了充分的反映。

当然，处在生活的激流中，也可能写出时代气息很弱的作品，这决定于诗人或艺术家对生活的感受，思想情感上和人民联系的程度。德钦哥都迈的诗歌具有浓郁的时代气息，因为诗人对这个苦难的时代感受最深，思想感情与人民息息相通。

吴龙10岁时，英殖民主义者发动第三次侵缅战争，并占领了整个缅甸。当时吴龙正在曼德勒京城妙东寺学习，目睹自己民族的国王底博王被逮走，强烈的爱国情感激励着这位未来的诗人。吴登佩敏在《吴龙传》中写道：这孩子泪如泉涌，情不自禁地跑进佛殿，跪在佛祖金像面前呜咽祈祷：“弟子投生于此乱世之中，愿佛主保佑弟子来世勿再沦为被奴役的民族。”炽热的爱国感情使这位少年再也不能安心于曼德勒京城寺庙里的学习生活了，他决心云游各地学习求知。

19岁那年，父亲吴山东去世。为了赡养母亲，吴龙被迫辍学。最初在仰光吉祥印刷厂当排字工人，后任校对员。当时缅甸社会很流行戏剧，具有文化修养和文学天赋的吴龙，开始了他的创作生涯。他的剧本被演员们搬上舞台，受到了群众的欢迎和赞扬。吴龙写的剧本多达80余部，内容主要来源于佛本生故事。印刷厂关闭后，吴龙先后在《仰光时报》、毛淡棉的《缅甸时报》工作。这时期，吴龙开始用"貌达玛迪"的笔名发表诗文。诗歌大多是传统内容的季节诗，没有什么特色。1911年，缅甸《太阳报》创刊。不久，吴龙出任该报编辑。这是诗人生活道路上的一个转折点。

《太阳报》是由一群大学青年创办的，旨在传播独立、自由、民主等进步思想，实际上就是缅甸佛教青年会的喉舌。

吴龙刚到太阳报社工作时，写了一部阐述缅甸手工艺术的著作《手工艺注》。由于工作实践使他有更多的机会接触新生事物和新的思想，进一步看到了世界，从而激发了他幼年时潜在的爱国主义思想。

当时，由于英国的殖民统治，"西方文明"也随之涌入。一些缅甸上层分子，特别是接受外国文化教育的知识分子，盲目追求西方文明，丢掉了缅甸民族的优良传统，甚至连自己名字前的"吴"、"哥"、"貌"等传统称呼也不要了，代之以"密斯脱"[①]，并以此炫耀自己。

吴龙看到上述情况，为了讽刺这些人，唤起人们的民族自尊心，决定放弃"貌龙"、"貌达玛迪"等笔名，采用"密斯脱貌迈"为笔名，于1914年发表了嘲讽假洋鬼子的《洋大人注》。作品中热情讴歌了缅甸光辉历史和灿烂文化，借以激励民族精神。《洋大人注》的发表震动了"密斯脱"阶层。因为达到了预期的目的，吴龙感到特别高兴，从此就沿用这个笔名。不久，他又发表了讽刺和揭露英国官僚统治、激发人民爱国热忱的《孔雀注》(1919)。

从这个时期起，吴龙已经完全同人民站在一起，与人民同呼吸、共命运了。诗人对祖国和人民的衷心热爱，对帝国主义的切齿憎恨，对独立自由的炽烈向往，加上他精湛的艺术表现手法，使他的作品充满了时代的气息，真实地反映了社会现状和历史脉搏。从政治眼光来看老先生吴龙的作品在缅甸政治史中是对缅甸独立在文化方面的莫大支持；从文学眼光来看，他开创了缅甸文学史上民族自豪感文学的新篇章。[②]

1915年，吴龙的妻子杜欣不幸去世。从此他忍受中年丧偶的悲痛，婉言谢绝了众人劝他续弦的建议，孜孜不倦地从事创作活动。这一时期是吴龙创作的极盛期。

---

① 密斯脱系英文mister的音译。

② [缅]佐基：《德钦哥都迈评传》，秀玛瓦文学出版社，1956年版，第24页。

1920年，缅甸各团体总会成立，民族运动进一步高涨。同年，仰光大学学生为了反对不合理的大学法，举行了罢课。这一斗争很快波及全国各地的中等学校。人们反对殖民教育制度，提出接受缅甸语文、缅甸历史等民族文化教育的要求。不久，全国各地纷纷开展创办国民学校的运动。在仰光出现了"巴罕国民学院"。吴龙热情地支持青年们的爱国行动，毅然决然地辞去了《太阳报》编辑的工作，出任巴罕国民学院缅甸语文及缅甸历史教授。在教学过程中，他特别注意向学生们灌输爱国主义思想。为了教学，他编写了《新琉璃宫史》、《诗论》等教科书。当时国民学院经费拮据，但吴龙在极其贫困的条件下毫不考虑自己的生活问题，仍然满腔热情地坚持教学工作。

1923年，英国殖民当局不顾广大群众的反对，强制实行所谓双头政制。缅甸各团体总会内部因对殖民当局的这一政策的态度不一，产生分裂。国民学院也被迫关闭。吴龙离开学院后去达贡杂志社任编辑。就在这期间，英国威尔斯王子要来缅甸巡视。殖民政府内务部长要求吴龙赋诗颂扬英王子，说不管诗篇长短，将给赏金一千缅元，并授予勋衔、安排大学职位，但都被吴龙拒绝了。高官厚禄收买不了他的一颗爱国之心。吴龙说："我情愿得不到你们的一千元赏金而挨饿，舌头长草，也不能写诗歌颂维多利亚的孙子、乔治皇帝的儿子呀！"

这一时期，吴龙先后发表的长篇著作有：《猴子注[①]》(1922)，谴责英国殖民者破坏缅甸民族独立运动；《狗注》(1924)，嘲弄那些卑鄙无耻、出卖民族利益的政客们，号召年轻的革命一代接替老一辈；《罢课注》(1924)，歌颂学生的罢课斗争；《咖咙注》(1930)，支持塞耶山领导的农民起义。另外，还有长篇小说《嘱咐》(1916、1919、1921年先后出版三卷)，描写了敏东王时代曼德勒一带人民的习俗和文化，以及他们的反帝爱国斗争。

在上述作品中，我们可以看到诗人的爱国主义思想像一条红线似地自始至终贯穿着他的所有诗篇。同时，还可以看到诗人的情绪总是随着人民群众斗争的起伏而变化发展。例如早期，吴龙对帝国主义抱有幻想，希望它能大发慈悲、恩赐独立；当革命运动转入低潮时，他感到惶恐，想专心致力于文学创作，以唤醒人民，拯救自己的民族和国家。有时他又甚至想隐居深山苦心炼丹，但愿有朝一日能为苦难的同胞们创造无穷的财富以摆脱贫困。

1930年，达亚瓦底的农民在塞耶山领导下，举起抗英大旗。广大农民反对殖

---

① 注，原系解释佛经经文的一种文体，取注释说明之意用《××经注》为名，德钦哥都迈借用这种文体名用在他的长篇著作名中，也取详细说明某一事物之意。

民者不怕牺牲的精神，以及殖民者对农民起义血腥镇压的现实，又一次教育了吴龙。他确信独立是乞求不到的，只有通过斗争才能获得。所以当我缅人协会成立以后，吴龙就被它争取完全独立的主张所吸引，同时更被那些朝气蓬勃、具有大无畏气概的年轻人的革命热情所感动。诗人认为我缅人协会是黑暗中的光明，是缅甸民族希望的寄托。他毅然站在我缅人协会一边。

1934年，我缅人协会在仁安羌召开第五次代表大会。在会上，吴龙公开宣布参加该组织，并被推选为名誉主席。这时，诗人放弃了密斯脱貌迈这个笔名，像所有的德钦党人一样，在自己名字前冠以“德钦”(即主人之意)，易名为德钦哥都迈。从此，他的原名吴龙逐渐被人们淡忘，而德钦哥都迈这个名字却蜚声全缅。当年，诗人即发表了《德钦注》，强调缅甸人历来就是这块土地的主人，并且介绍了德钦党的纲领和当时流行的气壮山河的德钦党人造反歌曲，号召人民起来斗争，争当国家的主人。

德钦哥都迈参加我缅人协会后，便同德钦党人一道，积极投身于争取民族独立的救国斗争。他不怕威胁，乃至身遭毒打，仍经常到各地宣讲“德钦主义”。1938年，当反动势力挑起缅甸人与印度侨民的冲突时，一些人受狭隘的民族主义情绪的驱使狂热起来。德钦哥都迈敏锐地指出，这是殖民者的挑唆，奴隶之间不该同室操戈，互相残杀。而当油田罢工工人徒步进军仰光请愿时，德钦哥都迈冒着被捕的危险，挺身而出，亲自前往那直遴迎接罢工工人队伍。斗争实践使他的思想认识进一步提高。1940年1月13日，德钦哥都迈在全国农民协会第二次年会上公开号召人们：“推翻英殖民统治，建立社会主义。”

在日本占领缅甸时期，德钦哥都迈目睹日本法西斯欺凌、奴役、剥削缅甸人民的悲惨情景，公开指出日本人恩赐的独立是穿着牛鼻绳的独立，所以他当着昂山将军说：“你们不能把你们请来的菩萨赶走吗？”他还积极从事地下抗日活动。为了躲避日本统治当局的逮捕，他不得不颠沛流离、辗转各地。

第二次世界大战以后，德钦哥都迈年事已高，创作渐少，只是偶尔即兴赋诗作文。1947年7月，缅甸独立前夕，民族领袖昂山将军等被杀害时，曾赋《烈士陵园》长诗一首以表哀思。

1948年，缅甸人民多年来为之牺牲奋斗的独立终于实现了。长期饱受殖民者奴役、战争灾害的缅甸人民渴望有一个和平环境，建设自己国家，以摆脱贫穷落后愚昧的状态。德钦哥都迈也打算数珠念佛养身修道。可是，国内战争几乎成了独立的孪生兄弟。交战的双方，都是昔日在我缅人协会、学生会中一起战斗过的同志与伙伴，均是德钦哥都迈的弟子学生。面对民族危机、人民的痛苦，诗人忧心如焚，他四处奔走，竭力呼吁：重建团结，恢复和平。他深信，独立国家的国内战争只对殖民者有利。在内战爆发当年，诗人不仅动员各界人士组成国家安宁委员会，呼吁对立双方进行协商，停止战火，并亲自见了总统和总理，呼吁和平。他还走访仰光各大寺庙，动员僧侣们为争取国内和平贡献力量。当1949年中国国民党残部流窜缅甸，威胁缅甸安全时，德钦哥都迈建议当事双方通过协商，停止内战，重建民族团结，抵御外来威胁。这一正确主张后来就成为深入人心的“互不吃亏，既往不咎”的著名的解决国内战争的原则。为了实现国内和平，他不顾年迈体弱，经常到各地宣传讲演，动员各界力量。同时，他还利用自己的影响从中斡旋，力促交战双方重建和平。

德钦哥都迈认为战争既然是人制造的，人就可以制止战争。只要相信和依靠群众的力量，便一定会赢得和平。他经常与人们说，愿有生之年能见到和平。基于这种信念，他积极致力于世界和平事业。那时，他虽年近八旬，作为缅甸保卫世界和平委员会主席，仍不辞辛苦，风尘仆仆，先后到中国、匈牙利、斯里兰卡等国参加亚洲及太平洋区域和平会议、世界和平大会等活动。这种勇于捍卫世界和平的精神受到全世界爱好和平人民的尊敬和颂扬。1953年，德钦哥都迈光荣地获得了斯大林国际和平奖金。

德钦哥都迈对中国人民怀有深厚情谊，积极支持缅中友好协会工作，并两次访问中国。1952年参加亚太和会访问我国之后，曾发表了《访华长诗》，热情颂扬我国人民取得的巨大成就。

1950年，缅甸政府为了表彰德钦哥都迈在文学创作方面的成就，决定授予他“卓越文学艺术家”荣誉称号。他曾任缅甸作家协会名誉主席。

1964年7月23日，德钦哥都迈病逝于仰光。缅甸人民为失去一位杰出的文学家、社会活动家而感到无比悲痛。几十万群众自动组织起来参加吊唁活动。

德钦哥都迈把他毕生的精力献给了缅甸人民的独立事业和世界和平事业。他不仅是位杰出的诗人，同时也是一位伟大的爱国主义者，深得人们的尊敬和爱戴。他的光辉形象至今仍深深地留在缅甸人民的心中。

二、主要代表作评析

诗是现实生活最精炼的艺术概括，同时它又是在思想支配下的强烈感情通过富有美感形象的艺术表现。

德钦哥都迈生活在充满着民族矛盾的水深火热的时代里，目睹自己民族遭到外来的侵略和蹂躏。他体会到人民的痛苦，知晓人民的愿望，关怀民族的命运，诗人的感情与时代息息相通。他的诗深刻地反映了社会斗争的现实，成为时代的一面镜子。这就是德钦哥都迈诗歌最突出的特点。他为缅甸后来的诗歌开辟了一个新的领域，缅甸学者吴翁佩在《当代缅甸文学》一文中说：

吴龙用他的四节长诗记载了近代史实。吴龙是位文学巨匠。他的灵感和才华都贡献给了为争取独立而斗争的事业。吴龙的四节长诗都是政论诗。他用诗歌颂古代缅甸人民的聪明才智，激励自己的民族为挣脱外国人的统治桎梏而斗争。如果我们要研究独立斗争所经历的艰苦历程，就必须研究吴龙的四节长诗。可以说，吴龙的四节长诗就是(缅甸)独立斗争的月志。

这个评论是十分中肯的，我们简略地介绍几部诗人的主要著作后，读者们自己也能作出同样的回答。

《洋大人注》

诗人在《洋大人注》中，以大量的篇幅回顾了缅甸古代的历史事件和文学著作，描述了缅甸民族的生活习俗，同时也阐述了缅甸当时的政治、社会、民族、宗教等方面的情况，流露出诗人对祖国文化被淹没的悲愤心情。

诗人在该书中对阿垅地区一青年按照乡俗举行的婚礼，赋写了《上缅甸婚礼》一诗，抒发了他对民族传统文化的眷恋之情。诗中写道：

上缅甸的婚礼，
有传统的习俗规矩。
祖母赠谷仓一座，
祖父送耕牛一对。
……
父亲送我毯子、蚊帐，
麻布披巾，谋生的土地。
……
母亲为儿子欢喜，
送来长刀、短刀。
内弟还送来两支短笛。

亲朋好友都有馈赠，
锅碗瓢盆一应俱齐。
……

婚礼的习俗和欢乐，农民俭朴的生活和对未来的憧憬，一派令人陶醉的田园景象呈现在人们眼前。然而世道变了，贫瘠的土地已不能维持温饱，阿垅青年为了寻找出路，负债去下缅甸谋生。可是命运老人又不给他良机。最后，他不得不卖掉土地和耕牛，以偿还债务。诗人无情地揭露了英国殖民主义者的掠夺造成缅甸劳动者日趋贫困的真相，同时也抒发了诗人对劳动人民无限的同情。

殖民主义者不仅像吸血鬼，吸吮着缅甸人民的民脂民膏，同时也像蛀虫，腐蚀着缅甸人民的斗志，摧残着缅甸民族的精神。所以诗人在《洋大人注》中，为了激发人们的民族自尊心，着力颂扬了两件事。一是英国政府官职调查团来缅甸时，英国驻缅甸高级专员举行盛大典礼。当时应邀参加典礼的缅甸方面人士个个西装革履，头戴洋帽。在这充满洋气的集会上，曾获硕士学位的大律师吴梅昂却穿着缅甸民族礼服，头扎白头巾，腰系长筒裙。诗人为此感到莫大宽慰，认识到人们并没有像自己想象的那样堕落低下，所以他在文中高度赞扬吴梅昂，说他仪容神态酷似当年参加御前会议的缅甸大臣。第二件事是曼德勒高僧莱涅法师发起组织传教会，赴英国弘扬佛教。诗人对此赞叹不已，认为“从未闻此创举”，感到非常自豪。因为诗人多么希望自己的民族以传统雄姿屹立于世界各民族之林啊！当然，欣喜之余，不免抚今追昔，愁绪万千，他咏叹道：

阿瓦王朝威名扬，
无畏无虑不知忧。
繁荣昌盛民殷富，
声威光华照四周。
昏沉黑暗一扫光，
名气声望震南洲。
如今王朝成往事，
怎不令人愁难收。

祖国灿烂夺目的文化，光辉悠久的历史，怎不令人怀念？今日仰人鼻息奴颜卑膝的生活，又怎不令人愤懑呢？彻底改变现状，恢复昔日民族自立的地位，这就是诗人所向往和追求的。这个思想反映在整个《洋大人注》中，也贯穿在诗人的其他著作中。

《孔雀注》

第一次世界大战爆发，英国为了动员缅甸人民支持它的战争，允诺战后给予缅甸自治。当时缅甸佛教青年会也执行着一条温和路线。他们只盼望着在英联邦内实行自治，没提出“独立”的要求。在得到英国的允诺之后，便把希望寄托在英国的慈悲和恩赐上。大战结束后，英国背信食言，只同意在缅甸设立一咨询议会，而且议员都要由英国驻缅甸总督提名。这当然激起了缅甸人民的愤慨。他们派吴巴佩、吴布、吴吞新三人为代表前往伦敦进行交涉。民族运动由此步入新的阶段。

德钦哥都迈在《孔雀注》中，回顾了缅甸历史，颂扬了人民的爱国主义传统，同时充分反映了这一历史阶段人民的斗争和思想感情。

在诗文中，我们看到诗人同大多数人一样，对英王曾一度抱有幻想。1918年，英国战胜德国时，诗人满以为民族自治即将实现，兴奋异常，于是兴致勃勃地赋诗道：

德人曾称霸一方，
肆无忌惮逞凶狂。
而今携妻室侍从，
逃离柏林奔荷兰。

想到自己民族喜获转机，从此万象更新，诗人便按捺不住内心的喜悦，继续写道：

德意志人终败北，
争自治者喜心间。
古城壕畔笑颜开，
欣喜若狂舞翩跹。

当英国食言拒绝缅甸人民自治，缅甸人民派吴巴佩等三人去英国交涉时，诗人赋诗祝愿此行能如愿以偿：

此去国事定成功，
胜利花枝发新芽。
佩、布、新等赴英伦，
令人兴奋心境佳。
但愿尽除众灾祸，
凯旋返回吾国家。

在诗人的心目中，英王定是通情达理之人，只要讲清道理，诉说缅甸人民的衷肠，英国一定会同情和体谅，所以他在诗中说：

环顾宇内多变幻，
决心迈进新纪元。
奔赴异国英格兰，
劝君悔改知倪端。
合理公平诉实情，
奉告英王听仔细。
善心同情允所求，
了解此行民心盼。

1919年8月17日，仰光暨缅甸各界人士在仰光柔美里大厦举行群众大会，声援赴英代表，抨击上层分子的投降活动。诗人在会上被群众高昂的政治热情所感动，热情讴歌道：

柔美里会堂，
共同的意愿。
群众齐汇集，
举世共赞赏。
不分城与乡。
不分各社团。

无人来作梗，
心地均善良。
僧俗人势众，
求如意吉祥。
决心盼英人，
平等待我邦。
开此民主会，
全国斗志昂。
为达此目的，
奋发图自强。

当赴英代表回到仰光时，潮水般的人流涌向仰光码头，把代表们一直簇拥到大金塔，一路上少女们掷献鲜花。在大金塔，人们向代表们宣读热情洋溢的欢迎词，真是群情激昂，催人泪下。诗人的心被此情此景深深地打动了：

全城熙熙攘攘，
喜气洋洋。
有幸目睹难忘的景象，
多么想告知先辈啊！
这是缅甸的精神和力量。

是啊，人民永远不会甘心当亡国奴。他们一定会用自己的智慧和力量，为自己的祖先争光，这完全可以告慰列祖列宗。

尽管赴英代表没能如愿以偿，但是他们的行动却激励了人民，教育了人民：独立是不能乞求的。人民反抗的意志日益坚强，爱国精神日益高涨。三代表之一的吴吞新回国后，辗转各地，发表演讲，鼓励人民为自治而斗争。他至少走了五六十个城镇。但就在他为祖国前途奔波之时，不幸染病，为国尽瘁，全国默哀悼念。诗人感到无比悲痛，赋诗致哀道：

孔雀的母亲啊！
悲痛难忍泪泉涌。

令人赞叹的儿子啊！
当代表远涉重洋，
英名扬四海，气宇轩昂。
死神啊！
为何夺去他生命的光芒？
为儿子祈祷，
愿他永远活在孔雀的大地上。

人民热爱祖国、自己的母亲，母亲疼爱自己的儿女。这是人民的心声。尽管诗人心情悲痛，但他坚信，战士的鲜血必然滋润大地，让大地长出鲜艳的花朵、结出丰硕的果实。所以他在《孔雀注》结尾写道："不久的将来，时运将转，自治终将实现，孔雀高歌舞翩跹。"寥寥数语，道出了社会发展的真谛。这是诗人与人民一起参加斗争，从人民大众中汲取无穷力量的具体体现。这时，诗人对英殖民者的幻想也被驱散了，代之的是对祖国、对民族未来的坚定信念。

《狗注》

1923年，英国殖民当局虚悬几个部长席位，用来收买缅甸人，实行所谓缅人与英人共同治理的双头政制。这是殖民主义者的阴谋和诱饵。结果，真的有些人追名逐利争当议员和部长。更为严重的是缅甸各团体总会以吴巴佩为首的二十一人党，借口要在与英国人合作中迫使英国人让步，竟然接受双头政制，并从缅甸各团体总会分裂出去。实际上，接受双头政制的人们中，除了二十一人党外，还有一伙彻头彻尾的英国走狗，他们在议会中占据着绝对优势。二十一人党在议会中不仅毫无作为，客观上已和他们同流合污。以吴漆莱为首的缅甸各团体总会的多数派，虽然抵制新政制，内部却意见纷纭，最后只能分崩离析，形成三派。这时，缅甸民族团结涣散，民族运动遭到严重挫折。

起初，吴龙对接受双头政制的二十一人党感到痛心和失望。因为这些人原是民族运动的领导人，诗人又曾与他们共事，还赞扬过他们。当他得知这些人当了议员，有的成了月薪5000元的部长，向殖民者屈膝成为走狗时，便义愤填膺，挥笔疾书，讽刺鞭挞这些甘心情愿充当奴才的庸人。他在《狗注》一开头就说："现在正是各种各样的狗互相争食的时代。看到这抢食的争吵，决心写出《狗注》让你们开开心。"这就是诗人写作《狗注》的时代背景和写作目的。

诗人首先饶有风趣地对各种各样的狗作了叙述和考证，但紧接着就联系当时缅甸社会实际，深刻地指出："是议员就要当狗，这就是现实的规律，似铁铸的一般。"并指出："是狗才无耻厚颜，求得一官半职，甘愿向主子摇尾乞怜。"接着诗人淋漓尽致地揭露和讽刺了那些不顾民族大义，只求个人虚荣的政客。有的讽刺还极其形象逼真，给人留下深刻的印象。例如，诗人描述走狗们的贪婪时曾这样写道：

毛茸茸的哈巴狗，
一副媚骨奴颜，
为了中饱私囊，
圆睁一双狗眼，
争吃一块骨头，
满嘴在流馋涎。

我们认为《狗注》也反映了诗人在殖民当局实行双头政制以后，直到我缅人协会成立之前这一阶段，犹如一叶扁舟，飘荡于苍茫大海，不见彼岸的忧愤心情。

面对"双头制"，
还有"自治"策，
脸部虽带笑，
心中实冷漠。
何者真正好，
我意无着落，
不闻世俗事，
瑜珈自康乐。

尽管这种灰心失望的情绪，在《狗注》中曾有多次反映，但对祖国、对人民的一片赤诚之心，仍然在激励着诗人拿起笔进行战斗。严峻的社会现实促使诗人反复思索，悉心观察。他发现造成缅甸民族运动急剧衰落的原因，是和那些曾是民族运动领导人的背叛行径分不开的。他慨叹道：

孔雀光辉为何不见？

一片阴霾将她遮掩。
领导背弃当年初衷，
像狗一样卑鄙可怜。

即使这样，一直仁慈宽容的诗人仍然认为二十一人党和留在缅甸各团体总会的三派人的爱国之心尚未泯灭，争取民族独立之心犹存，所以力促他们回心转意，重新联合起来。可是缅甸政局的发展，完全出乎诗人的意料。四派人无视民族的利益和人民的呼声，各执己见、我行我素。对此，诗人感到无比失望，最后不得不把这些人从自己思想上摒除掉。他决心用自己的笔在文艺战线上开创新局面。他在《狗注》中写道：

身居孔雀宝山上，
老夫挥笔奋力拼。

《德钦注》

自从诗人正式投入我缅人协会行列之后，他的怀抱不禁为之舒展，热情更加澎湃。诗作也显得格外清晰、明朗，更富有战斗的气息。这期间发表的《德钦注》，从形式到内容都有巨大的飞跃。它热情地宣传德钦党的主张，歌颂它为民族独立而战斗的业绩。他在诗中写道：

涅槃已近二千五，
何人尚霸我疆土？
顺天应时显佳兆，
天降“德钦”擎天柱。

另外，他在四节长诗《德钦大学》中写道：

往事成过去，
如今一股劲。
屹立世界上，
缅甸国威振。
我缅人国土，

祖产应承认。
缅人居缅地，
他人莫靠近。

可见年轻德钦党人的革命热情给诗人留下了多么深刻的印象。他认为德钦党的出现是缅甸民族喜获转机的佳兆。缅甸人民完全可以信赖她，在她的领导下夺取民族独立。事实也确实如此。德钦党人为民族独立进行无畏斗争的精神更赢得了人们的赞赏和尊敬。所以不久我缅人协会就成了缅甸独立运动的领导力量。全缅人民在她的旗帜下重新团结起来战斗，缅甸独立斗争又揭开了新的一页。诗人赋写的四节长诗《1935年我缅人协会全国代表大会》就是他对人民团结战斗的讴歌。

令人兴奋时运转，
纷至沓来众攀谈。
仰光大厦柔美里，
各地人士颇齐全。
尽是昔日亲密友，
罢课檀越女与男。
敬奉虔诚真佛祖，
法坛僧侣众圣贤。
吾师面对亲弟子，
万分高兴且爱怜。
但愿魔罗齐泯灭，
佛法光照遍人寰。

随着我缅人协会影响的日益扩大，殖民主义者又挖空心思破坏缅甸民族独立斗争。它一方面利用统治机器迫害德钦党人，一方面又施展影响，极力在我缅人协会内部制造矛盾。1937年英国当局玩弄的“印缅分治问题”和“九十一部门制”，目的就是为了制造混乱，转移人民的视线。

德钦哥都迈察觉到英殖民者的阴谋诡计，鼓励德钦党人矢志不渝，坚持斗争，并坚信只要坚韧不拔、奋斗到底，人民斗争一定会取得最后胜利。

傀儡领袖威势狂，
联合政府太上皇，
面对全缅甸民众，
如剿盗匪与群氓。
缅人协会德钦党，
灾难重重倍凄惶，
任你折磨并压迫，
咬牙强忍性刚强。
宁愿粉身与碎骨，
难解不平气宇昂。

这里，诗人先前遇到挫折时那种痛苦、悲伤，甚至想隐居山林炼丹修身的思想都被赶走了，没有失望或悲观的阴影，取而代之的是从容不迫地藐视困难和面对困难的勇气，显露出决心的光辉。

诗人在完成《德钦注》的创作后，基本上结束了文学创作生涯，后期只偶尔发表一些短篇诗文。但他没有停止战斗，也没有停止讴歌，直到生命的最后一刻。

三、诗人创作的特色

上面我们只是简略地介绍了德钦哥都迈创作的一部分作品，但这些正是他浩瀚的作品中最精彩的部分，即诗文交杂的“注”。这些“注”不仅是诗人的佳作，也是受到缅甸公众高度评价，被誉为缅甸文学宝库中的瑰宝。

从上面星星点点的介绍中，我们可以清楚地了解诗人的崇高思想品质。这些思想品质都渗透到他作品的字里行间，跃然纸上。他的作品充满了生活气息，忠实地反映了社会现状和历史脉络，同时又深深地感染、激励和鼓舞着患难中斗争中的骨肉同胞，给予他们以巨大的精神支持。诗人的心与人民的心完全贴在一起，他的诗表达了人民的心声，他所讴歌的正是人民赞美的，而人民的夙愿也正是他的理想。他为人民斗争的胜利而讴歌，为人民斗争的挫折而嗟叹。人民哺育了诗人，诗人呕心沥血写出大量作品回报人民。人民与诗人，鱼水不可分。

缅甸著名学者佐基在《德钦哥都迈评传》中说：“老先生就是用这种学识（指诗作中宣扬的爱国主义思想）使人民从睡梦中醒来，让醒来的人坐起来，让坐起来的人站起来，让站起来的人加入到战斗的行列中来。老先生就是用他的学识，让人们由沉默转为怒吼，由胆怯变为勇敢；使人们了解自己的祖国，热爱自己的祖国，并自觉地为自己的祖国而献身。”考察诗人一生的业绩，这个评价是很恰当的。

德钦哥都迈是位博闻强记、精通缅甸文、熟谙韵律的学者。在创作上，他勇于创新，就以书名“注”而言，先前，缅甸人在疏释佛陀教义、佛教经典时才用“注”，但诗人却拿来反映和阐述世事和他自己的思想、观点。而在写“注”时，他又采用诗文交杂的形式，议论一段后，便以一首四节长诗作概括。自《孔雀注》开始，诗文更以修道老人身份与尼姑凯玛、盖达、梅意、盖底等交谈的形式进行阐述，然后再赋作一首四节长诗。这是因为诗人创作时，正值缅甸社会风行演戏，缅甸传统剧本形式都是一段对白，然后是一段韵文唱词，这种形式为群众所熟悉和喜爱，所以诗人就接过来加以改造和创新。四节长诗这种古老诗体，在诗人笔下，也变得生机盎然、别开生面。

四节长诗每首分4节，前2节一韵，后2节另一韵。第1、3两节至少3句，多则不超过7句；第2、4两节至少7句，多则不限，尤其是第4节可以无限增多。字数除第2节最后两句为4个字，第4节开始一句为3或4个字以外，其他各句都是7至15、16字之间的长句，可以使诗人的感情得到充分的发挥。

德钦哥都迈在运用这种诗体时，不仅无限制地扩大诗的总体，使篇幅最大的四节长诗竟长达10页之多。每句的字数也有惊人的扩展，最长的句子竟有超过50个字的。而且诗中引诗，诗中引文，交替运用，灵活生动，实为缅甸诗中罕见。由于诗人在缅甸语修养方面有很高的造诣，在实际运用上更达到了炉火纯青、得心应手的地步，加上他完全用口语体表达的形式，以及生动、鲜明的比喻，如用美丽、温顺、高贵的孔雀比喻自己的祖国，用狡黠的猴子比喻殖民者，用不知羞耻的狗比喻背弃人民利益、争权夺利的政客等等，使诗文更加通俗流畅，清晰生动。可以说，诗人精湛的艺术手法，加上崇高的思想意境，使他的诗歌在思想性和艺术性的结合上达到了统一完美的境界，是缅甸民族主义诗歌的光辉典范。

别林斯基曾说过：“没有一个诗人能够由于自身和依赖自身而伟大。他既不能依赖自己的痛苦，也不能依赖自己的幸福；任何伟大的诗人之所以伟大，是因为他的痛苦和幸福深深植根于社会和历史的土壤里。他从而成为社会、时代乃至人类的代表和喉舌。”我们认为这段话也完全可以说明德钦哥都迈在民族主义诗歌创作方面获得成就的根本原因。

第四节　独树一帜“小说文章”的作者德班貌瓦

一、生平与创作

德班貌瓦（1898—1942），原名吴盛丁，下缅甸毛淡棉人。1899年6月5日出生，1942年6月6日遭匪徒枪击致死。父亲吴翁瑞是一位英国公司职员，母亲杜杜蒂早逝，他随伯母长大。弟兄三人，排行居中。夫人玛拉丹，婚后不久病故。后又与米厂厂主的义女玛钦敏结婚，生有一子二女。1920年考入仰光大学。1927年获学士学位。当年成为仰光大学缅文高级班首届学员，毕业后曾短暂留校任助教。后被派往英国参加牛津大学承办的英属印度行政官员学习班学习。1929年回国后直至1942年，辗转于实皆、密铁拉、兴实塔、渺米亚、茵盛、丁因、皎栖、瑞波、曼德勒等地，历任镇长、区长、县长等职。

大约在大学学习时他就开始写作。最初用英文字母“X”为笔名在学生刊物上发表过数篇英文文章。后来他用过很多笔名，例如：德班学生貌妙敦、貌盛丁、丁丁、丁貌敏、马尼、貌妙敦、貌坦通（国民学校教员）等等。据有人统计他用过的笔名竟有57个之多，有的笔名是他写某类作品专用的，当然他用的最多的，大家所熟知的笔名就是德班貌瓦，所以一些人对他的本名吴盛丁早已忘却了。在他短短的写作生涯中作品不少，以貌鲁埃为主人公的系列小说文章153篇、非貌鲁埃小说13篇、游记4篇、文学评论106篇、书信文章56篇、剧作25部、杂文43篇、共计有400余篇作品，[①] 是一位高产作家。他用多种文学形式写作，原来人们都说没有见过他写诗，但是后来也有发现。他在仰光大学学习时住在宿舍“太公楼”时就用缅甸传统古诗的形式，写了一首题为《告天帝》[②]的诗，讲宿舍中蚊虫太多搞得他难以招架非常烦恼。虽然诗的本身没有什么意义，笔法也很一般，但充分地表现了作者诙谐幽默的睿智。所谓“小说文章”，即文体似小说又似报导的散文类作品，别具一格，值得人们认真探讨。

他的作品中有两大类足可说明他的创造性，也是他对缅甸文学的最大贡献。一是被后来人们称之为“小说文章”的一类，而且他的“小说文章”主人公都是一个人——貌鲁埃，虽然各篇之间情节上没有任何联系，但因为主人公都一样，就成了一个名副其实的系列；还有一类是文学评论文章。我们在下文中再做进一步

① ［缅］吴敏坚：《纪念德班貌瓦》（缅文），仰光瑞文学书社，1999年版。
② 载《仰光大学五十周年纪念专刊》（缅文），1970年版。

的赏析。

本来在实验文学运动正在发展进行时，或在缅甸独立初期，比起实验文学运动的其他代表人物来说，德班貌瓦的名气并非很大，也未引起人们的重视，但随着人们对缅甸文学认识的加深与提高，读者们、研究者们都越来越注意到德班貌瓦这位作家。尤其是在1999年6月初缅甸文化部在仰光隆重举办了“纪念德班貌瓦诞辰一百周年文学报告会”，诸多缅甸文学界人士参加并提交了若干篇论文在会上宣读，尤其令人瞩目的是日本的高桥百合女士①和20世纪50年代末曾在仰光大学留学的一位捷克女学者②也应邀与会。高桥百合还发表了题为《德班貌瓦小说文章之我见》的论文。

主持纪念德班貌瓦诞辰一百周年文学报告会的缅甸文化部副部长吴梭纽（即：作家铁拉西都）在他的开幕词中说：“虽然德班貌瓦是一个殖民政府官员，但他同时也是一位热爱人民的好作家。即使在英国殖民政府中工作，他仍怀着一颗爱国心，为了缅甸文学的发展而积极努力……”

二、进步的文艺观

1920年英国殖民政府建立了仰光大学，由于当时奴化教育的毒害，不少学生都有一种崇洋媚外，重英语轻缅语的倾向。甚至在那个时候，如果你说我不会缅文！就等于是在抬高你的颜面。大家在相互交谈的时候，都爱说我缅甸话说得不好，我不会用缅甸文写作，并以此为荣。③ 1920年12月5日学生不满政府颁布的《仰光大学法》举行罢课，随之国民教育运动蓬勃兴起，才使得“大家都抵制英国文学，开始转向研究缅甸文学。从那时开始，在缅甸学生的内心深处种下了研究缅甸文学的种子”。④

在1928—1930年间他以德班学生貌妙敦为笔名撰写了文学评论文章70余篇先后在《太阳报》上发表。他认为：“任何国家的诗歌、绘画、雕塑等文化艺术发展繁荣的过程中都会出现两种流派，……即因循守旧的一派和弃旧创新的一派，为方便记忆，我们把前者称为传统派，把后者称为实验派。”“这两个流派的出现是很有意义的。没有实验，任何艺术都将裹足不前，得不到发展，最终将逐渐退化

① Mrs. Yuri Takahashi 缅甸名为Daw Yu Yu Lwin，1957年生，1990年 获东京外国语大学缅甸文硕士学位，学位论文题目为《德班貌瓦及其作品研究》。1991年至1994年曾在驻缅日本大使馆任职。1999年赴缅与会时正在澳大利亚悉尼大学攻读博士学位。

② 该学者缅甸名为Daw Mya Thidar 。

③ ［缅］德班貌瓦：《文学与文化》（缅文），曼德勒人民书社，1976年版，第197页。

④ ［缅］德班貌瓦：《实验文学总论》（缅文），仰光蒲甘书社，1966年版，第96页。

直至消亡。反之，如果没有传统，实验派的改革创新就失去了准则，从而变成随心所欲的胡为，最终将步入歧途。……因此，这两种流派是互相促进，共同存在的。"[①]"历史已经证明，任何一个国家，即使她沦为其他国家的附庸，只要本民族的语言文学能够繁荣发展，这个国家就能赢得世人的尊重。"[②] 他主张贴近社会描写现实生活，但反对片面追求辞藻华丽的文风，指出："有些作家在写作时片面追求辞藻的华丽，却忽视了对文章中心思想的表达。此类文章讲求押韵，注重词句的修葺，写的中规中矩，但读完之后却一头雾水，不知所云，而且显得非常繁琐，就像在明亮的镜子中看到一副丑陋的影像。有些作家的文笔不好，但能够明确地表达自己写作的意图，这样的文章往往能够赢得读者的青睐，就像在模糊的镜子中看到一幅美妙绝伦的倩影。这两种写作方式，第二种比第一种更胜一筹。如果能把两者有机地结合在一起那就更好了。"[③]

缅甸著名作家貌逊意在一篇《德班貌瓦的文学评论》中评论说："他对缅甸古典文学作品评论，也对缅甸现代文学作品评论，把古今文学联系在一起评论。他用文学评论直接支持了实验文学运动。评论时因果分明，恰如其分。对那些毫无根据抨击实验文学的人进行仔细地批判，从而使实验文学运动得以立稳脚跟。"

三、独树一帜的小说文章

德班貌瓦写的最多的是以貌鲁埃为主人公的系列小说文章。德班貌瓦的小说文章文体独特、质朴清新，开创了"实验文学运动"中小说创作的一种新文体，独成一派。与他同期的作家佐基对此评论得非常中肯，他说："过去缅甸文学史中那种带韵脚的散文逐渐变成了普通散文。开始时人们并不重视这种不带韵脚的散文。后来才开始注意到这种手法，一些作家大力推广这种创作手法，而吴盛丁就是其中的佼佼者。吴盛丁不是多愁善感的人，他不写忧愁和悲伤，而是用生动的语言清楚地描绘他所接触到的生活。""吴盛丁像热爱文学一样热爱生活，像尊重学者一样尊重生活，无论是好是坏，从他开始写作的1927年到他死去的1942年，15年间所创作的文学评论、小说文章都证明了他的热爱与尊重。特别是那些小说文章更是清楚地显示了他那热爱与尊重的情怀。应该说，正是因为有了这种情怀才使他的文笔显得那么的酣畅自然。"[④]

---

① ［缅］德班貌瓦：《实验文学总论》(缅文)，第55-56页。

② ［缅］德班貌瓦：《文学与文化》(缅文)，第6页。

③ ［缅］德班貌瓦：《文学与文化》(缅文)，第151页。

④ 见缅甸翻译协会编著：《缅甸百科全书》第4卷，仰光：缅甸文学宫出版社，1960年版。该书第57-62页载吴温 吴登汉撰"吴盛丁"条。

1929年吴盛丁从牛津大学学习回来后在实皆工作时，就开始写《实皆渡船》、《实皆峡谷》、《德比丹要塞》等一批实验故事。他作品中经常用作主人公的区长貌鲁埃就是在《实皆峡谷》中首次出现的。现在就以他的几篇小说文章为例，具体分析它的特色。

《穷乡僻壤》一开头就写道：

"德贝格拉"这个名字真有趣。

这是貌鲁埃家乡一个小渔村的名字。这里不仅有德贝格拉村，还有德贝格拉湖、德贝格拉旷地和德贝格拉河。

德贝格拉村是以德贝格拉湖命名的？还是德贝格拉河、德贝格拉湖、德贝格拉旷地是以德贝格拉村命名的？这谁也说不准。问起德贝格拉村民时，他们都说很久很久以前就这样叫了。

爱刨根问底儿的人兴许会问："德贝格拉"这个词是什么意思？问到村里最年长的吴瑙多老人的时候，老人说，德贝格拉意思就是"一英尺高的印度人"。

接着这篇小说文章就介绍村子坐落的位置，村民与鸡、猪等家畜同住在简陋破旧的茅屋内，大多数村民以捕鱼为生，只有昂佩、吴波辛两人务农，然后又描写了渔民与农民之间发生纠纷，最后大动干戈，竟然导致波及全村的大殴斗，这次斗殴不仅有20余人受伤，连村里的和尚也不能幸免。和尚因无人布施斋饭而不得不忍饥挨饿，小说最后叙述和尚能"因人施教"讲经布道；说什么尽管一生杀生作孽，只要临死前能够忏悔，仍可超度。这类信条深得渔民们的欢心，因而寺庙香火不断，斋食丰盛，学生众多，至于和尚对学生，则完全采取放任自流的态度，所以他的学生都在田野溪流中恣意玩耍…… 显然作者是在描述19世纪末20世纪初缅甸农村的现实情况。作者用"真是些了不起的村民！"一句话表现了作者对村民这种愚昧且不思进取的担忧，也表达了作者对当地百姓"哀其不幸怒其不争"的心情。作者最后用辛辣嘲讽且幽默的笔调结束全文。他说："谁能断言，四五十年后这群孩子中不会出个总统？只要大家同意不就能当上总统吗？"

又如在《投票之前》这篇小说文章中，作者极其风趣地描写了人们为印缅分治问题争执不休，但事实上，为所谓"印缅分治"与否公决投票，不过是英国殖民主义者愚弄缅甸人民的一种伎俩而已。

……

就像佛教分成不同教派、教宗一样，谈论分治、合政问题风靡一时。这种分治合政的辩论会、演讲会起初只在城镇里流行，后来发展到农村。一两个月之中传遍全国各地。主张分治的讲分的好处，主张合政的讲合的利益，不知相信哪边更好？老乡们听得稀里糊涂，莫名其妙。

乡里和街道上关于分合之争也很激烈。既像佛教宗派之间相争，又像世界大战期间争论英国获胜还是日本获胜一样。在争论分合问题的辩论会上甚至发生口角。父亲主张合，儿子主张分；妈妈主张合，闺女主张分；一家人也吵个不停。

教派宗系之争从僧侣起传至俗人，而分合之争则从俗家起影响到僧众。

……

木匠吴昂拉一面盖房子一面讲分治的道理，主人杜迎梅不满意又在大讲合政的好处。吴昂拉说要跟印度合在一起，缅甸人就都成了印度人的妻妾啦！杜迎梅反驳说，只有嫁给印度人才会成为他们的婆娘呢！

公共汽车司机貌敏汉说：如果缅印合政，大批的印度人将到缅甸来，缅甸人就会失业。乘客貌达鲁说：如果缅印分治，英国人就会乘着大轮船来缅甸，那么缅甸人的处境比现在还要糟。貌敏汉哈哈大笑把汽车停下来，撵貌达鲁下车。貌达鲁坐着不动，说钱已付了刚坐了半程绝不下车。其他乘客只好从中说合。

吴班底和吴波貌在伊洛瓦底号轮上争论分合问题吵翻了，动了手。吴班底提起僧裙[①]拿起竹杖。吴波貌把筒裙头儿撩起从胯下向后掖至腰间，手里攥了个汽水瓶。全船乱成了一团。

大学妙丹吉的阿迎舞表演会上达山和吴佩达基争论分与合，把它作为笑料，逗得大家前仰后合笑个不停。貌达汉剧团演出时讲了讽刺合政的笑话，招来了三块飞砖头，观众都被吓跑了。

鱼贩子玛达意打了卖菜的杜莎乌一记耳光，全村人都来劝架。村长问明情由才知道原来是为分合之争。玛达意被罚三元钱。

……

名目繁多的捐税是英国殖民者套在缅甸人脖子上的条条绳索。殖民当局强征赋税。而缅甸穷苦百姓则为此寝食不安。《“岗哨”号汽船》一篇中就有这样的描述：

---

① 缅甸僧人下身穿着的并非僧裤，而是像缅甸男子所穿的筒裙一样的僧裙。

“岗哨”号汽船是区长大人出巡时坐的官船。

尽管“岗哨”号的汽笛声给村里孩子们带来了许多乐趣，但对大人们来说却是可怕的灾难。

“岗哨”号这次光临茵敦村是为来征人头税的。因此，当汽笛响过后，那些还没交人头税的人都吓呆了。

吴觉山老汉可真难。老婆长期患病，又没有个能依靠的亲戚。…… 本来没吃没喝，老婆病病歪歪，现在又来征人头税了，真是一筹莫展。村长来逼，镇长训斥，眼下区长又来了……

吴觉山来到区长大人貌鲁埃面前，一口气讲了自己的困难和境遇。貌鲁埃听着吴觉山的话，看着他那表情，马上就明白了他的处境，心里也翻腾了起来。如果自己处在他这样的境地怎么办？没的吃，又没钱，再用人头税逼他，确实难办。迟疑片刻，话说不下去，想了想，真不是个滋味。同情感涌上心头。想马上宣布免了他的税。可免了他一个，其他人都围上来要求免税怎么办？……

显然，他的描述都很简单明了、生动朴实，再看看另一篇《水浮莲》中用的语句就更典型了。

文中讲到，貌鲁埃乘船到一地巡查，晚上他的船停在江边过夜。白天村长告诉他，有十来个盗匪躲藏在江对岸的村里，这真使貌鲁埃有点坐卧不安了。

找自己手枪。没有？！落在家里了。佣人已经睡了。秘书跟船员们也悄然无声。真烦！只能观察着江对岸的小屋。那些盗贼肯定知道我来啦。说不定已经吓跑了。跑了也好。要不他们一大帮摸过来，可就麻烦啦。防身的手枪又忘在家里了…… 嗨！生死有命！正人君子怕什么盗贼？为自己壮胆，念起消灾经，披上短衬衫，在屋里踱来踱去。过了一会儿，开始燥热起来，全身大汗淋漓。

通过这几篇例子可知，德班貌瓦的小说文章几乎没有什么完整的故事情节，通篇都是明确而痛苦的现实写照。这样的手法在他的作品中比比皆是。这种不单纯依靠故事情节而采用随笔、抒情描写的方法，在缅甸文学史上的确是别开生面的。

四、其他创作活动

除了文学评论和小说文章这两大类是德班貌瓦一生中创作的主要作品外，他创作的其他作品也有着一定的社会意义。比如他共创作过25篇小剧本，按作者自述，这些剧本并非供演出所用，只是因这种书写形式更能表达自己写作意图而已。他的小剧本几乎全部是社会生活的真实写照。如小剧本《性命》就是描写一个买办的儿子在斗殴中失手致人于死。买办凭借权势金钱，收买官员、医师及证人，最后认定死者系腹内肿瘤突然破裂，昏厥倒地，撞破头颅殒命，使他的儿子摆脱了干系。又如小剧本《一嘴吃三口》说的是缉私官员吴瑞刚根据线人的报告，在曼德勒—仰光公路上缉获30包鸦片。吴瑞刚向上报称缉获10包，实将余下的20包给了收购鸦片商牟利，并收下跟随贩毒人去仰光的阿诺2000缅元将他释放。与此同时，吴瑞刚还得到政府发给他的500缅元奖金。很显然，作者就是通过这些故事来表达对社会的种种看法，揭露和鞭挞假恶丑，批判人性之恶。而作为政府官员发表这些内容的作品确实有些尴尬，所以他在写作这批小剧作时，全部都用“丁丁”这个笔名发表。

德班貌瓦的作品也存在着明显的不足之处。他作为一名殖民政府官员只能用工作之余的时间写作，再加上身份的限制，虽然接触到民众的范围还是比较广的，但明显不会很深入。而且他的创作大多采用类似于随笔、特写等形式，所以使得他的作品从艺术性和思想性两方面看都有所欠缺。就是与和他同时代的佐基、敏杜温等作家相比也明显略逊一筹。虽然他写作时很注意联系生活，反映现实，揭示缅甸社会存在的种种弊端与不公，但并没有能深入揭露其根源，大多只能停留在表面层次上，缺乏深入的探究与反思，更谈不上指明出路所在了。甚至到了缅甸人民争取民族独立斗争蓬勃发展的时刻，不能适应形势，反而出现了反对这场斗争的倾向，这明显是不对的。

第五节　满怀爱国激情与生活情趣的诗人佐基

一、生平与创作

佐基（1907—1990），原名吴登汉，下缅甸皮亚蓬人。1907年4月12日出生，1990年9月26日病故。父亲吴约，母亲杜盛纽。夫人杜梭茵，育有三女，钦谬汉、钦拉汉和钦翁汉。幼年就读于皮亚蓬英缅文公立学校和国民学校。1924年毕业于仰光国民学校，入仰光大学学习。1929年获仰光大学学士学位，在谬马学校任高中教师。1936年获仰光大学硕士学位，到曼德勒预科学院任助教。1938年到英国伦敦大学、达弗林大学学习图书馆学。他1940年起任仰光大学图书馆馆长直至退休。先后曾担任过教科书出版处处长、缅甸历史委员会主席、国家历史研究总局局长、缅甸文学宫文学奖评委等职。

诗人在大学时开始写作，1928年在校园内学生刊物上发表诗歌，后被誉为写作实验文学的第一人。他的一生写作诗歌、小说、剧作以及很多文学评论文章。他的诗歌多为抒发爱国情感或描绘自然美景之作。此后又先后写出了蜚声缅甸文坛的《水浮莲之路》41首。他的早期诗歌大多被录于吴佩貌丁编《实验诗歌选》（1937），其他诗歌曾结集出版的有:《金色缅桂花》（1951）、《水浮莲之路》（1963）、《古代蒲甘》（1987）等，其中《古代蒲甘》诗集获得当年诗歌奖。自撰短篇小说10余篇，其中著名的有《他的妻》[①]、《玛丁老头》[②]、《蒲甘集市》等，可见于吴佩貌丁编《实验故事选》（1935）和《实验文学三人集》（1955）等文集。翻译世界著名短篇小说约40篇，以《天上的星与获诺贝尔奖的小说》（1966）、《你啊！爱情的烦恼》（1978）为题结集出版，后者获得了1979年国民文学奖。还译过法国戏剧大师莫里哀的剧作《贵人迷》（1934）、《贵人迷等独幕剧集》（1970）。佐基还编写过一本中学用历史书《我们的联邦史》。他的最主要成就是缅甸文学评论文章，他写的《德钦哥都迈评传》曾获1956年度缅甸国家文学奖，文学评论文章在发表后也曾结集出版。《文学世界》（1963）是他和敏杜温所写的评论文章合集，而他本人的评论文集有《文学疏注》(曼德勒世界当代文学出版社，1966年版)和《文学赏析》(仰光文学书局，1962年版)，后又合二为一，以《文学疏注与文学赏析》(仰光钦敦文学出版社，1976年版)为题再版发行。

二、音调铿锵充满激情的诗篇

佐基的诗音调铿锵、富于想象、清新朴实、充满爱国激情。

按当前资料可知佐基发表于1928年的短诗《金色的缅桂花》是实验文学的第一篇。“1928年实验文学作者之一的佐基发表了两篇作品。一篇是诗歌《金色的缅桂花》[③]，另一篇是小说《亲爱的人》。当时在学生们中间这两篇很有名气。这两篇起初是发表在手抄刊物之上流传。当时，佐基是住在仰光大学勃固宿舍楼的一个学生，他自己手抄一份《汉达之镜》刊物。上述那两篇作品就在这个刊物的创刊号上发表的。我想如果说这两篇是最初的尝试是不会错的。”[④]

① 参见林煌天译:《缅甸短篇小说选》，外国文学出版社，1981年版。

② 参见林煌天译:《玛丁老头》，载《世界文学》编辑部编:《亚非拉短篇小说选》，中国社会科学出版社，1980年版。

③ 缅桂（Pidaut），缅甸一种树，有人译作“缅甸紫檀”，亦有译作“黄柏”者。每逢公历四月中旬缅历新年时，金黄色的缅桂花就会开满枝头。花色金黄灿烂，香气浓郁沁人，是缅历新年吉祥如意的象征。

④ 摘自1959年2月当时身在仰光两位中国留学生李谋、姚秉彦关于实验文学运动对佐基的访谈录。见李谋著:《缅甸与东南亚》，广州:世界图书出版公司，2014年版，第198页。

《金色的缅桂花》是诗人的代表作之一。这首诗一开头便描写在芳菲时节，缅桂花蓬勃盛开，像一张张充满生命力的笑脸，为全诗渲染出热情洋溢的气氛。又用拟人的手法细腻地写出缅桂花的生动姿态。全诗如下：

缅桂花开芳菲节，
瑞庭花发不休歇，
盛开真如骄子面，
赏芳时节勿采摘。

花瓣起舞羞怯怯，
交颈缠绵情意切，
碧空荡荡风习习，
乐向人前比欢悦。

黄似袈裟金晃晃，
雍容华贵主吉祥，
迎来新年又一度，
笑向人间捧花香。

他的诗《我们的国家》，明确地指出缅甸虽然土地肥沃，物产丰富，但人民却过着贫困的生活，所以诗人号召人民团结一致，依靠自己的智慧和力量，使自己成为国家的主人、土地的主人。他在诗中写道：

起来吧！
缅甸人，
莫泄气，
别灰心。
大家团结一致，
聪明无限，
力量无比。
让咱们奋斗到底！

这是谁的田野？
这是谁的稻米？
负起责任，
做好工作，
用咱们的智慧齐心协力！

而在《当你死去的时候》一诗中，更明确地表达了诗人积极的人生观。他认为人生在世，应该为社会的进步做出贡献。诗的全文如下：

人生在世，
死总不可避免。
但是，
当你死去的时候，
应该让哺育你的大地有所进步；
让你本民族的语言有所发展；
让你礼拜的佛塔
金光闪闪地留在人间！

语句铿锵、情味无限、联想翩翩是诗人创作的特色。他还在不同年代先后写过《水浮莲之路》41首，连在一起也好像是一首长抒情诗。下面我们仅举写在最前面的三首为例，供读者赏析。

（一）

水浮莲，戴着朵朵浅紫色小花，
在小溪里体态婀娜、徘徊往返。

啊！我的朋友，芦笛手！
浅紫色水灵灵的水浮莲边靠岸边开口。
蝴蝶们正围在洁白的茉莉花旁左右奔忙。
我想去看望她——我那幼时的好友。

你怀念旧时知己，
这种美好的情谊叫人敬仰。
可蝴蝶们在她家采蜜，她无暇抽身待客。
我劝你，还是走自己的路吧，花儿簇拥在这小溪上！

啊！我的朋友，芦笛手！
浅紫色水灵灵的水浮莲又靠岸重开口。
溪流弯弯处那可爱的姑娘将把我拾起，
我要笑着偷窥她那忸怩动人的面庞，透过她的手。

你想看美丽的姑娘，
这种爱慕的感情叫人赞赏。
可要小心姑娘无意碰碎你那可爱的花瓣儿。
我劝你，还是走自己的路吧，花儿簇拥在这小溪上！

啊！我的朋友，芦笛手！
浅紫色水灵灵的水浮莲再靠岸再开口。
原野上的佛塔，顶上宝伞风铃叮当响。
我想去礼拜，就在这傍晚黄昏的时候。

你要朝觐金色佛塔，
这种虔诚的信念叫人颂扬。
只要你有这种渴望，迟早能够到达仙界。
我劝你，还是走自己的路吧，花儿簇拥在这小溪上！

南风吹，溪水涨。
扯起你那叶帆片片，
努力，目的定能实现！

（二）

溪流中悠然徘徊着，浅紫色水灵灵的水浮莲啊！

妳曾借口要看望茉莉花儿，奔向岸边。
溪流中悠然徘徊着，浅紫色水灵灵的水浮莲啊！
妳又借口想偷窥姑娘笑脸，游向岸边。
溪流中悠然徘徊着，浅紫色水灵灵的水浮莲啊！
妳还借口要朝觐金色宝塔，浮向岸边。

妳一次又一次地扯起叶帆片片。
芦笛手一遍又一遍地把妳规劝。
愿到达极乐仙界，浅紫色水灵灵的水浮莲啊！
终日里上下往返在这溪流间。

（三）

溪流上漂浮着妳，水浮莲——溪水的好友。
遇见弯曲处蜷起身子，逢到平坦处伸直腰杆。
虽然风儿没有吹来，水却依旧欢畅地流远。

芦笛手坐在岸边吹起笛子，与杜鹃的歌喉比个高低。
杜鹃唱，芦笛和。
恋慕那顺流轻盈走，缓流回眸看的
——悠然徘徊着的水浮莲姑娘。

溪流里水浮莲时来时去，忽往忽返。
溪水边芦笛手笛声悠扬，甜美委婉。
请问妳来自何处，奔向哪边？
戴着浅紫色小花的姑娘啊！
当日落西山的时候，
妳在什么地方宿夜歇肩？

……

再举一首诗人在1961年10月间访华时写的《长城》诗为例，仅仅两句四行，长城的巍峨气势已跃然纸上。诗是这样写的：

啊！雄伟高大，
绵亘天涯。
顺着岭巅蜿蜒，
巨龙守卫着国家！

三、生活气息浓重的小说

佐基的小说具有语言简练、生动幽默、生活气息浓重、寓意深刻的特点。仅举他的代表作两篇短篇小说为例。

一篇是短篇小说《他的妻》。小说的主人公是一位年已43岁的懒汉郭盛，他是个既无谋生技艺，又无理家心思的人。他的妻玛璞是一位泼辣能干的妇女，年已37岁，生有三个孩子，大儿子14岁在庙里读书，小儿子和小女儿在家中玩耍。一家五口人的生活，全靠玛璞到镇上摆个小摊儿卖鲜货维持，郭盛在家做饭看孩子。可郭盛一想到还要为孩子们做饭觉得真烦，还有邻居们“那一张张带着嘲弄、鄙夷神色的面孔”也使得他很不自在。“他要从这种生活中挣脱出去。”“要是当了和尚，他每天一早就来玛璞家化缘，趁她还没有去赶集前和她见上一面，再看看孩子们。”这样既不用劳动干家务，也不会看到那些鄙夷的脸色，清静悠闲，遁入佛门岂不甚好？于是郭盛就向玛璞提出了他要去庙里短期出家的要求。玛璞同意了，并请姨母临时住到家里照看孩子们。“原来说好出家当一个月左右的和尚，可转眼就要三个月了，郭盛还不肯还俗。玛璞的姨母……整天盼着回家。”“玛璞无计可施，只好去找一个女友商量对策。”…… 一天早上，和尚郭盛带着他的弟子——大儿子回到家来化缘吃早斋。可令他奇怪的是“屋里放着一包包收拾停当的行李，大门口停着一辆大车。”吃过斋饭，玛璞终于边擦着眼泪，边向和尚哭诉道：“……要是法师打算出一辈子家，那就按您的意见办吧！我这个信女也只好看情况再说了。我带着两个孩子，要是在外村能遇上个可以依靠的人，我就跟着他走，到那时，咱们只好一刀两断了。喂！波尼，把那些包袱往车上搬吧…… 今天，咱们把事情当面说清楚，免得日后节外生枝，再到法院去！……”（这时和尚再也坐不住了说）“得了！你姨母村里净出些喝棕榈酒的醉鬼，我还是还俗吧！”就这样，“从此，玛璞又成了郭盛的妻子。”

作者把一个懒汉的形象描写得淋漓尽致，明确道出某些穿袈裟入佛门的人仅仅是为了偷闲清静，过寄生生活，这种题材在缅甸文学中实属罕见。

再举佐基写的另一篇短篇小说《玛丁老头》为例。

小说的情节异乎寻常的简单。一开头有这样一段景色描写："空中漂浮着朵朵彩云，有的呈现出金黄色、火红色，有的呈现出紫色或暗灰色。由于高空的吹卷，云彩顿时形态万千，变幻莫测。就在这时，我看见从大片云层中分裂出一小块彩云，它置身于一朵朵摆出一副达官贵人架势的云彩之中，好像找不到安身之所，孤零零地一忽儿向南飘动，一忽儿又往北浮去。……当夜幕刚刚降临大地时，那些五颜六色、光芒四射的彩云，早已在我的脑海中消失，只有那朵孤独的浮云却一直使我神往。"作者就是用这种象征与联想引出了小说的两个主要人物"我"和玛丁老头。

玛丁老头是个穷困潦倒的民间木偶戏演员。他年迈体弱、瘦骨嶙峋，松弛瘦削的脸颊上刻着道道皱纹，两道浓黑的眉下有两只炯炯有神的眼睛，唇上蓄着花白的胡须，手脚暴露着条条青筋。他的脸上从无笑意，但当他为人们演唱时，声音却显得格外"清脆嘹亮"，面部也似乎"突然容光焕发"。他随身带来的只有三个物件，一个小木偶公主、一只棕榈叶箱、一条带蓬小船。"缅历12月是玛丁老头背着他那满面笑容的小木偶，每年来我们村庄演唱的月份。每当这个时候，村里的孩子们都在望眼欲穿地盼望着他的到来"。当他来时，不论老人、年青人都很怜爱他、照顾他，给他倒茶送饭，嘘寒问暖。老人便会在树荫下为人们演唱起木偶戏来。"他既能节拍准确地演唱各种古老的曲调，也能凑合着唱些时兴的歌曲。他的歌声虽然同他的年龄不甚相称，声调却还优美动听"。在为人们献过技，满足了观众的愿望，吃饱了肚子以后，玛丁老头"总是带着对世俗无法容忍的神态，毫不迟疑地走向自己那只带蓬的小船"，悄然离去。今年12月又到了，可是玛丁老头却异乎寻常地没有露面。原来玛丁老头"准备在今年转回我们村子之前，寒末春初之际被病魔缠上了身"。最后，"我"无意中在小丛林的小棚里发现了玛丁老头的尸体。"看样子是昨天晚上刚刚去世的。"

作者满腹感慨地写道："玛丁老头同满面春风的小木偶公主一起生活的日子，现在结束了。啊！玛丁老头，就是你啊！用你的歌声给人们带来了欢乐。我要用这一句话向您祝愿：愿你升上美好的天堂！"事实上这也是作者对一切坚持传统文化的人们的歌颂与祝愿。玛丁老头从不离身的背着的满面笑容的小木偶公主可能象征着当年与老人相爱的美丽姑娘，更象征着老人毕生为之奋斗、执着追求永葆青春活力的缅甸传统文化艺术。所以，人们评论这篇小说时说，作品表现了作者要求弘扬传统民族文化的一贯主张和他的强烈爱国主义情感。

此外，他的短篇小说《蒲甘集市》、《金锣声》、《爱情和战争》等都歌颂了缅甸民族传统的爱国主义思想。

四、切中要害的文学评论

佐基除了写过不少诗歌和短篇小说外，还写过一些文学评论文章。他写的文章在那个时代来说，还是具有不少新意的。他写过的文学评论文章大致可分为四大类：评论缅甸古典文学的、评论缅甸现当代文学的、评论缅甸艺术的和关于写作本身与文学意味的。

评论缅甸古典文学的有：《比釉诗与比釉诗的作者们》（1936）、《古嗳钦诗札记》（1936）、《那信囊的微笑》（1953）、《第一部缅甸神话小说》（1953）、《吴邦雅与莎士比亚》（1963）等。1952、1953年还以《古代的缅甸新文学》为题写成评论巴德塔亚扎所写《农夫》、《爬棕榈树的人》、《船夫》、《赶驮人》等德耶钦诗，吴格拉著《缅甸大史》、信欧甘达玛拉著《东吁雅都诗解》的几篇文学评论。

评论缅甸现当代文学的文章有：《评缅甸文学》（1948）、《吴腊的茉莉世界》（1948）、《〈瑞卑梭〉和我》（1955）、《缅甸现代小说》（1957）、《20世纪初缅甸文学的两个特点》（1966年）、《缅甸当代小说出现探源》（1968）等。尤其是他先后写过评论当代缅甸最著名的作家——德钦哥都迈的文章多篇：《德钦哥都迈的爱国诗篇》（1948）、《密斯脱貌迈〈嘱咐〉小说第一卷》（1949）、《爱国诗人吴龙》（1963）、《德钦哥都迈诗歌的本性与效能》（1964）和《密斯脱貌迈〈嘱咐〉小说第二卷与第三卷》（1966）等。而且在1956年时他还集中写过一本《德钦哥都迈评传》并获奖。

评论缅甸艺术类的论文有：《评缅甸艺术》（1948）、《缅甸戏剧简史》（1953）、《缅甸文学与艺术的未来》（1957）、《缅甸绘画札记》（1957）、《缅甸舞蹈札记》（1961）等。

分析写作和文学意味的文章有：《从〈国家繁荣〉小说看作者的意图》[①]（1934）、《他们的写作》（1957）、《书架和我》（1957）、《打游击的作家》[②]（1958）、《〈沙恭达罗〉短篇小说问题》[③]（1958）、《作家与作家》[④]（1959）、《诗的内涵与诗的目标》[⑤]

---

① 《国家繁荣》是1934年佐基在《进步》杂志上发表的一篇短篇小说。

② 佐基在1958年作家节上的讲话。

③ [缅]佐基：《沙恭达罗》（小说），仰光：缅甸文学宫出版社，1958年版。出版后某杂志发表一篇评论文章。此文是作者与评论者商榷的文章。

④ 佐基在1959年作家节上的讲话。

⑤ 佐基在1961年作家节上的讲话。

（1961）、《文学的味与悲愁、哀伤、欢乐》（1962）、《悲愁、哀伤、欢乐与作家》（1962）、《文学形式问题》[①]（1962）等。

佐基是缅甸实验文学运动的一位主将，虽然我们尚未发现他直接论及缅甸实验文学运动的文章，但是通过20世纪50年代我国留学生对他的访谈录[②]，还是能让我们见到关于这场文学运动的他的一些主要观点，有的甚至与现在常见的意见不尽相同，有其独特之处，对今天读者理解当时的情况还是很有裨益的。

比如，他说运动的起因："1920年英国政府准备制定仰光大学法。按照仰光大学法的规定，学制延长一年，学生们认为这是有意拉长学习的时间就罢课了。罢课本身并不重要，重要的是人们组成了国民教育委员会，在全国各地建立了国民学校跟公立学校唱对台戏，在国民学校教授以前公立学校从不讲的缅甸历史，也重视讲授缅甸文学。所以国民学校毕业的学生比从其他学校毕业的学生更有爱国心。有的毕业生专心从事政治事业，有的则从事缅甸文学写作。第一批实验文学作者大多都是国民学校毕业的学生。所以可以说实验文学是与罢课运动有关联的。""第一次世界大战结束后，在缅甸开始出现"温达努事业"（温达努意即维护民族事业）。英国政府越压迫，爱国情绪越强烈。人们希望从被奴役的生活中挣脱出来。产生了热爱国家、热爱自己的文化、热爱自己的文学的情绪。可以说想独立、爱国的心就是其他的因素。"

关于实验文学运动受到外界的影响问题，他说："外界的德钦哥都迈写爱国诗篇，吴貌基写历史小说，比莫宁、泽亚、仰纳等人大都写翻译小说，泽亚善于描写农村生活。第一批实验文学作者们是青年，曾较深入地学习过英国文学，特别喜欢的是英国的诗人华兹华斯、雪莱、济慈等人的抒情诗，喜欢肖伯纳的剧作，也喜欢莫里哀的剧作。""在实验文学的时代人们读泰戈尔的诗、中国的古诗，都是些英文的译文。很少见到当代中国诗歌的译作，大家没有机会读。我也没有读过。约1925—1926年我从加尔各答出版的一种英文杂志上看到了中国新文学运动的情况，从那个杂志上知道了鲁迅、郭沫若等人，也看到了几小段中国诗歌译文，使我很兴奋，我把我看到的内容还曾写成一篇文章在缅甸《发展》杂志上发表。"

他说，实验文学作者们"比起爱情小说来说，他们更喜欢自然，也更重视缅甸习俗、缅甸文化。要改造时代的缺陷，也注意观察周围环境与生活，希望用社会

① 佐基在1962年作家大会上的发言。

② 此处所指即1959年2月当时身在仰光两位中国留学生李谋、姚秉彦关于实验文学运动对佐基的访谈录。下文引言均出自该文。见李谋著：《缅甸与东南亚》，广州：世界图书出版公司，2014年版，第198页。

主义的观点去观察。我的意见是《摩登和尚》之类作品也属于实验文学之内。”“我认为，实验文学在文学思想、写作方式等方面都为后来者打开了眼界，使人们敢动笔了。实验文学把那些没有必要的以前限制抛到了一边。当时，这种做法受到了围攻与嘲弄。实验文学的作者们并没有理睬那些责难与嘲笑，仍旧从事他们的写作。举些例子来说：他们嘲笑，实验文学运动所写的内容都是些‘小事’；与文学的‘高雅’不相称；仅仅是些青年们的习作，无法与以前那些作品相比；不是真正的诗歌，还不会写；在押韵的时候，押的并非真正同韵字等等。但第一批实验文学作者们却按照自己的信念仍旧写着，驳斥那些指责。过了四五年之后，那些评头品足的人们大概也谈论累了。到世界大战结束后，又出现了重新想读实验文学作品的人们。有的人也想在这个基础之上再做进一步的努力，直到今天仍有人在这方面努力着。路，有平坦，也有曲折，还需要继续观察。”

第六节　博学多才的学者敏杜温

一、生平与创作

敏杜温（1909—2004）原名吴温（U Win），是个博学的学者，他不仅是个诗人、小说家、文学评论家、儿童文学家，还是一位缅甸语言学家、缅甸文工具书的编纂者。曾用过梅嘎温、珊多达、貌杜温等笔名。1909年初生于下缅甸汉达瓦底县的滚千贡镇。幼时在寺中就读，11岁转入镇上的国民学校，13岁时开始写诗，15岁又转至仰光圣约翰学院学习，读完十年级。1929年20岁时入仰光大学，一年后就作为学士班优秀生毕业了。后在大学中边当助教边学习，1936年获硕士学位。开始写作时，以古体诗为主。在大学时投身于实验文学运动。他身体力行是一位缅甸文学的开拓者，也是缅甸现当代作家们的带路人与先导。1936年赴英国留学，在牛津大学、伦敦大学先后共学习三年，在英国学习过梵文、巴利文、藏文等课程并获得学位。第二次世界大战期间返回缅甸。1944年缅甸国家教育协会宣布成立，开始着手编纂缅文词典，他出任主编。战后缅甸独立，编纂缅文词典工作移交仰光大学翻译出版部负责，他也随之出任仰光大学翻译出版部主编。1952年又赴美国纽黑文耶鲁大学进修一年。1961年起任仰光大学缅文系教授、系主任，直至退休。他在仰光大学任职期间先后兼任过缅甸研究学会杂志编委、巴利文词典编委，他还是缅甸文学宫词汇审定专家组、缅甸百科全书编委会和缅甸法律翻译委员会成员。退休后，70年代曾赴日任客座教授，在日本协助编写出版了《缅日辞典》。他不仅编纂词典、教授缅文、进行写作，还进行有关学术研究工作，也发表过一些译作，直至年迈仍笔耕不辍。他还热心积极参加一些社会活动，1990年时值81岁的他代表当时的反对派缅甸民主同盟参选人民议员，并顺利当选，足见他在广大群众中的影响。他的文风和写作手法影响了缅甸一代作家，直至今日仍是人们推崇的学者之一。

他的作品成集出版的有：诗集《胜利花》、《茵雅湖上的艄公》，儿歌集《写给貌奎们的诗》，小说集《实验文学三人集》(与德班貌瓦、佐基合著)，故事集《儿童故事》、《好人好事》，文学评论、论文集《文学世界》(与佐基合著)、《花与枝干》和《缅甸文缅甸文化》，还有不少诗文散见于报刊杂志之上。他还著《缅甸正字典》和主编《大学缅语词典》五册(含词头为缅甸文前七个字母的词条，其他部分据传初稿也已完成，但因故未能正式出版)。

早在1936年，他的20首诗及其代表作小说《昂大伯骗人》就曾以《敏杜温诗文集》为名，合集出版过英、缅文对照本，由英国缅甸学家卢斯教授作序，卢斯等人译成英文。1950年伦敦出版的杂志《亚洲地平线》也曾发表过他的《茵雅湖上的艄公》一诗译文。他的诗歌、小说等为世界各国读者所瞩目。60年代初他的小说《扎耳朵眼仪式》的中译文在我国《世界文学》杂志上发表。70年代末以后，他的小说、诗歌先后入选多种中译本的译文集中，有关他的生平与作品评介也有文章发表，他的词条辑入《中国大百科全书·外国文学卷》等词书中。所以他的名字对中国读者来说并不陌生。

二、对少年儿童怀有深厚的爱心

他着意为孩子们写作，写儿歌也写故事，深受缅甸青少年们的欢迎。在缅甸注意到儿童文化素质的培养，充满爱心为儿童进行写作的作家不多，敏杜温可以说是其中的一位先驱。他着眼于未来，注意对儿童少年品德的培育，对他们情深意切是令人起敬的。翻开《写给貌奎们的诗》一书，他在前言中这样写道："孩子们，想必你们听过清晨小鸽子们的叫声吧！清晨那种悦耳清脆的鸽子叫声好听极了，不是吗？你们的声音也像小鸽子一样甜美。你们不想像小鸽子那样唱歌吗？想，是吗？叔叔为你们写了些歌。凯叔为叔叔的歌配了曲，还记下了乐谱。最喜欢你们的巴巴基爷爷又和凯叔一起把歌译成了英文。已经故去的著名画家吴巴年还为每首歌画了图。在他们的帮助下，叔叔的歌才像现在这样丰采多姿了。现在这些带着他们和叔叔情意写成的歌为你们出版成书了。孩子们，读吧！唱吧！尽情地欢乐吧！愿早晨的孩子们幸福欢乐茁壮成长！”短短几句话，他对孩子们倾注的爱心与希望已经跃然纸上了。缅甸作家岩昂在一篇评介敏杜温的文章中也提到曾向敏杜温问及为什么想起要写儿歌呢？他回答得很简单：“我当过老师，当时教学大纲中规定要教会孩子们唱儿歌，可并没有这种课本，我就想我得为孩子们写点诗才行。”可见他作为一位教育家的自身责任感，他充分意识到要使自己的民族、国家发展兴盛，教育第二代，对儿童少年的培养是极其重要的，所以他用他那对孩子们的一片赤诚爱心写下了一首首让孩子们奋进向上的歌。他注意到孩子们的特性，写他们喜闻乐见的事物，如：萤火虫、老鼠、鹦鹉、仙鹤、壁虎等小动物，孩子们玩的游戏“捉迷藏”、“抓子儿”、“穿防线”，日常接触到的“田间小茅棚”、“摇篮”、“卖花人”，甚至孩子们自己用一截截莲茎做成的“莲茎项链”等等都被他一首首地写成了儿歌。不仅如此，他还很注意寓教育于儿歌之中，诸如：乐善好施、尊敬师长、热爱劳动、待人接物讲礼貌等等都写进了诗句。尤其是他特别注意让孩子们了解继承缅甸的传统文明。比如：他题为《守戒》的一首儿歌这样写道：

顶着红色斋饭盆的妈妈，
明天清早要去古刹。
妈，您可别把我一个人留在家，
您一去，我会闷煞。
孩子，你在庙里如果淘气，
法师定会训斥把你打。
妈，我绝不淘气，
戴着念珠像法师那样静坐下。
带我去吧！我要去，妈！

这是一幅典型的缅甸日常生活画面。他还为孩子们写了不少故事，有的是古代传说，有的是新编故事，有的则取材于印度、俄国等外国寓言，如：长舌妇、皮革匠、三个小偷、能如愿以偿的螺号、神琴、斧子和奶饭、公鸡和豆粒、聪明的狗、小羊、兔子智者、猴子和大鸟等等。他的小说《昂大伯骗人》也是以一个孩子貌漆为主人公写成的。小学生貌漆看到牙雕师昂大伯在刻一个漂亮的女演员像，很想要，昂大伯说拿一元钱来就送给他。貌漆信以为真，舍不得吃点心，把每天妈妈给自己买点心的钱一分一分地积攒起来，可区长来要那雕像，昂大伯却表示刻好就白送给区长，幼小的心灵听到这些话，心如刀割，一病不起死去了。这一小说从一个角度表述了孩子的淳朴，也深刻地揭露了上层社会的权势和黑暗。

虽然他的儿童文学作品取材各有不同，但敏杜温都用了孩子们易懂的生动语言，完全按缅甸的传统习俗去叙述、去描写，吸引孩子们的兴趣，启发他们的智力，让他们懂得善恶美丑。1965年缅甸文学宫举办儿童文学讨论会时他还专门宣读了一篇题为“缅甸儿童文学史”的论文，并参与了讨论。在缅甸文坛为儿童写作的作家中他是年长的一位，又很成功，影响较大，所以有人认为他是缅甸儿童文学创作的第一人。

三、作品中充满着缅甸景物风情的描写

敏杜温的家乡是个介于城乡之间的小镇，一个典型的下缅甸小镇，这样的幽雅环境深深印刻在他的脑际。加上他开始读书时正值缅甸民族运动高涨时期，在镇上的国民学校、在仰光大学都深受这种强烈的民族情绪所感染。他要为民族而写，所以家乡的种种美景就不断地在他的作品中显现。从他幼年时模仿古诗习作时开始，一直延续到他的作品臻于成熟时期，像一条红线贯穿其中。如他在1929年写的一首诗《林中的路》：

明媚美景一片，
山岗葱郁，
溪流缓缓，
微风拂面，
怡人林野，
鸟儿啼鸣婉转。

蒲桃树上，
食鼠蛇卷曲盘卷。
枣树林边，
小蜥蜴一双结伴。
在烧过荒的旱田里，
支起捕兔的网绊。
榕树荫下，
笛声悠扬，

歌声不断。
那是，
牧童哥儿，
自娱怡然，
抛掷着小木棍儿好不悠闲。
但是，
心上人没在身边，
姑娘啊，
真叫我思念。

再如1933年他写的《新年的水》一诗：

新年，新年，
新年的水，
好友们泼水在新年。
大家泼水，
来相唤。

朋友！朋友！
莫来唤。
在这轮回人世间，
我用洁净的水，
只愿泼向一人的身边。

是谁？是谁？
别逼问。
那是远方的心上人。
左思右想确实情，
但难启齿告同伴。

一年一度的泼水节，是缅甸人民送旧迎新的节日。在这喜庆的日子里，青年人总是喜欢邀集好友们一起，穿着节日盛装，走上街头巷尾，尽情地嬉戏，衷心地祝福。年轻人憨直无忧的笑声和歌声使人间充满了欢庆和吉祥。在这首诗中，诗人着重描写一位与情人分离的小伙子在佳节倍思亲的心情，感情真挚，感人至深。这也是敏杜温抒情诗的一首代表作。

他的作品往往都有一股浓郁的缅甸乡土气息，这不由得使人想起他的小说《扎耳朵眼仪式》。区长大闺女要扎耳朵眼儿了。这可急坏了甲长吴随拉。因为吴随拉知道这时不送件像样的礼物，是过不去的，正如另一位甲长吴达瓦说的那样："……人情大过债！把当官的巴结好了，一切都好办。老兄！咱们还是记着点：只有顺着他们，管保你万事亨通！"事在人为，最后还是想出了办法。把老婆死前剪下的那束三尺多长乌黑油亮的头发作为礼品，又悄悄地找管庙堂的香火，从庙堂仓库里借出一身别人还愿捐赠的漂亮上衣和长筒裙。就这样吴随拉在向区长送礼的那天出尽了风头。以上就是这篇小说的梗概。情节虽很简单，作者却写得非常生动。比如，小说结尾这样写道：

……他这一身打扮得多么大方！多么神气！多么端庄！全场的人个个看得出神，甚至连区长太太也对他看个不停。值班文书轻轻地打开吴随拉送来的贺礼，接着提高嗓门儿，用有节奏、字音准确的声调高声宣布金银匠街甲长吴随拉，送三尺多长假发一束！话音刚落，立即响起区长太太亲热的招呼声：我的甲长！请到区长席上入座。喂！波瑞！快引甲长入座！吴随拉两手摸着胡子，他显得多么得意呀！

小说在我们眼前似乎生动地展现出一幕幕画面。吴随拉刚获知这个消息时急得抓耳挠腮；想办法时又转忧为喜，暗自得意；去庙里借衣时怕人知晓偷偷摸摸；去参加典礼受到人们另眼相看时，又摸着蓄在唇上的小胡子趾高气扬了。文字不长却把当时缅甸农村小镇行贿送礼的习俗，社会上人们之间的金钱利害关系和虚伪都写得淋漓尽致了。所以缅甸读者读他的作品时，都会细细品味，因为作品激起了他们强烈的民族情感。外国读者读过他的作品，则反复揣摩，从中了解到缅甸的种种民族风情与性格。

四、民族自豪感炙热的爱国心溢于言表

敏杜温的这种情感的表现并非像某些作家那样开门见山，坦然相见，也不像某些作者那样情绪激昂，词句铿锵。他善于以情动人，运用较为委婉的手法。这也可略举小例说明之。如他1938年发表过的诗《胜利花》:

他头上戴着胜利花；
我头上戴着胜利花。
在咱们国度里，
姑娘们递过来的
盛开不谢的
胜利花！
当和风吹来
黄金的时刻就要到来啦！
晨鸡报晓放光华，
咱们愉快地行进在大地上。
朝着胜利的大鼓前进，
迎着朝霞敲响它。
让咱们一起前进，
戴着胜利花！

又如1931年写的诗《亲爱的姑娘》:

脱掉羊毛衫，
穿上土布衣。
亲爱的！
请你理解我的心意。
如果你厌恶我这装束，
我会难过无比。
我听
妈妈讲过
独立的道理。

咱们不需要那些鬼怪电影，

也不想打扮得洋里洋气。
我们要在独立路上迅跑。
为获得解放加倍努力！

亲爱的！
别再安于受人奴役，
让咱们携手奋起，
别再理睬那些洋纱时装，
一起穿上土布衣。

众所周知，20世纪30年代，缅甸青年们为表达对自己民族的热爱之情，积极提倡穿缅甸土布上衣。他们在报刊杂志上发表文章，在群众集会上热情宣传。一度穿土布上衣便蔚然成风，成为爱国的象征，进步的标志，寄托着人们对民族文化复兴的希望。敏杜温的这首诗反映了时代的风尚，倾诉了爱国挚情，诗中并没有政治说教，只是通过小伙子对心上人情意绵绵的交谈形式，达到宣传和动员穿土布上衣的目的，使人感到既自然又亲切。再如他在1946年发表的诗《盼独立的日子》这样写道：

阴暗潮湿，
结夏以后，
雨季将过，
无比明媚，
天空万里晴。

我
在黑暗中，
路难行，
倍熬煎。
何时独立见光明？

在他诸多的文学评论文章中也有不少是评论历史上某些作家作品革命性和爱

国情感的。如:《敏塞金色的土地》、《德钦哥都迈和他的一首诗》、《假如德钦哥都迈没有写作过的话》等篇。他希望自己的民族能奋起，自己的祖国能富强，这也就是为什么他年过八旬还积极去参加竞选人民议员的原因吧。

五、深沉的意境与和谐的乐感

敏杜温的每篇作品，无论是诗还是小说，或是为孩子们写的故事，都非常注意意境的深沉与乐感的和谐。即使是论文，他往往也要把题目写得富有诗意或谐音押韵。他的诗句喜用重叠、排比等手法，往往是格式美与音韵美具备。像他1932年写的《她的喜悦》:

他的脸庞啊，
像一轮皓月，
白皙洁净，笑容可掬。

他的风度啊，
像夜间和风，
潇洒从容，彬彬有礼。

他的声音啊，
像小溪流水，
轻柔婉转，娓娓动听。

又如，他1934年发表的题为《长鼓声》的一首诗的开头就这样写道：

咚！咚！咚！
山岗村那边，
杜瑞梅、吴耶千家中
响起了布施的
长鼓声……

凡见过缅甸布施情景的人，读到这首诗，就会有身临其境听到远处响起布施鼓声的感觉。他写的儿歌更是如此，通俗而且乐感很强，所以孩子们乐于接受。

他还为孩子们写了字母歌，使孩子们唱着唱着就能记住这些字。他年轻时写的诗当然也和其他年轻人一样离不开爱情的内容。难得的是他在抒发个人爱国情感、鼓舞民族精神时也很注意意境的描写和乐感的问题。所以读他的作品，绝无乏味之感，而常是琅琅上口，易于记忆，是一种美的享受。

六、学识渊博治学态度严谨

敏杜温的缅文功底很深，不愧曾是一位常年编写缅文工具书的主编。他对一些词语了解透彻，且运用自如，所以他的作品中用词都是非常考究和丰富的。许多抒情、描写的语句会使读者感到恰到好处。这也表现在他的一些译作上，比如他虽不懂中文，但当他知道1960年陈毅副总理发表了数首访缅中文古体诗时，出于对陈毅副总理的敬意，也由于热衷于中缅友好关系的建立，当时就把正在仰光大学缅文系留学的两个中国留学生找到他的办公室，叫他们逐字逐句地把陈毅的诗解释给他听，他详细地记录了下来。不久他的陈毅访缅诗章数首在缅甸著名文学刊物《妙瓦底》上发表了。令人惊讶的是他虽不通中文，但译文却非常忠实原文，译得贴切得体且韵脚工整。

他在大学读书期间知道了中国唐代诗人白居易写过不少好诗。当他1961年随缅甸大学教授代表团来华访问时就专门购回一部中文本《白香山诗集》，20世纪80年代初期他曾请中国赴缅的一名留学生将其中《骠国乐》一诗译给他看，并把那首诗的译文收了下来。当1988年他得知过去曾很熟悉的一位赴缅留学生再次到中国驻缅使馆任职时，找来那位学生说："我很想译这首《骠国乐》，可是只看那位留学生给我的译文还不清楚，无法动笔。"那位学生理解老人的心意答应尽力帮忙，将该诗中文每个字的字音、字义，以及每句的释义，详细地标注在中文旁交给他时，他高兴极了，非常满意。果然不久，他在1989年5月号缅文《秀玛瓦》杂志上全文发表了《骠国乐》的译文，并写了一篇评价文章。令人叹服的是他的译诗也用了七言体，只是译文比原文多了一倍的篇幅；即用两句译原文一句，且韵脚工整，忠实原文。随后他又用同样的办法译成了白居易的《观刈麦》、《新丰折臂翁》、《卖炭翁》等，因故后未能正式发表。但从他译陈毅、白居易诗这两件事来看，也可见他治学态度的严谨，创作功底之深厚。

第七节　红龙书社

俄国十月社会主义革命的胜利，使布尔什维克主义的影响遍及整个欧亚乃至世界各地。英国殖民政府深恐共产主义思想影响缅甸殖民地人民，严厉禁止宣传俄国革命和介绍马克思主义理论的书籍进口。所以，在缅甸，只能在报刊上偶尔见到介绍苏联、介绍社会主义、介绍马克思主义的文章。

1923年1月10日出版的《京城》杂志发表了署名为“金枪”的两篇文章：《共产主义是什么？》、《社会主义是何种主义？》，在文章中作者甚至提出了这样的想法：“在缅甸，每年从矿产和森林采伐方面获利的5000余万缅元，不应归富翁所有，而应归政府所有。政府应将这笔钱用于国内开支，从而免除土地税、人头税。政府应管理矿产，森林和铁路运输业，把其收入作为公有财产。”但当时缅甸政府是英国殖民政府，所以不能把收入归这个政府，因而建立国民自己的政府便成为一些当代知识青年的强烈愿望。

1927年9月7日，基阿在《班都拉》杂志上发表了《苏联的发展》一文，介绍苏联没收富翁们多余的钱财，并用这些钱帮助世界上其他被压迫人民为解放事业而斗争。

吴巴吴根据缅甸书社藏书，撰写了《政治学》（1927年）一书。这是在缅甸第一次比较全面地介绍圣西门、傅立叶、欧文等空想社会主义思想的书籍。

1928年，缅甸各团体总会领导人之一的吴苏，根据他自己在德国的见闻，撰写了《德国与其它国家概论》一书，介绍了欧洲各强国的国家管理机构，同时也介绍了这些国家对其殖民地的不同统治形式。这书为青年们研究了解各国统治管理制度提供了素材。

1929年间，德钦巴当主持的《书苑》杂志连续发表《孙中山——中国政界领袖》、《中国的新政体》等文章，介绍中国革命情况。与此同时，《书苑》以及《班都拉》、《迪都》、《太阳》等杂志也先后介绍一些先进国家的政治情况，使青年们有机会了解国外动向。

从世界范围来说，1929—1933年的世界经济危机，震撼了资本主义世界。这场世界经济危机也波及缅甸，缅甸大米和其他农林产品出口价格急剧下降，广大缅甸农民受到严重打击。英国殖民政府为了自身的利益，设法将降临到自身的危机转嫁到殖民地民众身上，故而变本加厉地对缅甸农民进行盘剥与压迫，引发了1930年12月22日的缅甸历史上最大规模的抗英农民起义——塞耶山起义。英国殖民政府用了约一年的时间才把起义镇压下去。

据载，缅甸青年也是在1930年以后，才有机会与英国共产党发生联系的。当时被缅甸书社派往英国学习图书馆管理学的德钦登貌，遇见了英国共产党党员、缅甸留学生阿信觉，经他介绍与帕尔默·达特领导的“反对帝国主义协会”取得联系，并成为该协会会员。他还介绍德钦巴当和德钦吞瑞参加该协会。同年，一些缅甸爱国知识分子和进步人士组成了“我缅人协会”，提出了“缅甸是我们的国家，缅文是我们的文字，缅语是我们的语言。热爱我们的国家，提高我们的文字，尊重我们的语言”的口号。在我缅人协会领导下，缅甸人民民族意识不断增强。德钦登貌将英国共产党出版的书刊寄给我缅人协会，其中包括月刊《工人事务》和每日出版的《工人日报》。在缅甸的我缅人协会成员阅读了这些报刊后，撰文发表于《我缅人新闻》(创刊于1931年12月)，向缅甸人民介绍社会主义。

1931年11月，缅甸农民起义领袖塞耶山，被英国殖民当局判处死刑。临刑前夕，当时缅甸《太阳报》记者吴吞佩曾去死牢探望他。当提及塞耶山撰写的《药典》一书的稿酬时，塞耶山表示要将这笔为数300缅元的稿费捐献给我缅人协会。后来，吴吞佩就将这笔钱，根据尼赫鲁《对苏联的研究》一书附录的参考书目，通过缅甸书社书店，并得到英国学者弗尼瓦尔的帮助，向国外订购了一些马克思、列宁等人的著作，以及其他进步书籍，最后建立了纪念塞耶山的图书馆。从此，塞耶山图书馆便成为当时我缅人协会领导人以及寻求真理的人们阅读研究马克思、恩格斯、列宁等人著作的中心，成为讨论缅甸和世界形势的场所。

在当时，尽管殖民当局禁止进口，人们还是偷偷地传阅由留学生带回国内的书籍。其中有约翰·里德埃描写伟大十月革命的《震撼世界的十日》、雷诺兹的《印度的白人先生》等。同时人们还阅读印度尼赫鲁的《致女儿的信》。据说，第一个将《列宁文选》(8卷本)带回缅甸的是参加伦敦圆桌会议(1931年12月27日—1932年1月12日)的登貌博士。这部文选后来在进步青年中广泛流传，这些书籍中的新思想、新观点深深地吸引着争取独立的缅甸人民。

世界经济危机也激化了德、意、日等国的国内外矛盾。它们先后在世界各地发动了一系列的侵略战争，企图以此摆脱危机。日本在1931年侵占中国东北后，又于1937年发动了全面的对华战争；德国在欧洲吞并了奥地利；意大利则于1936年吞并了埃塞俄比亚。法西斯国家的侵略行动，激起了被压迫被侵略国家人民的反抗。

世界范围反法西斯斗争的开展，进一步激发了缅甸青年的觉醒。他们渴望了解世界，了解被压迫被侵略国家人民的斗争情况，读书的热忱进一步高涨。1936年，英国出现了左派读书俱乐部，他们发行的有关反法西斯斗争的书籍很快传到了缅甸。介绍西班牙爱国者反法西斯斗争经验的书，描写法国进步力量以人民阵线形式抗击反动势力的书，揭露墨索里尼并吞埃塞俄比亚罪恶的书纷纷流入缅甸。埃德加·斯诺宣传中国共产党领导下的中国革命和工农红军为北上抗日进行的二万五千里长征的《西行漫记》，更是缅甸爱国者爱不释手的读物。

1937年4月1日，巴莫政府上台，宣布撤销禁止进步书刊输入缅甸的命令后，约翰·斯特雷奇等有关社会主义的著作开始大量进入缅甸。

在这种形式下，一部分我缅人协会成员、大学罢课斗争领导人，以及进步的作家、学者，如德钦努、德钦丹东、德钦梭、吴登佩敏、德钦巴当、《缅甸时代报》吴翁钦、《缅甸新光报》吴丁等人，便模仿英国左派读书俱乐部，于1937年11月4日正式成立了"红龙书社"。红龙书社的宗旨是：

（一）向全体缅甸人民灌输争取独立的思想；

（二）引导人民把争取独立的思想付诸实践，以争取早日实现独立的目的；

（三）反对限制言论自由，争取自卫权利；

（四）要求建立并巩固发展为多数人拥护的、公平合理的管理制度；

（五）反对使贫苦大众受罪，少数资本家发财的战争；

（六）主张人人享有最基本的生存权利。

书社在征集社员的通知中明确指出："缅甸充满着贫困、疾病和愚昧。红龙书社向您提供消除上述三项罪恶弊端、建设一个在自由、进步、和平基础上的新社会所需要的知识。"

书社规定书社并非政治组织，成员毋须缴纳会费。每月缴纳10安①钱书费，便可得到书社每月出版的价值2缅元的书籍一册。所以书社的口号是："用十安钱的钥匙，打开世界银行的宝库！"

书社计划出版书籍，大致可分四大类：

（一）有关指导独立斗争的政治理论书籍；

（二）介绍各国独立斗争情况的书籍；

（三）激发人们追求独立自由热情的小说、剧本等文学著作；

（四）激励人们爱国热情，振奋斗志的名人传记作品。

人们非常欣赏书社明确的政治目标，社员由成立时的200人，迅速发展到1500人，到1939年更增至3000人。

书社鲜明的政治观点，当然引起殖民政府的注意和惧怕。当局千方百计采用

① 英人统治缅甸时一缅元的十六分之一称之为一安。古代缅甸也曾称一缅元的二十分之一为一安，现代已无此币制单位。

限制、刁难、威吓等手段，以阻止红龙书社影响的进一步扩大。当红龙书社成立时，为了做好图书发行工作，决定出版《红龙新闻》月刊，殖民当局便下令要求红龙书社缴纳500缅元保证金。红龙书社的执委们在《缅甸新光报》上撰文揭露标榜为“国民政府”的巴莫政府企图扼杀红龙书社的卑劣伎俩，并公开发动募捐运动以对抗殖民政府。与此同时，殖民政府警察当局混淆视听，故意将红龙书社称为“红龙社”，企图把书社打成反叛性政治组织，派遣暗探对红龙书社成员进行跟踪盯梢，造成人们参加红龙书社就是参加反叛组织的印象。还威胁政府公职人员，使他们不敢阅读红龙书社出版的书刊。

红龙书社坚定地按照自己的政治路线——反对帝国主义、争取民族独立和建设社会主义——积极宣传介绍各国人民反对殖民主义、反对帝国主义和资产阶级政府的革命斗争情况。在动员和组织人民反对英帝国主义的同时，向青年们进行有关社会主义、共产主义理论的教育。

书社为广泛动员社会力量，积极组织各方面人士为书社撰文写书。为了扩大影响，书社还创办了《红龙》杂志（半月刊）。当时，吴龙（德钦哥都迈）、吴巴雀、比莫宁、德钦巴亨、哥拉瑞、哥拉佩、达贡钦钦礼、达贡达亚、吴吞佩、德钦波、瑞乌当等著名作家、学者、学生领袖都经常为红龙书社撰文。

书社组织出版翻译作品，而更多地则是出版各方面人士撰写的专著。这里不仅有政治理论书、反帝反法西斯书籍，也有议论国内外大事的小册子。政治书籍中尤以宣传社会主义思想的为主。

1937年出版了《缅甸政治史》，作者吴巴概。该书详尽地叙述了自缅甸沦为英国殖民地之日起至1936年间，发生的历次政治斗争的始末。其中包括各政党组织的兴起与分裂；塞耶山领导的农民起义的爆发和失败；我缅人协会的成立以及提出要求完全独立的口号等等。当时此书对动员广大缅甸青年关心祖国民族的命运，积极投身于政治运动起了很大的推动作用。直至今日，该书仍是研究缅甸近代政治历史的重要参考书之一。

1938年出版了《社会主义》一书，作者德钦梭。他用简明通俗的语言，介绍了社会主义。它给深受帝国主义政治压迫和资本主义经济剥削的工人、农民带来了曙光和希望。

此外，书社还出版了吴漆貌的《独立斗争》、德钦丹东的《新缅甸》、德钦努翻译的《资本论》部分章节。1938年，当缅甸发生大规模印度侨民与缅甸人的冲突事件时，书社就印发了吴登佩敏撰写的《印缅冲突与我们的任务》小册子，发行量竟超过10万，足见其影响之深远。

蜚声缅甸文坛的小说《摩登和尚》(1937)就是书社出版的文艺书籍之一。这是当时仅有23岁的青年作家吴登佩敏用诙谐的笔调，深刻揭露僧侣界内部黑暗面的一部现实主义作品。作者大胆地把披着宗教外衣、招摇撞骗、荒淫无度的花和尚的真相暴露于光天化日之下。

《摩登和尚》小说的主人公是一个年青僧人吴杜德扎，他学习了诵经讲道之法，成了一名讲经师。因善于辞令，迎合世人的心理，虽然胡言乱语，妄自在讲法时联系与佛法毫不相干的俗事，却名声大震，尤其博得女施主们的青睐。他与一位尼姑私通，却惹恼了那尼姑原来的“庇护人”——大法师，遂被逐出庙门。当他离开本来所驻寺庙，四处云游时，更加变本加厉，利用职业的便利条件，到处拈花惹草、招蜂引蝶。在卑谬讲道时又结识了女财主老处女玛绍纽，骗取了她的痴情，得到了她的财力支持更加恣意妄为。最后，他在一次回到原来庙中与那位尼姑幽会时，两人双双被大法师刺死。事后，大法师佯装不知实情，报官立案，不了了之。

《摩登和尚》的出版，在缅甸社会顿时引起强烈反响，一些僧侣和信徒借口该书亵渎宗教，扬言要砸书社、揪作者。当然，广大群众喜爱这部揭露现实的小说。作者一举成名，还因此获得了一个“摩登和尚登佩”的绰号。

很显然，书社出版这部肯定会在缅甸社会引起争议的小说，就是为了反封建、反愚昧的目的。

1938年书社还出版过一部著名翻译家德钦巴当的小说《班达·玛沙乌》。这是作者根据英国小说家哈代的优秀小说《德伯家的苔丝》翻译改写的。德钦巴当非常巧妙地把缅甸中部地区的风土人情揉进了作品之中，所以除个别情节外，读者很难发现它是一部翻译改写的作品。小说主人公、美丽善良的农村姑娘玛沙乌受尽侮辱、误解、迫害以至毁灭的悲剧，引起人们的极大同情。此书也得到很多作家的肯定与赞扬。文学评论家岱梭说：“小说自始至终向读者提出了一个问题，即玛沙乌是一个善良纯洁的姑娘，但她却一生充满坎坷。坚守社会道德有意义吗？人真的能掌握自己的命运吗？在阶级等级差异的社会有平等而言吗？小说就是这样一部提出问题、启迪思考，并寻求答案的作品。”妙丹丁说：“小说虽然没有明确指出玛沙乌是封建社会的牺牲品，但客观描写了封建社会及封建家庭的弊端，有进步意义。”马利克说：“这部小说在缅甸小说中是一部有影响的作品，虽然有一些缺陷不足，但小说的现实主义写作方法、时间地点背景的设置和语言用词等都足以掩盖了那些缺陷。”

达贡达亚的小说《梅》(1941)也是红龙书社出版的一部小说，实际《梅》也是一部根据英国小说改写的小说。作者以小说主人公梅的名字作为小说的名字。梅是一位娇媚、任性、时髦的女知识分子，她具有个性意识，但内心却很软弱易受外界伤害。这部小说的写作风格在缅甸文坛是超前的，用词充满韵味，且颇富创意。当时非常活跃的社会活动家德钦巴亨为书写了序言。他在序言里写道："读小说'梅'就像喝香槟酒，给人以不同感受。开始有些刺激，但不知不觉就被它醉倒了。"

此外，书社还出版了《列宁传》、《吴龙传》(即德钦哥都迈传)等人物传记类图书。

与此同时，书社成员还经常在缅甸其他报刊上发表文章，宣传社会主义思想。所以这一时期，社会主义思想在缅甸得到了广泛的传播。它不仅深深地影响着缅甸当时最大的政治组织——我缅人协会，而且对以后的缅甸政治形势发展都有着深远的影响。可以说，从那时起，缅甸各党派几乎都打起社会主义的旗帜来组织自己的队伍，因为人民深信社会主义有着无限广阔的前景。

第二次世界大战的战火蔓延到缅甸前夕，由于遭到殖民当局的迫害，书社领导人大部分被捕入狱，书社被迫停止活动。

红龙书社自成立到停止活动，虽然前后仅4年之短，但书社在缅甸独立斗争中，尤其是在普及反帝思想和科学社会主义思想方面，有着不可磨灭的贡献。可以说书社完全达到了它成立时期所提出的三项任务，即：宣传社会主义，培养政治干部以及在思想文化战线开展反帝斗争。1938年爆发的群众反帝斗争，即缅甸历史上著名的缅历1300年运动，之所以规模如此巨大，普及面如此之广泛，与红龙书社的宣传鼓动工作有着不可分割的联系。缅甸无产阶级的革命政党——缅甸共产党就是在社会主义思想得到广泛传播的1939年正式成立的。

关于红龙书社的历史功绩，在缅甸是有口皆碑的。缅甸历史学家波巴信在《缅甸史》一书中，谈及红龙书社时曾这样写道："这些进步书籍，无疑给缅甸人民，特别是给青年一代以一种新的政治教育和一种新的鼓舞力量。他们相信，只有用人民力量和武装斗争来消灭资本主义和帝国主义制度，才能符合当时当地的客观条件。"①

政治活动家德钦漆貌在《政治剖析》一书中，甚至把红龙书社与我缅人协会相

① [缅]波巴信著、陈炎译:《缅甸史》，北京：商务印书馆，1965年版，第178页。

提并论，认为它是导致1938年缅甸学生罢课斗争和缅历1300年运动的重要因素之一，并为1948年的独立作出了贡献。

显而易见，红龙书社的整个活动，也就是缅甸文学革命运动的一个重要组成部分，对缅甸文学的发展有着不可估量的影响。同时，也繁荣了缅甸的文学创作，促进大量新词新语和新的表现形式的涌现。

正如上文所述红龙书社组织了不少新老作家为书社撰文发表在书社所办刊物之上，还以书社名义组织出版了不少译著、专著、小说。这些活动也或多或少直接影响到当时活跃在缅甸文坛上的各类作家的文学创作。老一辈的作家有：德钦哥都迈（1875—1964）、列蒂班迪达吴貌基（1878—1939）、比莫宁（1883—1940）、瑞乌当（1889—1973）、吴波稼（1890—1942）等；从仰光大学校园发迹的实验文学运动派作家们；与红龙书社主要领导人年龄相仿、正活跃在文坛上的一些崭露头角的作家如：摩诃瑞（1900—1953）、德钦巴当（1901—1981）、德贡钦钦礼（1904—1981）、貌廷（1909—2006）、瑞林永（加尼觉吴漆貌1912—1946）等；当时年龄略小、思想激进、后成为新文学运动主将的一些作家如：吴登佩敏（1914—1978）、达贡达亚（1919—　）等人。

第六章 战后及独立以来的文学（1945— ）

第一节 社会背景与文学概貌

一、社会背景

第二次世界大战结束后，缅甸国内政治情况异常复杂。一方面英国殖民当局力图恢复战前状态，继续奴役、剥削缅甸人民；另一方面，缅甸人民经过反法西斯斗争，觉悟日益提高，以共产党、社会党、国防军为核心的人民团结阵线——反法西斯人民自由同盟，成为缅甸社会最强大的政治力量。但是，就在即将取得民族独立前夕，由于政治观点的分歧，最终导致团结阵线的崩溃，1948年1月4日缅甸获得独立，但不久，国内战争便爆发了。旷日持久的内战严重影响着缅甸社会的发展。执政的自由同盟政府也没能满足广大人民最基本的要求，因而国内民族矛盾和阶级矛盾日趋尖锐。与此同时，执政党内部也意见分歧，派系林立，相互攻击，最后竟公开分裂，国内政局变得更加动荡。

1962年3月2日，以缅甸国防军总参谋长奈温将军为首的革命委员会宣布推翻吴努政府，接管政权，实施“缅甸社会主义纲领”，公布《企业国有化法令》，对工、农、渔业产品实行统购统销，致使工农业生产全面下降，商品奇缺，黑市猖獗，物价飞涨，人民生活贫困不堪。与此同时，政府与反政府力量之间的谈判也未取得成果，社会依然处于动荡之中，当局也不得不承认“困难一年比一年严重”。从1973年开始，缅甸政府对经济政策作了一些调整，经济状况有所改善。在政治上，公布新宪法，实行“还政于民”，把革命委员会权力移交给人民议会，政府还颁布授予参加过缅甸独立运动的人员以“国家功臣”的称号的命令，同时发布大赦令，很大程度上缓和了国内矛盾。1981年吴奈温辞去总统职务，专任缅甸社会主义纲领党的主席。由吴山友出任总统，但对内对外政策并无变化。1987年，吴奈温发表讲话表示要在缅甸实行改革，说：“为了适应时代的要求，必须进行改革。如果需要，宪法也可修改，怕改是不行的。”但就在当年缅甸被联合国宣布为世界上最不发达的国家之一。1988年3月至9月缅甸爆发了长达半年的民众的大规模游行示威。最终现役军人代替缅甸社会主义纲领党政府，直接上台执政。

1988年9月以国防军总参谋长兼国防部长苏貌将军为主席的“国家恢复法律与

秩序委员会”宣布接管政权，对大规模群众抗议活动采取坚决压制手段，宣布实行宵禁和禁止群众公开举行集会与游行等。同时允诺，一俟局势恢复正常，便举行多党民主选举。1990年5月27日缅甸举行了多党民主选举，以昂山将军女儿昂山素季为首的缅甸全国民主联盟冲破了重重困难，竟出人意料地在大选中获得了压倒性的胜利。但是军人集团拒绝交出权力，继续执政。1997年11月“国家恢复法律与秩序委员会”改名为“国家和平与发展委员会”。军政府经过20年的经营，主持制定了有力维护军队地位的新宪法，成立了军队直接控制的自己的政党——联邦与巩固发展党，掌控了国内的政治与经济走势且使之有了一定的好转。军政府遂又主持了2010年11月7日的大选。

在时隔20年的大选中全国民主联盟拒绝参加，而联邦与巩固发展党则赢得了各级议会76.5%的议席。对于这次大选缅甸国内外褒贬不一。2011年新当选的总统吴登盛宣誓就职，执政22年之久的“国家和平与发展委员会”宣告解散。新政府成立后，缅甸实行了一系列政治改革，其速度之快、程度之深出乎人们的意料，超乎大家的想象。在国际上改善了与西方各国的关系，在国内改变了政府的处境，与主要反对派全国民盟和昂山素季实现了政治和解。

二、文学概貌

在上述历史环境中，缅甸文苑却呈现出一派繁荣景象。复杂多变的时代不仅为作家提供了丰富的创作素材，提出问题，而且使文学更加贴近现实，反映了生活。

战后初期，作家们纷纷以反抗侵略者为题材，根据亲身经历进行创作活动，他们的作品控诉了日本法西斯残暴的统治，揭露了民族叛徒狗仗人势欺压百姓的狰狞面目，同时也反映了人民在法西斯铁蹄下悲惨的遭遇，以及人民群众对法西斯的愤恨和可歌可泣的抗日斗争的英勇业绩。貌廷（详见本章第二节）发表的长篇小说《鄂巴》，就是这一时期最突出的代表作。小说《鄂巴》以农民鄂巴一家的生活遭遇为主要线索，反映了日本占领缅甸时期，缅甸农民在日寇和缅奸的双重压迫下的苦难生活。同时，也反映了缅甸人民的反抗斗争。它成功地概括了一个历史时期的广阔的社会生活。此外，耶吞林的《真正的革命战士》、瑞洞比昂的《九号游击队员》、蓬觉的《游击队员》、妙当纽的《独立后再祝福》、敏瑞的《爱情与国家》等等，都是以反法西斯革命斗争为背景创作的小说。

1948年缅甸独立后，民族文化得到了进一步的发展。在各方面人士的共同努力和政府有关部门的资助下，国家整理出版了大量古典名著，开展了缅甸语言文学的研究工作，作家们写出了很多优秀作品。

缅甸文学宫(详见本章第八节)，初期是一民间组织，即：翻译学会，后改为政府宣传部下属负责印刷出版的出版社。自1947年成立以来，出版了数量甚多的各种丛刊、读物，并编纂出版了一套15卷本的《缅甸百科全书》。此后又从1978年开始每年出版一册《百科年鉴》。1949年起设立国家级文学奖，奖励每年出版的各类优秀文学新作。为了培养和鼓励文学界新秀，1969年开始增设"文学宫文稿奖"，负责出版获奖书稿。自1965年起，还举办了各种专题文学讨论会或报告会。诸如儿童文学讨论会、长篇小说报告会等等，先后举行过20余次，并编辑出版文学讨论会、报告会论文专辑。这对交流文学创作经验，开展文学研究评论工作都有促进作用。

独立以来，缅甸作家的队伍比以前壮大了。一大批新崛起的青年作家，他们思想活跃、热情奔放、富有理想，很多人还亲身经历了抗日斗争和反帝民族独立斗争。在世界进步潮流的影响下，尤其是受中国新文学及毛泽东文艺思想的影响，他们力图在文学创作上有所创新，提出了创作新文学的口号，掀起了一场对缅甸现代文学发展具有深远意义的"新文学运动"(详见本章第三节)，其中最激进的要数小说家吴登佩敏(详见本章第四节)。

在进步文艺思想的影响下，独立以来缅甸文坛比较活跃，作品在内容和表现手法等方面都有很大进步，但主要创作形式仍是小说。诗歌仍然没有得到应有的发展，剧本的创作更是寥寥无几，少儿文学创作开始受到人们注意。现实主义文学有了较大发展，小说的题材趋于多样化。很多作家围绕着反殖民主义和保卫世界和平、争取国内和平、发展民族经济和文化，以及国家建设等方面题材进行文学创作。出版发表的小说中，有揭露资产阶级的虚伪和糜烂生活的；有批判西方生活方式对青年毒害的；有暴露地主、资本家对工农大众残酷压迫和剥削的；有以反殖争取民族独立运动为背景反映缅甸人民斗争生活的。

比如：1948年出版的敏昂的《穹隆原野》，描写了一个知识分子青年昂梭，为了改善农民生活，下乡进行社会改革的故事。这部小说首先打破了当时消闲文学作品充斥文坛的沉闷气氛。尽管作者的一些主张和认识有待商榷，但仍因其独特的写作目的获得了当年第一届缅甸文学宫文学奖。小说重版4次，备受读者青睐。1954年林勇迪伦发表的小说《公仆》，用一个雇农达拉自述的形式，控诉了地主对农民的剥削和迫害，用他在狱中以及被释后在仰光流浪的经历，反映了社会的黑暗和贫苦大众被摧残的情况。女作家加尼觉玛玛礼(详见本章第五节)1955年发表的《不是恨》，细腻地描写了一个叫微薇的女青年，她虚荣心强，嫁给一个年纪比她大得多的从英国回来的吴苏汉。婚后，由于她不习惯西方的生活方式，终于成了西方“文明”的牺牲品。1957年，敏昂创作的小说《作家》，描写了一位作家坚持创作有利于民众的健康的文学作品，然而得到的结果却是饥饿，面临绝境。作品揭露了出版商们不顾民族利益唯利是图的丑恶本质。1958年问世的长篇小说《旭日冉冉》，是缅甸小说家吴登佩敏最成功之作。他以20世纪30年代缅甸大学生积极参加民族独立斗争为背景，反映了大革命时期缅甸各阶层人民的心态。1959年出版的南达创作的长篇小说《誓死捍卫伊洛瓦底》，歌颂了缅甸各族反英领袖的斗争业绩以及他们为增强各民族之间团结所作的贡献。上述这些作品一直受到人们好评，也代表了当时缅甸文学发展的主流。

这一时期诗歌方面也有一些反映现实的作品，诸如达贡达亚、内达意、八莫纽内、当内瑞以及上缅甸一些青年诗人的作品都比较有代表性。

缅甸文学研究和评论工作仍然是一个薄弱环节，但较之独立前有一定的发展。例如1949年出版的著名作家佐基和敏杜温合著的文学评论集《生活与文学》，就是一部非常有特色的评论文集。

但我们同时也看到，由于西方文学的影响，缅甸也出现了为数不少的黄色小说、鬼怪小说以及许多脱离现实生活、宣扬资产阶级腐朽思想、质量低劣的“作品”。一些作家由于生活所迫，作品粗制滥造；有的作家将西方文学作品改头换面，模仿抄袭。对此，文学界人士普遍感到忧虑。

1962年缅甸革命委员会执政后，缅甸社会主义纲领党及缅甸政府对文学出版工作颇为重视。它鼓励创作出版教育、激发劳动人民根据缅甸社会主义纲领积极参加社会主义建设的文学作品；鼓励创作出版有利于发展缅甸民族文化的作品；不允许借口创作出版自由而写作出版淫秽下流、教唆犯罪以及有损于民族团结和不符合爱国主义思想、鼓吹复辟资本主义制度、反对缅甸传统文化，以及不符合时代潮流的文学作品。反对消闲文学，提倡消遣与教育相结合的文学；反对为艺术而艺术，提倡艺术为人民。并以此为标准开展一年一度的评选国家文学奖和文学宫文稿奖的活动。

但综观1962年以来这一时期文学发展情况，不难看到文学发展的不尽人意。人们普遍抱怨出版商唯利是图。健康的、反映社会现实的文艺作品很难问世。每年文学宫评奖情况也正好反映了文学发展不景气的状况。文学宫评奖委员会经常面临无书可评的局面。例如1976年有10个文学奖项空缺，1978年也有8个奖项没有评出授奖书籍。有人说，自从20世纪60年代以来，缅甸比较年轻的读者的文学口味已经从内容严肃的小说转向廉价的惊险小说，美国就是许多这类书籍的主要来源国。中国港台的武侠小说也风靡缅甸文坛，人们称其为“功夫小说”。这只是表层现象，深层次原因不外于政府当局的思想禁锢政策，它严重地束缚着作家的创作。

在文学发展处于低谷时期，仍有不少作家执着地从事文学创作活动。他们深入生活，力图创作反映现实生活的作品，并取得可喜的成果。

获1964年文学宫长篇小说奖的《山区盛开平原花》就是一例。小说作者是那加山貌基辛（1931—1978）。小说描写了两个主人公——杜塔梅大夫和貌貌觉老师。他们俩都有志于边疆少数民族的服务工作，但由于相互不了解，而发生了戏剧性的误会。当真情大白时，两人便成了志同道合的好伴侣。由于作者长期生活在那加山区，对那加族的风俗和习惯，人民的思想和情感有深入的了解，所以，小说中对该地区风土人情的描述生动逼真。

作家纳内（1933—　）于1966、1967年发表的长篇小说《缅甸北部》是一部历史题材小说。描写了1886年英国殖民者侵占缅甸以后，钦族人民在民族领袖“白鸽亲王”的领导下，不屈不挠地对入侵者开展斗争的史实。小说控诉了英国殖民者的暴行，描述了钦族人民的风俗习惯，歌颂了钦族人民的朴实英勇。此外，貌达耶的反映汽车司机生活的《站在路上哭泣》（1969）、觉昂（1928—2000）的反映桥梁工地工程技术人员和工人生活的《关键时刻团结起来》（1970），敏觉（1933—1991）创作的记述大学生参加扫盲活动的《无可比拟的美》（1971）等都是具有浓郁生活气息的作品。

荣获1978年度国家文学奖德格多妙盛（1937—1988）的长篇小说《艺坛新秀》也是值得一提的。小说主人公瑙都是区长吴貌貌与一女伶的私生子。吴貌貌的外祖母是一个既有权势又充满旧意识的老人。她不仅破坏了吴貌貌母亲的婚姻，而且也使瑙都的生身父母未能正式结合，瑙都7岁时，由于母亲病故，才由其姨母将他送至吴貌貌处。尽管受到吴貌貌的照应，但在家中仍备受歧视。所以中学毕业后，瑙都决定搬至姨母家居住。姨母拉都也是一位女伶，她待瑙都如同亲子，满足了他的要求，送他上了大学。由于瑙都的生活经历和所处环境，使他对缅甸传统音乐发生了浓厚兴趣，决定中途辍学进剧团工作。他悉心于缅甸音乐事业，勤奋学习，终于成为一位负有盛名的套鼓手。小说中作者着意描写缅甸音乐戏曲的悠久历史和深奥学问。同时，表露了作者对昔日艺人被歧视遭遇的同情，为今日艺人社会地位日益提高的欢欣心情，作者鼓励艺人们的推陈出新精神，期待缅甸传统音乐戏曲提高到一个新水平。小说中的瑙都、瑙都的女友南加纽都是新型知识分子，他们不图名利，一心只求缅甸民族音乐戏曲的创新和提高。他们的牺牲精神、奋发努力、创立新风的高尚风貌以及老艺人兢兢业业、一丝不苟的精神都给人留下了深刻的印象，小说作者德格多妙盛为了创作这部作品，专门深入剧团，了解艺人的生活和学习缅甸传统音乐戏曲，这在缅甸文学界还属罕见。

在新兴作家中，摩摩茵雅（1944—1990）可说是最为突出的一位（详见本章第六节）。缅甸文学界认为摩摩的早亡是一大损失，她是缅甸文坛过早陨落的一颗明星。20世纪80年代以来一直活跃在缅甸文坛上最突出的作家要数1958年出生的女作家珠（详见本章第七节）。

同样，其他一些新兴作家也在努力探索，他们尽心地发掘社会生活中美好的东西加以颂扬，以教育、启迪读者。例如作家敏乌貌的短篇小说《奖品》，就颂扬了一位生活清贫的教师，不辞辛勤，竭尽全力鼓励学生努力学习；又如女作家钦妙辛的《女教师》，描写一位乡村女教师，不顾自己生活上的不幸福，坚持教学工作，坚持对自己子女的教育，最后得到了子女的理解；貌迎莱的《留恋》，也写出了普通劳动者之间的相互关怀和爱护的真情。这些作品读后都给读者留下了美好的印象，也有助于我们对缅甸社会的了解。

文学研究、文艺评论方面，在这一时期也有所发展。著名作家佐基于1963年发表的文学评论专著《文学疏注概论》、《文学赏析》受到人们普遍赞赏。它收集了佐基多年发表的文学评论文章，对认识和正确评价缅甸文学有较大的实用价值。八莫丁昂（1920—1979）和觉昂分别于1963年及1964年发表的《殖民主义统治时期缅甸文学》论文，则从进步观点叙述了缅甸文学发展规律。而马利克（作家纳内和敏觉两人合作的笔名）从1967年11月起陆续在《侦探》杂志（后改名为《摩威》杂志）上发表有关历年缅甸著名小说的评论文章，每篇都讲了小说梗概，介绍了作者，还对该书的写作技巧、特色等进行评论。作者从缅甸阿瓦王朝的第一部小说《天堂之路》写起，一直写到1971年以前缅甸各个时期出现过的较出名的小说，共写了100篇文章。在1968至1973年间以《缅甸小说指南》为名分别出了5卷，1990年9月作者又将《小说与缅甸小说的发展》一文与评论1971年至1981年间问世影响较大的小说的17篇文章合订成册，以《缅甸小说指南》第6卷为名公开出版。最后出版的一卷评论文章中包括对摩摩茵雅的《别无他求》、德格多妙盛的《艺坛新秀》

等小说的评论文章。马利克还从1974年起陆续出版过四卷《缅甸文学词典》，对缅甸古今作家，从文体、作品、流派、典型人物等按缅甸文字母顺序进行编写。这些专著均为人们了解缅甸文学创作概貌和作家生平提供了比较详细系统的材料。此外翻译介绍外国文学名著工作，撰写世界文学简史工作也已受到广泛的关注。这些工作的开展，无疑也将会大大促进缅甸文学迈向世界文学的发展进程。

随着2011年3月缅甸民选新政府的上台，缅甸国内政治发生了重大变化，可以预见文艺方面也必将出现新的繁荣。

第二节　貌廷与《鄂巴》

一、生平与创作

《鄂巴》作者貌廷（1909—2006），是缅甸当代著名作家、新闻工作者，曾任缅甸《仰光报》总编辑、缅甸报人协会执行委员、缅甸作协副主席、缅甸文学工作者协会国际联络部负责人。

貌廷原名吴廷发，中文名叫郑天发。1910年生于下缅甸渺妙县拉帕达镇。1926年进入仰光大学攻读医学，后转学文科。1932年毕业。曾任镇长，还在其他政府部门工作过。1949年辞退政府部门工作，专门从事创作与文稿撰写。在《汉沙瓦底》报曾以“波德”笔名开辟了一个名为《社情世态》的栏目，一直持续到1969年1月31日。从1952年开始经常在《秀玛瓦》、《妙瓦底》等杂志上发表翻译小说及连载政论文章，也曾创办“缅甸新闻社”，并任《伦敦时报》驻仰光记者。著名作品有短篇小说集《哥当》、独幕剧《什么是最重要的？》、《英雄的母亲》、长篇小说《鄂巴》等。另，他还翻译过多篇世界名著。晚年专门从事世界文学史专著的写作，共写过7部，后以《世界文学全集》为名合集出版。2002年获得缅甸文学宫颁发的终身成就奖。

早在大学学习时期，貌廷就开始写作并参加到“实验文学运动”中去。作品发表于仰光大学学生会刊物《孔雀之声》、仰光大学主办的《仰光大学》以及缅甸教育普及协会主办的《文苑》等杂志。当时发表的《摩登狗》、《猴子戏》等讽刺文和诗歌，就已显露了作者的才华及其独特风格。

比如，他在1938年就曾在当时著名的《发展》杂志上发表了一篇题为《公共场所》[①]的小诗。全文如下：

① 该诗后被吴登佩敏引用在小说《旭日冉冉》的第十五章中。

随从前后拥，
甲长配枪把村还。
拉着架势手拿法律本，
村中诸事胡乱判。
凭咱甲长的权势，
人头税也能轻易豁免。
你想搞斗鸡，
暗中把酒来请咱。
论法律咱全然不懂，
可告状诉讼别忘送咱钱。
村中邻里事，
甲长咋说就咋办！
胆量不算大，
坏事儿我全敢干。
乱咬似恶狗，
打架斗殴是硬汉。
几杯酒下肚，
“他妈的”我骂得欢。
这帮乡巴佬，
咱能送你进牢监。

1936—1937年间发表的以哥当为主人公的短篇小说系列，更加吸引了人们的兴趣和注意。缅甸文学评论家一致认为小说《哥当》成功地反映了下缅甸农村的生活和习俗，是一部农村题材的好作品。著名作家佐基更认为小说中所描写的村子、村民和哥当，确实是缅甸现实生活中所存在的，也就是说小说《哥当》是按照现实生活本来面貌去描写的。它生动地反映了现实生活本身，因而也就有了艺术的真实性，富有艺术感染力。

貌廷生于下缅甸，长于下缅甸，大学毕业后仍在下缅甸担任镇长工作，所以他特别熟悉下缅甸。这便是《哥当》成功的奥妙之处。

例如：河岸旁停泊着的运米小船，被芒果树、罗望子树、树菠萝树包围着的，用巴尼棕叶盖的房子，在这些茅屋中间的印度人小铺、中国人的面店、一两家酒铺、楼底下泥泞散发出来的臭气以及屋后潺潺的流水声等等，都是人们所熟悉的下缅甸村落的情景。

光头、皮肤黝黑、大拇指短短的哥当与少女私奔；跟着年轻人的头头儿转，追求姑娘，喝酒，打群架等等，都生动地反映了当时下缅甸农民的生活。

我们认为作者在这些短篇小说中，通过哥当这个生动活泼的人物形象，以及一般人习以为常的生活小事，也就是一般人称之为习惯、风俗的东西，来反映缅甸农村的“奇形怪状”，控诉了英国殖民主义者的愚民政策，从而发出了反封建的呼声。

例如在《土瓦筒裙》中，作者描写了钉马掌的铁匠虐待自己的妻子，而做妻子的却甘心情愿忍受丈夫的鞭打；在《结婚的礼物》中，则集中地揭露了社会中存在的买卖婚姻;《哥当的战争》中，作者以辛辣的笔触，描写了一位妇女的变态心理，她因自己丈夫太老实，而感到不舒服，千方百计触怒自己的丈夫，希望能挨到丈夫的拳打和脚踢。相反，男女青年自由恋爱却受到父母兄长等监护人的粗野干涉和阻挠，而成为悲剧。这一情况在《对象》篇中得到了深刻的反映。同样，在《牌楼沟》、《船老大》中，我们又看到缅甸青年的一种坏现象，那就是做哥哥的最不愿意别家小伙子追求自己的妹妹；村里年轻人最妒忌外村的小伙子追求本村的姑娘。

《哥当》小说中所反映的农村的陋习和怪现象，清楚地告诉我们，由于殖民主义者对殖民地广大人民在文化上和精神上长期的摧残，使他们长期处在愚昧无知、贫穷落后的境地。这完全是殖民统治所造成的必然结果。显然，作者的目的在于揭露落后的东西，以引起人们对广大农村的注意，对广大农民的精神文化生活的注意。

1942年，日本统治缅甸的年代，作者当时正在巴莫政府外交部任秘书，目睹巴莫等一伙人口头上说为了缅甸人民的利益与日本合作，但实际上，却是一批英国殖民统治时期的旧官吏，利用职权谋取私利的家伙。貌廷就把这些情况淋漓尽致地反映在他的独幕剧《什么是最重要的?》里。

1943年，貌廷以1930年缅甸著名的塞耶山农民起义为背景，塑造了一个鼓励自己儿子为了农民群众解放事业舍身，保护农民起义军领袖的英雄母亲的形象，创作了独幕剧《英雄的母亲》。正如作者自己所说:“当时正进行着秘密的革命斗争，为了使自己的目的得到实现，必须付出代价，作出必要的牺牲。这样才有可能使自己的民族得到生存。”作者就是以这个思想为基础进行创作的。因而作者笔下的母亲形象就显得特别高大、特别丰满。无论敌人用什么手段，甚至在她面前杀害她的儿子，母亲非但没有动摇，反而更加坚定了她的信念。母亲以有这样的儿子而感到自豪和光荣。同样，母亲的儿子尼温的形象也是令人难忘的。例如当刑警进行威胁逼供时，他回答说："好吧！大人先生，今晚将会使你开开眼界。在这个社会，事情并不像你想象的那样。"尼温就是用实际行动告诉刑警：威武不可屈。刑警从尼温嘴里没能得到任何情报，最后残酷地把他杀害了。

这些剧本曾在仰光搬上舞台演出过，对激发人们的爱国主义精神和忘我的战斗意志起了一定作用。

二、《鄂巴》

日本占领缅甸时期，缅甸人民受尽了日本法西斯的压迫和剥削。无论在经济上或精神上都遭受到严重的摧残。但是，缅甸民族的精神——不屈服于暴虐和要求自由的精神是任何势力所无法摧毁的。在这黑暗的时期，缅甸人民经受了磨炼，增长了斗争经验，提高了民族的觉悟。同样，在这民族危难的年代，真正有志气的作家，同全国人民站在一起，加强对人民的了解，激起描写歌颂人民的热情。貌廷的名作《鄂巴》就是在这种情况下产生的。

《鄂巴》是在1946年出版的，后分别在1957、1965、1974、1991、1999年多次再版。《鄂巴》还先后被翻译成印地文、俄文、中文、日文在印度、前苏联、中国及日本出版发行。缅甸的英缅电影公司由吴钦钦任导演把它拍成电影，且曾在中国和前苏联也上映过。

《鄂巴》的问世是当时缅甸文艺界的一件大事。缅甸著名作家达贡达亚当时就在《星》杂志上，满腔热情地称赞说："《鄂巴》是反映时代的一面镜子。"现在已经证明：在缅甸现代文学史上，《鄂巴》的确是一部出色的现实主义小说。

《鄂巴》篇幅不算长，却成功地反映了一个历史时期的广阔的社会生活场面。也可以说，作者是在为小说主人公鄂巴作"传"。作者的笔触始终没有离开鄂巴的生活遭遇以及他在斗争实践中的成长。

鄂巴像所有劳动人民一样，终年累月地辛勤劳动以换取温饱的生活，也像所有劳动人民一样，渴望着能够通过自己的双手得到一种"幸福"的生活，但是，在日本法西斯统治时期，鄂巴——这样一位淳朴、忠厚的农民，他怎能逃脱厄运呢？

鄂巴为了维护自己阶级兄弟的利益，为了保管修堤工何依的血汗所得，不仅因此遭到地痞流氓朴斗的刀砍，被诬告为强盗而入狱，被充当民伕抓到缅泰边境丛林去修筑铁路，还为自己挖了活埋坑。同时，他的女儿为了营救他也遭到了日本军官的奸污。作者就是通过这些细节描写，深刻地反映了日本法西斯残暴的统治和缅甸民族叛徒勾结日本法西斯为虎作伥、无法无天、欺压百姓的暴行。

例如，作者在小说第七章中，把日本法西斯在监牢里向“犯人”指甲里钉钉子；用钳子拔指甲；把“犯人”双手反绑，倒吊在梁上；用开水浇“犯人”头部等等“文明民族所喜爱的动作”暴露于世。在第八章“吃人”中，更进一步揭露了日本法西斯为了修筑缅泰铁路，从缅甸各地抓来大批民伕，强迫他们从事劳动，而民伕们受不了生活的折磨而大量死亡的历史事实。

作者不仅深刻地揭露了日本法西斯统治的残酷、野蛮和黑暗，也描写了鄂巴由于受到这位“灾难”教员的教育，而逐渐觉醒起来的事实。所以，当地下工作者德钦谬纽向他表明他是反日的革命者，并动员他参加武装起义时，鄂巴就爽快而坚定地说：“好，我也参加！”

作者在小说《鄂巴》中通过德钦谬纽、切吉等人物形象，歌颂了缅甸反帝爱国者的英雄行为，以及为了民族的独立，不惜牺牲生命的大无畏精神。例如德钦谬纽被日本法西斯逮捕而遭到杀害时，他抱着“为了祖国，我们走向死亡”的视死如归的态度向同志们喊道：“拿出一个真正缅甸人的气概去迎接死亡吧！别害怕！”这是多么可贵的英雄气概！与此同时，作者还描写了被主子抛弃了的民族叛徒朴斗，在临死前那种甘当奴隶、走狗、贪生怕死的丑恶嘴脸。这样，对完成革命者英雄主义形象的塑造起到了很好的衬托作用。同时，也是对这个日本法西斯走狗丑恶嘴脸的深刻揭示和有力鞭挞。

当缅甸人民用自己的鲜血和生命，把法西斯赶走以后，英国殖民主义者又重新回到缅甸，重新骑在缅甸人民头上。

但这时，一部分受尽日本法西斯残酷折磨与剥削的缅甸人，对英国殖民者暂时产生了幻想，鄂巴就是其中之一。所以，当鄂巴未来的女婿切吉向他说：“国家一旦独立，那我们就可以为自己创造幸福了。”并向他介绍苏联农民幸福生活时，鄂巴虽然也表示羡慕和向往，但他心中仍这样想着：“所谓缅甸人的幸福，还不是那些有钱的城里人多吃一些白糖吗？至于我们，最多也不过是从民伕生活提升到‘狗’的生活而已。”所以他只为他的“老爷”（英国人）的归来而高兴，为自己的“前途”感到满意。

但是现实生活究竟怎样呢？

当鄂巴得意洋洋，高高兴兴抱着几年来辛勤劳动，省吃俭用好不容易才积蓄起来的5000元日本纸币到市镇上去，为他的女儿办嫁妆时，才得知英国人回来后，世道变了。日本纸币已变成废纸了。这时鄂巴愣住了。

鄂巴回家后，作者描写道："鄂巴把裹纸币的纸套撕开，把纸币一张一张地搞散开，下面铺上了一些木柴，然后进厨房拿出一块烧得通红的木柴把纸币点着了……鄂巴呆呆地凝视着火堆……紧接着喊道：'我们是缅甸的主人。我们的革命胜利了！'但喊完后，他又怀疑起来，究竟是什么样的革命胜利了呢？"

作者最后写道："他前面的火堆已经熄灭了，成了灰烬。鄂巴想依靠英国老爷们的帮助，建立新生活的幻想也随着鄂巴面前的火堆而熄灭了。"作者就用这么简短的几句话结束了整个故事。故事是结束了，但话语又是多么意味深长啊！

小说《鄂巴》结构严谨，生活画面丰富。如故事一开始，作者通过"松木箱"故事，把一系列重要、次要人物以及他们之间的关系和错综复杂的矛盾，序曲式地展示出来，给读者一个深刻的印象。接着就进一步以鄂巴的遭遇为主要线索，把很多人物、复杂的情节、错综的矛盾连结成一个艺术整体。

作品对人物形象的塑造手法是多种多样的。如鄂巴是被放到尖锐、复杂的民族矛盾中加以正面描述的。这就使他那淳朴、忠厚、富有同情心的性格，以及小农的保守思想深刻地表现了出来。如果说鲁迅在《阿Q正传》中，对阿Q饱受摧残的遭遇寄予同情，表达了"哀其不幸，怒其不争"的沉痛心情，那么，我们在小说《鄂巴》中可以看到作者笔下的鄂巴也是个逆来顺受的农民形象。他令人可怜、同情，有时又使读者感到不满、生气甚至好笑。所以有人称小说《鄂巴》为"阿巴正传"。又如民族叛徒朴斗，他那卑鄙下流、凶狠毒辣，但又内心空虚、贪生怕死，典型的走狗嘴脸非常鲜明突出。同样，德钦谬纽等青年人那种无所畏惧的英勇气概也给人留下了深刻的印象。

《鄂巴》在语言的运用方面也独具特色。人物对话简洁、生动，相当深刻地揭示了人物的个性。如印度人何依，因世道混乱，异常担忧自己的安全，感到自己无依无靠时，鄂巴说："有我们在呢！"当何依把松木箱存放在鄂巴家临走时嘱附道："大哥，千万别让人知道哇！"鄂巴回答说："好了，你放心吧！"又如革命者邀他参加革命时，鄂巴就平静地说道："那就干吧！"鄂巴的回答简短干脆，反映出他那淳朴、忠厚的高贵品质。作品的叙述简洁、明快、生动，特别富有幽默感，并且显示着强烈的爱憎观。

三、文学成就

从上述几部主要作品的介绍中，我们可以看出貌廷后期作品比前期作品有明显的发展。他那独特的风格——以深切、坚韧、幽默的语言对缅甸的病态社会作尖锐的揭露，在每一部作品中都有所体现。他通过细节描写来突出人物的性格，用抒情的笔调来渲染气氛，以及简洁有力的语言等等特点，在他的几部作品中更是俯首可拾。

貌廷是20世纪30年代缅甸文坛上出现的实验文学运动的积极参与者。从他的作品中，我们可以看到，他不仅发扬了实验文学的文风，而且把文学创作与时代的精神、人民的生活紧密联系在一起，为缅甸文学的发展作出了新的贡献。或者说，貌廷以自己的创作实践，将实验文学运动推向了一个新的发展阶段。

缅甸独立以后，貌廷没有发表更多的新作，但是他写了不少文章，翻译了一些短篇，成集出版的有《莫泊桑短篇小说集》(1956)、《外国短篇小说集》(1972)、英国作家斯威夫特的《格利佛游记》(1982)等，都是深受缅甸读者青睐赞誉的翻译杰作。他用了很大精力集中写了世界文学史专著。分别介绍了西方、中国、日本等文学的概貌。这确实是做了一件很有意义的工作，对缅甸文学的发展起到了重大的促进作用。其中有《世界文学——印度、伊朗和阿拉伯篇》(1974)、《世界文学——中国、日本篇》(1976)、《世界文学——希伯来篇》(1977)、《世界文学——英国篇》(1986)、《世界文学——意大利篇》(1987)、《世界文学——法国篇》(1987)。2008年缅甸仰光境界出版社将上述6部著作与尚未正式发表的《世界文学——德国篇》，7部合一，以貌廷著《世界文学全集》为名出版。

第三节 新文学运动与达贡达亚

一、新文学运动

抗日战争胜利以后，奄奄一息的缅甸文坛得到新生，重新活跃起来。出版物骤然增多，并涌现出一批年轻新作家。这些新作家大都受到民族独立运动的洗礼，特别是受到以红龙书社为代表的进步思潮的影响，面对沉重的民族灾难，他们强烈希望抗日战争的胜利成为缅甸民族摆脱厄运的转机，各方面都能有新的起色，因此他们对文学创作的热情很高。各种题材的作品如雨后春笋，大批涌现。许多作家以亲身的经历，描述战争年代人民遭受蹂躏的痛苦，以及人民反抗法西斯的英勇斗争。同时也反映了人民要求完全独立，建设新生活的强烈愿望。1946年出版的《星》杂志首先指出，随着时代的发展，文学也应有所创新，并提出创作新文学的口号。它在刊登具有新思想的文学作品同时，还用了大量篇幅介绍苏联、中国等国的文艺作品及文艺思想。

但同时，文学界仍存在着大量专门书写供有闲阶层消遣的文学作品，并出现了"纯艺术"的主张。

1948年1月，吴登佩敏在《加尼觉》杂志独立节专刊上，发表了题为《使历史倒退的作家》一文。他以文学作品是否反映时代精神、是否有助于历史前进发展为尺子，对英国殖民主义者吞并缅甸后，缅甸文学发展情况作了简略的回顾。对有影响的作家进行了评论，同时抨击了"为艺术而艺术"的观点。

吴登佩敏的文章发表后，在缅甸文学界引起了一场有关文学创作目的的大辩论。在辩论中，明显地分成两大派。有人认为文学不应该有倾向，不应该进行宣传。有人则认为文学就是一种宣传，应该有倾向，而且要倾向于无产者、被压迫者一边。前者以德都、丁德、达度等为代表；后者有达贡达亚、基林等作家为代表。"人民文学"、"社会主义现实主义"、"新文学"等名词，就是在这场针锋相对的辩论中开始被使用的。

《星》、《新文学》、《人民》等杂志都积极介绍中国文学作品。鲁迅的《故乡》、赵树理的《传家宝》、老舍的《骆驼祥子》、剧本《白毛女》、袁静的《新儿女英雄传》等都是在这一时期被翻译成缅文发表的。1951年，中国学者访问缅甸时，缅甸朋友曾介绍说，截至当时，就有不下100篇中国作品被介绍给缅甸读者了。与此同时，毛泽东的《在延安文艺座谈会上的讲话》也被介绍给缅甸文艺界。《在延安文艺座谈会上的讲话》在缅甸文艺界引起巨大反响。只要摘引一段时任缅甸作家协会主席吴登佩敏在1956年12月3日作家节纪念大会上的演讲，就可以看到其影响的深远了。

吴登佩敏在演讲中，首先讲到对待文学遗产的态度问题。他说采取全盘肯定或全盘否定的态度都是错误的。他用"没有字母'瓦'，便拼不出'维'的音"作比喻，说明不继承遗产就无法创建具有民族形式的文学、民族形式的文化。

讲到联系群众生活时，他说：

"如果把继承过去的精华比喻为树苗扎根，那么联系当今社会、当今人民的生活，就等于给树浇水、吸取空气、晒太阳、施肥料一样。如果树木离开了水、空气、阳光就不能生存，脱离了人民的生活就产生不了文学。""如果我们真正要反映人民的生活，那么我们能写作的事情就像人口那样多地大量存在着。""我们的人民大众是我们的恩人。报答恩人的最好办法是深入研究人民的生活经验，在我们创作的文学作品中反映人民生活的各个方面，跟人民一起参加开创新生活的斗争。"

上述这些论点，无疑是正确的。可以看到《在延安文艺座谈会上的讲话》对吴登佩敏以及缅甸广大文艺界的影响。

随着争论的开展以及创作的实践，人们对新文学的认识也逐步提高，1950年2月出版的第一期《新文学》杂志指出：

“新文学应该是站在劳动阶级一边。批判当今资产阶级社会，反映群众革命斗争和群众生活的，不满足于当前社会制度，而是向前看的，进步的。这就是新文学的主张。”

所以，作家觉昂在谈到“新文学”时曾说：

“一切具有进步世界观的作家都应该站在被压迫者一边进行创作，应该通过小说揭露资本主义的罪恶、压迫和剥削。小说要描写工人农民为自身解放而进行的推翻资本主义制度的斗争。这就是文学界新兴力量所要求的新的文学主张。”

新文学运动所提出的新文学思想给作家们指明了创作道路。后期，由于争夺“新文学”创始人的桂冠，造成作家队伍的分裂。当然更主要的是因为缅甸国内政治形势急剧变化，严重影响新文学运动的发展。但是人们看到在新文学思想指导下，达贡达亚、八莫丁昂、貌奈温（1930—1991）、林勇迪伦、妙丹（即妙丹丁1929—1998）、敏新（1927—1986）、林勇尼（1925—1994）、德钦妙丹、昂林（1928—1984）、觉昂、杰尼（1922—1974）等一大批作家活跃在新文学创作活动中。缅甸文坛出现了一批新作品。这些作品大胆地揭露政府的腐败、资产阶级的贪婪；描绘了广大人民在资本家和地主的盘剥下的痛苦生活；无情地批判了资产阶级社会所造成的一切罪恶。在后期，作品更多地揭露国内战争给民族带来的灾难，发出了停止内战，实现国内和平的呼声。总之，在揭露、抨击、申诉、批判中流露了作者们的反抗要求，激励了读者，增加了读者对现实的了解，有的作家曾因此被捕入狱。

1958年由貌奈温选编、谬马出版社出版的《缅甸短篇小说选》，可以说比较全面地反映了新文学运动中小说创作的成果。

在这时期，敏新创作的《在马路上》和杰尼的《渔夫》别具一格，给人很深的印象。

《在马路上》是一种随笔性质的系列散文小品。作者把自己在大街小巷中遇到的一件件小事用随笔的形式写成一篇篇小文章，大多是歌颂劳动人民的质朴、勤劳和高尚的品德，同时反映了他们生活的艰辛。比如一篇名为《谢谢》的作品中，说作者路过一高坡，见一对卖柴人夫妇吃力地推着装得满满的一车柴上坡。作者慨然上前相助，车推上坡后，卖柴人仍顺势继续推车向前。正当作者暗暗地责怪卖柴人竟然连声谢谢也不说时，卖柴人夫妇这时停下车深情地回过头来看了他一眼。从那深情的目光中，他体会到劳动人民对别人的感激，往往是埋在内心深处，而不是挂在口头上说声谢谢之类的客套话。作者这时才感到自己的渺小，领悟到卖柴人真挚的情感。这件事对他后来的写作影响颇大。作者认识到应该是自己感谢卖柴人夫妇。作者就是这样通过一件小事以自身感受与劳动人民的情感作比较，得出了自己渺小而劳动人民伟大的结论。

杰尼则通过自己对下缅甸三角洲地区渔民生活长期的观察了解，以渔民哥当盛为中心人物，创作了一批短篇小说《渔夫》，反映了渔村的生产关系，如实地叙述了渔民遭到几层剥削，冒着生命危险，在佛教国家里从事被认为是造孽的捕鱼生活的情况，既描写了渔民的现实生活，也写出了渔民们对社会主义的向往。

这一时期缅甸文坛出现了一大批诗人，创作也非常活跃。

达贡达亚在谈到新诗时曾说："在战争时期，缅甸积累了很多经验，战后又有很多新的事物供诗人创作。诗人想要把这些新事物写成与新时代相适应的诗篇，那就得创造新的词汇和新的结构。而这些新内容必须是反映贫困人民生活的，诗歌必须为人民而创作。"他本人就以身作则带头在《星》杂志上抒写新诗歌。他写国内战争造成的废墟，写罢工营地，写工厂工人，写城郊贫民区，题材十分广阔。他的诗不仅对情景有细致的描绘，也有对内心感受的入微反映。但他的诗不讲究韵律，有的甚至就是口语的排列，但富有音乐的节奏感。他喜欢创用新词，所以人们称他的诗是有声有色的彩色画卷。他的诗在战后缅甸影响很大，自成一派。尽管人们对其诗作褒贬不一，而且自1966年起，达贡达亚已很少写诗，但直至今天，仍有大批青年诗人沿着达贡达亚的路子继续在探索。例如女诗人基埃，从内容到形式都在仿效他，竟然达到神似地步。诗人当内瑞也是这派的代表人物，他写了好多激烈的反殖、反战诗篇，人们称其为"愤怒的青年诗人"。当内瑞的诗已经发展为无韵诗，后期则步入抽象派领域。其他著名诗人如努茵、八莫纽内、敏友威、内达意、贡温等则继续沿着实验派道路进行创作。

二、达贡达亚

达贡达亚，原名吴泰绵，1919年5月10日出生在下缅甸吉叻镇一稻谷商家中，父吴巴翁、母杜普瓦新。幼时就读于仰光昂泽亚敏加拉缅文学校、吉叻国民学校、耶觉高级中学。1936年入仰光大学英语系学习。幼时就喜欢绘画、音乐，由于父亲生意的关系也有机会接触到生活在缅甸底层的农民，了解到他们生活的艰辛。中学时正值我缅人协会活跃的年代，入大学后更受到爱国热情高涨的学生们的影响。

1940年他任仰光大学学生会刊物《孔雀之声》的主编。在他撰写的1940年3月出版的第8卷第1期社论《暑季之初》[①]中这样写道：

> 大地等待着大自然的转变，咕咕……咕咕……金杜鹃鸟在北方苍郁的林中悠扬清脆地欢唱。从它那美好意念真谛流淌出的杜鹃啼鸣声在高空中飞扬，笼罩着四方。
>
> 美好意念期盼着万物变化，炎热炽烈阳光的灼烤，使树木花卉枯萎憔悴，"美丽幼嫩"荡然无存，只剩下瘦骨嶙峋。
>
> 阳光正在炎热地燃烧……暑季之初先导的飘忽不定的疾风与之抗衡，在它猛烈地撞击下枯叶们落到地下死去。
>
> 此时枯叶落新叶生的世间"历史规律"无法抗拒，树木花卉都抛弃了"枯叶"，换上了"新叶"。
>
> 世间妆点着青翠焕然一新的"美丽幼嫩"，一朵朵的鲜花，一片片的绿叶，"齐整地"依簇成"五彩缤纷的花丛"妩媚又俊俏。
>
> 看到暑季之初世间的美景，心神愉悦的金杜鹃又唱起了咕咕……咕咕……美妙的歌声。

这篇短文充分地体现了达贡达亚早期写作的特色：他特别喜欢在运用文字方面下功夫，要有美感，且创造了不少新词。他说过："我们要写当代的新事物。要把内心的感受、时代的反应用人们最易懂的、最直接的、最漂亮的、最细腻美好

---

① 这篇社论原载《孔雀之声》第8卷第1期，后被作者收入他的题为《编辑札记 文艺评论和昔日粉红色》文集，仰光瑞卑梭出版社，1971年版，第23-24页。《孔雀之声》第8卷第1期原拟1940年3月出版，缅甸内政部以违反国家安全法为由，到出版社将已印好的版面全部没收。直到后来将德钦梭、德钦雷貌等人的文章撤除后，才得以在1940—1941年度正式与读者见面。

的语言表达出来”。[1]另一方面他的思想又很激进。这篇短文通篇用了隐喻的手法。“北方”指北方的苏联，“炽烈阳光”指资本主义制度的压制，“美丽幼嫩”指文化的进步与繁荣，“五彩缤纷的花丛”指社会主义、共产主义……[2]

第二次世界大战后，1946年12月4日，达贡达亚创办的《星》(音译为“达亚”)杂志出版了。“星”取“启明的星”之意。达贡达亚为第1期杂志撰写了题为“新文学”的社论。指出：

……在整个文化荒芜的日本年代，文学颗粒无收。当从法西斯黑暗中挣脱出来时，文学迎来了曙光。

……新生的“新文学”的红色曙光交织着射来，星群为生育出新物体而闪闪熠熠发出光芒。

《星》杂志不仅刊载缅甸青年一代作家的种种新观点、新题材的文学作品和评论古代现当代缅甸文学与音乐、绘画、戏剧等艺术领域的文章，还翻译介绍当代世界进步的文艺思想、理论和一些作品，比如：马克思列宁主义的文学理论、别林斯基的美学理论、毛泽东的文学主张、高尔基和鲁迅等著名作家的作品等等。作为该杂志的主持人和出版者，达贡达亚也用了不少身份或笔名，比如专栏作家、栏目主编、某某方面评论员、译者等等，写了不少短评、世界名人简介(如：贝多芬、肖邦、高尔基等)、编者按语、社论，为促进缅甸新文学大声疾呼并率先创作了短篇小说、新诗、文学评论多篇，在《星》杂志上发表的译文有毛泽东的《新民主主义论》(片段)、《在延安文艺座谈会上的讲话》(片段)、《雪》(诗)、聂鲁达《人民的旗帜》(诗)、纪伯伦《凝视他的生活》(诗)、白居易《琵琶行》(诗)[3]、屠格涅夫《乞丐》(诗)、马雅可夫斯基《怎么写诗》(评论文)等。

最能说明达贡达亚创办《星》杂志所倡导“新文学”运动主张的莫过于他所写的一篇《新文学的产生与发展》[4]长文。很明显他的主张受到俄国和前苏联革命文学的影响。新文学的核心是“艺术为人民”，要求具有新思想，用新方法去创作。

① 参见达贡达亚：《对自己诗歌的辩护》，该文发表于1967年4月，载[缅]达贡达亚：《编辑札记 文艺评论和昔日粉红色》文集第475页。

② 缅甸的暑季之始是植物老叶枯萎凋谢，新叶吐绿发芽的季节。作者以此来隐喻资本主义即将亡故，社会主义制度正在新生。达贡达亚在其自编的《编辑札记 文艺评论和昔日粉红色》文集中也作了类似的说明。参见[缅]达贡达亚：《编辑札记 文艺评论和昔日粉红色》第18-19页。

③ 达贡达亚将此诗题名译作《小舟之主》。

④ 该文原载于1950年3月30日《星》杂志第4卷第27期和1950年5月《星》杂志第4卷第28期上。后编入[缅]达贡达亚：《编辑札记 文艺评论和昔日粉红色》文集，第110-126页。

新思想就是批判资本主义，反映工农大众的生活与斗争；新创作方法就是运用马克思主义的审美观与历史观真实地描绘现实，重新审视历史，从而揭示社会生活的本质与社会发展的趋向。

正因为如此，《星》吸引了很多读者，其中主要是教师、学生与具有进步思想的青年知识分子。既得到进步青年作家们的支持，也得到老一辈作家们的赞许。比如20世纪30年代蜚声缅甸文坛的实验文学运动作家佐基就说：《星》杂志的出现“是缅甸文坛一件令人鼓舞的事情。《星》是在努力满足缅甸人熟悉深入了解世界与缅甸文明的需要。即使是在政治非常时髦的今天也不应忘却文明。”[①] 敏杜温就说《星》是“实验文学的再实验”。

但是非常遗憾，《星》杂志仅仅维持了大约3年半的时间，1950年5月以后就停刊了。此后达贡达亚除写作外，又投身于缅甸国内和平与世界和平运动，因之遭到政府的抓捕入狱。他先后曾任缅甸作家协会主席、世界和平大会缅甸常务委员会副主席。

他的诗歌、小说和文学评论文章都很有特色。1934年2月在大学学生会刊物上发表了处女作短篇小说《朦胧》。他的代表作有：《梅》（小说，1941）、《群像》（人物特写集，1955）、达贡达亚短篇小说集（1969）和达贡达亚诗集（2005）等。其中《初开的茉莉花》获1961年度文学宫短篇小说集奖，《美学》获国家文学奖。

三、新文学运动的影响与余波

虽然因为种种因素造成新文学运动发展期很短暂，但是它的影响是很深刻的，它的余波也是较长远的。

首先，新文学运动促使一部分并不赞同新文学主张的作家开始注意到社会问题，用文学形式来反映它，并提出改良社会的意见。像获文学宫奖的小说敏昂的《穹隆原野》（1949）、德都的《公务员》（1950）、达度的《军队里的妙哥哥》（1951）等就是最好的例证。人们都熟知，敏昂、德都、达度等都是以写作言情小说而出名的作家，但在这三部小说中却有了新意。

《穹隆原野》的主人公昂索，遵照其父临终前的嘱咐来到农村，“立志为唤醒农民和改善他们生活条件而贡献力量”。小说围绕昂索在农村筹办图书馆、学校和集体谷仓等情节，描述了昂索不屈不挠、坚韧不拔的精神，揭露了农村封建势力对广大农民的压迫和剥削，反映了广大农民挣扎在社会最底层的情景。小说在反映

---

① 转引自［缅］达贡达亚：《编辑札记 文艺评论和昔日粉红色》文集，第110-126页。

缅甸独立初期的社会现实方面，在冲破当时盛行的单纯描写爱情生活的框框，着力描述社会改革者，激励人们正视现实、投身于社会改革方面，有其独到之处。

德都（1913—2003）的小说《公务员》相当真实地描述了英国殖民统治时期的英国官员，以主子身份作威作福，公务员则贪污受贿、中饱私囊的行径。同时对独立后政权机构换汤不换药的情况深表失望，并提出了改良的主张。

在达度（1918—1991）的小说《军队里的妙哥哥》里，有一位叫妙的女子，把她在日常生活中遇到的军民之间的一些矛盾和误解，用通信的形式告诉她所认识的一位军官，以期改善军民关系。

达贡达亚在为《公务员》一书写序时曾说："大约三年前，德都对文学艺术不能脱离社会的说法只不过耸耸肩而已。现在，他写了谴责官僚主义的小说，而且还可看出在动荡的形势下，要求建立'人民政府'的苗头。所以，我想说，德都已经身处三岔路口，希望他能继续前进。"达贡达亚的评论非常中肯，他简明地道出了当时缅甸文学界发展的趋势。

新文学运动的一些主要参与者的作品在教育缅甸人民，推动缅甸反殖民主义争取社会进步的斗争中起了一定的作用。但其中有些作品则因触怒了当局，被宣布为禁书遭到查抄，它们的作者也身陷囹圄，像八莫丁昂、吴拉、妙丹丁、德钦妙丹等作家都曾几次被捕入狱。但他们并没有因此消沉，反而利用在牢狱中所接触到的下层人民的素材写出更多的新作，形成了20世纪50年代后期至60年代的风靡缅甸文坛的"铁窗文学"潮流。代表人物有以下几位：

八莫丁昂（1920—1979），著名进步作家、新闻工作者，1950年创办《鹰》杂志，宣传进步思想，曾被选为缅甸作家协会主席。他一直认为当时政府反殖民主义不力，尤其对刚刚独立就同室操戈进行内战的政策表示强烈不满。他写了一系列作品抨击当时的政府，因而遭到当局的迫害。1952年发表的长篇小说《叛逆者》，描写一位农民的儿子巴开为生存而奋斗的故事。小说的时间跨度很大，从殖民统治时代一直写到独立时期。作者指出，只有昔日为英国殖民者效犬马之劳的人，甚至那些勾结日本法西斯、鱼肉人民的人才享受着今日独立的果实，广大工人、农民仍然挣扎在饥饿线上。他们为了自身的生存，才被迫使用罢工、示威的武器，然而独立后的缅甸政府却仿效英国殖民者，用警棍、马队镇压人民。作者于1953年发表的小说《内战》，则公开号召停止内战；同年发表的小说《母亲》则歌颂献身于缅甸独立运动的一位普通妇女；1957年发表的小说《繁荣小姐钦钦乌》，尖锐地讽刺当局制订的不切实际的国家繁荣发展计划。即使在狱中，他仍坚持写作，体现了追求真理绝不屈服的傲骨，深受人们的尊重。例如1957年发表的长篇小说《月有阴晴圆缺》就是狱中的作品。它通过一位大法官的女儿绵的人生价值观的改变，揭示上层社会的种种腐败和内战给人民带来的深重灾难，描述了民族传统文化与西方文化在缅甸的冲突和斗争。1961年创作的小说《鄂奥》，是一部以反殖民主义统治为题材的具有现实意义的作品。作者借鄂奥这个普通农民的一生，描写了1930年反帝的农民起义，成功地塑造了许多英勇不屈的英雄形象，并以锐利的笔锋揭露了英国殖民主义者的滔天罪行，驳斥了把农民运动诬蔑为“群氓暴乱”的谰言。八莫丁昂的小说都带有浓厚的政治色彩，在对话中常常夹以整段的论述，隐约有讲经文学那种长篇说教的笔法，风格独特，但深受年轻读者的喜爱。

吴拉（1910—1982），缅甸著名作家、新闻工作者，生于锡当河畔勃宋渺村一商人家，当过公务员、图书馆长、教员。1939年与著名女作家杜阿玛结婚。1945年在曼德勒创办半月刊《人民》杂志，翌年创办《人民报》，从此易名为“人民报吴拉”。1947年筹建上缅甸作家协会，被选为主席。他积极主张改革文风，提倡用生动的口语体写作，在上缅甸有较大影响。1954年因抨击时政而被捕入狱，后又两次入狱。他以狱中见闻为题材写成小说多部，有《随风飘荡》（1957）、《监狱与人》（1957，获缅甸文学宫文学奖）、《笼中小鸟》（1958，获联合国教科文组织文学奖）、《都好吗？》（1959）以及《战争、爱情与监狱》（1960）等。这批小说集中反映了社会环境对青少年的影响，同时揭露了当时的监狱只是促使囚犯更加大胆放肆地作案犯罪的场所。由于吴拉的带动，一些曾坐过狱的“政治犯”作家，也利用手中的笔杆描写狱中生活，描写因种种原因坐牢的一些下层人民的生活经历。从而形成了20世纪50年代后期在缅甸文坛兴起的“牢房文学”、“铁窗文学”。

德钦妙丹（1921—　），兴实塔县萨尤镇区人。早年因参加反英斗争，两次被殖民当局投入监狱，独立后也曾多次因参与政治活动而被捕。曾任《人民先锋》、《曙光》、《人民》杂志编辑。主要作品有长篇小说《相逢在人间》、《三十年河东三十年河西》、《身处蓬蒿》、《伊洛瓦底江》、《最愉快的日子》等等。这些小说都在一定程度上反映了缅甸社会生活现实。

妙丹丁（1929—1998），原名妙丹，他是一位老作家，1948年入仰光大学学习，1949年开始写作。处女作是短篇小说《苦难的人》。他是缅甸独立初期新文学运动的积极参与者。1959年、1962年两次入狱，发表过以狱中生活为题材的小说《在黑幕下》、《第十次坐牢》等。小说《刀山火海》（1973）以反映青少年吸毒问题为主题，通过生动的描写歌颂了工人阶级代表人物的无私无畏，暴露了走私船主一类人的自私。该书从出版至1988年15年中已再版5次且被译成日文出版，还被改编成广播剧和电影剧本，可见其影响之大。小说《狡黠世界》（1975）写了一个黑市投机商最后陷入绝境的故事，是他的代表作。他的最成功之处还在于翻译文学作品方面，译过曹禺《日出》、老舍《茶馆》、斯诺《西行漫记》、韩素音《毛泽东与中国革命》，高尔基《童年》等。20世纪70年代以后他翻译的托尔斯泰《战争与和平》（1972）、米切尔《飘》（1978）、曹雪芹《红楼梦》（1988）、《幸福之都》（1992）、《爱的天空》（1995）等5部作品均获缅甸国家文学奖中的翻译文学奖。他真是一位翻译文学大师，仅《红楼梦》一书他的译本就有9卷3000余页之巨，可见其工作量之大。

貌奈温（1930—1992），原名德都，因喜爱作家比莫宁创作的小说《奈意意》中的主人公貌奈温，便以此名作为自己的笔名。曾任《公务员》杂志、《人民报》编辑，曾以狱中见闻撰写了《在狱中的日子》一书。除创作《农奴之子》（1964）、《红色风暴》等长篇小说外，还翻译出版过刘少奇的《论共产党员的修养》、陈昌奉的《跟随毛泽东长征》（与德钦妙丹合译）、安娜·露易丝·斯特朗的《中国的百万富翁》等有关中国的作品。

此外，新文学运动对缅甸文学的评论也产生了深远的影响。直到现在，一切反映时代精神、社会潮流的、教育人民积极向上的、揭露和反对阻碍社会发展的思想和事物的文艺作品，仍受到人们的赞扬。例如德钦哥都迈的诗文，吴腊的小说《瑞卑梭》、貌廷的小说《鄂巴》等等，都得到普遍的肯定和称赞。相反，那些只注重消遣和娱乐的、宣扬低级趣味的作品，尽管风行一时，出版了成百上千种，发行量数以千万计，但它们都没能在缅甸文学发展史上留下任何痕迹。

第四节　小说家吴登佩敏

一、多产的作家

缅甸著名作家吴登佩敏（1914—1978）原名吴登佩，曾用笔名“瓦奈鄂佩”、“登奈内”、“登佩”、“德奈”等。1939年他母亲杜敏去世，为了永远怀念母亲养育之恩，改名为“登佩敏”。

吴登佩敏在1914年7月10日生于上缅甸蒙育瓦镇区波达林镇。1932年中学毕业后，先后入曼德勒学院、仰光大学和印度加尔各答大学学习。在校期间就曾积极参加政治活动，投身于缅甸反殖民族独立运动，同时撰写文章和创作文学作品。

不久，即成为蜚声缅甸社会的著名政治活动家、新闻工作者和作家。1978年病逝于仰光。

吴登佩敏在大学学习时期，曾被选为仰光大学学生会执行委员。离开学校后，先后担任过我缅人协会总会副秘书长、红龙书社教育组组长、抗日力量组织委员、缅甸共产党总书记、反法西斯自由同盟总部副秘书长。后被开除出缅甸共产党。缅甸独立后，曾任人民团结党总书记、民族团结阵线主席团成员。同时还是缅甸保卫世界和平委员会、缅中友好协会领导成员。还多次担任过缅甸作家协会主席、副主席等职。1958年创办《先锋报》，自任总编辑和专栏作家。

在缅甸，几乎没有一个读者没有读过吴登佩敏的作品。他是一位深受人民喜爱的小说家。

1952年，吴登佩敏的短篇小说集《平安无事》出版时，当时担任缅甸联邦内阁总理吴努曾为它撰写了序言。吴努认为“登佩敏是一位具有跻身于缅甸文坛，以至世界文坛前列才华的作家”。

吴登佩敏逝世后，缅甸名作家敏友威在一篇悼念文章中赞扬他向人们“灌输了要求独立的精神、反对帝国主义的精神、革命的精神”。所以，剖析这样一位蜚声缅甸文坛的小说家的创作及其创作思想，对了解缅甸现代文学的发展，无疑颇有裨益。

吴登佩敏是位多产作家。从1934年发表第一篇短篇小说《我的丈夫和我的钱》开始，先后发表了《摩登和尚》(1937)、《罢课学生》(1937)、《新时代恶魔》(1940)、《道路已经出现》(1949)、《爱情的召唤》(1952)、《旭日冉冉》(1958)等多部长篇小说和几十篇短篇小说，以及传记《吴龙传》(1937)、《戏剧表演家吴波盛》(1952)、回忆录《战争中的旅客》(1953)、《同盟国和缅甸使者》(1962)、访华特写《再见吧，旧时代!》(1952)，他还写过《吴苏去英国》等话剧，有关缅甸文化、教育、经济方面的文章，以及国内外游记、演讲、报告等多篇。

作者在《摩登和尚》小说中，描写一位名叫吴杜德扎的年轻和尚，卖弄三寸不烂之舌，在布道讲经时，又引吭高歌，又打情骂俏，结果赢得了女施主女信徒们的青睐，轰动世俗，声誉日隆，竟然获得讲经师头衔。但正当他踌躇满志的时候，他与寺庙里的尼姑蒂拉沙意私通之事被主持和尚发现，当即被驱逐出庙。但他仗着讲经师头衔，前去卑谬市讲道，并结识了当地财主、老处女玛索温。他不仅骗得了老处女的钱财，还得到她以身相许的痴情。可是这位花和尚仍与尼姑蒂拉沙意暗中幽会，最后两个佛门败类，双双被住持和尚刺死。原来，蒂拉沙意早先是住持和尚的玩物，住持和尚无非是情杀报私怨而已。

这部公开揭露佛门黑暗的小说一问世，立即风靡全国，受到广大读者的热烈欢迎，作者的名字顿时家喻户晓，人们还给他一个“摩登和尚登佩”的绰号。这完全因为小说不仅对披着袈裟的色鬼进行了无情的鞭挞，同时也狠狠地嘲讽了那些狂热轻信的善男信女们。小说在反愚昧方面有着重大的社会意义。

1938年，吴登佩敏又以1936年学生罢课斗争为背景，创作了缅甸第一部反映现实群众斗争的长篇小说《罢课学生》。作者饶有情趣地描写了仰光大学师生的学习和生活，阐述了大学罢课的起因和目的，反映了学生会在斗争中的骨干作用，同时揭露了英国殖民者推行奴化教育的罪恶。在二战前出现的小说中，《罢课学生》是佼佼者。

吴登佩敏的第三部长篇小说《新时代恶魔》，描述了性病的起因，受性病折磨的痛苦，以及患了性病而断送生命的情况，读了使人毛骨悚然。这部小说使殖民统治时代热衷于寻花问柳的人受到震惊，它教育和挽救了一批青年人。

这一时期，吴登佩敏还发表了不少短篇小说。例如《我的丈夫和我的钱》，成功地塑造了一个爱金钱甚于自己丈夫的性命，最后导致自身灭亡的吝啬鬼的形象。而1935年发表的《咨询议员》，则揭示了殖民统治时期所谓民选议员的丑剧。他描写了一个乡下财主，花钱拉选票当上了议员，但他根本不关心社会问题，在仰光只知挥霍、享受、上妓院，最后染病身亡。小说是当时社会的真实写照。而同年发表的《战士》，描写了一个忠诚于祖国、民族，反对外国入侵的老战士的赤胆忠心。在《石油》、《唱着歌哭泣》等篇中，作者以无限同情之心，叙述了劳动人民生活的艰辛和悲惨遭遇，控诉了黑暗社会给劳动人民带来的贫困。

第二次世界大战后，吴登佩敏又发表了许多小说，作者在反映社会本质、人民的真情实感方面作了很大努力。例如《独立以后才……》（1948）、《一个三等摊位》（1951）、《船到江心……》（1955）等短篇小说，深刻地反映了独立后的缅甸，由于社会性质没有得到根本改变，贫苦人民仍然处于被压迫、被剥削的地位，没有真正的出路。1957年发表的短篇小说《廉洁运动》，通过贪污受贿的官员，故设陷阱把小公务员作为垫背的故事，揭露了官场的黑暗。这时期有些小说则是作者政治主张的强烈反映。例如长篇小说《道路已经出现》和短篇小说《他们也说我是叛徒》等，都反映了作者对缅甸共产党内部，共产党与自由同盟等分裂问题的看法。

1958年发表的长篇小说《旭日冉冉》，是作者创作的小说中篇幅最长、最成功的作品，也是他本人最为满意的作品。小说曾获1958年度缅甸文学宫奖，中国已于1982年翻译出版。

《旭日冉冉》以1938年至1942年的缅甸反殖民族独立斗争为背景，描写了一位普通大学生丁吞在反殖与争取民族独立斗争中逐渐成长为革命者的故事。作者以现实主义手法，沿着这个故事线索，人物交错出现，为读者展示了一幅浩瀚的社会生活的画卷。

在小说中，作者塑造了将近六七十个人物。其中有大学生、中学生、中学教员、学生领袖、政治活动家、政党领袖、印刷工人、马车夫、算命先生、理发师、失业工人、退休官员、家庭主妇等等。真是三教九流，无所不包，而且各具性格，富有情趣。这些人物大致可分为两类：一类是作者塑造的典型人物，这类人物形象很复杂，一方面写得有个性与生活实感；一方面又纯属作者思想与意志的化身。另一类人物，则是曾经活跃在当时缅甸政治舞台上的风云人物。例如小说中写到的吴努(即德钦努)、吴巴瑞、吴觉迎、德钦昂山、德钦丹东、德钦梭、巴莫等等，都是当时著名的社会活动家。作者能抓住他们的性格、言行特征，着意刻画，使人读起来感到格外真切。当然，描述之中，不免隐含褒贬。

例如作者笔下的小说主人公丁吞，开始他极为幼稚，经常动摇，没有判断能力，但在民族斗争的大熔炉中，经过千锤百炼，他逐渐觉醒，逐渐成熟，最后终于成为民族独立斗争中的中坚力量。

作者在一开始描写丁吞时，曾有这样一段笔墨：

记得那时，我曾幼稚地想：这个土地官皮肤是白的，跟我们不同，吃的喝的也不一样，又不跟我们上一个厕所。那他拉的屎也一定很特别了吧？出于这种好奇的心理，我竟然真的去偷偷看他拉的屎。当我发现他的屎与我们并没什么两样时，我都不敢相信这是真的！

寥寥数语，不仅反映了丁吞的幼稚可爱，同时也把英国白人官员在殖民地缅甸作威作福的官老爷嘴脸勾画得维妙维肖了。

在恋爱问题上，丁吞先后结识了四位女友，但丁吞的态度始终游移不定，尤其同有夫之妇玛妙米的不正当关系，更是缠缠绵绵，以至“情网难逃”，搞得“满城风雨”。显然作者在这方面的笔墨过多，着意描写，读之不免有冗长之感。

但小说结尾时，当丁吞的朋友哥丁佩砍杀强奸自己妻子的日本鬼子时，丁吞毅然决然地保护哥丁佩，夺过日本鬼子手里的枪。他相信“正如旭日每天肯定从东方升起一样，打垮日本法西斯，人民群众当家作主的和平的富强的时代一定要来临！”就这样，他坚定地踏上了反法西斯斗争的征途。

作者除了通过人物的活动和命运，透视时代的风云、社会的变化外，还大胆地采用了大段大段摘引当时报刊的新闻报导、革命团体的公告、领导人的讲话的方法。这种在一般小说中罕见的手法，可以点燃场景，烘托情节。

二、创作特点

吴登佩敏的作品描写真实，具有高度现实意义。吴登佩敏一直主张“文学必须为人民，必须创作对人民有益的文学”。早在1938年，他在短篇小说《唱着歌哭泣》中说过：“在这贪婪的资本主义、帝国主义时代，在这个毫无同情心的弱肉强食的社会里，绝不能写出所谓纯粹的文学作品，也绝不能沉醉于优雅的鸟语声中。”

吴登佩敏从学生时代开始就积极参加学生运动，并闯入社会投身于民族独立斗争，所以他的生活积累厚实，视野开阔。这一切为他创作长篇小说《罢课学生》、《旭日冉冉》等作品提供了极其有利的条件。读者在阅读这些作品时，对作者描写的一切感到很真切，仿佛自己也被带到了缅甸大革命的时代。这是因为小说中所写的那些故事都是作者耳闻目睹、亲身经历的事情。那些人物也是作者接触过的人，或曾同窗共事，或曾一起战斗。作者对他们了如指掌，所以能写得自然逼真。作者既能把他们的心态细腻地刻画出来，又能把他们的语言予以个性化，这就给人留下了不可磨灭的印象。作者对丁吞（《旭日冉冉》）、纽吞（《罢课学生》）、缪敏（《爱情的召唤》）等人物的描绘，就具有这样的特点。有些读者甚至认为，小说是作者本人的传记，是缅甸独立斗争史。作者也认为，读者能有这种感觉，正是他创作成功之处。

吴登佩敏的作品具有独特的风格与浓郁的乡土味。

新鲜、强烈、激昂、壮丽，同时又轻松、愉快、亲切、平易，再加之语言上浓厚的上缅甸腔，这就是吴登佩敏创作上的独特风格。这与作者既是政治家又是文学家的这样独特经历和地位也有密切关系。他的作品大部分都是强烈地反映缅甸人民的政治生活，但同时又穿插描写男女青年的爱情生活。作者能艺术地把两者巧妙地结合在一起，浑然一体。这种独特风格，使他的作品具有吸引缅甸读者，尤其是青年读者的魅力。

他的小说充满着缅甸的乡土风味。缅甸的风土人情、生活习俗描写细腻，跃然纸上，使人读之感到非常亲切。对外国读者来说，他的作品如同缅甸风土人情、历史知识的小百科全书。通过阅读，读者不仅可以了解缅甸的风土人情，思想素质，而且可以从中了解缅甸社会从过去到现在的发展，这一点是极可贵的。

三、激进的文艺观

在缅甸，关于文艺理论和文学评论问题，一直没被人重视，书评文章寥若晨星，对于指导文学创作的理论问题，更少有人问津。吴登佩敏在这方面确实起到了先导作用。他对文学艺术和文学创作方面的认识和主张，不仅指导着他自己的文学创作实践，同时也给缅甸文坛以巨大影响。

1937年发表《吴龙传》时，吴登佩敏曾撰写了一篇题为《古代的叛逆作家们》的文章作为传记序言。可以说这是他的文艺观的初步阐述。文章一开头，作者就这样写道：

环顾缅甸文学发展史，人们可以发现用自己智慧创作的文学作品极为罕见。综观缅甸文学，甚至使人可以得出这样的结论：缅甸人是缺乏智慧，或者说是很少动脑筋的人。

这是独特的见解，但绝非信口雌黄。缅甸古代文学家从事文学创作时，一般都受到宗教思想的禁锢，内容拘泥于佛教经典、佛本生故事或其他神话传说，甚至用的比喻都千篇一律，不敢越雷池半步。这当然与作家、诗人们的创作目的有关。因为那时有文学才华的人，如果得不到王室的赏识，那就会一事无成，甚至不得温饱。

作者认为在巴利文盛行的年代，敢于用缅甸文赋诗的阿难多都利耶；在用“比釉”诗形式叙写佛本生故事时，注意穿插讲述世俗生活经验的信摩诃拉塔达拉、信摩诃蒂拉温达；不接受国王的邀请，而在林中生活，歌颂描写大自然美景的信乌达玛觉；贡榜王朝末期敢于提出君主立宪论的约内廷大臣吴波莱；赋诗咒骂英国殖民者的塞耶佩，都是“叛逆作家”。作者把现代缅甸大诗人德钦哥都迈称为“现代最大的叛逆作家”。

很显然，作者喜欢具有开创精神和反抗意识的人，反对碌碌无为、随波逐流。所以在提到作家的政治倾向性问题时，明确地阐明了自己的立场。他说：

“有人说新闻工作者、小说家、诗人不应有党派意识，不能参加某个组织；报纸、小说也不应有党派意识，不应受某个组织的影响。我坚决，而且永远反对这种主张。”“当沦为奴隶的缅甸人民产生民族意识，要求独立的时候，当贫苦的农民要求生存权利的时候，一个不倾向于任何一方的人，会全力以赴支持沦为奴隶的缅甸人民吗？会积极支持贫苦农民吗？”

作者认为在广大缅甸人民处于水深火热的时候，任何一个作家都不该成为一个袖手旁观者。作为一个“进步作家”，就应该为“民族的独立，贫苦人的幸福”而写作。他还认为“进步文学”应该抨击蹂躏缅甸广大群众的人，揭露那些披着佛教外衣干着卑鄙勾当的骗子们；应该反映广大工农劳苦大众真实的生活，并启迪他们的觉悟；抨击一切脱离社会实际、宣传荒诞无稽的爱情、性欲以及培养奴性的作品。

20世纪30年代，随着民族的觉醒和民族独立运动的高涨，马克思列宁主义关于科学社会主义的思想在缅甸得到广泛传播。当时吴登佩敏已接受马列主义，并积极从事宣传、组织群众的工作。《古代的叛逆作家们》一文，正是他用马列主义观点考察和指导缅甸文学发展的尝试，也是缅甸历史上第一次运用进步观点叙述文艺观的文章。它对缅甸文学的发展，尤其对青年文学爱好者具有重大影响。

第二次世界大战后，反法西斯革命的胜利，人民革命力量的增强，给缅甸社会带来了新的活力，缅甸文坛也出现了繁荣的景象。作家们纷纷以反侵略斗争为题材，描述战争时期人民深受蹂躏以及他们奋起进行反法西斯斗争的情况，出现了一批很好的作品。但与此同时，文学界也出现了专门供有闲者消闲的作品，并出现了“为艺术而艺术”的论调。1946年，以著名作家、诗人达贡达亚为首的《星》杂志编辑部，曾发表文章指出：“随着时代发展，文学也应有创新。”并提出了“新文学”的口号。但是达贡达亚的“新文学”最初只是侧重于形式的新颖，对文学创作中一些带根本性的问题并没有作更多的阐述，提出新的观点。

针对上述情况，吴登佩敏于1948年在《加尼觉》杂志上发表了一篇文章，题为《使历史倒退的作家们》。作者提出：“包括文学在内的艺术，不仅应像照相一样反映人的社会、人的生活，而且应该引导人们去求得生活的变化和进步。”实际上，他在这里提出了文学的教育作用问题。

在联系缅甸当时文坛实际情况时，作者说：“当代表垄断资本家利益的帝国主义旧势力与反帝民主力量处于对抗情况下，进步的文学就应该站在反帝民主力量一边。”接着他又问道：“谁是最坚决反对帝国主义的呢？是农民、工人和城市贫民。可是，在缅甸有没有站在劳动大众一边的文学呢？”作者用这一标尺对缅甸文学现状进行了评论。他盛赞作家貌廷的小说《鄂巴》，说它真实地反映了农民的生活，是部优秀的现实主义作品。同时也点名批评了摩诃瑞、比莫宁、沙瓦那、杜卡、德都等一批在缅甸文坛享有盛名的作家。

《使历史倒退的作家们》的发表，犹如一块巨石投入死水一潭的缅甸文坛，引起了一场轩然大波，触动了具有各种观点的人。于是，一场有关文学创作目的性的辩论在缅甸文学界展开了。在辩论中，有人认为吴登佩敏在进行人身攻击；有人为“为艺术而艺术”的观点辩解；有人则认为文学就是一种宣传工具，应该有倾向性，而且要倾向于无产者、被压迫者一边。通过辩论，人们的认识得到了提高。

翌年9月，吴登佩敏又就这场辩论，在《同志》杂志上发表了《关于今日人民文学的种种问题》一文。文章首先为“人民文学”确定了概念，认为“站在包括农民、工人、城市贫民、摊贩、职员和其他劳动人民在内的广大人民一边，在人民解放进步事业中起鼓动、组织作用的，或是在反对人民的敌人的斗争中起积极作用的文学，便是人民文学”。在讲到人民文学形式时，他认为应具有民族风格，它是民族的艺术，民族的文化。不应是模仿外国的艺术，也不应是抄袭英国文学的写作方法。这是对当时文学界照抄照搬之风有力的抨击。

阶级社会的文学，既是属于一定的阶级，并为一定阶级的利益和需要服务的。这是世界文学史上的事实所充分证明的。但是在当时缅甸，很多人没有看到，当然有些人则根本不想看到这一客观事实，尤其是那些“为艺术而艺术”的鼓吹者们。所以吴登佩敏在文章中，一针见血地把文学的阶级性问题提了出来。他认为作家是生活在人群中的，不是生活在山顶的玻璃罩里。既然社会存在着对立的阶级，作家必然站在某个阶级或某些阶级一边，他所创作的作品也同样归属于某个阶级。

在当时缅甸社会矛盾比较尖锐的情况下，吴登佩敏运用阶级观点说明文学的社会作用的努力，还是引起了人们的注意。

关于继承与创新问题，吴登佩敏的观点我们已在上文中阐述过了。这里就不再重复。

关于对某些具体作家、作品的评论，吴登佩敏也有独到之处。例如他认为缅甸著名诗人、剧作家吴邦雅的作品是“词藻华丽，内容浅薄”；认为“实验文学运动”不应被视为缅甸文学发展史上的一个里程碑。他还批评过达贡达亚，说他一味追求标新立异，致使自己的诗走上歧途等等。这些见解对全面评价那些作家和作品，无疑是会有帮助的。

从上述简略介绍中，我们可以看到，吴登佩敏对于文学创作的一些理论问题都有他自己的看法和观点。尽管有些问题不免有主观片面之嫌，特别是如何正确对待文学界各个不同流派和不同风格的作家，并同他们携手团结，共同为创造新文学、新文化而努力的问题没有得到应有的重视。但诸如文学创作的源泉问题、文学为谁服务问题、学习外国经验与继承本民族优秀传统问题、衡量文学作品的标准问题等等，他的观点、立场在当时具体条件下完全是正确的、坚定的，对缅甸文学的发展无疑有着重大影响，并为缅甸文学评论工作的开展奠定了基础。

吴登佩敏关心中国情况，多次作过介绍。1949年发表的《毛泽东的教导》，比较详尽地介绍了毛泽东的名著《新民主主义论》。1952年，当作者来中国参加亚洲及太平洋区域和平会议回缅甸后，发表了游记《再见吧，旧时代！》，高度赞扬新中国成立后的巨大变化。

在小说《旭日冉冉》中，也流露了作者对中国人民的友好感情。例如小说第五章中作者写道：

日本帝国主义正在入侵四分五裂、软弱落后的中国。具有反帝精神的我们缅甸人民能不同情和关心遭受侵略的中国吗？同时，中国人民那种不畏强暴、团结一致、同仇敌忾、不屈不挠进行斗争的精神，又反过来鼓舞了我们。他们用大刀长矛反对手持现代化武器的敌人的行动，也鼓舞了赤手空拳的我们不再惧怕手持洋枪的英国人。

总之，在缅甸现代社会，作为一个政治活动家，吴登佩敏的政治生涯是极其坎坷的。可以说在缅甸没有哪一个政治活动家像吴登佩敏那样曾经受那么多的批评和指责。但是作为一位作家，也可以说在缅甸没有哪一位作家像吴登佩敏那样拥有如此众多的读者。

缅甸前总理吴努认为，吴登佩敏是位非常有才华的作家，一再劝说他离开政治界，全力投入文学创作活动，但作者表示："在政治方面领导者和处于领导地位的党派组织能够正确地、胜任地实现自己理想的时候，才从政治上退下来，全力以赴投入文学创作活动。"

第五节　女作家中的佼佼者——加尼觉玛玛礼

一、生平与创作

加尼觉玛玛礼（1917—1982）是缅甸当代著名女作家，原名杜丁莱，波格礼镇格玛格鲁村人。1936年加入德钦党，积极参加争取民族独立斗争。曾任波格礼镇现代妇女会主席，缅甸独立后先后担任过缅甸作家协会副主席、主席，缅甸保卫世界和平委员会副主席，缅甸作家文学俱乐部总干事等职。曾3次来我国访问，是缅中友好协会活动家。

1936年开始，作者先后用“亚威莱”、“拉德钦”、“波格礼玛丁莱”等笔名在《缅甸新光报》发表有关争取妇女权利，提高妇女觉悟的文章，因而结识当时《缅甸新光报》编辑吴漆貌（瑞林勇），并于1939年结婚。不久，吴漆貌与缅甸新光报老板发生意见分歧离开报社，自己创办《加尼觉》杂志。从此，作者就协助丈夫工作，改用“加尼觉玛玛礼”笔名撰写文章与小说。1946年吴漆貌因病去世后，作者亲自主持杂志社工作，继续出版《加尼觉》。

加尼觉玛玛礼也是一位多产作家，写过很多长短篇小说。她的作品充满了对劳动人民的同情，反映了人民要自由、民族要独立的强烈愿望。描写细腻，善于刻画人物的心理活动是她写作的一个特色。主要作品有：长篇小说《她》（1944）、《心》（1950）、《大地上》（1952）、《不是恨》（1955）、《香》（1967）、《血缘》（1973）以及短篇小说集《看不厌》（1948）、《沉思》（1963），此外还有记叙她丈夫吴漆貌生活经历的传记性小说《像他那样的人》（1947）等。

1944年问世的《她》是加尼觉玛玛礼创作的第一部长篇小说。本来作者拟用小说中的女主人公泰泰作为书名，她的丈夫吴漆貌建议改为现名《她》，与他在1940年发表的长篇小说《他》相呼应。《她》讲述的是中产阶级妇女的情感与生活经历，表现了妇女解放和女性意识的主题，彰显了女性的坚强与潜在的力量。正如吴漆貌为该书所写的序言中所说：“男人在身体生理上比女性强壮，而女人在心理意志方面比男性更坚强。”《她》塑造了一个能够走出传统角色的普通妇女的形象。

1961年发表的小说《她的沉沦》是一篇具有深刻社会意义的中篇小说。俗语说“有情人终成眷属”，其实，在我们生活的人世间，又有多少有情人未能成为眷属啊！作者在这篇小说中，就是描写了这样一个逆于常理的故事。小说主人公“妙”迫于母命，不，更确切地说是遭到母亲的“暗算”，不得不与丑陋、年长的“局长”

结婚。这种没有爱情，只有憎恨的婚姻哪里谈得上丝毫愉快和幸福！没有爱的人生是冷寂的，在百无聊赖的生活中，她开始挣扎，她要争取人生的权利，寻找自己真正相爱的人。然而，命运又是那么乖戾，就连她最后的一丝希望很快也被扑灭了。最后她堕落了，沦为了娼妓。这应怪罪于谁？小说中，作者谴责了她母亲为了摆脱经济上的困境而不顾女儿的幸福；也谴责了“局长”的占有欲，造成了妙的终身痛苦。同时，作者严肃地指出：妙既无生活的目的，又缺乏坚强的毅力和生活的勇气，这是导致悲剧发生的内在因素。妙不能自拔于苦恼，以致在沦为娼妓时还说：“你说说看，我什么时候出于自愿同男人交往过呢？”显然，她并不认识自己这种行径绝非是反抗或控诉。恰恰相反，这只能使她跌入更加黑暗更加痛苦的深渊。作者的同情是很深的，她希望妙在逆境中能“勇敢地面对现实”，成为“自主的女性”，同时也想努力拯救她。那么，究竟怎样才能拯救妙这样的妇女呢？作者借用一位校长之口说：“俗话说，嫁夫如文身，一错难改，这是千百年来的偏见，正是这种封建枷锁禁锢着广大缅甸妇女，只有彻底砸碎这种封建枷锁，妙才能有生活的出路。”

1973年出版的《血缘》，是颂扬缅甸日本两国人民友谊的小说，当今已被译成日文。译本曾获日本国际翻译文学作品比赛一等奖。为了表示对作者的褒奖，1980年日本政府曾邀请加尼觉玛玛礼访问日本。

二、《不是恨》

加尼觉玛玛礼的作品中以《不是恨》最为著名，曾获1955年度缅甸文学宫文学奖。下面我们就着重谈谈她的这部代表作。

长篇小说《不是恨》以第二次世界大战前缅甸社会为背景，通过女主人公薇薇的爱情悲剧，发出了维护民族传统文化，争取祖国独立的强烈呼声。

小说女主人公薇薇是个美貌、聪颖、天真善良的姑娘。初中毕业后就留在家，陪伴孤独的老父——地主兼稻谷商吴波登，并帮助管理账目等事务，过着平静的日子。

不久，英国稻谷公司向薇薇居住的城镇派来了一位代办，并设立稻谷收购站。吴波登决定腾出薇薇的哥哥哥奈乌居住的房子，做了彻底的整修，让代办居住。新主人未到来之前，厨子和佣人带着大批西式家具和用品来了，他们把房子布置得焕然一新。薇薇看到这一切感到新奇万分。她满以为代办定是个洋人，事实上代办并非洋人，而是个西装革履完全洋化了的缅甸人吴苏汉。

吴苏汉讲究的生活，斯文的仪表谈吐吸引了薇薇。她羡慕并暗暗模仿，她对自己家的陈设感到土气和寒酸。她设法购置新式家具，改换客厅的布局，甚至仿效吴苏汉的吃饭方式。最后终于投入吴苏汉的怀抱，与他结了婚。

吴苏汉究竟是怎样一个人呢？他是个受殖民主义奴化教育熏陶，看不起自己民族，看不起自己同胞，彻头彻尾的洋奴。对爱国群众进行的反殖斗争斥之为“无聊”，把殖民主义者对缅甸人民的掠夺，说成是帮助缅甸发展经济；至于对缅甸风俗习惯、缅医缅药等更视为落后、肮脏的东西，不可取的。在生活方面，他俨然以一个道貌岸然的正人君子面目出现。他对薇薇的爱情是忠贞不渝，甚至对之爱若性命，但却极为自私。他要求薇薇一切都顺从他的意志，稍不顺他的心就不高兴。但他又很无知，连最起码的妊娠知识都不懂。他不愿薇薇接近患病的父亲，甚至在薇薇接到父亲病危的电报时也不让前去探望，致使薇薇没能见到父亲最后一面而抱恨终身。

在作者笔下，吴苏汉并非是个十恶不赦之徒。他对薇薇的爱情确实忠贞不渝，处处体贴关怀备至。可是西方资产阶级的生活方式和思想完全毒害了他，使他与自己的民族，自己的同胞，在思想上、感情上处于格格不入的地步。他对祖国前途，民族命运漠不关心，对四周群众冷若冰霜。他变得自私，甚至失去了最起码的人情味。这里作者成功地塑造了一个典型的殖民主义奴化教育的产儿形象。作者对这个洋奴进行了无情的揭露和鞭笞。

造成爱情悲剧的另一方面当然是薇薇。

薇薇与吴苏汉结婚前，吴波登就忧心忡忡地说过：“他的生活方式跟我们太不相同。我一直在想，将来生活上会不会发生隔阂，薇薇喜欢不喜欢……”

薇薇的哥哥哥奈乌根本不赞成他们的婚事，明白地指出吴苏汉是个“假洋鬼子。”

薇薇的姐姐塔塔早就想到：“吴苏汉究竟有什么魅力吸引了妹妹呢？难道是他的名誉和家私？那么，就算他那么富丽堂皇的家具摆设确实具有令人羡慕之处，但是对完全效仿洋人生活这一点，却是身为一个真正的缅甸人所不能容忍的。妹妹想到过这些吗？”

薇薇本人固然也想到“自己离不开父亲”，“父亲的事业也少不了她”。但是强烈的虚荣心和对西方生活方式的追求使她屈从于“爱情”，与吴苏汉结婚了。

婚后第一天，居住在薇薇家的吴苏汉竟然不吃薇薇家的饭，而让佣人在自己家准备好饭菜送来吃。薇薇看到这情景感到惊讶和痛苦。她力争让吴苏汉在家居住七天的目的，是为了让吴苏汉与自己家人有机会亲近起来，现在吴苏汉的行动分明是拒绝与自己家人来往，同时她哪里想到从此她便失去了自由，一切都得听从丈夫的摆布。生活的悲剧也由此开始。

生活的实践使薇薇感到再也不能忍受吴苏汉的“爱情”的折磨。她想跳出鸟笼呼吸自由空气。她趁给父亲奔丧的机会，跟随当尼姑的母亲到实皆山去了，但不久发观自己已有孕，不得不重新回到丈夫身边，但不幸的事接踵而来。她流产了，不久还得了肺病。这样，她更身不由已了。虽然与丈夫分室居住，过着隔离的生活，但一切都得听从丈夫的安排，整天吃药打针，寸步不得离开家门。即使近在对门居住的哥哥也很难见上一面。

格格不入的西方生活方式摧残了薇薇的身心，但生活又使她的意志日趋坚强，以至当薇薇得知哥奈乌因从事抗日活动而被日寇逮捕时，她坚持要到码头去和哥哥告别，但又遭吴苏汉的拒绝。这时她“竭尽全力把自己的心里话全倒了出来，说你不可怜我，不爱我吗？”同时，她还把婚后一切心灵创伤也都记在自己的日记中。最后，她终于积郁成疾而死。

究竟是谁造成这生活悲剧的呢？薇薇在总结自己不幸生活时曾说；“我不是恨他，只恨自己爱上了他，”这句话确实发人深省，寓意深刻，这是对一切盲目崇洋，自轻自贱青年敲响的警钟。

作者为了进一步突出吴苏汉这个典型的洋奴形象，在小说中又着意描写了哥奈乌和哥德南两个青年的形象。这是缅甸新的年青一代的代表。

哥奈乌是薇薇的亲哥哥。在大学学习时期就积极参加爱国反殖斗争。在罢课斗争中，识破了奴化教育的本质，决定退学从商。在经商过程中，他亲眼目睹英国垄断企业对缅甸经济的控制和剥削，爱国反殖热情更加高涨，最后因从事抗日救国斗争而被捕。作者就是通过哥奈乌这个形象，描述了第二次世界大战前夕缅甸人民风起云涌的反殖爱国斗争情况，反映了人民要求独立自由，摆脱受奴役、被剥削处境的强烈愿望。

哥德南是薇薇的姐夫，他是位医生，憨厚寡言，但对人热忱体贴。为了医治一个赤贫的老工人，他竟趟着泥浆不辞辛苦送医上门。这与吴苏汉的高傲自私形成了鲜明的对比。作者同时以塔塔和哥德南的爱情生活作为陪衬，描写了两种截然不同的恋爱观。作者在书中这样写道：“姐妹俩在爱情的道路上各自走着自己的路。她们遇到了两个截然不同的人。一个穿着皮鞋走在大地毯上，另一个却是赤着脚陷于污泥之中。她们各自追求的爱也是迥然不同的。”

此外，作者笔下的农民吴阿久、仆人貌妙、梅埃等人，都是勤劳、憨厚的形象，反映了作者对劳动人民的无限同情。

小说在艺术创作上也是成功的。小说的情节不算曲折复杂，但是通过作者细腻生动的描写，各个人物的特性都很自然得体地表现在读者面前，读来真切感人，不落俗套，给人以新意。作者还运用对比、陪衬、渲染、烘托等技巧，造成了强烈的悲剧效果。

缅甸是个佛教盛行的国家，佛教的影响渗透了社会生活的各个方面。在小说中也现实地反映了佛教在缅甸人民生活中的影响。

总之，小说《不是恨》比较成功地反映了当时缅甸社会生活的本质，起到了生活教科书的作用，受到广大缅甸读者的欢迎和文学界人士的好评。

缅甸文学宫文学奖评选委员会在授奖决定中就强调，小说的独到之处在于"作者能艺术地反映了作者对社会生活的了解和认识"。

中国外国文学研究工作者也高度评价这部小说，认为它"深刻地揭露了所谓西方生活方式对缅甸妇女的危害，是一部现实主义比较强的作品"。

第六节　摩摩茵雅

一、生平与创作

摩摩茵雅（1944—1990）原名杜珊珊，1944年出生于下缅甸岱乌镇。1956年小学四年级时成绩优秀获政府奖学金，七年级时开始写诗，高中时曾获县里作文比赛奖，在家乡上学至高中毕业，1964年考入仰光大学主修数学。大学学习时期曾在《民族妇女》、《前进》等刊物上发表过诗作。1968年大学毕业，毕业后曾作过一年的小学教师。1969年与文学界出版社哥妙纽结婚，生有二子一女。1970年开始成为《岱茵梅》妇女杂志的专栏作家，同时在《镜报》、《劳动人民报》、《前进》杂志上发表文章。处女作短篇小说《邻居》发表于1972年9月号《内达意》杂志，并被当时缅甸之声电台配音广播。1972年至1978年曾在缅甸社会主义纲领党研究部政治处任助理研究员，后辞职专门从事文学创作。1989年8月至逝世前担任《白茉莉》杂志社责任编辑。她的作品以深刻反映社会生活现实而著称，曾多次获缅甸国家文学奖，是现今最受读者欢迎喜爱的女作家之一，但不幸因心脏病猝发，于1990年3月13日去世。

摩摩是位多产作家，她一生中在杂志上发表过长短篇小说101部，文章55篇，单独出版的长篇小说有22部之多，又将杂志上发表过的小说集中成册出版过6部长、短篇小说集。其中主要长篇小说有《消失的路》(1974)、《花儿有开有谢》(1975)、《美叶树》(1975)、《爱》(1976)、《谁来相帮》(1977)、《别无他求》(1978)、《盛中有衰，衰中有盛》(1981)、《三股合一才成绳》(1982)、《玛杜丹玛莎意》(1982)、《鱼木嫩叶枯萎的时候》(1987)等等。1974年她发表的第一部长篇小说《消失的路》就获得了当年的缅甸国家文学奖。1980、1982、1986年她又以其《长篇小说选》,《短篇小说选》(一)、(二)三次获得缅甸国家文学奖。她的长篇小说《消失的路》已译成俄文、日文出版。《谁来相帮》已译成俄文、《别无他求》已译成日文并被改编成电影，还有不少短篇被各国译出发表。

缅甸文学界认为摩摩的早亡是文学界一大损失，她是缅甸文坛过早陨落的一颗明星。

二、贴近生活的主题

面对人生、贴近生活、用简洁的笔调反映社会现实，把握艺术的真实性，这是摩摩茵雅创作的基本风格，也是她选择写作主题的出发点。她的初期作品大多描绘女性世界，以此折射出整个社会的状况与存在的各种问题。而且只提出了问题，并没有给出解决问题的答案，前景茫茫，悲观情绪甚浓。在她后来的作品中使人感到她的创作观有所发展、有所升华，内容逐步超越了女性范畴，不仅尖锐地指出社会问题的症结所在，也为读者展示了问题解决的希望。这一点我们可以举出她先后写出的三篇长篇小说为例说明。

摩摩茵雅的第一部长篇小说《消失的路》发表于1974年。通过一位年轻的知识女性莱在建立家庭过程中所经历的挫折，表现广大缅甸女性面对艰辛的生活那种坚韧的力量，反映了作家对种种社会问题，如妇女问题等的无能为力与困惑。她对妇女的命运非常关注，为读者提供了一个真实的社会画面、耐人寻味的故事，也反映出她对生活的渴望与期盼。莱是一位大学毕业生，她在建立家庭的过程中历经坎坷，在失望与疲惫中她只好暂时离开了，她在留给丈夫的信中写道："我曾以为建立一个家庭只要有爱情就足够了。可实际与现实相距甚远……我用各种努力支撑着我们的家，现在我已经筋疲力尽了。我认输了，我承认我的软弱无能。"作者并没有为这位抗争奋斗的妇女指明出路所在。正如作者在小说序言中所说："我这部作品的最大不足就是最后没有给她们找到'出路'，实际上我也不可能是个能够找到出路的人，我们不是面临了太多找不到答案的问题吗？……我一直在努力从我的生活经历和感受中，尤其是从与我同命运的妇女同胞们的生活和奋争中挖掘素材，提炼作品。"实际上，这正是作者故意留给读者们的思考题，让读者自己去思索"出路"所在。

长篇小说《玛杜丹玛莎意》发表于1982年，小说以母女两条故事线索展开，但女儿这条线索无疑是故事的主线。女儿名叫登妙，后来出家为尼，法号玛杜丹玛莎意。母女两代的人生历程是充满血泪与情感的奋斗史。在缅甸这个相对贫困、宗教氛围非常浓重的国度里，女性的生存状况与抗争方式更加艰辛。藉对佛教文化的探讨，寻找女性伦理精神的归宿。登妙研读佛经，按佛经所述修行，她终于理解了母亲，理解了人生，明白了拼搏、追求的内涵。她出家为尼，又两次还俗，最终皈依佛门。在缅甸，这部小说还被改编搬上银幕，影响不小。

长篇小说《鱼木嫩叶枯萎的时候》发表于1987年，也是摩摩发表的最后一部长篇。作者的这部小说超越了她一贯描述的纯女性题材，而把小说故事置于更加广阔的社会场景之下，挖掘人生存在的价值与意义。小说描述的是一个即将被现代化新厂取代的老蔗糖厂的工人们和蔗农们在变革时期的生活遭遇与心态变化历程。作者把笔触着意放在了一批工人与蔗农后代的年青人勾勾、塔塔意、珊珊、漆棉、盛昂等人身上，把他们之间的爱情、友谊、故事以及个人的理想与丰富、细腻的内心世界的活动呈现给读者。故事发生的地点是一座殖民统治时期遗留至今的已有40多年历史的老榨糖厂，厂房坐落在远离城市的郊区。厂房极简陋、机器设备陈旧、技术人员奇缺、工人大多没有文化。厂里的两部老掉牙的机器昼夜不停地转动着，像是个踉踉跄跄缓慢前行的病人随时都可能倒地不起一样。工人们三班倒，在没有任何劳动保护措施的条件下，24小时里进行着笨重的劳动，而且随时都有被机器伤害的可能。但是工人们为了能挣得那点儿微薄的工资养家糊口，只能在这样恶劣的条件下劳动着，还生怕机器出了故障停工。因为一旦出现这样情况，工人和蔗农们就得挨饿了。工人们生活条件也及其糟糕。由于建新厂的需要，一部分的工人“宿舍”早就被拆掉了，可新宿舍尚未建，十几户工人只好“暂时”搬进附近的一座古城堡栖身。古城堡传说是一位印度王子随英殖民者移居缅甸时的住所，现今已经破旧不堪、千疮百孔、风雨飘摇了。老一代工人每天听着工厂上下班的汽笛准时上下班，回到家要么聊聊天南海北、发发肚子里的牢骚，要么就是喝点儿闷酒、倒头昏睡。衣裳不整的孩子们则在古堡前空地上跑跑跳跳、乱吵乱叫，恣意玩耍嬉笑。长大后再顶替父辈进厂做工，一代代血脉在此延续，挣扎在这贫困愚昧的社会最底层。但成长起来的年青一代已经不再满足与父辈们这样贫困平庸的生活，而是渴求现代文化知识，向往文明富足的生活，期盼不久的将来能在新榨糖厂里发挥个人的聪明才智，建设起新的美好家园。

三、从“我”出发展开故事

摩摩茵雅是一位喜欢从个人体验出发，描绘出社会现实存在的一些问题的作家。所以她的小说大多都是以第一人称“我”展开故事的，而且常常采用内心独白的方式。

短篇小说《人生的序幕》是描写大学毕业生寻找工作的艰辛和困惑的一篇。小说一开头就有这样一段独白：

> 手持毕业文凭出入于各个机关去询问、打听，甚至乞求所有的亲朋好友特别留意，“有工作位置就告诉我！”自从离开学校，令人陶醉的、无忧无虑的学习生活就突然终止了。随之，青年人天真的欢乐也一起消失了。所有的权利也逐渐被没收了。

寥寥数语就把当今缅甸社会大学毕业生寻找工作艰难时的心情绘声绘影地描写了出来。另一段描述参加招工考试前后的内心独白也非常生动。

> 我一生中经历的所有考试中，莫过于这次寻找职业的考试了。它最使我胆战心惊。试卷中的每个字重似千斤，似乎是人生阶梯中的每一级台阶。试卷答案的每一个字，犹如生死攸关的判决书。离开考场的脚步也是那样沉重。等待揭榜的日子更使人焦灼不安，度日如年。

短篇小说《逃遁》表现的是一位知识女性结婚后成了家庭主妇，失落了自己事业的苦闷与彷徨。任性的女主妇与丈夫发生口角，一气之下扔下三个孩子出走了，可走在街上她又茫然不知所向。一路上她回忆起无忧无虑的大学生活，回忆起与同学们相处的美好时光，又联想自己眼下的处境：自打有了三个孩子就不得不辞掉了机关的工作，整天在家洗衣、买菜、做饭，陷入没完没了平庸的家务之中。当年母亲含辛茹苦省吃俭用供自己上大学，所学到的知识都无影无踪了。早知如此，何必当初上大学？上个家庭主妇培训班，或者上个如何取悦于丈夫的培训班不就得了！她想逃离家庭的束缚，一切从头开始，却又摆脱不了现实，对儿女的牵挂使她不知不觉又回到了家门口。

短篇小说《生活中的昏暗》写的是16岁便失去了所有亲人的一个白皙、丰腴、美丽、庄重的小姑娘茵绵的不幸遭遇。小说采用第一人称，作者开篇非常艺术，用了几句主人公的独白来点题，并把“我”——茵绵的主要情况向读者介绍清楚。

如果说人们的生活都是从零开始的话，那么应该说我的生活是从负数开始的。妈妈生下我就死了。在我还不足一岁时爸爸又去世了。人们都说我是“扫帚星”，哪个叔叔、婶婶、姨父、姨妈都不愿收养我。……爷爷可疼我啦，还在家里教我读书写字，教我懂得事理。可爷爷已经太老了。爷爷死的那年我才是个16岁的小姑娘。

此后，茵绵被妈妈的一位表姐梅姨收养了。表面上似乎茵绵突然得到了“幸福”，因为梅姨什么也不叫茵绵干，只是帮另一个在梅姨家干活的小姑娘搞点儿家务活，有客人来时端端茶送送食品而已。但是更大的不幸正向她袭来。梅姨为了自己生意的方便，昧着良心用茵绵作诱饵，使当地一个有妻室孩子的小官吴拉貌上钩。在梅姨和吴拉貌的哄骗下，茵绵有了身孕。这时在梅姨家干活的另一个小姑娘腊瑾打听清楚后告诉茵绵：

“吴拉貌有大老婆，就住在勃固，五个孩子，大闺女跟绵姐你差不多大。”“要不人家说：梅姨明明知道故意这样办。为了这件事吴拉貌给了梅姨不少钱。而且吴拉貌帮助梅姨能很容易地从勃固买到货运到达那彬来。”

听到这些话以后：

我心跳得厉害，全身在发抖。……

“绵姐，绵姐！哦，天哪！绵姐你怎么啦？”

腊瑾惊恐的叫声在我耳中已不清晰。我什么也没看见，什么也看不见。在我面前只是一片黑暗。

作者就这样结束了全篇。一方面重新点明了本篇的主题。一方面又巧妙地为读者留下了一个联想推测的未知空间：茵绵醒来后，会怎样呢？

四、作品结构不断创新

摩摩茵雅的小说在叙事结构方面非常自由、不拘泥于常规，不断有所创新。有时也采取意识流的写作方式，有时又运用影视艺术的蒙太奇式的手法。往往从某个细节出发，或用主人公的独白，或用两个、几个人物的对话自然而然地导入她所讲的故事情景中；有直叙，有倒叙，也有插叙；没有刻意安排矫揉造作的开局，也没有顺应情理固定模式的结尾。笔调貌似平庸，朴实流畅，但细细品味，却让人体会到她为了要表达某个具有社会意义的主题，独具匠心的安排与精心细腻的描写。

如小说《高利耶河畔的玛纽比亚》，写一个在农村长大的孩子，当年曾有着远大抱负，立志学成返乡服务。但考上仰光的大学以后，却逐渐疏远了自己的家乡。小说主人公原在乡下有个好友玛纽妙，因家庭经济条件不相称，两人最终未能结合。主人公在仰光的医科大学毕业后，与城里姑娘结了婚，因一时在仰光找不到合适的工作，决定暂时回家乡城镇医院工作。当然，这里也有负疚请罪之意。因他的母亲就是因为乡村缺医少药，没能及时医治而亡故的。回到故乡城镇，他有机会照顾玛纽妙的女儿玛纽比亚上学。他希望把玛纽比亚培养成跟他一样的大学生，但现实却使他不能如愿。最后主人公终于明白：他无法改变玛纽比亚的生活。

短篇小说《力量》，故事是从火山爆发了，世界毁灭了，整个城市成了一片废墟这样的情景开始的。“我”一点点儿清理着那些支离破碎、杂乱无章的片屑，努力想把它重建，就像一只巢窝被毁的小鸟为重建一个新的巢窝而忙碌着。“我”需要工具，需要力量，需要精神上的支持。重建工作并不顺利，真有些使人心灰意冷了。就在“我”意志开始要消沉的时候，一张落款为“一个读者”的小小明信片给了“我”无穷的力量。明信片上只有一句话：“祝您身心健康！”

摩摩茵雅以虚拟的世界毁灭象征精神的破碎与文化的败落。当代，在金钱和物质的诱惑下，一些作家抛弃了文学这块阵地，另谋“高就”了，一些作家却屈从媚俗甚至出卖灵魂不再写现实生活鼓舞斗志的作品，而写那些趋炎附势粉饰升平或低劣粗俗色情无聊的东西了。她本人作为一个有社会责任心的作家，始终保持着对民族文化精神的关注，保持着艺术良心，坚持严肃写作。只要有读者的支持，作者就有了坚持的力量。

短篇小说《有信誉的鱼汤米线》的故事是：两个相貌酷似孪生但性格迥异的姐妹俩先后在同一所大学毕业，获得了学位，各自选择了自己钟情的职业，后来都成了“作家”。

姐姐“我”当了一名小学教师，且坚持业余写作，渐渐在文坛上有了一定影响，生活清贫，但生活得非常充实愉悦。妹妹自筹资金，开了一间经营化妆品的小店，不久先于姐姐结了婚。她的丈夫是个富翁，遂做起了大生意，很快汽车、洋房应有尽有，人也打扮得越发雍容华贵靓丽媚人了。后来妹妹做了一家影视公司的股东，又转而作了出版商，捧红了不少“作家”，包括妹妹她自己。可妹妹对姐姐的作品却不屑一顾，一篇也没有认真读过。对富商当了文化出品人，姐姐深感忧虑，但不得不承认正是由于妹妹源源不断的接济，父母双亲才能过上富裕的日子，安度晚年。而姐姐“我”和当政府机关公务员的丈夫却没有能力给父母以任何物质上的孝敬，只能在他们身边照顾他们，给他们精神上的安慰与亲情温暖。一天，姐姐“我”为了给孩子过生日，请学校的同事们到家里来一起品尝“我”自己做的缅甸传统食品鱼汤米线。妹妹也带着丰厚的礼品来了。席间大家对“我”的鱼汤米线赞不绝口，都说这才是原汁原味的鱼汤米线，比在市面上卖的靠大量味精提味的鱼汤米线强多了，这才是“有信誉的鱼汤米线”。这时，近一年来已成为“大作家”的妹妹却默默地离开了桌子。

不难看出，她笔下的“我”正是作者本人的化身。作者希望自己的作品也要像这鱼汤米线一样，永远保持信誉与尊严。

第七节　新生代作家的代表——珠

一、生平与创作

珠，原名丁丁温，1958年9月20日出生，缅甸中部仁安羌人，1975年毕业于仁安羌市立第一高中，1983年毕业于曼德勒医科大学，获医学学士学位。1979年在大学期间即在校刊发表短篇小说《将他遗忘在历史中》。1981年，在《秀玛瓦》杂志发表短篇小说《早恋》，自此正式踏入文坛。1987年，单行本小说《永志不忘》的出版使她在文学界逐渐声名鹊起。此后珠新作不断，出版的作品主要有:《久而久之肯定像你说的那样》(1989)、《河流的姿态》(1990)、《坍塌的云之屋》(1991)、《必不可少的雨》(1992)、《一个女人的自白》(1994)、《不相信命运的人》(1995)、《大海一样的女人们》(1996)、《我的树》(1997)、《鹊桥边的白雪》(2002)、《爱是无需用线串在一起的花朵》(2003)。此外还将多年来在杂志上发表的短篇小说结集成书，已先后出版了四部短篇小说集，分别为:《将他遗忘在历史中》(1988)、《没有天空的夜晚》(1991)、《爱的艺术》(1998)、《一个医生的日记》(1998)。

珠写作早期以言情小说为主，在她前期所写的21篇短篇小说中，言情小说占了13篇，非言情类有8篇。按作者自己的说法，当时写爱情小说是因为对爱情感兴趣，如果过了这个阶段就不要再尝试写爱情小说了，会很勉强。1986年写《永志不忘》，写起来非常轻松，到1989年的三年中，写了5篇短篇小说，全部是关于爱情的。

但是珠并不愿意被一个框架框住，对于读者给她的定义她也屡次试图突破。她曾尝试从男性的视角来写作，包括4篇短篇小说，分别是:《将他遗忘在历史中》、《第一人》、《漫步抹谷》和《遗言》。其中《将他遗忘在历史中》是作者的处女作，在第一部作品中就以自己不擅长的视角来写作是一种大胆的尝试，但是效果并不好，因为视角是男性视角，叙述却有女性的语言特色，因此在开始容易让读者产生混淆。虽然作者尽力从男性的视角看问题，但自己也并不满意。她还尝试写作了有关心理疾病的《她的雨（雨夜）》，描写一个因遭受强奸而产生心理障碍的女孩最后却爱上了强奸她的人。作者运用心理学的知识对这一现象的发生做了合理的解释。

作为一个女作家，对女性问题的关注是自然的，珠也不例外。她的代表作《大海一样的女人们》就是以祖孙三代三个女人的命运起伏为主线写作。她的早期作品也多是女性题材。她关于女性在社会和家庭中的地位的观点，在她的成名作《永志不忘》中就有体现。男女主人公没有结婚而住在一个屋檐下，作者认为按照缅甸社会的一般眼光来看，女孩子未婚同居是有损失的，既是对自己现在不负责，也是对未来不负责。此外，她认为在缅甸，男女在婚姻中的地位并不平等，无论是婚内同居还是婚外同居对女性来说的损失差别不大。“缅甸社会对男性的婚外情有较大的宽容度，男性可以拥有不止一个伴侣。而作为大老婆不过是拥有合法婚姻文件享有婚姻权利而已。此外尽管离婚并不是一件容易的事，男性找另外的配偶却很容易。原配偶对此也无能为力，除了在报纸上登个声明称自己是其合法妻子之外无计可施。一纸婚书并不能约束住男性的忠诚，却将女性的忠诚牢牢锁住。女性想要离婚的话，除非男方同意，否则得等上三年，并证明这三年对方没有尽到丈夫的义务才能获准离婚。在这三年中，女性如果和别人交往，会受到另眼看待。”①

珠作为20世纪80年代以来缅甸文坛最有影响力的作家之一，被缅甸评论界称为浪漫主义小说家。她所崇尚的是冲破思想束缚的自由创作，让主体意识在创作

① ［缅］吴温迎:《温迎和作家们》(二)，仰光：甘高乌依出版社，2012年版，第474-475页。

中自由翱翔。这从她对创作题材的多种尝试可见一斑。无论对女性心理的揭示，对人生哲理的剖析，还是对自然、生态的关注，她都具有自己独特的审美力和想象力。她的每部作品无论长短都能给人以启迪。她的创作不拘一格，在叙述技巧上广泛吸收西方文学的营养。珠自己也透露，她在不同时期看过许多国外作家的作品，小时候喜欢美国作家欧·亨利和海明威的作品，大学时期对俄罗斯作家列夫托尔斯泰和契诃夫比较感兴趣，后来则喜欢法国作家和哲学家的作品。这些作家及其作品无疑对珠的创作产生了影响。

珠的作品在受到广泛赞誉的同时也遭到一些质疑，有评论认为她在《永志不忘》中塑造的女主人公是一个坏榜样，会教坏女读者。对此珠有着完全不同的看法，“女孩子因各种原因走上错误的道路自古以来就有”、“女孩子不会因我书中的某句话而堕落或改变自己的一生”。[①]

有部分评论质疑珠所塑造的女性角色并不像缅甸人，对此珠认为“是否像缅甸人要分开来看。缅甸自古以来就具有的诚实、友善、乐于助人、不尔虞我诈等品质一直以来都是我们所珍视的。但是时代在变，我们的观念也在变。比如传统上缅甸女性把‘儿子当主人丈夫当天’这样的失去自我的观念是我所不赞成的，在我的作品中也看不到。”[②]

也有评论批评作者作品中宣扬的女性不婚或即使结婚也不愿生孩子的想法也与缅甸的传统文化格格不入。但是珠认为这样的思想并不是缅甸女性所独有，而是与社会进步和时代大潮有关。短篇小说《漫步抹谷》写道：“人偶尔对成家感到恐惧是正常的，如同机器人般埋头于家务的主妇也不在少数，难道女性没有惧怕婚姻的权利吗？没有对抚养子女有担忧的权利吗？在还不到时候，各方面条件不具备的情况下结婚、一个又一个地生孩子会怎样呢？生下一个孩子，无论怎样都得一生都对他负责，这是多么重大的责任！女性为何不能规划一下自己的人生，在想结婚的时候才结婚，在想生孩子的时候才生孩子，这样不更科学吗？能够给孩子更好的教育，更好的生活，孩子长大后能成为国家的有用之才，这比传统观念中‘这是上天赐给的，有了就都生下来’这样不问自己的实际情况，即使无法养活也生个不停，使孩子的未来无法保障的观念不是更科学吗？就我本人来说并不

① ［缅］吴温迎：《温迎和作家们》（二），第476页。
② 同上，第477页。

赞成缅甸传统文化中多养育子女的观念。”①

人们对她作品的质疑并不是因为她作品的水平，而是因为她的作品反映了新的时代出现的一些新的问题。珠作为一个新生代的作家，她所处的时代、所受的教育和所从事的职业使她看问题的视角有所不同。她敢于正视新问题，并以一个医生的冷静和理智来剖析这些问题，也正因为如此，她的作品受到更多年轻人的喜爱。

二、《大海一样的女人们》

珠的代表作《大海一样的女人们》，其内容表现的是女性面对生活中的各种挑战而展现出的巨大勇气和力量。作品以20世纪20年代至60年代的缅甸为背景，讲述了祖孙三代三个女人的不同命运。小说以仁安羌地区贫穷矿工的女儿银恩为中心展开。1924年，还是十几岁姑娘的银恩和富裕矿主的儿子哥敏康偷偷相爱而怀孕，而此时哥敏康正在仰光准备留学考试。迫于父亲的压力，哥敏康不敢承认和银恩的爱情，私下里却向银恩许诺等他3年留学回来后再结婚，并偷偷告诉自己的姐姐钦敏梅，让她送钱去给银恩堕胎。银恩的父亲知道女儿未婚先孕的消息，羞愤交加，在矿井下发生意外身亡。无依无靠又未婚先孕的银恩欲轻生，被钦敏梅劝下，钦敏梅决定帮助银恩，两人谋划如何神不知鬼不觉地生下孩子。为了生计，银恩到哥敏康父亲吴妙达的矿上当临时工，因体力不支晕倒，怀孕的事情被识破，被炒了鱿鱼，银恩只好在矿区卖炒花生维持生活。因为心中有哥敏康的爱情，她勇敢地面对周围人们的指指点点。银恩一个人生下了孩子，取名恩苏梅。哥敏康暑假回家，偷偷见到了女儿，送了她一个镶有自己照片的项坠，但并不敢继续和银恩的爱情。哥敏康不敢违背父命，在去印度留学之前和另一富裕矿主的女儿丁丁艾结了婚。银恩得知这一消息没有掉一滴眼泪，只是紧紧地抱着女儿。留学归来的哥敏康辗转在马圭一带任政府官员，并有了自己的儿子艾昂。恩苏梅聪明、勇敢，和同父异母的弟弟在同一所学校念书却享受着不同的待遇，弟弟锦衣玉食，车接车送，自己只是粗布衣裳，和母亲相依为命。虽然在吴妙达不在家的时候，钦敏梅会接她到家里，但是吴妙达始终不认这个孙女，也拒绝接济母女。恩苏梅的心中种下了仇恨的种子，放火烧了吴妙达的一个矿井。1938年，仁安羌地区爆发了石油工人大罢工，银恩加入了罢工的行列并因此入狱两个月。12岁的恩苏梅

① ［缅］吴温迎：《温迎和作家们》(二)，第478页。

接手母亲在矿区一角的点心摊。钦敏梅不忍心侄女受苦，顶着父亲和弟媳的压力把恩苏梅接到家中生活。油田的罢工运动越来越剧烈，1939年二战的硝烟虽然还没有烧到仁安羌，但到处都是关于罢工、政治和战争的话题，恩苏梅受到不少熏陶，和石油工会以及我缅人协会的人比较熟悉。出狱后的银恩担心女儿参与政治，决定搬到远离油田的地方生活。这得到了钦敏梅的支持，三人决定搬到伊洛瓦底江对岸有钦敏梅土地的贡桑村生活。在前往贡桑村的路上，他们认识了摆渡他们过江的贫苦孤儿亨达。在了解了亨达的家世后，恩苏梅决定在自己有能力时要帮助亨达。贡桑村的生活使银恩和恩苏梅专心务农，但慢慢地恩苏梅还是和当地的我缅人协会有了联系，并在再次遇到亨达时，请他到自己家里来帮忙。二战的战火烧到缅甸各地，吴妙达和儿子一家也到贡桑村来避难，银恩以女主人的身份伺候一大家子人。年龄相同身份各异的恩苏梅、亨达和艾昂三人相处并不融洽，终于在打了一架后，亨达被哥敏康赶出了这个家，在伊洛瓦底江一带做起了强盗。待局势稍稳，哥敏康被日本人请去主持当地政府，丁丁艾在一次拜佛途中不幸被炸身亡，吴妙达回到自己的矿井。艾昂对亨达依然怀恨在心，在他得知亨达当了强盗后，设局诬陷亨达偷窃，使亨达遭受鞭刑。面对被打昏死过去的亨达，恩苏梅请他回到贡桑村。亨达对恩苏梅生出情愫，恩苏梅却没有接受，一心想着参加革命，偷偷逃走参加了游击队。贡桑村在各派武装间不断易手，有一天恩苏梅的队伍占领了贡桑村，亨达和恩苏梅又见面了，这一次，恩苏梅接受了亨达的感情。两人结婚后不久，恩苏梅的队伍要撤退，亨达阻拦，恩苏梅最后用枪托把亨达打晕后撤退。几个月后，亨达接到恩苏梅的信，让他去某个村庄接他们两个月大的女儿，给女儿取名银恩珊。艾昂做了医生，和同为医生的妻子樱花结婚3年也没有孩子，在吴妙达的葬礼上他们见到了恩苏梅和亨达的女儿，觉得孩子没有母亲在身边不合适，提出收养银恩珊，遭到亨达的断然拒绝。恩苏梅在战斗中被俘，坐了两年牢，出狱后和亨达在家有一段短暂的幸福时光。然而革命的吸引力依然很大，这一次亨达坚持要跟随，两人在丛林里又迎来了他们的儿子。在一次战斗中，恩苏梅为了掩护亨达而中弹牺牲。亨达心灰意冷，决定把9岁的女儿银恩珊和刚满一岁的儿子栓贝都交给依然没有孩子的艾昂和樱花抚养，唯一的要求就是让他们接受好的教育，不要像自己这样过一生。

哥敏康也因政局的变幻而经历了仕途的起伏，退休后和儿子一家生活在仰光。然而他却不幸患上了肺癌，自知将不久于人世，他提出要去贡桑村度过最后的时光。银恩对他的到来表示不解，但依然照顾得很周到，两人并不说话。幸好有亨达在，充当两人的传声筒。在最后弥留之际，银恩原谅了哥敏康。

银恩珊聪明，学习也很好，已经在医科大学读三年级的她立志当一个医生，同时对诗歌也很感兴趣。在处理完银恩的丧事后，亨达骑摩托车将银恩珊和栓贝送回仰光。他特意绕道经过银恩在仁安羌的老家，一路上给孩子们讲解家族的历史和银恩和恩苏梅的故事，孩子们受到很大触动。

亨达从仰光返回后，将妻子在丛林里的坟墓迁到哥敏康和银恩的墓旁，活着时始终未能生活在一起的一家三口终于永远得以团圆。此后亨达乘船顺流而下。

在小说的结尾，作者借小诗人银恩珊之口发出感慨“如果男人是江河的话女人就是大海，江河无论深也罢，浅也罢，无论水流湍急还是波涛汹涌，最终都流入大海。在注入大海的那一刻，湍急的水流平缓了，欢快的小溪安静了，而接纳它们的大海却一如既往……”

小说《大海一样的女人们》所刻画的祖孙三代三个女人都有鲜明的个性和时代特征。银恩是缅甸传统女性的代表，作为殖民时代一个穷矿工的女儿，她隐忍、能吃苦，遭受命运不公时默默忍受，但也有传统女性懦弱的一面。哥敏康一辈子也没有给她一个名分，银恩却一直生活在哥敏康的家庭圈子内；当战火烧到仁安羌时，哥敏康带着妻儿和父亲来贡桑村避难时，她以一个尴尬人的身份照顾一大家子人的日常生活；在哥敏康罹患癌症不久于人世之际，她依然默默照顾他直至去世。哥敏康虽然在各地做官，银恩母女却并没有享受到他的风光。可以说银恩为了年青时片刻的爱情而付出了一生。银恩的女儿恩苏梅从小就很聪明勇敢，对于同父异母弟弟不同的地位和遭遇有着切身的体会，从小受到矿区革命思想的熏陶以及革命行动的影响，在当时缅甸复杂多变的政治斗争中，依然参加了革命，并不惜离开自己的家庭和孩子，最后为了保护丈夫而献出了自己的生命，恩苏梅也一样富有奉献精神，将自己奉献给了她所信仰的革命。恩苏梅的女儿银恩珊则是一个新时代的女性，她虽然出生时家里穷困，但被富有的舅舅收养，受到众多人的喜爱，也受到了良好的教育。她有自己的理想——当一名医生，解除他人的病痛，也有自己的爱好——写诗，她的奉献是为了社会。这里还不得不提到另外一位女性——哥敏康的姐姐钦敏梅，她虽然不是小说里的主角，但却是串起小说中所有角色的核心人物。她善良、有智慧、有魄力，没有世俗的偏见，虽然生长在富裕的矿主家庭，却有着对贫穷人们慷慨相济的心。在小说开头她得知弟弟和穷矿工的女儿偷偷相爱时，并没有像父亲那样极力拆散他们，而是偷偷地接济银恩，在银恩欲轻生时救下了她，偷偷策划帮她生下孩子。在仁安羌局势动荡时，为了支持银恩带女儿远离政治的决定，她放弃仁安羌的优越生活，带母女俩来到远离仁安羌的自己的土地上生活，并在这里终老。她终身未婚，却一生都在为家里的其他成员操劳。

《大海一样的女人们》以作者所熟悉的仁安羌地区为故事的发生地，因此作者对矿工的工作生活以及当地的风土人情等方面的描写驾轻就熟，在时代背景中巧妙地嵌入了石油工人大罢工、争取独立的斗争以及战后缅甸政局的变化等内容。这部作品虽然不是一部历史小说，但通过对祖孙三代女性命运的塑造展现了一个家族的命运随时代的变迁而跌宕起伏，有宏大的社会背景和时代背景，也有小人物的悲欢离合，使以爱情小说见长的珠通过这部小说拓宽了写作领域，增加了其作品的厚重感。

第八节　缅甸文学宫

一、机构的沿革与工作

缅甸文学宫是今日缅甸政府宣传部下的一个处级单位。它成立于缅甸独立前夕——1947年8月26日。成立初期是一个民间组织，又名“缅甸翻译文学协会”或“缅甸翻译学会”，首任主席是缅甸独立后任总理多年的吴努。其宗旨是：提高缅甸各族人民的科学知识水平，促进缅甸文化教育事业发展，探索缅甸文学艺术传统。口号为：冲破黑暗带来光明。标志是：一本打开的书本上面横架着一支蘸水钢笔。1948年缅甸独立后，成为缅甸政府的一个机构。1963年奈温政府执政后，同年8月起该组织不再使用“缅甸翻译学会”一名，沿用“缅甸文学宫”之名至今。1965年该组织被直接划归缅甸政府宣传部所属出版公司之下。

该组织成立以来，编纂了15卷本《缅甸百科全书》，自1954年至1976年全部出齐。1978年后每年出版《缅甸百科年鉴》一册。另据其宗旨组织编写社会科学、自然科学知识性书籍多种，列为“人民手册系列丛书”出版。从1949年起开始设立“文学宫文学奖”，每年评选前一年缅甸全国出版书籍的获奖者，并给予一定的奖金奖励。1963年起，该组织又连续主持召开了各种文体发展与现状的研讨会或报告会，事先组织好若干位知名作家作主旨演讲，旨在推动缅甸文学研究与评论工作的开展，并且在每次会后将会上的主旨论文编辑成册出版。1974年起该组织又开始出版《知识百科》季刊，该刊物是个专门介绍各种知识的翻译文章的集锦刊物，该刊编委会从世界各国刊物中选择一些适合缅甸读者的文章、小说等译成缅文集中成册出版，在开阔缅甸读者视野、普及科学知识方面做出了贡献。文学宫还非常注意少年儿童的教育问题，专门为缅甸少年儿童出版了一种名为“瑞兑”的周刊，据20世纪90年代初期的材料得知，在当时是全缅发行量最大最具影响力的少儿刊物，发行量达15万份以上。文学宫成立有读者组织，凡缴纳一定会费入会者均可优惠得到该组织印刷发行的一些书籍。文学宫属下还办有一个公共图书馆，是全缅除缅甸大学中心图书馆、缅甸国家图书馆以外，规模较大的图书馆之一。

二、缅甸国内最高的文学奖项

文学是民族文化的灵魂，文学也是促进文化发展的动力。为了促进文学的发展，世界上很多国家设有文学奖，文学奖既有以政府名义设立的官方文学奖，也有以社会团体和个人名义设立的民间文学奖。缅甸政府重视文学的发展，在独立之初1949年就设立了国家级的文学奖即“文学宫文学奖”，今日已发展成为两种，分别是“国家文学奖”和“文学宫文稿奖”。

作为缅甸文坛的最高奖项，它对当代缅甸文学的创作与发展起着风向标的作用，在每年出版的单行本小说中评选最优秀者。起初只评长篇小说，自1951年增设杂文奖，1952年增设翻译奖，1953年起增设研究类文学奖，1958年起增设短篇小说集奖和诗歌奖、戏剧奖，奖金除翻译奖为750缅元外，其余奖项都给予1000缅元的奖金。上述奖项一直维持到1961年。1962年，奈温领导的军人政权执政，增设“民族文化艺术文学奖”和“政治文学奖”两个奖项，使奖项总数增加到9个。1963年，由于种种原因，一些未出版的书稿也参加评奖，每个奖项下再分别设置一二三四等奖，奖金也分别为1500、1000、750和500缅元。长篇小说的奖金为2000、1500、1000和500缅元。从1965年开始，艺术文学类改为“国家文学奖”并增设“综合研究奖”，使评奖种类增加到10个，至1969年，已经成为一个拥有10个奖项的大奖。1969年，评奖委员会取消原来的分级别设置奖项，只在当年的各类出版物中评选一个最优秀的，同时将奖金提高到3000缅元，自此国家文学奖作为一个单独的奖项分离出来。在奖项设置上将综合研究奖又分为文科和理科，评奖种类达11个。1970年，增设“青年文学奖”。1976年国家文学家的奖金又提高到5000缅元，1979年增加到6000缅元。1980年，将文学翻译奖又分为研究类和文学类两种，使评奖种类达到13种。1986年，奖金提高到10000缅元。1987和1988年，由于国内局势动荡，这两年的评选和1989年合并，奖金提高到20000缅元，又从原来的理科综合研究奖中分出一个理科应用研究奖。1990年，奖金再次提高到50000缅元，1994年增加到70000缅元，1995年增加到10万缅元，2001年奖金达到20万缅元，从这一年起，从在世的文学家中评选出“终身成就奖”，奖励40万缅元。2006年起，国家文学奖奖金增加到30万，终身成就奖增加到60万缅元。2010年，奖金再次提高，终身成就奖达到100万，国家文学奖50万。

国家文学奖的评奖标准是：促进缅甸文学发展；振兴缅甸传统文化；增强民族自尊心和自豪感；增进民族团结；去伪存真，去芜存精；增加民众正确获取知识的途径；提高民众的道德品质；有助于巩固国家主权、发展经济和稳定社会；是各自领域的佼佼者。

国家文学奖所设的14个奖项为：（1）长篇小说奖；（2）短篇小说集奖；（3）戏剧文学奖；（4）诗集奖；（5）杂文奖；（6）缅甸文化与艺术文学奖；（7）儿童文学奖；（8）青年文学奖；（9）翻译文学奖（研究类）；（10）翻译文学奖（文学类）；（11）综合研究奖（人文）；（12）综合研究奖（基础科学）；（13）综合研究奖（应用科学）；（14）政治文学奖。

1969年，评审委员会改变评选规则，从已经出版的作品中评选出的最优秀作品授予国家文学奖；对于未出版的优秀作品授予文学宫文稿奖。文学宫文稿奖自此成为一个独立的国家文学奖颁发至今。文学宫文稿奖的奖项除在与国家文学奖未分离前已有的10个奖项外，1969年增加综合研究奖，1992年增加诗集奖，总奖项达到12个。为了促进获奖作家的文稿能够尽快付诸出版并能够参加国家文学奖的角逐，文学宫文稿奖和国家文学奖采用相同的评奖标准。与国家文学奖不同之处在于，国家文学奖各奖项只设一个名额，而文学宫文稿奖每个奖项下分设一二三等奖。

文学宫文稿奖所设的12个奖项为：（1）长篇小说奖；（2）短篇小说集奖；（3）戏剧文学奖；（4）诗集奖；（5）杂文奖（6）翻译文学奖；（7）研究类文学奖；（8）国家文学奖；（9）综合研究奖；（10）政治文学奖；（11）儿童文学奖；（12）青年文学奖。

文学宫文稿奖获得者所获奖金数额历年也有所增加。

奖金的频繁变化固然是为了鼓励作家和学者的创作和研究热情，也从一个侧面反映了这期间缅甸通货膨胀的严重，虽然奖金在40多年间翻了400倍，但按实际币值计算，仅相当于颁奖之初的一半左右。

2001年后为在世的老作家设立终身成就奖，先后获奖的作家有：

2001 巴亚谷（吴腊坚）、2002 貌廷（吴廷帕）、2003 泰貌（吴泰貌）、2004 雷绵（吴雷绵）、2005 苏梦妮（杜茵茵）、2006 玛坚（杜坚）、2007 辛漂炅昂登（吴基埃）、2008 觉盛博士、2009 钦貌钮博士、2010 道冈博士、2011 敏友威。

附录一　获文学宫小说奖[1]作家作品名录

文学宫文学奖获奖小说：

<table>
<tr><th rowspan="2">年份</th><th colspan="2">长篇小说</th><th colspan="2">短篇小说</th></tr>
<tr><th>作品名称</th><th>作者</th><th>作品名称</th><th>作者</th></tr>
<tr><td>1948</td><td>《穹隆原野》</td><td>敏昂</td><td colspan="2" rowspan="14">此期间没有短篇小说的评选</td></tr>
<tr><td>1949</td><td colspan="2">空缺</td></tr>
<tr><td>1950</td><td>《公务员》</td><td>德都</td></tr>
<tr><td>1951</td><td>《军队里的妙哥哥》</td><td>达度</td></tr>
<tr><td>1952</td><td colspan="2">空缺</td></tr>
<tr><td>1953</td><td colspan="2">空缺</td></tr>
<tr><td>1954</td><td>《鄂麦炯》</td><td>实皆吴波丁</td></tr>
<tr><td>1955</td><td>《不是恨》</td><td>加尼觉玛玛礼</td></tr>
<tr><td>1956</td><td>《调查实录》</td><td>一位警官</td></tr>
<tr><td>1957</td><td>《贡崩》</td><td>都翁</td></tr>
<tr><td>1958</td><td>《旭日冉冉》</td><td>吴登佩敏</td></tr>
<tr><td>1959</td><td colspan="2">空缺</td></tr>
<tr><td rowspan="2">1960</td><td>《野茉莉》</td><td>昂林</td></tr>
<tr><td>《大姐》</td><td>八莫丁昂</td></tr>
<tr><td rowspan="2">1961</td><td rowspan="2">《娇美的心上人》</td><td rowspan="2">通瑞博士</td><td>《初开的茉莉花》</td><td>达贡达亚</td></tr>
<tr><td>《缤纷生活》</td><td>道达萃</td></tr>
</table>

国家文学奖获奖小说：

<table>
<tr><th rowspan="2">年份</th><th colspan="2">长篇小说</th><th colspan="2">短篇小说集</th></tr>
<tr><th>作品名称</th><th>作者</th><th>作品名称</th><th>作者</th></tr>
<tr><td>1962</td><td>《悉达山下》</td><td>林勇迪伦</td><td>《在马路上》</td><td>敏新</td></tr>
</table>

① 缅甸文学宫授予的小说奖项先后曾有“文学宫文学奖”“国家文学奖”与“文学宫文稿奖”数种。

续表

年份	长篇小说		短篇小说集	
	作品名称	作者	作品名称	作者
1963	一等奖《海誓山盟》	盛盛	一等奖《心中盛开的小花》	育瓦迪景颇迈
	二等奖《这天这地》	吴昂登	二等奖《从前我们的同志》	敏新
	三等奖《木臼》	郭哥、貌觉达	三等奖《沉思》	加尼觉玛玛礼
	四等奖《花朵》	玛蕾隆	四等奖《祈祷和平》	钦翠乌
1964	一等奖《山区盛开平原花》	那伽山貌基辛	一等奖《生活的铜镜》	敏都迎
	二等奖《革命》	泰莽	二等奖《动物之轮回》	道达萃
	三等奖《血流成河》	妙瓦思	三等奖《情感世界》	育瓦迪格朗信 敏登基莫
	四等奖《情谊之水》	德贡登登	四等奖《作家和好的作品》	岩昂
1965	一等奖《战斗的号角》	泰莽	一等奖《雨夜》	德格多妙盛
	二等奖《永不干涸的山泉》	奔兰（矿井）	二等奖《当觉和生活的扮演者》	昂梭
	三等奖《槟城人》	韦林	三等奖《老虎与猎人》	钦貌埃
	四等奖《扒手》	貌泽尼亚	四等奖《貌登卡》	珍珠串
1966	一等奖 空缺		一等奖《我所期待的村庄》	德格多貌貌钦
	二等奖《战斗的一生》	波侯登仓	二等奖《花园》	岩昂
	三等奖《黎明前的黑暗》	格耶尼	三等奖《绞刑架下记事》	岩昂貌貌
	四等奖《削平大山》	盛盛	四等奖 空缺	
1967	一等奖《暗夜》	钮温	一等奖《一串珍珠一颗玉》	雷敏
	二等奖《夏初的薄雾》	貌貌漂	二等奖《不平等的平等》	德格多貌貌钦
	三等奖《勇敢的猎人》	盛温	三等奖《花开之时的战地日记》	勃生腊牟
	四等奖《山雾之中》	玛宁佩	四等奖《红日》	德格多貌昂萃
1968	一等奖 空缺		一等奖 空缺	
	二等奖《一百个月亮》	貌丁卡	二等奖《纷乱世事》	岩昂
	三等奖《凯旋》	那加山貌基辛	三等奖《一夜与一生》	漆山
	四等奖《底达的微笑》	吴登佩敏	四等奖《过滤嘴儿》	敏依

续表

年份	长篇小说		短篇小说集	
	作品名称	作者	作品名称	作者
1969	《站在路上哭泣》	貌达耶	空缺	
1970	《关键时刻团结起来》	觉昂	《这个世界》	道达萃
1971	《心随佛法》	林勇迪伦	《老师那些事儿（五）》	貌丁
1972	《云雾缭绕》	德格多蓬奈	《走向胜利》	坡觉
1973	空缺		空缺	
1974	《消失的路》	摩摩茵雅	《身心俱疲》	貌貌钮博士
1975	空缺		《革命》	妙莱
1976	空缺		《谁把白染成了黑》	敏觉
1977	《盘起长发》	皮亚蓬拉摩暖	空缺	
1978	《艺坛新秀》	德格多妙盛	空缺	
1979	空缺		空缺	
1980	空缺		《发表在杂志上的长篇小说集》	摩摩茵雅
1981	空缺		《一串茉莉一朵莲》	珠珠丁
1982	空缺		《短篇小说集》	摩摩茵雅
1983	空缺		空缺	
1984	空缺		空缺	
1985	空缺		《短篇小说自选集》	殷莽
1986	空缺		《摩摩茵雅短篇小说（二）》	摩摩茵雅
1987	空缺		《短篇小说集》	哥友贡
1988	《欲速则不达》	（化学）丁貌	《爸爸可不是个孬种》	貌栋
1989	空缺		无	
1990	空缺		《哥茨友（四）》	辛漂炯昂登
1991	《瑙茵梅》	妙丹达	《田间归来》	廷林
1992	空缺		《十二弦》	内温敏
1993	《蓝绿色的甘马育》	努努依茵瓦	《赤道紫檀花》	耶奈博士

续表

年份	长篇小说		短篇小说集	
	作品名称	作者	作品名称	作者
1994	《生活之梦花之梦》	玛珊达	《孩子，你选什么》	仓温拉
1995	《白莲花》	钦宁友	《卖日用品的小贩》	佩敏
1996	《海市蜃楼的另一面》	钦珊萌	《哥茨友(六)》	辛漂炯昂登
1997	《爱情附录》	温温腊	《香香甜甜》	哥内
1998	《迷失在涨水的河中》	南达苏	《宝剑锋从磨砺出》	内妙丹
1999	《梦中的思念》	冈丹	《短篇小说集》	玛珊达
2000	空缺		《牡蛎》	密乾威
2001	《思念泛起》	仓温拉	《乡村小火车》	妙达玛亚托
2002	《六边形》	玛珊达	《无形体》	丹敏昂
2003	《凌晨三点》	仓温拉	《派盛贡山》	钦钦图
2004	空缺		《感触良多》	当内敏
2005	《一千个太阳》	辛漂炯昂登	《归林的报喜鸟》	茵茵努(曼德勒)
2006	空缺		《锣声》	基奈
2007	《云之梦传佳音》	楚艾	《十六座小房子》	内温敏
2008	空缺		《感染力》	珠珠丁
2009	《林伽依觉》	瑞兑博士和玛班蒙	《硬心肠的渔夫》	貌庆
2010	空缺		《小站》	耶先
2011	空缺		《猎油人》	耶妙丁

文学宫文稿奖获奖小说：

年份	长篇小说		短篇小说集	
	作品名称	作者	作品名称	作者
1969	一等奖《往事如烟》	妙潭	一等奖 空缺	
	二等奖《思念蓝山》	丁雷	二等奖《珍珠串》	苏敏素
	三等奖《无心插柳》	瑞波岱玛	三等奖 空缺	

续表

年份	长篇小说		短篇小说集	
	作品名称	作者	作品名称	作者
1970	一等奖 空缺		一等奖 空缺	
	二等奖《不务正业》	貌瑞松	二等奖《人间花园》	瑞波岱玛
	三等奖《世外桃源》	觉觉艾	无	
1971	一等奖《胜利后的悲伤》	丹通迪	一等奖《饱经沧桑》	雷敏
	二等奖《不愿落幕》	貌苏亚	二等奖《曙光》	貌貌尼
	三等奖 空缺		三等奖《萤火虫》	貌班都
1972	一等奖 空缺		一等奖《崭新的美》	皮亚蓬拉摩暖
	二等奖 空缺		二等奖《芦苇荡》	丹昂
	三等奖《人与人类的对话》	貌沙尼	三等奖《心中的财富》	玛基丹
1973	一等奖 空缺		一等奖 空缺	
	二等奖 空缺		二等奖《船坞工》	基腊
	三等奖《家奴》	昂冈	三等奖 空缺	
1974	一等奖 空缺		一等奖 空缺	
	二等奖 空缺		二等奖《所爱的热土》	貌威苏
	三等奖《浪花间的梅可腊》	昂温	三等奖 空缺	
1975	一等奖《我爱女警》	耶保埃前	一等奖 空缺	
	二等奖《大学在哪里》	摩努达觉温	二等奖《嫌疑人》	貌因莱
	三等奖《大山作证》	妙登	三等奖《信仰》	貌苏奈
1976	一等奖《最美的花》	瑞丁沙	一等奖 空缺	
	二等奖《所有的爱》	山貌貌敏	二等奖《夏日霞光》	貌苏亚
	三等奖《犹抱琵琶半遮面》	班瑞丁	三等奖《尊严》	玛基丹
1977	一等奖《朦胧》	貌宁威	一等奖 空缺	
	二等奖《油灯》	貌牟萃	二等奖《短篇小说集》	莱敦达苏漆
	三等奖《落日》	貌内敏	三等奖《蓝天红日》	度登

续表

年份	长篇小说		短篇小说集	
	作品名称	作者	作品名称	作者
1978	一等奖 空缺		一等奖 空缺	
	二等奖《暴风》	貌苏亚	二等奖《陌生人·风暴·极夜》	毕班牟
	三等奖 空缺		三等奖 空缺	
1979	一等奖《无影之花》	谬都亚	一等奖《孟老师》	诸亚德那貌妙建
	二等奖《笑靥如花》	钦珊内	二等奖《银滩·黎明·山里人》	毕班牟
	三等奖《梅花香自苦寒来》	德格多孟吴	三等奖《今天昨天和明天》	吴乌丹通
1980	一等奖 空缺		一等奖《生活的大山》	漆岱吴
	二等奖《铁心人》	貌内敏	二等奖 空缺	
	三等奖《雾气》	瑞丁沙	三等奖《他也是凡人》	貌因莱
1981	空缺		一等奖 空缺	
			二等奖《芳香林中》	苏诸貌
			三等奖《花蕾》	庆岱
1982	空缺		一等奖 空缺	
			二等奖《九宝》	貌妙建
			三等奖 空缺	
1983	一等奖 空缺		一等奖 空缺	
	二等奖《愈挫愈勇》	姜贡艾姆	二等奖《铁石心肠》	丘漂钦
	三等奖 空缺		三等奖 空缺	
1984	一等奖《瞻前顾后》	耶奈博士	一等奖《金刚钻头工的浮沉 》	哥友贡
	二等奖《丑情人》	耶博埃前	二等奖《珍藏的花香》	貌因马
	三等奖 空缺		三等奖 空缺	

续表

年份	长篇小说		短篇小说集	
	作品名称	作者	作品名称	作者
1985	一等奖 空缺		一等奖《爸爸可不是个孬种》	貌栋
	二等奖《南辕北辙》	泰泰威	二等奖《心灵烙印》	妙素
	三等奖《一叶障目》	昂开林	三等奖《黑鹭鸶鸟》	内温敏
1986	一等奖《铁柱儿》	丹林貌貌吴	一等奖《金鹿从林边眺望》	貌仓
	二等奖《擦着浓浓的粉》	山隆钮	二等奖 空缺	
	三等奖《冲上云霄》	耶保巴道	三等奖 空缺	
1987	一等奖《心中的蒲甘》	莱温萃	一等奖《哥贝迪爬椰树》	貌欧尕
	二等奖《对癌症说不的人》	因貌	二等奖《惊魂》	貌栋
	三等奖《半黑不白》	德格多貌杜莱	三等奖《离群小鸟扇动翅膀的声音》	貌觉
1988 1989 合并	一等奖《瑙茵梅》	妙丹达	一等奖 空缺	
	二等奖《情窦初开》	漆哥哥友	二等奖《诸亚德那短篇小说集》	诸亚德那貌妙建
	三等奖《那加土地上的珍宝》	那加丁吴	三等奖《情感之线》	凯栾威
1990	一等奖 空缺		一等奖 空缺	
	二等奖《挣脱束缚》	坡觉	二等奖《天空·海洋·须弥山》	貌因马
	三等奖《感情的刺》	玛艾莹	三等奖《鸬鹚和鹭鸶》	妞妞茵
1991	一等奖 空缺		一等奖《最清澈的笑靥》	哥当昂
	二等奖《死里逃生者的海洋之旅》	坡觉	二等奖《河边》	貌因莱
	三等奖《时代儿女》	丁昂瑞	三等奖《馥园花香》	诸亚德那貌妙建

续表

年份	长篇小说		短篇小说集	
	作品名称	作者	作品名称	作者
1992	一等奖 空缺		一等奖《矿工》	貌枚尼
	二等奖《水与莲花》	度登	二等奖《日月》	甘巴鲁钦貌萃
	三等奖	貌芒伦	三等奖《母亲(短篇小说集)》	貌漆盛
1993	一等奖 空缺		一等奖 空缺	
	二等奖《缅甸猎人》	坡觉	二等奖《阿道阿隆》	敦基翁貌
	三等奖《父亲的遗产》	丹瑞迪	三等奖《儿子们的母亲》	度度
1994	一等奖《水浮莲的逆水之旅》	苏钮	一等奖 空缺	
	二等奖 空缺		二等奖《田园诗》	甘巴鲁钦貌萃
	三等奖《痛恨战争》	达亚瓦苏基	三等奖《回乡》	貌枚尼
1995	一等奖《云蒸霞蔚》	勃生严农苏	一等奖《人世间的欢乐》	南达苏
	二等奖《日落》	冈妙都	二等奖《汪洋中的一条船》	哥内
	三等奖 空缺		三等奖 空缺	
1996	一等奖《原谅我吧》	哥哥雷	一等奖 空缺	
	二等奖 空缺		二等奖《与生俱来》	坡觉
	三等奖 空缺		三等奖 空缺	
1997	一等奖 空缺		一等奖《吉祥的早晨》	南达苏
	二等奖《蓝色妖姬》	勃生严农苏	二等奖《从模棱两可到确信无疑》	盛苏吴
	三等奖 空缺		三等奖 无	
1998	空缺		一等奖《以情取胜》	哥妙
			二等奖《波唐致富》	克耶貌
			三等奖《捕象人》	遥纳尕薄唐

续表

年份	长篇小说		短篇小说集	
	作品名称	作者	作品名称	作者
1999	一等奖《传统信仰》	冈玛莱	一等奖《山洪》	南牟苏昂
	二等奖《敏甘山上的阳光》	貌枚尼	二等奖《母亲的儿子》	盛苏吴
	三等奖《王之地》	波觉	三等奖《喜》	马乌彬伦觉
2000	一等奖 空缺		一等奖《弥漫花香的土地》	内妙丹
	二等奖《茉莉樱花为证》	谬温漆	二等奖《母亲怀抱的芳香》	貌山达
	三等奖 空缺		三等奖《阿道阿隆（二）》	敦基翁貌
2001	一等奖 空缺		一等奖《真实的意愿》	苏敏素
	二等奖《绿野红心》	哥基昂前达	二等奖《荒芜的心城》	钦钦觉
	三等奖《要钱还是要母亲》	敏恩德依林	三等奖《伴随成功》	南牟苏昂
2002	一等奖 空缺		一等奖《情谊与勇气》	昂都迎
	二等奖《美丽心灵》	南牟苏昂	二等奖《牢固的线》	塔妙玛
	三等奖《当茵河作证》	格	三等奖《无尽的路途与真理》	当敏吴
2003	一等奖《祝你好梦》	昂林腊	一等奖《祝你成功》	米拉敏伦
	二等奖《星河》	敦基达丁温吴	二等奖《心灵之宝》	内苏道
	三等奖《引以为豪的蒲甘刀》	昂都迎	三等奖《笑靥绽放》	黛黛丁
2004	一等奖《苦雾》	内苏道	一等奖 无	
	二等奖《仰望星空》	安那瓦内敏岱	二等奖《想你的时候》	内缪丹
	三等奖《随风而去》	漆钮觉	三等奖《开心的玛瑞依》	登佐
2005	一等奖 空缺		一等奖《幸运的礼物》	梅拉
	二等奖 空缺		二等奖《幸福》	南达钦
	三等奖《鼓声震天》	登佐	三等奖《美好的明天》	钮莱漆

年份	长篇小说		短篇小说集	
	作品名称	作者	作品名称	作者
2006	一等奖《巫术528》	勃生昂丹吴	一等奖《水上猎人》	貌庆
	二等奖《不见阳光的冰冻沙漠》	度登	二等奖《人间诗话》	内谬丹
	三等奖《债务人》	奔莱迪	三等奖《人生中的偶然》	都艾塔钮
2007	一等奖《玉河》	度登	一等奖《大海的呼唤》	都艾塔钮
	二等奖《心中的爱》	敏贝达	二等奖《和母亲一起生活的日子》	钦拉别温
	三等奖《美好的生活美丽的海洋》	米拉敏伦	三等奖《大海上的一滴淡水》	妙农因
2008	一等奖《忠诚是感情的基石》	内妙丹	一等奖《水引来的小鱼》	米拉敏伦
	二等奖《常事倒成了新鲜事》	度登	二等奖《无岸之河与渔夫之味》	貌庆
	三等奖《风浪中的金莲花》	尼尼奈	三等奖《更爱缅甸》	奈谬底萨
2009	一等奖《带刺的玫瑰》	度登	一等奖《不堪一击》	貌庆
	二等奖《怀念永恒友谊的城里人》	哥耀（经济学）	二等奖《同舟共济》	米拉敏伦
	三等奖《生活摇篮和掌控的手》	登佐（瑞丽乌）	三等奖《思念父亲的时刻》	钦拉别温
2010	一等奖 空缺		一等奖《美人岛的思念》	米拉敏伦
	二等奖《能逃过此劫吗？》	格	二等奖《狗狗死去的时候》	貌貌牟昂
	三等奖《与太阳神作战的人》	尼赛	三等奖《大山的怀抱》	哥奈（钦山）
2011	一等奖《蓝宝石土地上的好男儿》	敏丹迪（抹密）	一等奖 空缺	
	二等奖《火焰》	格度拉奈	二等奖《典当道德》	罗摩迎坡拉别
	三等奖《虽然熟悉玛金达》	貌依觉	三等奖《承担》	南牟苏昂

附录二　缅甸主要作家、作品译名对照索引

A

《阿道阿隆》	ငတောငလုံး ဝတ္ထုတိုများ
阿都敏纽	အဒူမင်းညို
《阿朗帕耶征战史》	အလောင်းဘုရားအရေးတော်ပုံ
阿梨雅温达	ရှင်အရိယဝံသ
《阿玛那寺碑》	အားမနာကျောင်းကျောက်စာ
阿难多都利耶	အနန္တသူရိယ
《阿瓦城颂》雅甘	အင်းဝမြို့ဖွဲ့ရကန်
《阿瓦史》	အင်းဝရာဇဝင်
阿信奥甘达马拉	အသျှင်ဥက္ကံသမာလာ
《阿瑜陀耶王妃埃钦》	ယိုးဒယားမိဖုရားဧချင်း
哀歌诗体	ငိုချင်း
埃钦（摇篮歌）——诗体	ဧချင်း
暧钦（全声调）——诗体	အိုင်ချင်း
《爱》	အချစ်ဆိုသောအရာ
《爱爱爱三部曲》	ချစ်ချစ်ချစ်၁၊၂၊၃
《爱的艺术》	ချစ်ခြင်း၏အနုပညာ
《爱情的召唤》	ချစ်၍ခေါ်ရာ
《爱情附录》	အချစ်၏နောက်ဆက်တွဲစာမျက်နှာ
《爱情和战争》	အချစ်နှင့်စစ်ပွဲ
《爱情与国家》	အချစ်နှင့်တိုင်းပြည်
《爱是无需用线串在一起的花朵》	အချစ်ဆိုတာကြိုးနဲ့သီဖို့မလိုတဲ့ပန်းပွင့်လေးတွေ
安那瓦内敏岱	အဏ္ဏဝါနေမင်းသိုက်
《暗夜》	မှောင်လွန်းသောညများ
《昂大伯骗人》	ဘကြီးအောင်ညာတယ်
昂都迎	အောင်သူရိန်(ပုလဲ)
昂冈	အောင်ကောင်း

昂开林	အောင်ခိုင်လင်း(မော်ကျွန်း)
昂林	အောင်လင်း
昂林腊	အောင်လင်းလတ်(ဥက္ကလာ)
昂梭	အောင်စိုး
昂温	အောင်ဝင်း

B

八莫丁昂	ဗန်းမော်တင်အောင်
八莫纽内	ဗန်းမော်ညိုနွဲ့
巴比釉(鼓曲)——诗体	ပတ်ပျိုး
《巴勃亨》剧	ပါပဟိန်ပြဇာတ်
巴德塔亚扎	ပဒေသရာဇာ
《巴东玛》剧	ပဒုမပြဇာတ်
巴亚谷(吴腊坚)	ပါရဂူ(ဦးလှကြိုင်)
《爸爸可不是个孬种》	အဖေခေသူမဟုတ်နှင့်အခြားဝတ္ထုတိုများ
《罢课学生》	သပိတ်မှောက်ကျောင်းသား
《罢课注》	ဘွိုင်းကောက် ဋီကာ
《白古史》	ပဲခူးရာဇဝင်
《白莲花》	မြကြာဖြူ
《班达·玛沙乌》	ပန်းသာမစာဥ
班瑞丁	ဘဏ်ရွှေသင်
《半黑不白》	ဖြူသော်လည်းမဖြူ
《包道牟佛塔碑》	ပေါ်တော်မူဘုရားကျောက်စာ
包甘法师	ပေါက္ကံဆရာတော်
《宝剑锋从磨砺出》	ခယောင်းမြေမှာပန်းတွေကမွှေး
《宝镜》	ရတနာကြေးမုံဝတ္ထု
《宝雨》	ရတနာကရဝတ္ထု
《饱经沧桑》	ဘဝတစ်ခုလူမ၍တစ်ရာ
《暴风》	လေပွေရိုင်း
卑谬纳瓦德基	ပြည်နဝဒေးကြီး
碑文	ကျောက်စာ

奔莱迪	ပိုင့်လှိုင်းသစ်
奔兰（矿井）	ပွင့်လန်း(သတ္တုတွင်း)
《本生经注》	ဇာတကဝိသောဓနီ
比莫宁	ပိမိုးနင်း
《比由当冰》	ပျို့တောင်ပြုံး
比釉（四言长诗）——诗体	ပျို့
毕班牟	ပြည်ပန်းမိုး
壁画文	မင်စာ
《必不可少的雨》	မရှိမဖြစ်မိုး
《别无他求》	မှတပါးအခြားမရှိ
《槟城人》	ပင်းမြို့သူ
《缤纷生活》	ဘဝထိုထိုဝတ္ထုတိုများ
彬尼亚达拉	ဗညားဒလ
波达雅	ဗိုလ်တာရာ
波杜道吴明	ဘိုးသူတော်ဦးမင်း
波侯登仓	ဗဟိုသိမ်းဆောင်
波垒（哀怨诗）——诗体	ဘောလယ်
《波唐致富》	ဖိုးထောင်ကားစီးနိုင်ပြီနှင့် အခြား ဝတ္ထုတိုများ
《勃垒侯》埃钦	ပလိပ်စားချောင်း
《勃莽马梯莱辛碑》	ပရိမ္မထိလိုင်ရှင်ကျောက်စာ
勃生昂丹吴	ပုသိမ်အောင်သန်းဦး
勃生腊牟	ပုသိမ်လှမိုး
勃生严农苏	ပုသိမ်ရန်နောင်စိုး
《卜巴神山》	ပုပ္ပါးနတ်တောင်
《不见阳光的冰冻沙漠》	နေမမြင်ရေပြင်ခဲသဲကန္တာရလည်းဖြစ်ပါစေ
《不堪一击》	ယင်ပေါင်စာတိုးရုံနဲ့ယင်းကျိုးမယ်မောင်ကထင်နှင့် အခြားဝတ္ထုတိုများ
《不辣的辣椒》	မစပ်သောငရုတ်
《不平等的平等》	မညီမျှသောညီမျှခြင်း
《不是恨》	မုန်း၍မဟူ
《不务正业》	ပေပေတေတေ

《不相信命运的人》	ကံကြမ္မာကိုမယုံကြည်သူများ
《不愿落幕》	မိတ်ကပ်လိမ်း၍ဇာတ်မသိမ်းချင်
《捕象人》	ဆင်သမားဝတ္ထုတိုများ
《布利达》(本生故事)	ဘူရိဒတ်ဇာတ်တော်
《布利达》(长诗)	ဘူရိဒတ်လင်္ကာကြီး

C

《擦着浓浓的粉》	မှုန်နံ့သာလိမ်းစိမ်းမြမြခြယ်
仓温拉	ဆောင်းဝင်းလတ်
插秧歌	ကောက်စိုက်သီချင်း
《长城》	မဟာတံတိုင်းကြီး
《常事倒成了新鲜事》	ဖန်လာပုံခုမှဆန်းကြယ်
《沉思》	တွေးတစိမ့်စိမ့်
《承担》	ရင်နှင့်လွယ်သည်နှင့်အခြားဝတ္ထုတိုများ
《赤道紫檀花》	အီကွေတာပိတောက်နှင့်အခြားဝတ္ထုများ
《冲上云霄》	မြမြင်းမိုရ်ပေါ်ကျော်လွန်၍
《丑情人》	မောင့်အကျည်းတန်ချစ်သူ
《出征人》	စစ်ထွက်သူ
《初开的茉莉花》	စပယ်ဦး
楚艾	ဆူးငှက်
《传统信仰》	ရိုးရာယုံကြည်မှု
《船坞》	ကျင်းအလုပ်သမား
《纯金般的美女》雅都	ဝဏ္ဏပဘာလှကလျာ ရတု
《从东敦基来》比釉	တောင်တွင်းလာပျို့
《从金鹿林眺望》	ရွှေသမင်တောကမျှော်နေမယ် နှင့်အခြားဝတ္ထုများ
《从模棱两可到确信无疑》	မရေမရာမှအသေအချာသို့
《从前我们的同志》	တစ်ခါတုန်းကဒို့ရဲဘော်
《翠耳坠》	မဏိကုဏ္ဍလ ဝတ္ထု
《翠湖颂》	မြကန်သာ

D

《达底纳》比釉	သမိန ပျို့

达度	သာဓု
达贡达亚	ဒဂုန်တာရာ
达贡登登	ဒဂုန်သိန်းသိန်း
达贡钦钦礼	ဒဂုန်ခင်ခင်လေး
《达莫达郭达》剧	သမုဒ္ဒယာသဇာတ်
达钦(雅歌)——诗体	သာချင်း
达亚瓦苏基	သာရဝေါစိုးကြည်
大臣秘书吴基	ဝန်စာရေးဦးကြီး
《大伯返乡》	ဒေသပြန်အဘကံကြီး
《大地》	ဤလောကမြေမဟီဝယ်
《大地上》	ကမ္ဘာမြေဝယ်
《大海的呼唤》	ပင်လယ်ခေါ်သံနှင့်အခြားဝတ္ထုတိုများ
《大海上的一滴淡水》	ပင်လယ်ထက်ကရေချိုတစ်စက် နှင့် အခြားဝတ္ထုတိုများ
《大海一样的女人们》	ပင်လယ်နှင့်တူသောမိန်းမများ
《大姐》	မမကြီး
《大山的怀抱》	တောင်တန်းရင်ခွင်ဝတ္ထုများ
《大山作证》	တောင်တန်းတွေကိုသက်သေထူမယ်
《大学生》	ကောလိပ်ကျောင်းသား
《大学在哪里》	တက္ကသိုလ်ဘယ်မှာရှိတယ်
《带刺的玫瑰》	ဆူးမြနှင်းဆီ
《带弓箭的人》	လေးထမ်းတဲ့ဖေ
岱通岱	သိုက်ထွန်းတိုက်
黛黛丁（教育）	သက်သက်သင်း(ပညာရေး)
丹昂 （上缅甸）	သန်းအောင်(အညာမြေ)
丹萃	သန်းဆွေ
丹林貌貌吴	သန်လျင်မောင်မောင်ဦး
丹敏昂	သန်းမြင့်အောင်
丹瑞迪	သန်းဆွေသစ်
丹通迪	သန်းထွန်းသစ်
《丹瓦拉》比釉	သံဝရပျို့
当辟拉大法师	တောင်ဘီလာဆရာတော်

《当觉和生活的扮演者》	တိုင်းကျော်နှင့်ဘဝသရုပ်ဖော်ဇာတ်ကောင်းများ
当敏吴	သောင်းမြင့်ဦး
当内敏	ဒေါင်းနေမင်း
当内瑞	ဒေါင်းနွယ်ဆွေ
《当你死去的时候》	သင်သေခဲ့သော်
《当茵河作证》	သောင်းရင်းမြစ်ကိုသက်သေတည်၍
《刀山火海》	ဓားတောင်ကိုကျော်၍မီးပင်လယ်ကိုဖြတ်သည်
道达萃	သော်တာဆွေ
道冈博士	ဒေါက်တာသော်ကောင်း
《道路已经出现》	လမ်းစပေါ်ပြီ
德班貌瓦（吴盛丁）	သိပ္ပံမောင်ဝ(ဦးစိန်တင်)
《德彬瑞梯》小说	တပင်ရွှေထီး ဝတ္ထု
《德彬瑞梯》埃钦	မင်းတရားရွှေထီး ဧချင်း
《德彬瑞梯》那道敦	မင်းတရားရွှေထီး နားတော်သွင်း
《德彬瑞梯世系》埃钦	မင်းတရားရွှေထီး မျိုးတော်စဉ်ဧချင်း
《德达乌建塔志》	တံတားဦးတည်မော်ကွန်း
德都	တက်တိုး
德格多貌昂萃	တက္ကသိုလ်မောင်အောင်ဆွေ
德格多貌丹新（吴埃貌）	တက္ကသိုလ်မောင်သန့်စင်(ဦးအေးမောင်)
德格多貌杜莱	တက္ကသိုလ်မောင်သုလှိုင်
德格多貌貌钦	တက္ကသိုလ်မောင်မောင်ခင်
德格多孟吴	တက္ကသိုလ်မွန်ဦး
德格多妙盛	တက္ကသိုလ်မြစိမ်း
德格多蓬奈	တက္ကသိုလ်ဘုန်းနိုင်
《德弥》本生故事	တေမိ ဇာတ်တော်
德钦巴当	သခင်ဘသောင်း
德钦丁	သခင်တင်
《德钦兑》埃钦	သခင်ထွေး ဧချင်း
德钦哥都迈	သခင်ကိုယ်တော်မှိုင်း
《德钦哥都迈评传》	သခင်ကိုယ်တော်မှိုင်းဋီကာ
德钦妙丹	သခင်မြသန်း

《德钦注》	သခင်ဦကာ
德塌（连韵诗）——诗体	တေးထပ်
《德瓦贡班》剧	ဒေဝကုမ္ဘန် ပြဇာတ်
《德扎杜仁》剧	တေဇသူရိန် ပြဇာတ်
《登杜格》比釉	တိန္ဒုက ပျို့
《登卡都之女碑》	သိဃ်သူ့သမီး ကျောက်စာ
登佐	သိန်းဇော်(ရွှေလီဦး)
《底达的微笑》	သီတာပြုံး
底萨尼	သစ္စာနီ
《地狱》比釉	ငရဲခန်း ပျို့
第二纳瓦德	ဒုတိယနဝဒေး
《第十次坐牢》	ဆယ်ကြိမ်မြောက်အလည်ရောက်ခြင်း
第一纳瓦德	ပထမနဝဒေး
《典当道德》	စာရိတ္တကိုအပေါင်ခံသည် နှင့် အခြား ဝတ္ထုတိုများ
《调查实录》	ကိုယ်တွေ့စုံထောက်မှု
丁昂瑞	တင်အောင်ရွှေ
丁德	တင့်တယ်
丁雷	တင်လေး
丁貌（化学）	တင်မော်(ဓာတု)
《定尼亚瓦底征战史》	ဓညဝတီအရေးတော်ပုံ
《动物之轮回》	သတ္တဝါတို့၏သံသရာ
东吁纳瓦德	တောင်ငူနဝဒေး
《东吁史》	တောင်ငူရာဇဝင်
《都好吗？》	အားလုံးကောင်းကြရဲ့လား
都艾塔钮（德格拉）	သွဲ့ထားညို(သက္ကလ)
都翁	ရှုဝံ
《独立后再祝福》	လွတ်လပ်မှအမျှဝေပါ
杜卡	သုခ
《杜娑》比釉	သူဇာပျို့
《杜温那达玛本生》壁画文	သုဝဏ္ဏသာမဇာတ် မင်စာ
度登	သုသိဏ်

度度	တိုးတိုး
度貌	သုမောင်
《短短的烟袋》	ဆေးတံတို
《对癌症说不的人》	ကင်ဆာကိုအန်တုသူများ
敦丁岱温吴吞纽	တွင်းသင်းတိုက်ဝန်ဦးထွန်းညို
敦基达丁温吴	တွင်းကြီးသားတင်ဝင်းဦး
敦基翁貌	တွင်းကြီးဝမ်းမောင်
多拉（林野颂）——诗体	တောလား

E

哦钦（带呼语的歌）——诗体	အဲချင်း
《鄂奥》	ငဩ
《鄂巴》	ငဘ
《鄂达巴王》（故事）	ငတပါးမင်း
《鄂麦炯》	ငမဲကျွန်
《儿子们的母亲》	ယောကျ်ားသားတို့အမေနှင့်အခြား ဝတ္ထုတိုများ
《恩达温达》（宫廷剧）	ဣန္ဒာဝံသနန်းတွင်းဇာတ်
《恩情》比釉	ကျေးဇူးတော်ပျို့
《二十八骑功德颂》	၂၈စီးမြင်းယာဉ်ဘွဲ့
《二位好！》	အို ကိုဖိုးမြနှင့် မစ္စတာစမစ် မင်္ဂလာပါရှင်

F

《法典诗》	ဓမ္မသတ်လင်္ကာ
《法护》比釉	ဓမ္မပါလပျို့
《繁荣小姐钦钦乌》	ပြည်တော်သာခင်ခင်ဦး
《芳香林中》	စုံနံ့သာမြိုင်လယ်နှင့်အခြားဝတ္ထုများ
《芳香林中寻夫记》	စုံနံ့သာမြိုင်ရှာတော်ပုံကြီး
《纷乱世事》	ကြုံလေဘုံဘွေအထွေထွေ
《风浪中的金莲花》	လှိုင်းလေကြားကပန်းရွှေကြာ
《佛陀本事》比釉	ဗုဒ္ဓပ္ပတ္တိပျို့
佛塔釉片文	စဉ့်ခွက်စာ

佛像陶片文	အုတ်ခွက်စာ
《夫人》剧	မင်းကတော်ပြဇာတ်
《父亲的遗产》	အဖေ့အမွေ
《赴法国日记》	ပြင်သစ်သွားနေ့စဉ်မှတ်တမ်း
《赴伦敦日记》	လန်ဒန်သွားနေ့စဉ်မှတ်တမ်း
《馥园花香》	နံ့သာစံအိမ်ပန်းသင်းချိန်ဝတ္ထုတိုများ

G

《咖咙注》	ဂုဋ္ဌုန်ပုံဒီပနီဋီကာ
《甘毗达拉》比釉	ဂန္ဓိသာရ ပျို့
甘巴鲁钦貌萃	ကန့်ဘလူခင်မောင်ဆွေ
甘道明寺法师	ကန်တော်မင်းကျောင်းဆရာတော်
《感触良多》	ခံစားမှုသိပ်သည်းဆအမှတ်တရဝတ္ထုတိုများ
《感情的刺》	သံယောဇဉ်ဆူး
《感染力》	သိင်္ဂါရရသဝတ္ထုတိုများ
冈丹	ကောင်းသန့်
冈玛莱	ဂေါင်မလိုင်း
冈妙都（欧加拉）	ကောင်းမြတ်သူ(ဥက္ကလာ)
《“岗哨”号汽船》	ကင်းစောင့်
《高利耶河畔的玛纽比亚》	မညိုပြာကောလိယချောင်းနံဘေးမှာနေသည်
《哥贝迪爬椰树》	ကိုပေသီးအုန်းပင်တက်နေသည် နှင့်အခြားဝတ္ထုများ
《哥茨友》（四）	ကိုဆေးရိုး(၄)
《哥当》	ကိုဒေါင်း
哥当昂	ကိုဒေါင်းအောင်
哥哥雷	ကိုကိုလေး
哥基昂前达	ကိုကြီးအောင်ချမ်းသာ
哥谬（扎腊梅）	ကိုမျိုး(ဇလပ်မြေ)
哥奈（钦山）	ကိုနိုင်း(ချင်းတောင်)
哥内	ကိုနေ
哥耀（经济）	ကိုယော(ဘောဂဗေဒ)
哥友贡	ကိုရိုးကွန့်

《革命》	တော်လှန်ရေးဝတ္ထု
格(蓝山)	ကေ(တောင်တန်းပြာ)
格度拉奈	ကေတုလှနိုင်
《格宋欧寺碑》	ဂဓွန်းအိုကျောင်းကျောက်စာ
格耶尼	ဂယက်နီ
《更爱缅甸》	မြန်မာပြည်ကိုပိုချစ်သည် နှင့် အခြားဝတ္ထုတိုများ
《更胜一筹》	သူ့ထက်ကဲ
《公共场所》	ဘုံရုံ
《公仆》	ဘုံကျွန်
《公务员》	မင်းမှုထမ်း
宫廷剧文体	နန်းတွင်းဇာတ်
《贡崩》	ဂွမ်းပုံ
《贡玛勃亚》比釉	ကုမ္မာဘယပျို့
贡温	ဂုဏ်ဝင်း
《狗狗死去的时候》	ခွေးသေခါက် နှင့် အခြားဝတ္ထုတိုများ
《狗注》	ခွေးဋီကာ
《姑娘脸上浮起微笑》	ပြုံးမိတယ်
《古代蒲甘》	ရှေးခေတ်ပုဂံ
《鼓声震天》	ပန်းတောမြေရှောက်နံ့သင်းပါလို့လယ်ကွင်းကဒိုးသံမိုးသို့လျှံ
固达(吴都昂)	ကုသ(ဦးတိုးအောင်)
《关键时刻团结起来》	အရေးကြီးပြီသွေးစည်းကြစို့
《归林的报喜鸟》	အိပ်တန်းပြန်မုဒိတာငှက်များဝတ္ထုတိုစုစည်းမှု
《贵人迷》	မဟာဆန်ချင်သူ
《锅垫与冰箱》	ကရွတ်ခွေနှင့်ရေခဲသေတ္တာ
《郭达拉》剧	ကောသလ ပြတ်ဇာတ်
郭哥、貌觉达	ကိုကို နှင့် မောင်ကျော်သာ
《过滤嘴儿》	အစီခံ

H

《孩子，你选择什么》	ဘာကိုရွေးမလဲရွာကလေးရယ်နှင့်အခြား ဝတ္ထုတိုများ
《海誓山盟》	လွမ်းသစ္စာတိုင်

《海市蜃楼的另一面》	တံလျှပ်၏တစ်ဖက်ကမ်းမှာ
《汉达瓦底白象主征战史》	ဟံသာဝတီဆင်ဖြူရှင်အရေးတော်ပုံ
《和母亲一起生活的日子》	အမေနှင့်နေခဲ့ရသည့်နေ့ရက်များ
《河边》	မြစ်နား၊ချောင်းနားဝတ္ထုတိုများ
《河流的姿态》	မြစ်တို့၏မာယာ
《黑鹭鸶鸟》	ဗျိုင်းမည်း နှင့်အခြားဝတ္ထုများ
《红宝石眼神马》	မဏိကက်
《红？黄？绿？》	အနီလား၊ အဝါလား၊ အစိမ်းလား
红龙书社社团	နဂါးနီစာအုပ်အသင်း
《红日》	နေမင်းနီနီ
《红色的欧德玛》	နီရဲသောဗိုလ်ဥတ္တမ
《红色风暴》	မုန်တိုင်းနီနီမိုးနီနီ
《猴子注》	မျောက်ဋီကာ
《花儿有开有谢》	ပွင့်တချိကြွေတချိ
《花朵》	ပွင့်
《花开之时的战地日记》	ပေါက်ပွင့်ချိန်စစ်မှတ်တမ်းများ
《花蕾》	အဖူးများအငုံများ
《花与枝干》	ပန်းနှင့်ခိုင်စည်
《花园》	မြတ်ပန်းဥယျာဉ်
《华人莅缅各地记》	တရုတ်အရပ်ရပ်ရောက်သည့်အရေးပုံ
《怀念永恒友谊的城里人》	ဂန္ထဝင်ချစ်ကြည်စတမ်းနဲ့လွမ်းရတဲ့မြို့သူ
《荒芜的心城》	နှလုံးသားမြို့ဟောင်းတစ်နေရာနှင့် အခြားဝတ္ထုတိုများ
《王裔》	တနန်းပျော်ရင်သွေးတော်
《黄金富国》比釉	သုဝဏ္ဏသျှံသူဌေးခန်းပျို့
《火焰》	မီးလျှံ

J

基埃	ကြည်အေး
基甘辛基	ကျည်းကန်ရှင်ကြီး
基腊	ကြည်လတ်
基林	ကြည်လင်း

基奈	ကြည်နိုင်
《吉祥的早晨》	မင်္ဂလာနံနက်ခင်းနှင့် အခြားဝတ္ထုတိုများ
《加拉甘迪》剧	ကာလကဏ္ဍီ ပြဇာတ်
加尼觉玛玛礼（杜丁莱）	ဂျာနယ်ကျော်မမလေး(ဒေါ်တင်လှိုင်)
加钦（舞盾歌）——诗体	ကာချင်း
《加苏瓦王公告碑》	ကျစွာမင်းပြန်တမ်းကျောက်စာ
《加威莱克那正字法》	ကဝိလက္ခဏာသတ်ပုံကျမ်း
《家奴》	အိမ်ကျွန်သား
《监狱与人》	ထောင်နှင့်လူသား
《简史》	ရာဇဝင်ချုပ်
《建金殿记》	ရွှေနန်းတည်မော်ကွန်း
《将他遗忘在历史中》	ရာဇဝင်ထဲမှာမောင့်ကိုထားရစ်ခဲ့
姜贡艾姆	ကျောင်းကုန်းဒေ့်မှူး
《娇美的心上人》	သက်ဝေမေကျော့
《狡黠世界》	မာယာဘုံ
《绞刑架记事》	ကြိုးစင်ပေါ်မှမှတ်စုများ
杰尼	ကြယ်နီ
《今天昨天和明天》	ယနေ့၊မနေ့ကနှင့်မနက်ဖြန်
《金刚钻头工的浮沉》	စိန်လွှန်တူးသမား၏အဖွင့်အပိတ်တံခါးနှင့်အ ခြားဝတ္ထုတိုများ
《金宫缘起》	ရွှေဘုံနိဒါန်း
《金锣声》	ရွှေမောင်းသံ
《金钱》	ငွေမျက်နှာ
《金钱至上》	ငွေစတဲ့ရှေ့ဆောင်
《金枪将》	ရွှေလှံ့ဗိုလ်
《金色缅桂花》	ပိတောက်ရွှေဝါ
《金鹰》	ရွှေစွန်ညို
《金鸳鸯王》比釉	ရွှေဟင်္သာမင်း ပျို့
金蕴敏纪	ကင်းဝန်မင်းကြီး
《惊魂》	လိပ်ပြာလန့်ပွဲ
《镜中像》	ကြေးမုံရိပ်သွင်

《九宝》	နဝရတ်ကိုးသွယ်ဝတ္ထုတိုများ
《九号游击队员》	ပြောက်ကျား ၉
《九里香花粉公主》剧	ယုဇနဝတ်မှုံမင်းသမီးပြဇာတ်
《九章》比釉	ကိုးခန်းပျို့
《久而久之肯定像你说的那样》	ကြာတော့ကာသည်လည်းမော်ကွင်စကား
《卷烟》	ဆေးလိပ်လက်ဆောင်
觉昂	ကျော်အောင်
觉觉艾	ကျော်ကျော်ငယ်
觉妙丹	ကျော်မြသန်း
觉盛博士	ဒေါက်တာကျော်စိန်
《军队里的妙哥哥》	တပ်ထဲကမြတ်ကိုကို

K

《开心的玛瑞依》	ပန်းတောတစ်ရွာလုံးမရွှေရီအပျော်ဆုံးဝတ္ထုတိုများ
凯栾威	ခိုင်လွမ်းဝေ
《凯旋》	အောင်ပွဲခြိမ့်ခြိမ့်ရင်သိမ့်သိမ့်
《伴随成功》	အောင်မြင်ခြင်းအတူတူနှင့် အခြားဝတ္ထုတိုများ
《看不厌》	ရှုမဝ
克耶貌（垒固）	ကယားမောင်(လွိုင်ကော်)
《孔雀注》	ဒေါင်းဋီကာ
《苦雾》	နှင်းခါးရိုင်း
《矿工》	မိုင်းသမားဝတ္ထုတိုများ

L

《莱德些碑》	လက်သည်းရှည်ကျောက်စာ
莱敦达苏漆	လယ်တွင်းသားစောချစ်
《莱陶碑》	လှည်းတောက်ကျောက်စာ
莱温萃	လှိုင်ဝင်းဆွေ
兰太康丁	လှိုင်ထိပ်ခေါင်တင်
《蓝宝石土地上的好男儿》	နီလာမြေမှသားကောင်းရတနာများ
《蓝绿色的甘马育》	မြစိမ်းရောင်ကမာရွတ်

《蓝色妖姬》	မိုးပြာရောင်နှင်းဆီ၏မျက်ဝန်းအိမ်မှာ
《蓝天红日》	အပြာထဲကနေဝန်းနီနှင့်အခြားဝတ္ထုတိုများ
《浪花间的梅可腊》	လှိုင်းလေကြားကမေခလာ
劳加通当木	လှော်ကားသုံးတောင်မှူး
《牢固的线》	ခိုင်မာနေသောကြိုးမျှင်လေးနှင့် အခြား ဝတ္ထုတိုများ
《老虎与猎人》	ကျားနှင့်မုဆိုး
《老师那些事儿（五）》	ဆရာ့ဇာတ်လမ်းစုံအမှတ်(၅)
雷绵（吴雷绵）	လေးမြိုင်(ဦးလေးမြိုင်)
雷敏	လေးမြင့်
雷西（四节短诗）——诗体	လေးဆစ်
垒底法师	လယ်တီဆရာတော်
《离群小鸟扇动翅膀的声音》	ရင်ခွင်မဲ့ငှက်ငယ်တို့၏တောင်ပံခတ်သံ နှင့် အခြားဝတ္ထုများ
《黎明前的黑暗》	အရုဏ်မကျင်းမီ
《莲花女神的秀发》比釉	ကြာနတ်ကေသာ ပျို့
良甘法师	ညောင်ကန်ဆရာတော်
《良渊王征战史》	ညောင်ရမ်းမင်းအရေးတော်ပုံ
列蒂班蒂达吴貌基	လယ်တီပဏ္ဍိတဦးမောင်ကြီး
列维瑙亚塔吴妙达	လက်ဝဲနော်ရထာဦးမြသာ
列维通达拉吴妙山	လက်ဝဲသုန္ဒရဦးမြစန်း
《烈士陵园》	အာဇာနည်ဗိမာန်
《猎油人》	ဆီမုဆိုးနှင့်အခြားဝတ္ထုတိုများ
林加诗体	လင်္ကာ
林加基（长诗）——诗体	လင်္ကာကြီး
林伽依觉	လင်္ကရည်ကျော်
林勇迪伦	လင်းယုန်သစ်လွင်
林勇尼	လင်းယုန်နီ
《林中的路》	တောမြိုင်ခြေလမ်း
《凌晨三点》	နံနက်(၃)နာရီ
《琉璃宫史》	မှန်နန်းရာဇဝင်
《六边形》	ဆဋ္ဌဂံ

《六彩牙象王》	ဆဒ္ဒန်ဆင်မင်းဝတ္ထု
《六十偈陀》比釉	ဂါထာ ၆၀ ပျို့
《笼中小鸟》	လှောင်ချိုင့်ထဲကငှက်ငယ်များ
《芦苇荡》	ကျူပင်ကြိုကျူပင်ကြား
《鸬鹚和鹭鸶》	တင်ကျီးတစ်ဝမ်း၊ဗျိုင်းတစ်ဝမ်း နှင့်အခြားဝတ္ထုတိုများ
鲁达（长声调）——诗体	လူးတား
鲁吴明	လူဦးမင်း
峦钦（抒怀诗）——诗体	လွမ်းချင်း
《罗摩》剧	ရာမဇာတ်
《罗摩》雅甘	ရာမရကန်
罗摩迎坡拉别	ရာမညဖိုးလပြည့်
《锣声》	ပေထီသံဝတ္ထုတိုများ
《落日》	ကောင်းကင်ဘုံစွန်းမှာကွန်းခိုမည့်နေဝန်းနီ
《绿野红心》	အစိမ်းရောင်လွင်ပြင်ထဲကအနီရောင်နှလုံးသား
《绿叶葳蕤》	စိမ်းရွက်သစ်တဝေဝေ

M

马利克（纳内＋敏觉）	မလိခ(နတ်နွယ်မင်းကျော်)
马乌彬伦觉	မအူပင်လွင့်ကျော်
玛艾莹	မအေးငြိမ်း
《玛丁老头》	ဖိုးမာဒင်
《玛杜丹玛莎意》	မသုဓမ္မစာရီ
《玛霍》剧	မဟော်သဓ ပြဇာတ်
《玛霍达塔》本生故事	မဟော်သဓာဇာတ်တော်
玛基丹（垒固）	မကျည်းတန်(လှိုင်ကော်)
玛坚（杜坚）	မကြွန်(ဒေါ်ကြွန်)
玛蕾隆	မလေးလုံ
玛妙格礼	မမြကလေး
《玛娜哈意》比釉	မနော်ဟာရီပျို့
玛宁佩	မနှင်းဖွေး
玛珊达	မစန္ဒာ

《玛亚温萨那》剧	မယာဝဍ္ဎနပြဇာတ်
《卖玫瑰茄莱人貌迈》	ချဉ်ပေါင်ရွက်သည်မောင်မှိုင်း
《卖日用品的小贩》	လူသုံးကုန်ပစ္စည်းရောင်းသူများနှင့်အခြား ဝတ္ထုတိုများ
《卖水郎》	ရေသည်ပြဇာတ်
曼莱法师	မန်လည်ဆရာတော်
曼敏	မာန်မြင့်
茂贡(记事诗)——诗体	မော်ကွန်း
貌班都(上缅甸)	မောင်ပံသု(အညာမြေ)
貌仓(学拉)	မောင်ဆောင်း(မုံလှ)
貌达耶	မောင်သာရ
貌登卡	မောင်သင်္ခ
貌丁	မောင်သင်
貌栋	မောင်သုန်
貌觉	မောင်ကျော်
貌芒伦	မောင်မှိုင်းလွင်
貌貌牟昂	မောင်မောင်မိုးအောင်
貌貌尼	မောင်မောင်နီ
貌貌钮博士	ဒေါက်တာမောင်မောင်ညို
貌貌漂	မောင်မောင်ဖြူ
貌枚尼(德玛都)	မောင်မြေနီ(တမာတော)
貌妙建	မောင်မြကြိုင်
貌牟萃	မောင်မိုးစွေ
貌奈温	မောင်နေဝင်း
貌内敏	မောင်နွယ်မြင့်
貌宁威	မောင်ငြိမ်းဝေ
貌欧尕	မောင်ဥက္ကာ
貌漆盛	မောင်ချစ်စိန်
貌庆	မောင်ဒြိမ့်
貌瑞松	မောင်ရွှေစွန်
貌沙尼	မောင်ဇာနည်
貌山达(莱威)	မောင်ဆန္ဒ(လယ်ဝေး)

貌苏奈	မောင်စိုးနိုင်
貌苏亚(玛莱)	မောင်စိုးရ(မလှိုင်)
貌廷(吴廷发)	မောင်ထင်(ဦးထင်ဖတ်)
貌威苏	မောင်ငွေစိုး
貌依觉(物理)	မောင်ရည်ကျော်(ရူပ)
貌因莱	မောင်ယဉ်လှိုင်း
貌因马(姜贡)	မောင်ရင့်မာ(ကျောင်းကုန်း)
《貌迎貌玛梅玛》	မောင်ရင်မောင်မမယ်မ
貌泽尼亚	မောင်ဇနီယ
《没钱没势的人》	မျက်နှာမဲ့သူ
《梅》	မေ
《玫瑰》	နှင်းဆီ
梅贵	မယ်ခွေ
《梅花香自苦寒来》	ရေဆန်လမ်းမို့ပန်းလှုပြီ
《梅农雅甘》	မွေ့နွန်းရကန်
《没有路标的桥》	အမှတ်မရှိလမ်းမရှိကီလီဗောတံတား
《没有天空的夜晚》	ကောင်းကင်မပါသောည
《美好的明天》	လှပသောမနက်ဖြန် နှင့် အခြားဝတ္ထုတိုများ
《美好的生活美丽的海洋》	ချိုသောဘဝလှသောပင်လယ်
《美丽心灵》	နှလုံးလှဂုဏ်ရည်
《美人岛的思念》	မိန်းမလှကျွန်းကလွမ်းသစ္စာရှင် နှင့် အခြား ဝတ္ထုတိုများ
《美娑山麓》雅都	မဲဇာတောင်ခြေရတု
《美叶树》	ရွက်လှပန်း
《朦胧》	မှိုင်း
《盟誓》比釉	သစ္စာခန်းပျို့
《梦中的思念》	အိပ်မက်အလွမ်း
孟单彬法师	မုံတိုင်ပင်ဆရာတော်
《孟老师》	ဆရာမုန်း
孟圆法师	မုံရွေးဆရာတော်
《弥漫花香的土地》	သရဖီကြိုင်လှိုင်သင်းပါတဲ့ဝင်မြရည်မြေ
《迷失在涨水的河中》	ချောင်းရေယာဉ်လျှမ်းပါလို့လမ်းမသိပါပြီ

米拉(敏伦)	မြေလတ်(မင်းလွင်)
米纽	မိညို
米漂	မိဖြူ
密达萨(书柬)文体	မေတ္တာစာ
密乾威	မိချမ်းဝေ
密斯脱貌迈	မစ္စတာမောင်မှိုင်း
《密铁拉湖颂》	သျှံသျှားမိတ္ထိလာကန်တော်ဘွဲ့ မော်ကွန်း
《缅甸北部》	မြန်မာပြည်မြောက်ပိုင်း
《缅甸大史》	မဟာရာဇဝင်
《缅甸猎人》	မြန်မာ့မုဆိုး
《缅甸人的节日》	ဘားမားဒေး
《缅甸文学词典》	မြန်မာစာပေအဘိဓာန်
《缅甸文学史》(吴佩貌丁著)	မြန်မာစာပေသမိုင်း (ဦးဖေမောင်တင်)
《缅甸小说指南》	မြန်မာဝတ္ထုအညွှန်း
《缅甸政治史》	မြန်မာနိုင်ငံရေးသမိုင်း
《缅甸制造》	မြန်မာပြည်တွင်လုပ်သည်
妙丹达	မြသန္တာ
妙丹丁	မြသန်းတင့်
妙当纽	မြဒေါင်းညို
妙登	မြသိန်း
妙莱	မြလှိုင်
妙农因(兹外格彬)	မြတ်နိုးအိမ်(ဇွဲကပင်)
《妙齐提碑》	မြစေတီ ကျောက်စာ
妙素	မြတ်စု
妙潭	မြထန်
妙瓦底敏纪吴萨	မြဝတီမင်းကြီးဦးစ
妙瓦思	မြဝဒီ
《民歌集锦》	သီချင်းပဒေသာ
敏昂	မင်းအောင်
敏贝达(本恩飘)	မင်းဖေဒါ(ပွင့်ဖြူ)
敏丹迪 (摩眉)	မင်းသန္တိ(မိုးမိတ်)

敏都迎	မင်းသူရိန်
敏杜温(吴温)	မင်းသုဝဏ်(ဦးဝန်)
敏恩德依林（瑞乃安）	မင်းကျော်ဒွန်လင်း(ရွှေနိုင်ငံ)
《敏甘山上的阳光》	မင်းဂန်တောင်ဆီနေခြည်ဝင်းပ
敏觉	မင်းကျော်
敏路	မင်းလူ
敏瑞	မင်းဆွေ
《敏塞金城》	မြင်းစိုင်းရွှေပြည်
《敏湾寺碑》	မင်းဝိုင်းကျောင်းကျောက်စာ
敏新	မင်းရှင်
敏依	မင့်ရည်
敏友威(吴温茂)	မင်းယုဝေ(ဦးဝင်းမောင်)
《名史》	ရာဇဝင်ကျော်
《明德耶梅道》埃钦	မင်းတရားမယ်တော် ဧချင်း
明康第一	ပဌမမင်းခေါင်း
《明天》	နက်ဖြန်ခါ
《明耶代巴》埃钦	မင်းရဲဒိဗ္ဗ ဧချင်း
《明耶那亚》埃钦	မင်းရဲနရာ ဧချင်း
明泽亚仰达梅	မင်းဇေယျရန္တမိတ်
谬达莫亚透	မြို့သာမရာထို
谬都亚(实皆)	မျိုးသူရ(စစ်ကိုင်း)
谬温漆	မျိုးဝင်ချစ်
《摩登和尚》	တက်ဘုန်းကြီး
摩诃彬尼亚觉	မဟာပညာကျော်
《摩诃勃蒂》比釉	မဟာပတိ ပျို့
摩诃德玛亚扎底勃帝	မဟာဓမ္မရာဇာဓိပတိ
摩诃瑞	မဟာဆွေ
摩摩茵雅	မိုးမိုး(အင်းလျား)
《摩摩茵雅短篇小说》(二)	မိုးမိုး(အင်းလျား)၏ဝတ္ထုတိုများ(၂)
《摩奴法典诗》	မနုရင်း လင်္ကာ
《摩奴法典疏解大全》	မနုကျယ်ဓမ္မသတ်ကြီး

《摩奴温纳那法典详解》	မနုဝဏ္ဏနာဓမ္မသတ် ပါဠိနိဿယမိတ်လင်စုံ
《摩奴温纳那法典诗》	မနုဝဏ္ဏနာဓမ္မသတ် လင်္ကာ
摩努达觉温	မနုဿကျော်ဝင်း
《陌生人၏风暴၏极夜》	လူစိမ်း၊မုန်တိုင်းကျချိန်နှင်မမှောင်သောညဝတ္ထုတိုများ
《茉莉》	စံပယ်ပင်
《茉莉樱花为证》	စံပယ်ချယ်ရီသက်သေတည်၍
《母亲》	အမေ
《母亲》短篇小说集	အမေနှင့်အခြား ဝတ္ထုတိုများ
《母亲的儿子》	မေမေ့သားကျွန်တော်နှင့် အခြားဝတ္ထုတိုများ
《母亲怀抱的芳香》	အမေ့ရင်ငွေ့နှင့် အခြားဝတ္ထုတိုများ
《姆指哥儿》(故事)	ကိုလက်မ
《牡蛎》	ကမာရင်ကွဲနဲ့အခြားပင်လယ်ဝတ္ထုတိုများ
《木臼》	ဤသစ်ဆုံ
《木棉花》	လက်ပံပွင့်

N

那道敦(一种埃钦)——诗体	နားတော်သွင်း
那加丁吴	နာဂတင်ဦး
那加山貌基辛	နာဂတောင်တန်းမောင်ကြည်ဇင်
《那加土地上的珍宝》	နာဂမြေမှရတနာများ
《那拉达》本生故事	နာရဒ ဇာတ်တော်
那信囊	နတ်သျှင်နောင်
纳茂·吴觉	နတ်မောက်ဦးကျော်
纳内	နတ်နွယ်
《奈弥》本生故亭	နေမိ ဇာတ်တော်
《奈弥》雅甘	နေမိ ရကန်
奈谬底萨(南玛都)	နိုင်မျိုးသစ္စာ(နမ္မတူ)
南达	နန္ဒ
南达钦(得格拉梅)	နန္ဒာခင်(သက္ကလမြေ)
南达苏	နန္ဒာစိုး
南牟苏昂	နန်းမိုးစောအောင်

《南下卑谬》茂贡	ပြည်စုန်မော်ကွန်း
《南辕北辙》	အရှေ့ကိုလျှောက်ပါလို့အနောက်ကိုမျှော်လိုက်ရင်
《瑙茵梅》	နော်ရင်မွှေး
内达意	ငွေတာရီ
内缪丹	နေမျိုးသန့်
内苏道	နေစိုးသော်
内廷大臣温那达马觉廷	အတွင်းဝန်ဝဏ္ဏဓမ္မကျော်ထင်
内廷大臣吴纽	အတွင်းဝန်ဦးညို
内温敏	နေဝင်းမြင့်
《内战》	ပြည်တွင်းစစ်
《能逃过此劫吗？》	နမာန်းရှဲလော
尼尼奈（直通）	နီနီနိုင်(သထုံ)
尼赛（腊戌）	နှင်းစက်(လားရှိုး)
尼佐	နီဇော်
《您买点儿什么》	မရဲတရဲဘာဝယ်မလဲရှင့်
钮莱漆	ညွန့်လှိုင်ချစ်
钮钮茵（贷吴）	ညိုညိုယဉ်(ဒိုက်ဦး)
钮温	ညိုဝင်း
《农夫》	လယ်သမား
《农奴之子》	မြေကျွန်သား
《奴乌》比釉	နုအပျို့
努努依茵瓦	နုနုရည်အင်းဝ
努茵	နုယဉ်
《女老师》	ကျွန်မဆရာမ

P

《扒手》	ခါးပိုက်နှိုက်
《爬棕榈树人》	ထန်းတက်သမား
皮亚蓬拉摩暖	ဖျာပုံလှမိုးနွယ်
《派盛贡山》	ဖက်စိမ်းကွမ်းတောင်ရွှေဝတ္ထုတိုများ
《盘起长发》	ကေသာရစ်ခွေပန်ပါလေ

《叛逆者》(八莫丁昂著)	သူပုန်ကြီး(ဗန်းမောတင်အောင်)
《叛逆者》(摩诃瑞著)	သူပုန်းကြီး(မဟာဆွေ)
《叛逆者之家》	သူပန့်အိမ်
《盼独立的日子》	လွတ်လပ်မျှော်
《盼王归》	မယ်ခုမျှော်
佩敏	ပေမြင့်
《朋友，请到咱村来》	လာခဲ့ပါကျူပ်တို့ရွာ
蓬觉	ဘုန်းကျော်
《乒乒乓乓》	ဂျိန်းဂျိန်းဂျူတ်ဂျူတ်
《平安无事》	အားလုံးကောင်းပါသည်ခင်ဗျား
坡觉	ဖိုးကျော့
《蒲甘集市》	ပုဂံဈေး
《蒲甘史》	ပုဂံပုံလွှာ

Q

《祈祷》比釉	ဆုတောင်းခန်းပျို့
《祈祷和平》	ငြိမ်းချမ်းပါစေ
《其他物质和人》	အခြားသောအရာများနှင့်လူ
《奇异教诲篇》比釉	သြဝါဒထူးပျို့
漆岱吴	ချစ်သက်ဦး
漆哥哥友	ချစ်ကိုကိုယု
漆钮觉	ချစ်ညွန့်ကျော်
漆山	ချစ်စံ
《亲爱的姑娘》	မောင်တို့ခင်
钦萃乌	ခင်ဆွေဦး
钦拉别温	ခင်လပြည့်ဝန်း
钦貌埃(曼德勒)	ခင်မောင်အေး(မန္တလေး)
钦貌钮博士	ဒေါက်တာခင်မောင်ညွန့်
钦宁友	ခင်နှင်းယု
钦钦觉(教育)	ခင်ခင်ကျော်(ပညာရေး)
钦钦图	ခင်ခင်ထူး

钦珊萌	ခင်စန်းမွန်
钦珊内(历史)	ခင်စန်းနွယ်(သမိုင်း)
钦松	ခင်ဆုံ
清迈纳瓦德	ဇင်းမယ်နဝဒေး
《清迈五十本生》	ဇင်းမယ်ပဏ္ဏာသ
《情窦初开》	ရွှက်နုဝေဖြာသံယောဇဉ်ကမ္ဘာ
《情感世界》	မေတ္တာကမ္ဘာ
《情感之线》	မေတ္တာနှောင်ကြိုး နှင့်အခြားဝတ္ထုများ
《情谊与勇气》	မေတ္တာခိုင်မြဲသတ္တိခွဲနှင့် အခြား ဝတ္ထုတိုများ
《情谊之水》	မေတ္တာရေစင်
庆岱	ငြိမ်းသဲ
《穷乡僻壤》	ပစ္စန္တရာဇ်
《穹隆原野》	မိုးအောက်မြေပြင်
琼温崩玛泽亚	ကျုံးဝင်ဘုမ္မဇေယျ
丘漂钦	ချိုးဖြူခင်
《鹊桥边的白雪》	ကြယ်စင်တံတားကမ်းပါးနှင်းဖြူ
《群像》	ရုပ်ပုံလွှာ

R

《人间花园》	လောကပန်းဥယျာဉ်
《人间诗话》	ဘဝလူ့ရွာပန်းအလင်္ကာ ဝတ္ထုတိုများ
《人生中的偶然》	သတိတစ်ချက်၊ဘဝတစ်သက်နှင့်လူငယ် ဝတ္ထုတိုများ
《人世间的欢乐》	လူ့ဘုံခန်းဝါပျော်စရာနှင့်အခြား ဝတ္ထုတိုများ
《人与人类的对话》	လူနှင့်လူသားပြောသည့်စကား
《日落》	တစ်နေ့ဝင်လျှင်
《日月》	နေတစ်ဆူလတစ်ပါး ဝတ္ထုတိုများ
《瑞卑梭》	ရွှေပြည်စိုး
瑞波岱玛	ရွှေဘိုသက်မာ
瑞当底哈杜	ရွှေတောင်သီဟသူ
瑞当南达都	ရွှေတောင်နန္ဒသူ
瑞当南达梅	ရွှေတောင်နန္ဒမိတ်

瑞当塞耶龙	ရွှေတောင်ဆရာလွန်း
瑞丁沙	ရွှေသဥ္ဇာ
瑞洞比昂	ရွှေဒုံးဘီအောင်
《瑞兑博士和玛班蒙》	ဒေါက်တာရွှေသွေးနှင့်မပန်းမှုံ
瑞林勇	ရွှေလင်းယုန်
《瑞萨岱御象》茂贡	ရွှေစာတိုင်ဆင်တော် မော်ကွန်း
瑞乌当	ရွှေဥဒေါင်း
《若开公主》埃钦	ရခိုင်မင်းသမီးချောင်း

S

萨杜英格勃拉大臣	စတုရင်္ဂဗလအမတ်
《赛孤儿》	မိဘမဲ့သားအသွင်
塞耶佩	ဆရာဖေ
《三个龙蛋》(故事)	နဂါးဥသုံးလုံး
《三股合一才成绳》	သုံးလွန်းတင်မှကြိုး
《三界》	သုံးဘုံ
《三十年河东三十年河西》	ရေစီးတစ်ခါရေသာတလှည့်
色久法师	စကြိုသူမြတ်
色林德多觉	စလင်းသတိုးကျော်
色林纳瓦德	စလင်းနဝဒေး
沙瓦那	ဇဝန
《娑罗敏珠》祈塔雅都	သာရမဉ္ဇူဘုရားတိုင်ရတု
《山达底意》比釉	စန္ဒာသီရိပျို့
《山达古玛拉》	စန္ဒာကုမာရ
《山洪》	တောင်ကျရေနှင့် အခြားဝတ္ထုတိုများ
山隆钮	ဆန်လုံးညို
山貌貌敏	စမ်းမောင်မောင်မြင့်
《山区盛开平原花》	တောင်ပေါ်မြေမှမြေပြန့်ပန်း
《山雾之中》	တောင်ခိုးငွေ့ငွေ့ကြားဝယ်
《上缅甸婚礼》四节长诗	အညာမင်္ဂလာဆောင်ဘွဲ့ လေးချိုးကြီး
《阇那伽》本生故事	ဇနက ဇာတ်တော်

《射箭》比釉	လေးပစ်ခန်းပျို့
《身处蓬蒿》	ငုပ်မိသဲတိုင်
《身心俱疲 》	စိတ်ရောကိုယ်ပါဝေဒနာစုံ
《什么是最重要的‖》	ဘာအရေးကြီးဆုံးလဲ
神曲诗体	နတ်သံ
《生活的大山》	ဘဝတောင်တန်း
《生活的铜镜》	ဘဝကြေးမုံ
《生活的摇篮和掌控的手》	ဘဝပုခက်နှင့်ကကျိုးဆက်မည့်ရွှေလက်များ
《生活之梦花之梦》	ဘဝအိပ်မက်ပန်းအိပ်မက်
《胜利后的悲伤》	အောင်ပွဲခြိမ့်ခြိမ့်ဆွေးသိမ့်သိမ့်
《胜利花》	သပြေညို
盛达觉杜吴奥	စိန္တကျော်သူဦးဩ
盛盛	စိန်စိန်
盛苏吴	စိမ်းစိုဦး
盛温	စိန်ဝင်း
《盛中有衰，衰中有盛》	ကြွေမလိုနဲ့ဝေ ဝေမလိုနဲ့ကြွေ
《十二弦》	ဆယ်နှစ်ကြိုး
十二月季节诗诗体	၁၂ရာသီဘွဲ့
《十六座小房子》	အိမ်ကလေး၁၆လုံး
《时代儿女》	သည်ခေတ်သားနှင့်သည်ခေတ်သမီး
实皆吴波丁	စစ်ကိုင်းဦးဘိုးသင်း
《实验故事选》	ခေတ်စမ်းပုံပြင်များ
《实验诗歌选》	ခေတ်စမ်းကဗျာများ
《实验文学三人集》	သုံးပွင့်ဆိုင်ခေတ်စမ်းစာပေ
实验文学运动	ခေတ်စမ်းစာပေ
《世界文学全集》(貌廷著)	ကမ္ဘာစာပေပေါင်းချုပ်
《世外桃源》	ဆူးပင်လယ်မှကတ္တီပါကျွန်း
《誓死捍卫伊洛瓦底》	ငါ့ခါးငါ့သွေးငါ့ဧရာဝတီ
《曙光》	ရောင်နီဦးဝတ္ထုတိုများ
《谁把白染成了黑》	အဖြူကိုမည်သူအနက်ဆိုးသနည်း
《谁来相帮》	ဘယ်သူလာကူပါ့မယ်

《水浮莲》	ပေဒါ
《水浮莲的逆水之旅》	ပေဒါပန်းရဲ့ရေဆန်လမ်း
《水浮莲之路》	ပေဒါလမ်း
《水上猎人》	ရေမုဆိုး ဝတ္ထုတိုများ
《水引来的小鱼》	ရေနဲ့မျှားတဲ့ငါးပလူ နှင့် အခြား ဝတ္ထုတိုများ
《水与莲花》	ရေနှင့်ကြာပန်း
《思念泛起》	လွမ်းလောက်ပေသည်
《思念父亲的时刻》	နေညိုရင်အဖေကိုလွမ်းတယ် နှင့် အခြား ဝတ္ထုတိုများ
《思念蓝山》	တောင်ပြာတန်းကိုလွမ်းမိသည်
《死里逃生者的海洋之旅》	သေရွာပြန်တို့၏အဏ္ဏဝါခရီး
《死神》	မရဏာနုဿတိ
四节长诗诗体	လေးချိုးကြီး
苏梦妮(杜茵茵)	စောမုံညင်း(ဒေါ်ရင်ရင်)
苏敏素（皮亚蓬）	စောမဉ္ဇူ(ဖျာပုံ)
苏钮（东枝）	စိုးညွန့်(တောင်ကြီး)
苏诸貌	စောကြူမောင်
《素丽路上的微风》	ဆူးလေးလမ်းကလေနုအေးရယ်
《虽然熟悉玛金达》	မကြင်သာသည်ခင်ပါလျက်လည်း
《随风而去》	မိုးခြည်တိမ်ခြေပျံနှင့်ချေ
《随风飘荡》	လေနှင့်အတူ
《所爱的热土》	ချစ်သောသွေးနှင့်ချစ်သောမြေ
《所有的爱》	ချစ်သမျှကို

T

《他》	သူ
《他的妻》	သူ့မယား
《他也是凡人》	သူလဲလေလောကီသားပေမို့
《她》	သူမ
《她的沉沦》	နတ်ရေးငယ်ရွှေစာ
《她的喜悦》	ချိုပြုံး
塔妙玛	ထားမြတ်မာ

《抬头是你，低头是他》	ခေါင်းမော့လိုက်တော့မင်း ခေါင်းငုံ့လိုက်တော့သူ
《太公的野猪》(故事）	တကောင်းမုတောဝက်
泰貌(吴泰貌)	ဌေးမောင်(ဦးဌေးမောင်)
《泰使莅缅》比釉	ယိုးဒယားသံရောက်ပျို့
泰泰威	ထိုက်ထိုက်ဝေ
《坍塌的云之屋》	ကြွေမွသွားသောတိမ်တိုက်များအကြောင်း
《天空．海洋．须弥山》	ကောင်းကင်၊သမုဒ္ဒရာနှင့်မဟာမြင်းမိုရ်ဝတ္ထုတိုများ
《天堂》比釉	ဘုံခန်းပျို့
《天堂之路》	ပါရာယန ဝတ္ထု
《田间归来》	လယ်တောမှအပြန်နှင့်လက်ရွေးစင်ဝတ္ထုများ
《田园诗》	တောလား ဝတ္ထုတိုများ
铁拉西都	ထီလာစစ်သူ
《铁石心肠》	စိန်ဖြင့်ပြုလုပ်သောနှလုံးသားပိုင်ရှင်များ
《铁心人》	သံမဏိနှလုံးသား
《铁柱儿》	သံချောင်း
《听说要打仗》	စစ်သံကြားလျှင်
廷昂博士	ဒေါက်တာထင်အောင်
廷林	ထင်လင်း
通瑞博士	ဒေါက်တာထွန်းရွှေ
《同盟国和缅甸使者》	မဟာမိတ်နှင့်ဗမာ့သံတမန်
《同舟共济》	လက်ရေတစ်ပြင်တည်း နှင့် အခြား ဝတ္ထုတိုများ
《痛恨战争》	စစ်ပွဲကိုမုန်းတယ်
《痛骂》	အမျိုးပါဆဲချင်ပေါ့
《投票之前》	မဲမပေးခင်
《土星》	စနေဂြိုဟ်

W

瓦耶毗顶伽那他大法师	ဝရာဘိသင်္ယာနာထဆရာတော်
《外表光鲜》	သောက်တော့ဒူးယား၊ဝတ်တော့မလေးရှား၊ နေတော့ချုံကြား
《汪洋中的一条船》	ဘဝမြစ်ပြင်ကျယ်မှအစုန်အဆန်လှေသမ္ဗလေးများ

《王妹》埃钦	ဘုရင်နှမတော် ဧချင်း
《王之地》	ရာဇဌာဏီ
《往事如烟》	နှောင်းတမြေ့မြေ့
《韦杜拉》本生故事	ဝိဓုရဇာတ်တော်
《韦杜拉》比秞	ဝိဓုရပျို့
韦林	ငွေလင်း
《维内萨亚勃加德尼法典》	ဝိနိစ္ဆယပကာသနီဓမ္မသတ်ကျမ်း
《维丹达亚》本生故事	ဝေဿန္တရာဇာတ်တော်
《维丹达亚》剧	ဝေဿန္တရာပြဇာတ်
《维泽亚加意》宫廷剧	ဝိဇယကာရီနန်းတွင်းဇာတ်
《温甘达》	ဝင်္ကန္တပြဇာတ်
温温腊	ဝင်းဝင်းလတ်
《文学赏析》	ရသစာပေအဖွင့်
《文学世界》	စာပေလောက
《文学疏注》	ရသစာပေဋီကာ
《蚊帐》	ခြင်ထောင်
《我爱女警》	အသရဲမလေးကိုယ့်ချစ်သူ
《我的树》	ကျွန်မ၏သစ်ပင်
《我们的国家》	ဒို့တိုင်းပြည်
《我缅人歌》	ဒို့ဗမာသီးချင်း
《我所爱的一切》	ချစ်သမျှကို
《我所期待的村庄》	ရွာရိပ်ဝန်းကျင်မျှော်ချေလျှင်မှူ
《乌德纳》达钦	ဥတေန သာချင်း
《巫术528 》	မှော်၅၂၈
《无岸之河与渔夫之味》	ကမ်းမဲ့နဒီနှင့်တံငါရနံ့ဝတ္ထုတိုများ
《无尽的路途与真理》	မဆုံးသောခရီး၊မပြီးသောတရားနှင့် အခြား ဝတ္ထုတိုများ
《无可比拟的美》	အကြည့်တန်အလှ
《无心插柳》	ပျိုးမိတဲ့ပန်းတစ်ပင်
《无形体》	သဏ္ဌာမဲ့ထုထည်
《无影之花》	အရိပ်မဲ့ပန်း
吴昂登	ဦးအောင်သိန်း

吴昂基	ဦးအောင်ကြီး
吴昂漂	ဦးအောင်ဖြိုး
吴奥巴达	ဦးဩဘာသ
吴巴概	ဦးဘနိုင်
吴巴雀	ဦးဘချို
吴邦雅	ဦးပုည
吴包吴	ဦးပေါ်ဦး
吴波稼	ဦးဖိုးကြား
吴登佩敏	ဦးသိန်းဖေမြင့်
吴都	ဦးတိုး
吴格拉	ဦးကုလား
吴基	ဦးကြီး
吴金吴	ဦးကြင်ဥ
吴觉之女	ဦးကြော့သမီး
吴拉	(လူထု)ဦးလှ
吴腊	ဦးလတ်
吴龙	ဦးလွန်း
《吴龙传》	ဦးလွန်းအတ္ထုပ္ပတ္တိ
吴纽	ဦးညို
吴佩貌丁	ဦးဖေမောင်တင်
吴漂	ဦးဖျော်
吴瑞琪	ဦးရွှေခြည်
吴桑	ဦးဆောင်း
吴翁佩	ဦးအုံးဖေ
吴乌丹通	ဦးဦးသန်းထွန်း
吴迅	ဦးရွှန်း
吴雅	ဦးယာ
吴瑶基	ဦးရောက်ကြီး
吴约	ဦးရွှဲ
《雾气》	နှင်းမှုန်

X

《辛古王瑞那道敦》	စဉ့်ကူးမင်းရွှေနားတော်သွင်း
辛漂炯昂登（吴基埃）	ဆင်ဖြူကျွန်းအောင်သိန်း(ဦးကြည်အေး)
《信漂辛梅》埃钦	ဆင်ဖြူရှင်မယ် ချောင်း
《新年的水》	အတာရေ
《新时代恶魔》	တက်ခေတ်နတ်ဆိုး
新文学运动	စာပေသစ်
信埃加达玛底	ရှင်အဂ္ဂသမာဓိ
信彬尼亚德卡	ရှင်ပညာတိက္ခ
信达丹玛林加耶	ရှင်သဒ္ဓမ္မာလင်္ကာရ
信德佐达拉	ရှင်တေဇောသာရ
《信第达巴茂克碑》	ရှင်ဒိသာပါမောက္ခ ကျောက်စာ
信都耶	ရှင်သူရဲ
信兑纽	ရှင်ထွေးညို
信开玛	ရှင်ခေမာ
信敏王后	မိဘုရားကြီးရှင်မင်း
信摩诃蒂拉温达	ရှင်မဟာသီလဝံသ
信摩诃拉塔达拉	ရှင်မဟာရဋ္ဌသာရ
信南达梅达	ရှင်နန္ဒမေဓာ
信宁梅	ရှင်ငြိမ်းမယ်
信丹柯	ရှင်သံခို
信翁纽	ရှင်အုံးညို
信乌达玛觉	ရှင်ဥတ္တမကျော်
《信仰》	ယုံကြည်ရာဝတ္ထုတိုများ
《星河》	လင်းလက်ကြယ်တို့ပျော်ရာမြေ
《兴旺》	ယသဝဍ္ဎန ဝတ္ထု
《幸福》	ရေကြည်ချမ်းမြ နှင့် အခြားဝတ္ထုတိုများ
《幸运的礼物》	ကံကောင်းခြင်းလက်ဆောင် နှင့် အခြားဝတ္ထုတိုများ
《修行》比釉	ပါရမီတော်ခန်းပျို့
《旭日冉冉》	အရှေ့ကနေဝင်းထွက်သည့်ပမာ
《削平大山》	ရိုးမတောင်ကြီးသာဖြိုလိုက်ချင်တော့
《血流成河》	သွေးချောင်းကလျှံ

《血洒黑土地》	မြေဆီမဲမဲသွေးရဲရဲ
《血缘》	သွေး

Y

雅都(赞歌)诗体	ရတု
祈塔雅都	ဘုရားတိုင် ရတု
誓约雅都	သစ္စာတိုင် ရတု
鹦鹉传书雅都	ကျေးစေ ရတု
征人雅都	စစ်ချီ ရတု
自诩雅都	ကိုယ်ရည်သွေး ရတု
雅甘(谐趣诗)——诗体	ရကန်
《亚扎底律征战史》	ရာဇဓိရာဇ်အရေးတော်ပုံ
《亚扎古曼碑》	ရာဇကုမာရ်ကျောက်စာ
岩昂	ရန်အောင်
岩昂貌貌	ရန်အောင်မောင်မောင်
《洋大人注》	ဗိုလ်ဋီကာ
《仰望星空》	အလွမ်းခေါ် ၍ကောင်းကင်မျှော်သူများ
遥纳尕薄唐	ယောနကဘိုးထောင်
《要钱还是要母亲》	ငွေလိုမလား၊ အမေလိုမလား
耶博埃前	ရဲဘော်အေးချမ်း
耶博巴道	ရဲဘော်ဘသော်
耶康	ရဲခေါင်
耶妙丁	ရဲမြတ်တင်
耶奈博士	ဒေါက်တာရဲနိုင်
耶吞林	ရဲထွန်းလင်း
耶先	ရဲသျှမ်း
《野茉莉》	အရိုင်းစံပယ်
《一百个月亮》	လမင်းတစ်ရာ
《一串茉莉一朵莲》	စံပယ်တစ်ကုံးဂမုန်းတစ်ပွင့်
《一串珍珠一颗玉》	ပုလဲတစ်ကန့်ရွှဲတစ်ကန့်
《一个女人的自白》	မိန်းမတစ်ယောက်၏ဖွင့်ဟဝန်ခံချက်

《一个医生的日记》	ဆရာဝန်တစ်ယောက်၏မှတ်စုများ
《一千个太阳》	နေမင်းတစ်ထောင်
《一条筒裙》	ထမီတစ်ထည်
《一叶障目》	နှင်းတလိုက်နှင့်တိမ်တိုက်ကမှောင်
《一夜与一生》	တစ်ညနှင့်တစ်သက်
《伊洛瓦底江》	ဧရာဝတီ
《伊瑙》剧	အိနောင်ဇာတ်
《移动的墙》	ရွေ့လျားနံရံ
《遗族之王》	မဟာနွယ်သစ်မင်းသခင်
《以情取胜》	မေတ္တာဖြင့်သာအနိုင်ယူပါနှင့် အခြားဝတ္ထုတိုများ
《艺坛新秀》	နောက်တိုး
《意愿》比釉	ဆန္ဒပျို့
因貌	ရင်မောင်
《茵雅湖上的艄公》	အင်းယားကန်သို့အိုကတို့
茵茵努	ယဉ်ယဉ်နု
殷莽	ရင်မောင်
《银山》新雅甘诗	ငွေတောင်ရကန်သစ်
《银滩·黎明·山里人》	သဲငွေသောင်ယံ၊မိုးလင်းနှင့်တောင်ရိုးသားဝတ္ထုတိုများ
《引以为豪的蒲甘刀》	ပုဂံသားတို့၏ဂုဏ်ဆောင်ဓား
《英雄的母亲》	အာဇာနီမိခင်
《萤火虫》	ပိုးစုန်းကြူးနှင့်အခြားဝတ္ထုတိုများ
《影子》	အရိပ်
《硬心肠的渔夫》	တံငါအသည်းမာရဲ့သလားဟေ့နှင့်အခြားဝတ္ထုတိုများ
《永不干涸的山泉》	တောင်ကျစမ်းများမခန်းလေ
《永志不忘》	အမှတ်တရ
《油灯》	ဆီမီးရောင်
《犹抱琵琶半遮面》	တိမ်ဝင်သည့်လပမာ
《游击队员》	ပြောက်ကျားတပ်သား
《有的颜色漂亮 有的颜色不漂亮》	တချို့အဆင်းလှ တချို့အဆင်းမလှ
《有电视吗？有车吗？》	တီဗွီပါလား ကားပါလား
《鱼木嫩叶枯萎的时候》	ခံတက်နုလေးတွေညှိုးချိန်တန်တော့

《渔夫》	အိုတံငါ
《与国王相比》	မင်းတုတု
《与生俱来》	ကမ္မဇိဒ္ဓနှင့်အခြားဝတ္ထုတိုများ
《与太阳神作战的人》	နေမင်းနှင့်စီးချင်းထိုးကြသူများ
《雨神》	သည်းတို့ဘိခြင်းပဇ္ဇုန်မင်း
《雨夜》	မိုးရွာသောညများ
《玉河》	မြမြစ်နဒီ
育瓦迪格朗信敏登基莫	ယုဝတီကလောင်ရှင်မြင့်သိင်္ဂီမော်
育瓦迪景颇迈	ယုဝတီဂျင်းဖော်မယ်
育瓦迪钦盛莱	ယုဝတီခင်စိန်လှိုင်
《欲速则不达》	ချဲထိုးရင်တဲထိုးရမယ်
《愈挫愈勇》	အနင်းခံနိုင်သောစပါးသန်သည်
《原谅我吧》	ခွင့်လွှတ်ပါတင်နော်ဟေကာ
约内廷大臣吴波莱	ယောအတွင်းဝန်ဦးဖိုးလှိုင်
《月蚀》(故事)	လငပုပ်ဖမ်းသည်
《月有阴晴圆缺》	မြိုင်
《月中老人》(故事)	လထဲကအဖိုးအို
越马沙纳瓦德	ဝက်မစွတ်နဝဒေး
《云雾缭绕》	နှင်းငွေ့တထောင့်မိုးတမှောင့်
《云遮月》	တိမ်ဖုံးပါလို့လမသာ
《云蒸霞蔚》	တိမ်စင်သည့်နွေဆည်းဆာ
《云之梦传佳音》	တိမ်ယံအိပ်မက်မိုးထက်နရီ
《运货船主》	ပိန်းကောလှေငယ်ရှင်

Z

《在黑幕下》	အမှောင်ရိပ်ဝယ်
《在马路上》	လမ်းပေါ်မှာ
《在直柳漂》雅都	ဓနုဖြူတွင်ချီရတု
《在狱中日子》	အကျဉ်း၏နေ့များ
《再见吧，旧时代!》	နေရစ်တော့ခေတ်ဟောင်း
《咱们的母亲》	ဒို့မေမေ

《崭新的美》	သစ်လွင်သောအလှ
《早恋》	သက်ငယ်ချစ်
《泽秋人》	ဈေးချိုသူ
泽亚	ဇေယျ
《扎耳朵眼仪式》	နားသမင်္ဂလာ
《债务人》	အကြွေးသမား
詹姆斯·拉觉	ဂျိမ်းစ်လှကျော်
《瞻前顾后》	အနောက်ကိုရှေ့အရှေ့ကိုမျှော်
《战斗的号角》	တိုက်ပွဲခေါ်သံ
《战斗的一生》	ဘဝတစ်ခုတိုက်ပွဲတစ်ရာ
《战争、爱情与监狱》	စစ် အချစ်နှင့်ထောင်
《战争中的旅客》	စစ်အတွင်းခရီးသည်
《站在路上哭泣》	မတ်တတ်ရပ်လို့လမ်းမှာငို
《这天这地》	ဤမိုးဤမြေ
《侦探吴山夏》	စုံထောက်ဦးစံရှား
《珍藏的花香》	သိမ်းဆည်းထားသောပန်းရနံ့များ
《珍珠串》	ပုလဲသွယ်
《真叫人心焦》	စိုးပါလှတယ်
《真实的意愿》	ဆန္ဒအသိ
《真正的革命战士》	တကယ့်အရေးတော်ပုံတပ်သား
《征服阿萨姆》茂贡	အာသံနိုင်မော်ကွန်း
《征服若开》茂贡	ရခိုင်နိုင်မော်ကွန်း
《征服土瓦》茂贡	ထားဝယ်နိုင်မော်ကွန်း
《挣脱束缚》	အင်တွဲပွဲလျက်အရှာထွက်
《中国使节莅缅记》	တရုတ်သံရောက်မော်ကွန်း
《中史》	ရာဇဝင်လတ်
《忠诚是感情的基石》	မေတ္တာဘုံသစ္စာလွှမ်းတယ်လွှမ်းငြိမ့်ငြိမ့်အေး
钟文	ခေါင်းလောင်းစာ
珠	ဂျူး
珠珠丁	ကြူကြူသင်း
诸亚德那貌妙建	ကြူရတနာမောင်မြကြိုင်

《诸亚德那短篇小说集》	ကြူရတနာဝတ္ထုများ
《嘱咐》	မှာတော်ပုံဝတ္ထု
《祝你成功》	အောင်စေပိုင်စေနှင့် အခြားဝတ္ထုတိုများ
《祝你好梦》	အိပ်မက်လှလှမက်ပါစေ
《自然律》	ဓမ္မတာ
《走向胜利》	အောင်ပွဲသို့ချီရာဝယ်
《最美的花》	ဟိုလောင်းပန်းပွင့်ဘယ်ဂုဏ်ဖြင့်ဝင့်မတုန်း
《最清澈的笑靥》	အကြည်လင်ဆုံးအပြုံးအတောက်ပဆုံးမျက်နှာ
《最愉快的日子》	အပျော်ဆုံးနေ့
《尊严》	အသရေဝတ္ထုတိုများ
佐基（吴登汉）	ဇော်ဂျီ(ဦးသိန်းဟန်)
《作家》	စာရေးဆရာ
《作家和好的作品》	စာဆိုနှင့်လက်ရာမွန်

后 记

早在20世纪50年代中期，姚秉彦、李谋二人在北京大学东方语言文学系缅甸语专业就读时，就逐步接触到一些缅甸文学作品和某些相关材料。就像在我们面前打开了一扇窗户，使我们看到了一个从未见过的世界。我们了解到缅甸文学绝非像一般人所想象的那样简单乏味，而是具有独特魅力且丰富多姿。1958年8月至1961年5月间，姚、李二人作为中国第一批赴缅的留学生，在仰光大学缅甸文学系学习了3年。在课堂上听过当时在仰光大学任教的著名学者吴埃貌（即缅甸实验文学运动的一位主要人物——德格多貌丹新，时任仰大缅文系系主任、教授）、吴觉印（时任缅文系讲师、后曾赴苏联讲学，改任曼德勒大学教务长）、杜丹瑞（时任缅文系讲师、当时古代缅甸碑铭课的最著名的讲授者）等人文采奕奕、妙趣横生的授课；在多次文学报告会上听过缅甸著名作家貌廷、吴登佩敏、达贡达亚、加尼觉玛玛礼等人丰富翔实、口才出众的演讲；有机会向博学多才的当代文学前辈佐基、敏杜温等人请教缅甸文学的有关问题；也有幸在一些场合与文豪德钦哥都迈、吴佩貌丁等人见过面…… 这一切都使我们获益匪浅，使我们更加喜爱和关注缅甸文学，希望有机会能把我们所了解的所感受到的多姿多彩的缅甸文学介绍给中国读者。

20世纪60年代北京大学东方语言文学系决定进一步充实缅甸语专业本科生的课程，增加文学、语言类系列专题课，缅甸文学史的讲义编写工作分配给姚秉彦承担。1963年姚秉彦第一次编出了《缅甸文学史》讲义，开始为1959级缅甸语本科生讲授缅甸文学史课程。但这一进程很快就被文化大革命打断了。文化大革命后我们又重新拿起笔。1979年起姚、李二人陆续发表一些有关缅甸文学的专题论文和长短篇缅甸文学的译作。1980年参加《中国大百科全书•外国文学卷》中有关缅甸文学词条的选题与撰写工作。其后又先后参加了朱维之、雷石榆、梁立基主编《外国文学简编（亚非部分）》（1983年）、季羡林主编《简明东方文学史》（1987年）等高校教材的编写。1984年重新编写出缅甸语本科生用《缅甸文学史》讲义上下册，1985年编译成《缅甸文学作品选》讲义上下册。经过1988年和1991年两次对编成的讲义大幅度地调整、补充，并与我们的同门师兄合作。1993年7月北京大学出版社出版了姚秉彦、李谋、蔡祝生编著的《缅甸文学史》，这是在缅甸境外出版的第一部《缅甸文学史》。

时间荏苒，到了2012年，世界图书出版广东公司的刘正武编辑找到我们，希望把《缅甸文学史》纳入他们正在大力运作的“东南亚研究”丛书内出版。姚、李二人遂与我们的学生杨国影副教授合作，对1992年写就的缅甸文学史稿再次大幅修改与增补成此书稿。

在此书稿即将付梓之时，我们要借机再次感谢刘正武编辑和程静编辑。感谢刘正武编辑的远见卓识精心安排，程静编辑的认真负责对书稿反复核校，如果没有他们的辛勤工作，我们的《缅甸文学史》就不会比较顺利完满地呈现在读者面前了。

著　者

2014年8月